Hans Croiset
Maskenball
Unter den Linden

Roman

Aus dem Niederländischen
von Mirjam Pressler

Schöffling & Co.

Der Verlag dankt dem Nederlands Letterenfonds für a.
Förderung der Übersetzung dieses Buches.

N ederlands
letterenfonds
dutch foundation
for literature

Erste Auflage 2014
© der deutschen Ausgabe
Schöffling & Co. Verlagsbuchhandlung GmbH,
Frankfurt am Main 2014
Originaltitel: *Lucifer onder de Linden*
Originalverlag: Uitgeverij Cossee BV. Amsterdam
Copyright © 2010 Hans Croiset und Uitgeverij Cossee BV. Amsterdam
Alle Rechte vorbehalten
Satz: Fotosatz Amann, Memmingen
Druck & Bindung: Pustet, Regensburg
ISBN 978-3-89561-305-0

www.schoeffling.de

Du wirst meiner Liebe nicht entgehen.

Ödön von Horváth

für Agaath

Prolog

Ich bin jetzt sieben Tage alt und fühle mich sehr gut, danke. Ehrlich gesagt, ich hatte ein wenig Angst davor, geboren zu werden, aber dann war es gar nicht so schlimm. Meine Eltern freuen sich über mich, sie sind liebevoll und sorgsam. Ich habe mich ziemlich unerwartet angemeldet, denn ich kam einen Monat zu früh und sie waren noch nicht darauf vorbereitet. Aber jetzt, da ich nun mal da bin, ist vor allem meine Mutter erleichtert, dass sie die Geburt, vor der sie sich schrecklich gefürchtet hatte, hinter sich hat. Und ich, ich hätte keine bessere Entscheidung treffen können.

Das Auf-die-Welt-Kommen war wirklich eine besondere Erfahrung, all diese Gesichter um mich herum und dieses ganze Gerenne und Getue, die vielen Menschen, über die ich im Dunkeln hatte reden hören, ohne die geringste Ahnung zu haben, wie sie aussehen. Am neugierigsten war ich auf meine Mutter, irgendwann lag ich dann in ihren Armen, zumindest nahm ich an, dass es ihre Arme waren, denn ich bekam ihr Gesicht nicht zu sehen. Da stellst du dir acht Monate lang vor, wie jemand aussieht, und wenn du dann endlich hinausdarfst, kannst du nicht mal sehen, ob das Bild, das du dir ausgemalt hast, einigermaßen mit der Wirklichkeit übereinstimmt. Oder war meine Ungeduld schuld, hätten die dreißig Tage, die ich noch eingesperrt hätte verbringen müssen, mir Antworten auf all die Fragen gegeben, mit denen ich mich in den ersten Stunden herumschlug?

Wen ich gleich erkennen konnte, waren meine Groß-

mütter, die beide ein bisschen weinten. Verwirrend.
sie sich nicht, dass ich da bin? Da muss man doch nicht
nen?

Irgendwie kam es mir vor, als hätten alle erwartet, ich wär
ein Mädchen, weil meine beiden Großmütter zuerst Mädchen
geboren hatten. Aber so war es nicht. Zum Glück hat ihnen
das aber gut gefallen. Mein Vater war nicht dabei, er ist Schauspieler, er musste,
irgendwo weit weg auftreten. Eine der beiden Großmütter
rief ihn an und sagte:
»Gerade ist ein kleiner Junge angekommen.«
Zwischen all den Frauengesichtern tauchte irgendwann
mein Großvater auf. Zuerst dachte ich, er wäre mein Vater,
meine Mutter hing an ihm, als wäre er ihr Ehemann, aber
dann hörte ich, dass es eine andere Stimme war als jene, an
die ich mich gewöhnt hatte, als ich noch im Bauch meiner
Mutter war.

Nach einer Stunde Fröhlichkeit wurde es etwas ruhiger,
meine Mutter schlief bei dem ganzen Theater um sie herum
ein, und mich hatte man für eine Weile meinen Großmüttern
anvertraut. Die eine heißt Rachel, die andere wird Bomma
genannt. Beide wiegten mich abwechselnd in ihren Armen
und flüsterten mir alle möglichen fremden Wörter und Laute
in die Ohren, die eine in einem flämischen Dialekt, den ich
kaum verstand, die andere in einer Sprache, mit der ich auch
nichts anfangen konnte. Laute, die ich bis dahin noch nie
gehört hatte, halb gesungen, halb gesprochen wurden, legten
sich wie eine kleine Decke um meinen Hals und mein Ge-
nick... Un in schtub is hejß* ...

* Erklärungen in den Anmerkungen s. S. 357

Und wenn jemand hereinkam, war es nicht, als würde sie mich zudecken ... hejß, hejß ... aber sie flüsterte tapfer weiter... hejß, hejß...

Im Krankenhauszimmer wurden über unserem Bett frische Girlanden gehängt. Wir lagen zwischen Frauen, die die Wehen noch vor sich hatten, denn über deren Betten hing noch nichts.

Nach einer Weile verschwanden alle Besucher, es wurde dunkler, meine Mutter schlief wieder ein und ich auch, glaube ich, denn es war schon ein bisschen hell, als mein Vater ins Krankenhauszimmer stürzte. Er war mit dem Zug durch die Nacht zu meinem ersten Morgen außerhalb des Bauchs gefahren. Auf den ersten Blick kam er mir sehr nett vor. Auffallend war, dass er sich zunächst ausgiebig mit meiner Mutter beschäftigte, ob es ihr auch gutgehe, bevor er sich nach mir umschaute, ob sie gut geschlafen habe, ohne sich mir zu widmen, ob sie viele Schmerzen gehabt habe, hatte ich ihr denn Schmerzen bereitet? Das Ganze hatte allerdings lange gedauert und ich saß ziemlich fest, aber dass dies meiner Mutter womöglich Schmerzen bereitet haben könnte, war mir nicht in den Sinn gekommen. Erst als mein Vater durch ihre beruhigenden Antworten zufriedengestellt war, wandte er sich mir zu, schaute mich an, sehr ernst, nahm mich aus der Krankenhauswiege, legte mich ganz vorsichtig in ihre Arme und betrachtete uns freundlich. Er war auf eine ernste Art glücklich. Anders glücklich als die anderen glücklichen Menschen, die mich bis dahin glücklich angeschaut hatten. Bevor mich mein Vater so ernst anschaute, war es gewesen, als bestünde die ganze Welt aus lauter Glücklichschauern.

Zum Glück redete er mit mir nicht in dieser künstlichen Kindersprache, die hatte ich nach ein paar Stunden auf der

Welt schon gründlich satt, sondern sprach, als wäre ich ein Altersgenosse von ihm. Er beschrieb mir genau, wo ich mich befand, erklärte mir, was Wolken sind, was mir gefiel, denn außer der Decke und den Girlanden waren Wolken die einzigen Dinge, die ich von meiner Wiege aus sehen konnte. Ich spürte, dass meine Mutter es mochte, wie mein Vater mich hielt, denn ich hatte wohl bemerkt, dass sie mich kaum ihrer eigenen Mutter anvertrauen mochte. Meine Eltern gingen lieb mit mir und einander um, das schafft Vertrauen.

Nicht viel später, vielleicht eine Stunde danach, fiel mir auf, dass die Fröhlichkeit von etwas Ernstem überschattet wurde. Offenbar habe ich für meine Eltern einiges durcheinander gebracht, denn mein Vater soll zusammen mit meinem Großvater für einige Zeit in eine Stadt in einem anderen Land fahren, um dort seine Stimme in dieser anderen Sprache aufnehmen zu lassen. Diese Stadt, die sie Berlin nennen, liegt mehr als tausend Kilometer weit weg. Hätte ich mich an den geplanten Termin gehalten, wäre er pünktlich zu meiner Geburt zurück gewesen. Eigentlich sollte meine Mutter, die ebenfalls Schauspielerin ist, meinen Vater begleiten, denn auch sie hätte eine Stimme einsprechen sollen, aber das hatten sie meinetwegen gleich abgesagt. Also, weil ich es da drinnen nicht mehr ausgehalten habe, habe ich ungewollt meine Eltern, aber vor allem meinen Vater, in Bedrängnis gebracht, aus der er keinen Ausweg weiß. Einerseits freut er sich sehr für meine Mutter, dass sie die Geburt hinter sich hat, und möchte sie in den ersten Wochen nicht allein lassen, andererseits kann er den Vertrag, der ihn zwingt, in jene Stadt zu fahren, nicht einfach auflösen. Das war sehr unangenehm für meine Eltern, aber ich hatte mich nun mal für mich selbst entschieden, und damit kann man nicht früh genug anfangen, deshalb müssen sie eine Lösung finden. Sie lieben sich schließlich sehr, das habe ich während der Monate, die ich in dieser dunklen Zelle in meiner Mutter eingesperrt war, genau gespürt.

Außer dass sie sich sehr lieben, haben sie auch Sorgen, Geldsorgen, denn sie verdienen nicht viel und die Aussichten sind nicht gerade rosig. Ständig habe ich das Wort Krise gehört, vor allem, dass »die Krise kein Ende« nimmt, dass »schon seit fünf Jahren Krise herrscht«, ein seltsames Wort, diese Krise. Nicht nur in dem Land, in dem ich jetzt in der Wiege liege, sondern auch in der Welt um das Land herum. Darüber sprechen sie oft, meine Mutter sagt dann immer wieder, dass sie nicht viel davon versteht, und mein Vater kommt jeden Tag mit neuen Theorien, wie es mit der Weltkrise weitergehen solle, aber die Weltkrise scheint sich wenig aus ihm zu machen.

Meine Eltern waren noch nicht mal zwanzig, als sie sich kennenlernten, und drei Jahre später war ich bereits da! Ich höre sie oft darüber sprechen, wie sie sich begegnet sind, wie sie sich ineinander verliebt haben. Manchmal finde ich das ziemlich peinlich, aber ich gehe mal davon aus, dass alles, was ich jetzt erfahre, mir später einen Haufen Elend ersparen wird.

Sie waren in derselben Klasse an der Schauspielschule, sie hatten Unterricht beim Vater meiner Mutter, also bei meinem Großvater, und als sie mit dem Studium fertig waren, haben sie sofort geheiratet, da muss man sich doch sehr lieben. Jetzt gehören sie beide einem Schauspielensemble an, das in der Schouwburg am Leidscheplein Theater spielt.

Meine Mutter liebt meinen Vater auf eine andere Art, als er sie liebt, das habe ich schon mitbekommen, trotzdem geben mir ihre beiden Arten, einander zu lieben, ein Vertrauen erweckendes Gefühl.

Obwohl meine Mutter viel zu schüchtern war, um die Liebe, mit der mein Vater sie wie ein Platzregen überschüttete, gleichermaßen zu erwidern, blühte sie durch seinen Überschwang auf und war offenbar fähig, ein Glücksgefühl auszustrahlen, mit dem sie die Menschen ihrer Umgebung in Erstaunen versetzte. Sie selbst merkte das gar nicht, es war Teil eines natürlichen Zustands, so wie eine Birke es gedankenlos hinnimmt, dass sie Blätter bekommt. Aber, was wissen wir schon davon, ob das der Birke nicht vielleicht wehtut. Meine Mutter würde es seltsam finden, dass ich über diese Dinge nachdenke, für sie ist alles selbstverständlich und einfach, man soll nicht viele Worte darüber verlieren und auf keinen Fall andere damit belästigen. Wegen dieser Haltung erfuhr kein Mensch von ihrer inneren Unsicherheit. Ich schon. Ich steckte schließlich acht Monate mittendrin, Stürme und Wellen wüteten um mich herum, manchmal gab es mir ein herrliches Gefühl, dann wieder hatte ich große Mühe, mich aufrecht zu halten und mit dem weiterzumachen, was für mich am wichtigsten war, nämlich zu wachsen.

In den letzten Wochen vor meiner Ankunft, als meine Mutter wegen ihres Bauchs kaum mehr auf der Bühne stehen konnte, vertraute sie mir in langen Monologen ihre Ängste an. Wenn sie allein zu Hause war oder ohne Begleitung draußen spazieren ging, redete sie mit mir, als wäre ich ein enger Freund. Sogar in der Trambahn oder in der Warteschlange vor dem Bäcker hörte ich ihre innere Stimme. Sobald mein Vater nicht in ihrer Nähe war, war ich es, der sofort erfuhr, was gerade wieder passiert war. Daher wusste ich in Dutzenden von Variationen, wie sehr sie fürchtete zu versagen, dass sie keine Heldin im Haushalt war und es auch nie werden würde, denn jeden Tag gingen ein Glas oder ein Teller zu Bruch. Am meisten aber haderte sie mit ihrem Aussehen. Sie konnte sich nicht vorstellen, was mein Vater, der ihrer Meinung nach ein sehr schöner Mann ist, an ihr fand. In Wirklichkeit ist es umgekehrt, mein Vater hat ein kraftvolles Gesicht, ist aber ansonsten eine durchschnittliche Erscheinung, während meine Mutter eine sehr schöne junge Frau ist. Sie ist so schön, so faszinierend schön, dass sie immer wieder gebeten wird, sich für die Titelseite einer Zeitschrift fotografieren zu lassen. Man bietet ihr dafür sogar Geld, aber sie schlägt alle Anfragen aus, hält es für Wichtigtuerei jemanden Modell zu stehen. Filmen findet sie ganz normal, aber sie spielt auch nur in Filmen mit, in denen mein Vater ebenfalls eine Rolle hat. Wenn er in der Nähe ist, traut sie sich. Weil sie stets allen Menschen aus dem Weg geht, die Interesse an ihr bekunden, hat nie einer die Chance gehabt, seine Komplimente loszuwerden. Meinem Vater ist das zwar in den Jahren, als sie zusammen an der Schauspielschule waren, gelungen, doch sogar bei ihm wusste sie nicht, wie sie auf seine Annäherung reagieren sollte, sie war es nicht gewöhnt, sich nach außen hin anders zu geben, als sie sich innerlich fühlte. Deshalb kostet sie die Schauspielerei so viel Mühe: Bevor sie eine bestimmte Rolle verkörpert, hat sie bereits so viele Kämpfe mit sich selbst ausgemacht, dass sie sich nicht in eine andere Figur versetzen kann. Doch gerade das macht ihr Spiel, wie ich immer wieder höre, so lebensnah.

Am liebsten hätte sie weiter mit meinem Großvater zusammen gewohnt, der, ihrer Meinung nach, der Einzige ist, der sie wirklich versteht und so akzeptiert, wie sie ist, während ihre Mutter und ihre Schwester sie beherrschen und es ihr übel nehmen, dass mein Großvater immer auf ihrer Seite steht. Und am liebsten hätte sie auch meinen Großvater geheiratet, aber das war ein absurder Gedanke, den sie tief im Inneren verbarg. Dass sie schließlich eine Wohnung über seiner fand, am Stadionplein, mit Aussicht auf die Citroën-Vertretung und das Olympiastadion, machte sie glücklich, jetzt hatte sie ihn fast immer zur Seite. All diese Dinge vertraute sie mir an, und ich nahm mir vor, mir alles zu merken, um mich später, wenn ich groß war, mit ihr darüber unterhalten zu können.

Die letzte Rolle, die sie vor meinem ersten Auftritt spielte, war die eines Chormitglieds in einem Stück mit dem Titel *Medea*. Ihrem Empfinden nach musste sie stundenlang, bis kurz vor einer Ohnmacht, auf der Bühne stehen, um sich die Klagen der betrogenen und rachedurstigen Hauptperson anzuhören, wobei sie eine Mordsangst hatte, bei den schwierigen Chorsätzen aus Konzentrationsmangel falsch einzusetzen. Sie musste auch singen, nicht die schönen Schlaflieder, die sie tagsüber stundenlang für mich summte, sondern recht eintönige Melodien, zu denen sie zusammen mit zwölf anderen Frauen taktgenaue Tanzschritte machen musste. Dann schaukelte ich hin und her und konnte unmöglich einschlafen, weil ich wegen des Geschreis auf der Bühne um mich herum hellwach blieb. Egal, wie ruhig ich mich verhielt, um sie nicht noch mehr abzulenken, es half nichts, sie war nur mit mir beschäftigt, machte sich Sorgen, ob ich auch richtig lag, und hatte Angst, dass mich das Geschrei der Hauptdarstellerin belästigte. Das stimmte, denn deren Stimme war so scharf, dass ich ihr, um meine zarten Ohren zu schützen, meine ersten Gymnastikübungen zu verdanken hatte: Nach ein paar Vorstellungen schaffte ich es, mir mit beiden Händen die Ohren zuzuhalten! Weil ich von so nah miterlebte, dass dieses Bühnengetue nichts für sie war, beschloss ich damals schon, nie etwas damit zu tun haben zu wollen.

Dass ich ein Junge werden würde, wusste sie noch nicht, ihr war beides recht, mir aber gab das während der ganzen Monate das vage Gefühl, für sie ein bisschen *das* zu sein, *das* Kind, *das* Würmchen. Hätte sie gewusst, dass sie einen Sohn bekommen würde, wäre sie vielleicht ein wenig mutiger gewesen. Aber ich verfügte noch nicht über die Mittel, sie wissen zu lassen, dass ich mir fest vorgenommen hatte, sie nach allen Kräften zu unterstützen, ich konnte ihr nur anbieten, mich so still wie möglich zu verhalten, und genau da lag das Problem: Ich wollte hinaus in die Welt, und bitte so schnell wie möglich.

Eines Abends, während eines weiteren Bühnenauftritts voller Geschrei, reichte es mir, es war so weit. Das war sehr egoistisch von mir, ich weiß. Eigentlich war die Hauptdarstellerin schuld, denn mir kam es so vor, als ob sie an jenem Abend noch eindringlicher kreischte, als an den anderen.

Es war der schlechteste Moment, den ich hätte wählen können. Meine Mutter hüpfte gerade mit den anderen Frauen herum, spürte ein Rumoren im Bauch und murmelte ihren Text vor sich hin, um bei der Ablenkung keinen Fehler im Text zu machen.

Unselige, also warst du wie Fels oder Eisen,
die du der Kinder Saat, die du gebarst,
mit eigenhändiger Mordtat töten willst.
Von einem Weib hör ich's, von einem der früheren,
dass sie an die lieben Kinder die Hand anlegte ...*

* s. S. 357

15

Sie fiel in Ohnmacht, doch ihre Kolleginnen im Chor schoben sich vor sie, damit niemand im Saal sehen konnte, wie sie weggetragen wurde, auch die wimmernde Hauptdarstellerin merkte nichts, sie wimmerte einfach weiter.

Meine Mutter wurde mit einem Taxi in das Wilhelmina Gasthuis gebracht, das nicht weit vom Theater liegt. Dort kam ich vierundzwanzig Stunden später auf die Welt. Einen Monat zu früh. So hatte ich es gewollt und so geschah es.

Und jetzt kann ich auch feststellen, dass wir drei ein recht gutes Ensemble bilden; meine Eltern stellen mir gegenüber eine starke Einheit dar, meine Mutter gibt meinem Vater intuitiv das Gefühl, dass ich genauso von ihm abhängig bin wie von ihr, wenn ich trinken will, darf er mich bei ihr an die Brust legen, dann wieder spielt er, dass er meine Mutter ist und meine Mutter kichert vor Vergnügen. In den ersten Tagen haben sie viel Freude mit mir.

Die bevorstehende Abreise meines Vaters wird deshalb umso mehr alles durcheinanderbringen. Meine Mutter hat sich von der schweren Geburt kaum erholt, und ist noch, wie die eine Großmutter sagt, ziemlich geschwächt. Ohne die Hilfe meines Vaters, der die Einkäufe erledigt, die Windeln wäscht und für uns kocht, lasten auf ihr auch die Sorgen von Bomma, der anderen Großmutter. Denn nicht nur mein Vater, sondern auch Bommas Mann sollen in der weit entfernten Stadt bei dem Spielfilm mitmachen. Bomma muss also vorläufig auf ihre beiden Männer verzichten. Und ich bin noch lange kein Ersatz, das ist mir schon klar. Aber indem ich mich ganz ruhig verhalte, möglichst wenig weine, und vor allem nur in meine Windel kacke, muss ich doch dazu beigetragen haben, ihnen beiden die nötige Ruhe und Sicherheit zu geben, Ruhe und Sicherheit wie eine Art Zustimmung: »Geh du ruhig nach Berlin, Ma und ich werden es zu zweit schon schaffen, und du kommst ja bald zurück, also geh nur ...«

Meine ersten sieben Tage, die kurze Zeit, in der ich meinen Vater und meine Mutter zusammen erlebte, waren etwas ganz Besonderes. Mein Vater war glücklich, das spürte ich, weil er es geradezu ausstrahlte. Er hatte noch nicht viel Erfahrung damit, für ihn war es ein neues Erlebnis, ein Strom, von dem er sich mitreißen ließ. Dass meine Mutter glücklich war, fand ich selbstverständlich, sie hatte mich bekommen. Ich war rundum gesund, mein Vater war sehr lieb und fürsorglich, ihre Mutter empfand auf einmal eine andere Art Liebe für sie, und für ihren Vater war sie auch jetzt, da sie Mutter geworden war, noch immer sein kleines Mädchen. Ihr natürlicher Zustand wuchs und gedieh.

Bei meinem Vater lag die Sache etwas anders: Er hatte früher über das Glück einiges gelesen und an der Schauspielschule und später, auf der Bühne, in Szenen mitgespielt, die von Glück handelten, am Schluss aber immer schlecht ausgingen. Glück war etwas, was normalen Menschen nicht passierte, es war etwas für dumme Märchen, Glück hatte nichts mit dem Leben zu tun. Glück konnte nichts anderes sein als eine sentimentale Angelegenheit. Seine ersten Schritte auf dem Pfad des Glücks hatte er erst nach der Begegnung mit seiner ersten Freundin gemacht, meiner Mutter. Und wie jemand, der noch nie auf der Eisfläche gestanden hat, versuchte er, auf allen vieren vorwärts zu kommen. Dass Verliebtheit sich in Liebe verwandeln konnte, war eine unerwartete Entdeckung. Mit ihr zusammen erkundete er die neuen Einblicke, die das Phänomen Glück ihm bot.

Doch nun, da ich mich ihrem Zweierdasein beigesellt

hatte, erwies ich mich als eine neue Stufe auf der Leiter seines Glücks. Vielleicht war dieses Gefühl zu überwältigend für ihn, und dass es von einem eigenen Sohn verursacht wurde, überfordert ihn einfach! Er hatte keine Basis, auf der das neue Glück ruhen konnte. Ich hörte, wie er sich darüber mit meinem Großvater unterhielt, als sie gestern Nachmittag gemeinsam auf mich aufpassten, weil meine Mutter ein paar Stunden schlafen sollte. Diese Dinge besprach er also nicht mit meiner Mutter, sondern mit meinem Großvater!

Seine Jugend war von Pflegefamilien beherrscht worden, mit verschiedenen Pflegemüttern, unterbrochen von kurzen Aufenthalten bei seiner Mutter, die der Erziehung von vier Kindern körperlich nicht gewachsen war. Zeitweilig wurden die Kinder beim Vater untergebracht, mit dem er eine enge Beziehung hatte, die auch nicht abbrach, wenn er in die nächste Pflegefamilie kam, weil sein Vater sich wieder eine neue Geliebte angeschafft hatte.

Sein Vater starb, als meiner kaum fünfzehn Jahre alt war. Kurze Zeit danach erlag sein ältester Bruder, nach einem schweren Sturz auf dem Eis, seinen Verletzungen. Ein Jahr später heiratete meine Großmutter einen Mann, dem mein Vater, obwohl er ihn verabscheute, gehorchen musste. Und nun, mit knapp vierundzwanzig, war er sein eigener Herr, hatte eine Frau und ein Kind und eine schlecht bezahlte, aber feste Arbeit, er wohnte in einer modernen Mietwohnung und es sah alles danach aus, als ob das Glück auf seiner Seite war.

»Was für ein glücklicher Mensch bist du, mein Junge«, hörte ich meinen Großvater sagen, mit einer so liebevollen Stimme, dass ein Hauch davon bis in meine Wiege drang.

»Aber Pa, ich muss nach Berlin!«

Mitten in der Zeit der großen Krisen fuhr mein Vater nach Berlin, um einen neuen Kinderwagen zu kaufen, und wenn möglich auch noch einen neuen Staubsauger. Und um über das Phänomen Glück nachzudenken. Aus der Ferne das Wort buchstabieren zu lernen. Es hüten zu lernen.

Deshalb liege ich am achten Tag meiner irdischen Existenz fest eingepackt in dem Kinderwagen, in dem schon meine Mutter und ihre Geschwister gelegen hatten, und befinde mich zusammen mit meinen Eltern und Großeltern auf dem Bahnsteig des größten Bahnhofs von Amsterdam. Rachel, meine andere Großmutter, ist auch gekommen, um ihrem Sohn Lebewohl zu sagen. Für sie ist Berlin so weit weg, dass sie sich darauf vorbereitet, ihn nie mehr wiederzusehen. Weil ihr Kopf und der meines Vaters über meinen Kinderwagen gebeugt sind, kann ich gut sehen, wie ähnlich sie sich sind und wie sehr sie einander zugetan sind, diese andere Mutter und dieser andere Sohn.

Während mein Vater sich von meiner Mutter verabschiedet, nimmt Großmutter Rachel mich aus dem Kinderwagen, schiebt mich unter ihren Wintermantel und flüstert mir unverständliche Worte ins Ohr, Klänge, an die ich mich noch von meinem ersten Tag erinnere, Worte, die sich auch jetzt wieder so warm anfühlen wie die Decke, in die ich gewickelt bin, brent a fajerl un in schtub is hejß.* Dann legte sie mich schnell in den Kinderwagen zurück, als hätte man sie dabei ertappt, mich für sich behalten zu wollen.

Auch ein Cousin meines Vaters steht am Bahnsteig, er hat gerollte Filmstreifen in großen Blechdosen dabei, denn er

---

* s. S. 357

19

reist ebenfalls nach Berlin, um beim Aufnehmen der Stimmen von Vater und Großvater zu helfen. Schade, dass ich nicht mitfahren darf!

»Schau, Ari«, höre ich meinen Vater sagen, »sieh dir den Kleinen an und sag ehrlich, wem er deiner Meinung nach ähnlich sieht.«

»Ich mag es ja kaum sagen – aber er sieht aus wie dein großer Bruder.«

Er macht ein ernstes Gesicht, mein Vater beißt sich auf die Lippe und eine meiner Großmütter weint innerlich.

»Ja, ja, siehst du, Jannetje, Ari sagt es auch«, sagt mein Vater, der einen Arm um die Schulter seiner Mutter gelegt hat und mit der anderen Hand meiner Mutter übers Haar streichelt.

»Wir haben es auch gleich gesehen und ihn deshalb nach ihm genannt. Zuerst fürchtete ich, ich würde jedes Mal an meinen Bruder denken und es dem Jungen übelnehmen, aber das ist nicht so, es macht mich sogar fröhlich, wenn ich seinen Namen nenne, als wäre mein Bruder wieder zum Leben erweckt worden, seltsam, nicht wahr.«

Und über meinem Kinderwagen gebeugt, heißt Ari mich liebevoll in der »bösen Außenwelt« willkommen. Das hat er wirklich gesagt, in der bösen Außenwelt. Er beugt sich tiefer über meine Wiege, und während es mir schwarz vor den Augen wird, flüstert er:

»Sobald dein Vater Anstalten macht, dir das Schlittschuhlaufen beizubringen, musst du mir Bescheid geben, dann werde ich extra auf dich aufpassen, abgemacht?«

Die Zugfahrt

Es schneit, in Holland hat es geschneit und nun, in Deutschland, schneit es ebenfalls, es ist ein anderer, härterer Schnee, weiße Himmelssteine schlagen an die Scheiben des Zugs, der stampft und kreischt, der rumpelt und stinkt. Die Abteiltüren klappern über den Weichen.

Muss ich mir das wirklich antun, fragt sich Moritz, muss ich in dieser beschissenen Zeit nach Berlin fahren? Um es mit eigenen Augen zu sehen? Jeder, der nicht vor dieser Entscheidung steht, hat gut reden. Aber er kann in wenigen Tagen viel Geld verdienen, indem er einen niederländischen Film synchronisiert, der auch auf Deutsch herauskommen soll. So viel kann man in Amsterdam nicht verdienen. Aber ist dieses »mit eigenen Augen« eine Entschuldigung? So sehr Moritz auch versucht, sich zu rechtfertigen, es bleibt eine komplizierte Angelegenheit, in einer Stadt zu arbeiten, aus der schon so viele Menschen geflohen sind. Nicht ganz zufällig auch eine große Anzahl der Filmtechniker, die an dem Film, für den er jetzt nach Berlin fährt, mitgearbeitet haben. Fast alles politische Flüchtlinge, viele Kommunisten und Juden. Es scheint fast, als würde ich ihre Situation ausnützen, als würde ich ihre Arbeit an dem Ort übernehmen, von dem man sie weggeekelt hat. Bin ich jetzt ein Arschkriecher? Ein Streikbrecher? Ein Überläufer?

Dass der Film auch zu Propagandazwecken missbraucht

werden kann, ist die größte Angst. Hätten er und sein Schwiegervater, der ebenfalls eine Rolle in dem Film hat und jetzt neben ihm im Zug sitzt, bei der Stimmprobe nicht so gut Deutsch gesprochen, wäre diese Zwickmühle gar nicht erst entstanden. Sein kleiner Cousin Ari, der sie als Tontechniker begleitet, sitzt ihm gegenüber. Wie er über die ganze Sache denkt, mag Moritz ihn gar nicht fragen. Es ist ein so unangenehmes Thema.

Da sitzen sie also, drei nicht gerade fröhliche Holländer, die mal eben in Berlin auf die Pauke hauen wollen.

Als der Schaffner an der Grenze durch einen deutschen Kontrolleur ersetzt wird, der eine Binde mit einem Hakenkreuz am Arm trägt, wird es ernst mit dem Satz, es mit »eigenen Augen« sehen zu wollen, jetzt kann er nicht mehr zurück. Dem Mann sieht man an, dass er sich zurückhalten muss, um ihn, einen Holländer mit gültigen Papieren, nicht anzuschnauzen, weil er auf sein »Sieg Heil« nichts erwidert. Wird sein Pass ihn auch dann beschützen, wenn der Zug weiter in dieses Land vordringt? Er rast wie ein Bluttropfen durch eine Schlagader Richtung Berlin, dem unsicheren Herzen Europas. Noch vor kurzem hatte er in der Zeitung gelesen, dass dort amerikanische Touristen zusammengeschlagen wurden. Jesses, wie der Zug rüttelt, die neue Lokomotive, die an der Grenze das niederländische Zugpferd ersetzt hat, fährt viel zu schnell, Fensterrahmen knarzen, Fenster zittern, und dazu leuchtet der Schnee.

Seine beiden Mitreisenden schlafen. Er hat Lust auf Kaffee. Aris Filmdosen scheppern aneinander, aber er merkt es nicht, seine Arme schützen schlaff die Schachteln, die notdürftig mit Schnüren zusammengehalten werden. Neben ihm schnarcht sein Schwiegervater, der, halb sitzend, halb liegend, immer wieder an ihn stößt. Manchmal wacht er kurz auf, murmelt eine Entschuldigung und döst weiter.

Ihm selbst gelingt es nicht, einzuschlafen, er hat zu viel zurückgelassen und was ihn erwartet, beunruhigt ihn. Außerdem laden die harten Sitzbänke nicht dazu ein, zur Ruhe zu kommen. Er war davon ausgegangen, dass die Filmgesellschaft, für die sie arbeiten sollten, einen Schlafwagen für sie gebucht hatte, warum sonst sollten sie den Nachtzug nehmen? Um in Berlin eine Übernachtung einzusparen? Er hatte sich so auf ein Liegeabteil gefreut, hat damit sogar bei den Kollegen angegeben. Jetzt sollten sie ihn mal sehen, auf dieser Holzbank. Alles billig, dritte Klasse, eigentlich weniger als dritte Klasse, denn der Wagen direkt hinter der Ruß spuckenden Lokomotive ist noch ein bisschen billiger. Die Filmgesellschaft wird doch gut am Verleih des Films verdienen, es gibt in Deutschland schließlich zwanzigtausend Kinos. Zugegeben, für das bisschen Arbeit, das ihm in Berlin bevorsteht, wird er sehr gut bezahlt: Eine Woche dort bringt ihm mehr ein als fünf Monate Arbeit in Amsterdam, aber ein bisschen Komfort auf dieser langen Reise hätte drin sein können. Am liebsten würde er umkehren, zurück zu seiner Frau und seinem neugeborenen Sohn.

Unterwegs an den Bahnhöfen hört er viel Geschrei und sieht lauter verschiedene Uniformen, da Polizisten mit Mützen aus der Kaiserzeit, dort die protzig gekleideten neuen Machthaber. Und überall Fahnen in Rot und Schwarz, keine fröhlichen Farben. Und dazu das Geschrei. Sogar die dicken Schneedecken auf den Bahnsteigen können es nicht dämpfen. In den Studios in Duivendrecht schreien die deutschen Flüchtlinge auch, aber eher aus Entsetzen vor dem Amateurhaften des niederländischen Films. Auch er findet das Stüm-

23

perhafte in den Studios mehr als ärgerlich. Deutsche Techniker sind besser und haben immer recht, wenn sie kurz vor einer Aufnahme noch eingreifen. Wie wird dieser Verlust in den deutschen Filmstudios aufgefangen, wenn so viele ihrer besten Leute das Land verlassen?

Er hat eine unbändige Lust auf Kaffee. Die Maßnahmen der Länder um Deutschland herum, deutsche Einwanderer abzuwehren, werden immer strenger. Kaffee. In seinem eigenen Land soll seit kurzem in den Studios jeder Deutsche durch einen Niederländer ersetzt werden, egal, ob er sich in dem Beruf auskennt. Lächerlich. In Berlin sind die Kinderwagen billiger und stabiler, er hat versprochen, von seinen verdienten Reichsmark einen zu kaufen. Und einen Staubsauger. Kaffee. Schlafen. Klappt nicht.

Sein Cousin Ari braucht seinen Beruf nicht von den Deutschen zu lernen, er ist mit seinen dreiundzwanzig Jahren bereits ein Meister mit seinen Mikrophonen, Lampen und Linsen. Stell dir vor: auf der Rückfahrt ein neuer Staubsauger im Gepäcknetz! Sein Schwiegervater schnarcht, irgendwie musikalisch, aber es bleibt doch ein Schnarchen. Heißer Kaffee. Schnarchender Staubsauger. Filmdosen rütteln in einem Kinderwagen.

Diese lange Nacht im Zug will nicht dunkel werden, sie bleibt schneedunkel, schneehell. Sind sie überhaupt abgefahren? Der Zug bewegt sich, aber alles bleibt weiß, der Blutstropfen fräst sich durch den Schnee. Mit dem Herzen steht er noch am Bahnsteig in Amsterdam, seine Frau fest an sich gedrückt. Bahnhöfe sind einander ähnlich, haben in allen Ländern dieses Hallen, nur hier hört man Geschrei über alles hinweg.

Sein Schwiegervater rutscht fast von der Bank, als der Zug

wieder einmal hält, er schießt kurz hoch und schnarcht weiter. Ari verliert den Kampf zwischen dem Schlaf und dem Beschützen der Filmdosen. Und er selbst braucht dringend einen Kaffee.

»Ari, wach auf, du rutschst gleich runter. Pass auf die Dosen auf.«

»Kannst du sie bitte mal halten?«

Moritz würde die Reise gern nutzen, um mit seinem kleinen Cousin zu reden, sie tragen den gleichen Familiennamen, aber das ist auch schon alles, Kontakt haben sie kaum. Der Altersunterschied beträgt knapp ein Jahr, sie haben den gleichen Pflegefamilienhintergrund und sie haben sich beide sehr anstrengen müssen, um ihren Rückstand aufzuholen. Er selbst konnte zwischen seinen geschiedenen Eltern noch hin und her pendeln, aber Ari hatte außer einem verhassten Pflegevater niemanden. Moritz würde ihm gern sagen, wie sehr er ihn bewundert, weil er es geschafft hat, vom einfachen Malergesellen zu einem der gefragtesten Tontechniker seines Landes aufzusteigen. Er ist sogar einer von denen, die diesen Beruf erfunden haben! Nun, da sie mindestens zehn Stunden zusammen im Zug sitzen, müsste es doch möglich sein, eine halbe Stunde zu finden, um sich ein wenig näherzukommen. Er könnte schon mal anfangen, das »klein« aus seinem Wortschatz zu entfernen und ihn einfach Cousin nennen. Cousin Ari. Es klingt so abschätzig, jemanden kleiner Cousin zu nennen, der praktisch genau so alt ist wie man selbst. Es liegt an ihm, nicht an seinem Cousin, das ist ihm klar, er weiß, dass er etwas Unnahbares an sich hat, das ihn im Allgemeinen mehr schützt, als dass es ihm schadet. Aber in diesem Fall stört es ihn, er würde gern seinen Panzer ablegen, doch es gelingt nicht, der Panzer passt ihm zu gut. Kaffee.

25

Hannover. Hier hält der Zug ziemlich lange. Auf dem Bahnsteig übertönt eine Hochzeitskapelle das Zischen und Pfeifen. Auch das noch. Um sechs Uhr in der Frühe eine Hochzeit in schmutzigem Schneematsch, eine Sieglinde als braunweiße Braut, ihr Hochzeitskleid mit roten Hakenkreuzchen bestickt, und um den Kopf einen Kranz aus blonden Zöpfen. Es wird sogar ein zusätzlicher Hochzeitswagen an den Zug gekoppelt, das wird lange dauern, haben sie hier keine Fahrpläne, geht das denn einfach so? Sie müssen doch rechtzeitig im Studio sein.

»Soll ich uns mal einen Kaffee besorgen, der Service kommt während der Fahrt nicht in die dritte Klasse.«

Aber er spricht mit Schlafenden, und außerdem hat er einen Stapel Filmdosen auf dem Schoß. Er verstaut sie zwischen seinem Schwiegervater und seinen Koffern, geht auf den Bahnhof, klopft sich den Ruß ab, schafft es, drei Becher Kaffee zu erobern, hat kein deutsches Geld dabei, muss die Becher zurückgeben, nimmt ein Butterbrot aus seiner Tasche und sehnt sich zurück nach Hause. Ist das hier das neue Deutschland, um halb sieben auf einem Bahnhof in Hannover, eine lallende Hochzeitsgesellschaft zwischen schlaftrunkenen Fahrgästen im matschigen Schnee? Ohne Kaffee. Einen Kinderwagen kaufen, darum geht es. Durchhalten. Pfeifen trillern, Fanfaren schmettern, Befehle erklingen.

Einsteigen!

Als die Lokomotive ein Posaunengeblöke ausstößt, ist die Kakophonie perfekt. Wieder zurück im Abteil, sieht er, dass sein Schwiegervater und Ari schwarz vom Ruß sind. Soll er sie aufwecken? Ari schläft im Sitzen, wirre Strähnen kriechen unter seiner Schiebermütze hervor. Ohne diese Mütze hätte man ihn nicht in dieses Land gelassen, jüdischer als sein

Cousin Ari sieht kein Jude auf Erden aus, aber bis jetzt hat man ihm keine Steine in den Weg gelegt. *Holländischer Tonfilmkünstler* ist als Losung mehr wert als ein Reisepass. Ob ihr Regisseur sie wohl abholen wird, oder sonst jemand von der Filmgesellschaft? Haben sie sich überlegt, wie sie sonst zu den Studios kommen? Bestimmt nicht. Sein Schwiegervater hat einen achtzehn Jahre alten Baedeker dabei, in dem werden sie die Studios nicht finden.

»Fangen die Aufnahmen heute schon an?« Keine Antwort. Reicht mein Deutsch eigentlich?, denkt er. Der Zug fährt weiter, das Rütteln und Klirren ist heftiger geworden. Ari ist jetzt wach, er übernimmt wieder die Filmdosen.

»Du wolltest doch Kaffee holen, oder hab ich das geträumt? Hätte Lust auf einen.«

Filmdosen fallen zu Boden.

»Verdammt«, murrt Ari. »De la Mar und Frenkel* haben sie mit einer Fokker nach Paris geschickt, um Tonaufnahmen zu machen, so ein Flugzeug rüttelt bestimmt auch, aber nicht zwölf Stunden lang.«

Er könnte antworten, dass er im Zug auf der Rückfahrt sehr wohl einen Kinderwagen und einen Staubsauger mitnehmen kann, in einem Flugzeug hingegen nicht, stattdessen sagt er: »Ari, sei nicht so laut, Pa wacht sonst auf.«

»Bin schon wach, Junge, ich tu nur so, als ob ich schlafe, ich tu nur so, als ob ich schnarche, aber ich repetiere meine Rolle, damit ich gut in Form bin, wenn ich mit den Deutschen im Studio sitze. Ich hätte Lust auf einen starken Kaffee.«

»Pa, weißt du, ob der Regisseur uns abholt?«

»Das kannst du vergessen, Junge, der ist uns in der ersten

* s. S. 357

27

Klasse vorausgefahren, um für seinen neuen Film das Geld zusammenzubetteln, und bestimmt wird er nicht am Bahnhof stehen, um zwei Holländer und einen Belgier durch Berlin zu lotsen. Und du brauchst auch nicht zu glauben, dass wir ihn im Studio sehen werden, er überlässt alles uns und Ari. Ja, Jungs, wie organisieren wir jetzt einen guten Filterkaffee?«

Wird das Morgenlicht gegen den Glanz des Schnees gewinnen? Weiße Dorfdächer rasen vorbei, neben dem Zug flitzt ein Mercedes mit offenem Verdeck dahin. Welcher Idiot fährt denn jetzt mit einem offenem Cabrio? Er weiß nicht viel von Autos, für ihn ist jedes größere Auto ein Mercedes.

Wie es wohl in dem Hochzeitswaggon ist? Ob die in Berlin heiraten werden? Ist Berlin deutscher als das deutsche Land drum herum? Berlin ist für ihn der *Blaue Engel* im Tuschinski-Theater von vor einigen Jahren. Berlin ist Lotte Lenya, daran können die Fackeln der neuen Ordnung nichts ändern. Aber zur Zeit des *Blauen Engels* hatten sie dort nichts zu essen, und Lotte Lenya hat ihnen auch mit ihrer *Dreigroschenoper* keine Arbeit verschafft. Während sie in Berlin für die Arbeitslosenhilfe Schlange standen, stand er in Amsterdam Schlange für Eintrittskarten zu diesem Film. Jetzt sind die Rollen umgekehrt: Der Mann mit dem Chaplin-Bärtchen hat seinem Volk Arbeit verschafft, und in den Niederlanden müssen die Arbeitslosen zweimal am Tag für Essenmarken anstehen. Das Donnern und Blitzen hört nicht auf. Sie prügeln sich mit Kommunisten, sie schimpfen weiter gegen Juden, aber das tun sie in Polen auch, und zwar viel grausamer, dort schlagen sie Juden einfach dutzendweise tot. Hat er im Kino gesehen, in den Polygoon-Nachrichten. Totschlagen, das machen die Deutschen nicht, sie drohen, aber sie spielen weiterhin *Hamlet* und *Faust* und erfinden immer neue Medikamente, sie brauchen ihre Juden. Die paar Einschränkungen hat es immer gegeben, und nicht nur dort; in den Niederlanden würde ein Jude, der Cohen oder Polak heißt, auch nicht durch die Auswahlbestimmungen beim Ruderverein *De Hoop* kommen. Er allerdings schon. Aus Trotz hatte er sich vor ein paar Jahren als neues Mitglied angemeldet, sie kamen gar nicht auf die Idee, ihn nach seinem Hintergrund zu fragen, weil er ziemlich holländisch aussieht und sein Familienname unverdächtig klingt. Er wurde angenommen und kündigte anschließend sofort seine Mitgliedschaft, ohne je ein Ruder in die Hand genommen zu haben. Notar werden? Wollte er nicht, aber in den Niederlanden kannst du auch kein Notar werden, wenn herauskommt, dass du vier jüdische Großeltern hast. Das scheint das neue Kriterium zu sein, jüdische Großeltern. In Nürnberg haben sie vor ein paar Monaten neue Gesetze eingeführt. Wenn du vier jüdische Großeltern hast, bist du eigentlich kein Deutscher, sondern eine Art Zweiter-Klasse-Bürger, der nicht die gleichen Rechte hat wie ein echter Deutscher.

Er hat Glück, dass er in den Niederlanden nicht als Jude auffällt, Ari hingegen kann es sich nicht erlauben, bei *Hirsch* Kaffee zu trinken, er würde gebeten – höflich, das schon –, ein anderes Café aufzusuchen, sonst schikanieren sie ihn, indem sie heimlich Salz in seinen Kaffee streuen. Aber wenn niemand weiß, dass du Jude bist, passiert dir nichts. Noch nicht einmal seine eigene Frau weiß, dass er Jude ist, jedenfalls haben sie noch nie darüber gesprochen. Er hat ihr erzählt, dass sein Vater als Jugendlicher aus dem Haus geworfen wurde, aber sie glaubt, es wäre wegen seiner anarchistischen Ideen gewesen, nicht weil er den Glauben seiner Väter abgeschüttelt hatte. Er hasste den jüdischen Glauben, blieb aber Jude. Verachtet von den Juden, bewundert von den Sozialisten, aber er blieb Jude – sein Vater.

Und jetzt wird er, der Sohn, in Berlin einen Kinderwagen kaufen, und möglichst auch noch einen Staubsauger. Den enttäuschten Blick seiner Mutter hat er genau gesehen, als sie zusammen auf dem Bahnsteig standen, über den klapprigen Kinderwagen geneigt, in dem sein unbeschnittener Sohn lag. Diese Enttäuschung ist er von ihr gewöhnt. Noch immer deckt sie an jedem Freitag den Tisch mit einer sauberen, gestärkten Tischdecke, in der Hoffnung, dass er kommt und einen Gast mitbringt. Es ist der einzige Abend, an dem er sie nicht besucht, er will unbedingt dem Vorbild seines Vaters folgen. Es ist schon lästig genug, unauffällig Jude zu sein, dazu gehört nicht auch noch ein Glaube.

»Tja, Jungs, wie kommen wir jetzt an einen guten Filterkaffee?«

»Soll ich es mal im Speisewagen probieren?«, bietet er an. »Vielleicht kann ich dort mit niederländischen Münzen bezahlen.«

Zu spät. Die braune Hochzeitsgesellschaft samt Blaskapelle zwängt sich mit einer Polonaise durch die engen Korridore des Zuges und lockt wildfremde Passagiere mit. Einer der angetrunkenen Festgäste meldet sich in ihrem Abteil und fordert die drei auf Deutsch auf, sich anzuschließen.

»Jeder heiratet auf seine Weise«, murmelt sein Schwiegervater auf der Bank und gibt mühelos vor, zu schlafen, und weil Ari immer noch wie ein verschwitzter Morphinist aussieht, besteht für die beiden keine Gefahr. Nur er weiß nicht, wie er sich der drohenden Frage entziehen soll. Er gibt vor, sich erleichtern zu müssen, und drängt sich an einer dröhnenden Tuba vorbei Richtung zweiter Klasse, wo er nicht mehr weiter kommt, weil der Kopf der Hochzeitsschlange auf dem Rückweg wieder den eigenen Schwanz trifft. Durch offene Fenster dringt Schnee herein, ernüchtert kämpft sich die Hochzeitsgesellschaft vorwärts, Geschimpfe, Krachen, Kreischen.

Er will nach Hause. Das Mercedes-Cabrio ist nicht mehr zu sehen, es ist vom Schnee verschluckt, sein Fahrer steht irgendwo unterwegs und macht sich am Leinenverdeck zu schaffen.

Es wird noch eine Weile dauern, bevor sie am Bahnhof Zoo ankommen werden. Überall Fahnen, jedes Dorf, jede Stadt mit dem Bühnenbild eines mittelalterlichen Ritterromans. Komische Neigung, die Gegenwart in die Vergangenheit zurückzubiegen, denkt er. Gibt das den Menschen Sicherheit? Ist es das, was sie wollen, in der Vergangenheit anderer Menschen eine Rolle spielen?

Er kommt ohne Kaffee in das Abteil zurück und trifft dort auf einen Kontrolleur, der sie streng auffordert, alle Koffer auf die Bänke zu legen und zu öffnen, damit er seine Arbeit als Zollbeamter erledigen kann. Unsanft wühlt er in den Sachen herum, und als er bei den Filmdosen ankommt, macht Ari eine schützende Bewegung zu viel und die Dosen werden mit ordentlichem Spektakel beschlagnahmt. Das »Holländische Tonfilmkünstler« hat seinen magischen Klang verloren, sein Schwiegervater verkriecht sich in einer Ecke und zündet sich eine Pfeife an, er selbst versucht, Ari davon

31

abzuhalten, allzu heftig zu protestieren, und überlegt sich zugleich eine rettende Erklärung.

»Diese Filmdosen sind der Grund unserer Reise, mein Herr, ohne diese Filmdosen müssen wir mit dem nächsten Zug wieder zurückfahren.«

Weil er nicht unterbrochen wird, ist er nicht mehr zu bremsen und lässt den erstaunten Zollbeamten in immer flüssigerem Deutsch wissen, dass sie in seiner Hauptstadt für einen wichtigen Film ihre Stimmen aufnehmen müssen, zudem würde ihnen, fügt er hinzu, durch eine unerwartete Rückkehr die Chance genommen, einen Blick auf das neue Deutschland zu erhaschen.

»Und noch dazu können wir morgen Abend im Sportpalast nicht als drei Ehrengäste aus dem benachbarten Ausland bei der Rede von Herrn Minister Rosenberg anwesend sein.«

»Woher wissen Sie das alles?«

»Unsere niederländische Botschaft hat uns dazu eingeladen«, saugt er sich aus dem Daumen.

Der Mann zweifelt noch immer, Filmdosen könnten schließlich Staatsgeheimnisse enthalten. Er sammelt die Dosen ein, aber es sind zu viele, als dass er sie alle halten könnte, er legt sie auf die Bank zurück und gibt einem schweigsamen Kollegen Anweisung, sie im Auge zu behalten. Am Bahnhof Zoo angekommen, sollen sie sich beim Zoll melden, sagt er nicht unfreundlich.

»Na, meine Lieben, das fängt ja gut an.«

Ari ist entsetzt, seine Welt ist zusammengebrochen. Nass vor Angst, wie ein aus dem Wasser gefischter Ertrunkener, sieht er sich schon für Monate im Gefängnis. Er fühlt sich von seinen beiden Reisegefährten verraten, kämpft mit seiner

Wut und seiner Hilflosigkeit, wendet den Kopf vom Bewacher ab und drückt sein Gesicht an die Holzwand.

Moritz selbst geht davon aus, noch heute zurückfahren zu können und diesen ganzen Alptraum hinter sich zu lassen. Er schaut nicht aus dem Fenster, als der Zug in Berlin einfährt, er möchte sich später, am Stadionplein, an nichts mehr erinnern müssen. Es soll ein böser Traum bleiben, mehr nicht.

Er bleibt mit Pa im Abteil zurück, bewacht vom ss-Zugpersonal, während Ari verwirrt auf den Bahnsteig gegangen ist, auf der Suche nach einer Lösung. Zehn Minuten später kommt er erleichtert mit dem Regisseur und einem Vertreter der niederländischen Botschaft zurück. Dieser hat die Filmdosen auslösen können, indem er dem Zugschaffner einen großen Geldbetrag zugesteckt hat. Mission erledigt. Vielversprechender Anfang.

2

Die Botschaft

Die Tür des Eisenbahnwagens ist zu schmal für seine breiten Schultern und seine Koffer, er fühlt sich eingezwängt wie ein Schwein in einem Viehwaggon, er will hier nicht stehen, nicht von der herablassenden Herzlichkeit des Regisseurs überschwemmt werden, es ist alles zu viel.

Hat der Mann denn kein Gespür? Zwölf Stunden lang haben sie in dieser ruckelnden Holzkiste zugebracht. Warum entschuldigt er sich nicht für die Fahrt in der dritten Klasse, warum zeigt er kein Verständnis für ihre zerknitterte Kleidung, warum kümmert er sich nicht um Pa, sorgt dafür, dass er sich irgendwo den Ruß vom Gesicht waschen kann. Er ist schließlich schon über fünfzig, schau ihn doch mal an, wie er da mit seiner Pfeife steht und tut, als fühle er sich prima, biete ihm hier auf dem Bahnhof einen bequemen Ledersessel an, schenke ihm einen Filterkaffee aus, dann bist du ein Kerl. Jetzt bist du ein Amateur, der versucht, eine Hollywoodgröße zu imitieren. Wichtigtuer!

»Liebe Freunde«, heißt der Regisseur seine Schauspieler mit offenen Armen willkommen, »wir bringen euch sofort zu eurer Botschaft, zu einem Empfang zu euren Ehren. Dort könnt ihr bei einem vorzüglichen Mittagessen nach eurer anstrengenden Nacht im Zug wieder zu Kräften kommen. Wieso hat euch das Produktionsbüro bloß in die dritte Klasse gesteckt, davon habe ich nichts gewusst. Das werden wir bald wieder in Ordnung bringen, das verspreche ich! Und dann werden wir sofort loslegen.« Er bedeutet dem Botschaftsvertreter, einen Gepäckträger zu suchen, »die erwarten keine Kunden aus der dritten Klasse.«

Ein Gepäckträger erscheint, der ihm auch seine Koffer abnehmen will. Er will sie aber auf keinen Fall hergeben und zerrt sie durch die endlosen Gänge, die Treppen hinunter, demonstrativ gebeugt unter seinem Widerwillen, er muss und wird leiden. Nach Hause! Darf ich nach Hause, von mir aus ohne Staubsauger, ohne Kinderwagen, wenn ich nur nach Hause darf. Aber die Chance ist vorbei, nun, da der Filmdosenraub mit Hilfe von Schmiergeld im Keim erstickt worden ist.

Der Regisseur hat Pas Arm genommen und schwärmt von seinem nächsten Überseefilmprojekt, in dem Pa die Hauptrolle spielen soll. Das unvermeidliche Verteilen von Geschenken hat wieder angefangen, Träume als Träume verkaufen. Es geht um unser Niederländisch-Ostindien, der Name des Schauspielers Frits van Dongen* fällt, meine Laune sinkt rapide ... warum nicht ich ... mit Pa zusammen nach Niederländisch-Ostindien ... ich will nach Hause ... Pa als Plantagenbesitzer ... der Regisseur sagt, dass er das Geld schon zusammen hat ... ob Pa es machen würde ... monatelang weg aus Amsterdam? Wie immer hat der Regisseur eine blühende Fantasie – wir müssen nur noch zusammen in die Friedrichstraße, zu dem Mann-mit-dem-Kleingeld, der will wissen, wen ich dafür vorgesehen habe, und dann schiffen wir uns ein und können *Rubber* drehen.

* s. S. 357

35

Auf dem Bahnhofsplatz zwischen Bussen und Taxis wird geschimpft und geschrien. Man schafft es kaum, Schlammspritzern auszuweichen. Würde es doch nur noch schneien, dann läge alles und jedes gleichermaßen unter einer weißen Decke. Doch jetzt schießt eine wässrige Sonne ihre Pfeile auf alle Lebewesen und leuchtet sie aus wie bei einer Nahaufnahme. Die Gruppe Holländer wird in einen alten Mercedes gepfropft, einen Mercedes mit offenem Verdeck, dessen Motor ebenso stinkt wie bei allen anderen Autos. Das ist durch und durch Berlin. Wer ist bloß auf die Idee gekommen, drei nach einer schlaflosen Nacht im Zug aufgetauchte Landsleute in ein Auto mit offenem Verdeck zu stecken? Haben wir noch nicht genug Ruß abgekriegt? Wir müssen auch nicht unbedingt gesehen werden, solche Parvenüs sind wir nicht.

Moritz kommt es so vor, als sei er noch mit einem Gummiband am Stadionplein von Amsterdam verbunden. Jeder weiterer Meter im Berliner Dschungel verschlimmert seine Kopfschmerzen. Der Regisseur redet und redet, er hört Wörter, sie bedeuten nichts und dennoch klopfen sie ständig an die Innenseite seines Schädels, wie Glocken, die innen läuten und die niemand hört.

»Ich will nach Hause.«

Als er wieder zu sich kommt, sitzt er in einem bequemen Lederstuhl im Wintergarten eines Landhauses, das mitten in einem Park steht. Der Schnee ist noch nicht geschmolzen, die Sonne wärmt die kahlen Bäume, als würden sie in voller Blüte stehen; in der Ferne erklingen leise Stimmen.

Was ist passiert? Pa hält ihm einen Filterkaffee unter die Nase.

»Komm, Junge, nimm einen Schluck, iss etwas, das Volk wartet auf dich.«

Er trinkt etwas Kaffee, erhebt sich und geht einen mit eleganten Schnörkeln bemalten Flur entlang, der aus einer Komödie von Beaumarchais stammen könnte. Eine Tür wird geöffnet, eine Doppeltür mit goldenen Knöpfen, so schön, dass sie eigentlich in Ruhe gelassen werden sollten. Als die ersten Türflügel geöffnet sind, hört er im Niemandsland hinter den folgenden Türflügeln ein Durcheinander von Stimmen. Wird das hier ein Bühnenauftritt? Kenne ich meinen Text, weiß ich, was ich zu tun habe? Wo ist Ari?

Ein fröhliches Stimmengewirr wogt ihm entgegen. Er steht in einem stilvoll eingerichteten Salon. Ein langer Tisch nimmt fast den ganzen Raum in Beschlag, um ihn herum Dutzende, teils bekannter, Gesichter. Alle schauen zu ihm herüber, als wäre er unerwartet als Schornsteinfeger aus dem Kamin gestiegen. Ein tadellos gekleideter, spindeldürrer Herr am Kopfende des Tisches, vermutlich der Botschafter, heißt ihn willkommen. Sie sind gerade rechtzeitig angekommen, ein Toast wird ausgebracht. Ein Bediensteter im Frack führt ihn zu seinem Stuhl, weit entfernt von seinem Schwiegervater.

»Ihren Film habe ich leider noch nicht in Augenschein nehmen können«, fährt der Botschafter fort, »aber mir ist sein Triumphzug zu Ohren gekommen, der Goldene Löwe im rührigen Venedig letztes Jahr, die interessante Aufregung, die er verursacht hat. Ich habe die begeisterten Berichte in den heimischen Zeitungen verschlungen, auch die in der deutschen Presse, ja, auch in der *Berliner Morgenpost* hier hatten Sie fette Schlagzeilen.«

Aus dem Nebel taucht der Regisseur auf, strahlend vor Stolz. Und nun entdeckt er weitere Mitarbeiter des Films, sind sie getrennt angereist? Oder arbeiten sie schon seit einiger Zeit hier? Wo kommen sie her? Dann sieht er in der Menge der Gesichter das Skriptgirl Rietje, wandelndes Gedächtnis der Aufnahmemonate, und neben ihr sitzt der ungarische Kameramann, ergraut innerhalb eines Jahres. Was ist mit ihm passiert? Der Autor des Drehbuchs ist auch da. Am anderen Ende des Tisches, ihm schräg gegenüber, sitzt Ari, der versucht, seine Aufmerksamkeit auf sich zu ziehen. Was ist während der letzten zehn Minuten passiert? Ist er in Ohnmacht gefallen? Er schämt sich, was wird Pa bloß denken?

Unverdrossen redet der Botschafter weiter:

»Wie ich verstanden habe, fängt *Totes Wasser* eine neue Reise an, beginnt ein neues Leben in der großen weiten Welt. Hurra, hurra! Wie ich verstanden habe, hat sich die amerikanische Metro-Goldwyn-Mayer mit einer deutschen Partnerin Ihres Lebenswerks angenommen, deshalb befinden sie sich alle in unserer Mitte, Schauspieler, Techniker, der Regisseur, der Kameramann, nicht zu vergessen der Autor, der sich das alles ausgedacht hat«, dem Mann wird ein Zettel gereicht, »ich bitte um Verzeihung, dass ich von Ihnen allen noch nicht Vor- und Nachnamen kenne, aber das wird sich ändern, wenn ich nachher den Film in Augenschein habe nehmen dürfen, ha, ha!«, und die Stimme versinkt wieder in dem Zettel.

Den hätte der Mann sich doch vorher anschauen können, deswegen stehen doch Namensschilder neben unseren Tellern. Er sieht, dass das Schild neben seinem Teller anzeigt, dass er an Aris Platz sitzt! Was soll's. Alles Blödsinn, sonst nichts.

Zu seiner rechten Seite sitzt jemand, der sich ostentativ von ihm weggedreht hat, so dass er sich nicht verpflichtet fühlt, sich vorzustellen. Mit der Dame zu seiner Linken scheint es komplizierter zu sein, sie ist so tief in sich versunken, dass sie nichts um sich herum wahrnimmt. Hört sie überhaupt, was der Botschafter sagt? Sie trägt ein Kleid aus durchsichtigem Stoff, der die gleiche Farbe hat wie ihre durchscheinende Haut, die Stofffalten wogen sanft im Rhythmus ihres Herzens. Die vage angedeuteten Blumen, die als Verzierung in einem sanften Rot aufgemalt sind, setzen Akzente an Stellen, auf die ihr Körper noch nicht ausgerichtet war, als er noch daran dachte, die Welt zu erobern. Alles an ihr strahlt ein »ich bin nicht da« aus. Sie ist derart abwesend, dass es scheint, die winzig kleinen Lachshäppchen würden ohne ihr Zutun in ihrem Mund landen. Die roten Blumen zittern vor Widerwillen gegen solche trivialen Handlungen.

Er traut sich nicht, sie allzu lange zu betrachten, die Ader an ihrem Hals, die anzeigt, dass sie tatsächlich noch lebt, könnte auf einmal aufhören zu arbeiten. Vor lauter Mitgefühl kann er selbst sein Essen fast nicht mehr anrühren. Wie überlebt diese Frau hier? Braucht sie etwa Hilfe? Er versucht, ihren Namen zu entziffern, er erwartet nicht, dass sie sich von sich aus vorstellen wird, vielleicht ist sie eine Schauspielerin aus der Ukraine oder aus China, die angeheuert wurde, um eine russische oder spanische Version von *Totes Wasser* einzusprechen. Durch diese Schutzhülle aus Porzellan zu dringen, wäre nichts anderes als Mord.

»Einige von Ihnen werden zusammen mit ihren deutschen Kollegen Ihren geliebten Filmstreifen nachsynchronisieren. Das ist für mich als Laie, ich hoffe, Sie nehmen es mir nicht übel, ein Wunder der Technik, ein Wunder der neuen Zeit.«

Die goldenen Türknöpfe drehen sich, die Türen schwingen auf, und vier als holländische Bäuerinnen verkleidete

Damen verschiedenen Umfangs betreten den Saal mit silbernen Schalen, hoch beladen mit Heringen.

»Ja, meine Damen, teilen Sie aus, und Sie, verehrte Gäste, langen Sie zu, würde ich sagen. Ich war bei der neuen Zeit stehengeblieben, das bietet mir die Gelegenheit, Sie, die Sie gerade in Berlin eingetroffen sind, auf die vielen Dinge aufmerksam zu machen, die Sie hier antreffen werden und die sie auf den ersten Blick in Erstaunen versetzen werden. Anders als in den Niederlanden, die Sie vorübergehend hinter sich gelassen haben, werden Sie hier nicht mit langen Warteschlangen vor den Arbeitsämtern konfrontiert werden, höchstens mit langen Warteschlangen vor den Kinos. Sie werden keine Tagediebe sehen, die Ihnen den Weg versperren, Sie werden sich höchstens im Trubel dieser in jeder Hinsicht fortschrittlichen Weltstadt Berlin verlaufen!«

Es ist deutscher Hering aus der Ostsee.

»Jeder hat Arbeit und strahlt seine Zufriedenheit darüber aus, mit Freude wird durch die Straßen marschiert, Fremde grüßen einander, allenthalben hört man das Sieg Heil. Sie als Ausländer sind nicht verpflichtet, den Gruß zu erwidern, aber es wird sehr geschätzt, wenn Sie sich auch dazu entscheiden könnten. Ich wiederhole, Sie müssen es nicht tun, aber dann sollten Sie bitte Ihren Pass bereit halten, für den Fall, dass jemand versucht, Sie dazu zu zwingen, diesen Heilsspruch auszusprechen. Wir, als nüchterne Niederländer, könnten uns außerdem über das in unseren Augen aggressive Auftreten einiger Jugendgruppen wundern, die sich, losgelöst vom altmodischen Joch, manchmal über die Grenzen des allgemein akzeptierten guten Benehmens hinausbewegen. Versuchen Sie bitte, sich in unsere östlichen Nachbarn hineinzuversetzen, die in den letzten Jahren so schwer unter der lähmenden Unentschlossenheit der an- und zurücktretenden Regierungen der alten Garde gelitten haben.«

Pa wird ihn auf keinen Fall stören, der hat sich vorgenommen, in den Abendstunden einige Seiten von Chateaubriand zu übersetzen. Ari ist ein Asket, der seine Freizeit komplizierten indischen Übungen widmen wird, und er selbst wird lange Tagebuchbriefe an Jannetje schreiben. Sie brauchen sich um uns keine Sorgen machen, Herr Botschafter.

»Guten Appetit, genießen Sie die Heringe, nehmen Sie ruhig noch einen zweiten, und ich wünsche Ihnen viel Vergnügen bei unseren deutschen Freunden.«

Wenn nicht das Porträt von Königin Wilhelmina an der Wand hängen würde, und abgesehen von der Tatsache, dass nirgendwo ein Hakenkreuz zu sehen ist, könnte man meinen, dieses Affentheater fände im Nazihauptquartier statt. Ob die durchsichtige Frau neben ihm auch zu der kleinen Armee der Andersdenkenden gehört? In seinem besten Deutsch fragt er sie, wie sie hierher geraten ist.

»Sie können sich ruhig auf Niederländisch mit mir unterhalten«, antwortet sie. »Ich bin Mitglied der Kommission für jüdische Flüchtlingskinder, das Kinderkomitee, das kurz vor Ihrer Ankunft offiziell willkommen geheißen wurde. Der Botschafter schlägt zwei Fliegen mit einem Mittagessen: unser Komitee und Ihr Filmteam. Niederländische Sparsamkeit, mein Herr. Vielleicht haben Sie es vergessen, aber wir hatten eine Vereinbarung, ich habe mir Sorgen gemacht. Glauben Sie mir: Der Botschafter macht hinter der Fassade dieses deutsch angehauchten Verhaltens eine sehr menschenfreundliche Politik.«

Ihre Lampe brennt wieder, ihre Haut bekommt Farbe.

Eine Vereinbarung? Ich habe überhaupt keine Vereinbarung, was soll das? Worauf will diese Frau hinaus?

»Er hat uns heute Morgen vierundsechzig Einreisevisa zugesagt, vierundsechzig jüdische Kinder aus Danzig, die wir in die Niederlande mitnehmen und in Sicherheit bringen dürfen. Selbstverständlich hätte ich gern viel mehr mitgenommen, aber vierundsechzig ist wenigstens etwas. Mir wurde vom Kinderkomitee in Amsterdam Ihr Name genannt, deshalb hat der Botschafter es so geregelt, dass wir nebeneinander sitzen. Aber Sie tun so, als wüssten Sie von nichts.«

Diese Frau hält ihn für Ari. Hätte Ari hier sitzen sollen? Ist man an ihn herangetreten, um auf dem Rückweg die Kinder aus Danzig zu begleiten? Ich traue der Sache nicht. Vierundsechzig Visa, diese schleimige Ansprache, Jüdisches Kinderkomitee, noch nie gehört, die ekligen Heringe, die lächerlichen Bäuerinnen, und das alles vor einer Theaterkulisse mit falsch aufgestellten Namensschildern.

Auf der anderen Seite des Tischs, ihm schräg gegenüber, sitzt Pa und strahlt. Er hat die Frau des Botschafters mit flämischen Witzen um den Finger gewickelt und genießt ihre Aufmerksamkeit. Ari erzählt Gästen, die neben ihm sitzen, von der fortschrittlichen Technik beim Tonfilm. Der stille Ari, so voller Leidenschaft.

Der Botschafter, der vielleicht noch nicht weiß, wie er die vierundsechzig Visa herbeizaubern soll, schlägt an sein Glas und bittet um Aufmerksamkeit für Aris Vortrag. Der macht brav, was von ihm verlangt wird, aber sein Widerwille, im Mittelpunkt zu stehen, gewinnt die Überhand über seinen Stolz als Pionier des Tonfilms. Er gerät ins Stocken, wird unverständlich und landet wieder in der Zeit des Stummfilms. Die in ihrer Visaerzählung unterbrochene Nachbarin knipst ihr Licht wieder an, macht ihn mit Blicken auf die Mitglieder der Rettungsoperation am Tisch aufmerksam und setzt ihren Bericht fort.

Er schämt sich, dass er nichts von diesen wenig geheimen Operationen weiß, vor allem als die durchsichtige Dame ihm erzählt, dass es vor gar nicht so langer Zeit einen Kongress im Autosalongebäude an der Ferdinand Bolstraat gegeben habe, den Tausende von Amsterdamern besuchten.

»Dort wurde beschlossen, die Regierung zu bitten, Tausende von Kindern, Waisenkinder und Flüchtlingskinder, in unser Land aufzunehmen, und falls das auf Widerstand stoßen würde, unser Land zumindest als Durchgangsland zu benutzen. Das waren wir schließlich immer schon«, sagt die Dame neben ihm begeistert, »die ganzen Jahrhunderte. Mit großer Mehrheit wurde dieser Vorschlag angenommen, außerdem wurde ein großer Geldbetrag gesammelt, um die Zugfahrkarten bezahlen zu können.«

Hat er denn einen so eingeengten Blick und beschäftigt sich nur mit seinem Beruf, mit seiner Ehe und der Einrichtung seiner Wohnung, dass ihn das alles nicht erreicht hat? Er liest doch Zeitung, oder? Aber von dieser wichtigen Tagung, die wohlgemerkt quasi bei ihm um die Ecke in seiner eigenen Stadt stattgefunden hat, weiß er nichts. Warum Ari, und er nicht? Ist die Entfernung zwischen ihm und seinem Cousin so groß geworden? Und am härtesten trifft ihn, dass Ari es nicht einmal der Mühe wert fand, ihm etwas von seinen Aktivitäten mitzuteilen.

Der Botschafter übergibt jetzt das Wort an den Regisseur. Der erhebt sich langsam und zaubert ein Lächeln auf sein Gesicht, das alle Anwesenden davon überzeugen soll, dass er im Grunde ein bescheidener Mensch ist.

Genüsslich gurrend spricht er in der Sprache des Abgeordnetenhauses seinen Dank für den Empfang aus und verkündet zugleich, dass ihm heute Morgen im Büro der Reichsfilmkammer genügend Geld zugesichert wurde, um mit seinem niederländisch-ostindischen Film *Rubber* anfangen zu können. Er lässt es sich nicht nehmen, den ganzen komplizierten Inhalt des Drehbuchs haarklein zu erklären, eine Geschichte, die für die Mitglieder des Kinderkomitees bestimmt interessant ist, weil sie sie von einem echten Filmregisseur erzählt bekommen, die aber für die Mitarbeiter des Filmteams, die sie schon oft anhören mussten, eindeutig überflüssig ist. Aber auch hier, bei diesem offiziellen Mittagessen, kommt die Rettung von Rietje. Letztes Jahr hat sie mit ihrer Organisationsbegeisterung das Projekt *Totes Wasser* regelmäßig wieder flottgemacht, und auch jetzt zeigt sich, wie unverzichtbar sie ist. Unaufgefordert ergreift sie das Wort und bittet Ari, Pa und ihn, nach dem Ende des Mittagessens nicht gleich zu gehen, denn »ich habe noch etwas für die Pinnwand«. Die Kakophonie am Mittagstisch bereitet sich auf das Finale vor, ein ernsthaftes Gespräch ist unmöglich. Alle erheben sich, alle wirbeln durcheinander. Unerwartet steht die durchsichtige Dame vor ihm und fragt:

»Wer von Ihren beiden Kollegen hat denselben Namen wie Sie, der ältere Herr oder der junge Mann? Ich möchte ihn etwas fragen, aber ich weiß nicht, wer der Richtige ist.«

Er deutet auf Ari, und kurz darauf sieht er, wie sich die beiden unterhalten. Er ist eifersüchtig, er hätte gern dazugehört. Überall formieren sich Grüppchen. Er hat seine weiße Dame und somit den Fluchtweg nach Hause verloren. Man drückt ihm und Pa einen Stadtplan von Berlin in die Hand, dazu einige Fahrkarten für den Bus und die S-Bahn und die Adresse, wo ihr Bett steht. Pa und er teilen sich eine winzige Etage in der Müllerstraße, ziemlich weit entfernt, bei einer Wirtin, die von der Filmgesellschaft bezahlt wird, um ihnen ein Frühstück zu bereiten und jeden Tag ihre Betten zu machen. Pa fragt Rietje: »Liebes, weißt du vielleicht, ob es in Berlin eine niederländische Zeitung gibt?«

»Ich glaube nicht, und sollte es doch eine geben, wird es eine ganz alte sein, am besten fragst du bei einem der Kioske nach, die werden es schon wissen. Briefe von zu Hause liefern wir vom Produktionsbüro an eure verschiedenen Adressen. Morgen früh, habt ihr es alle gehört, morgen früh um neun Uhr werdet ihr in Klein-Babelsberg erwartet.«

»Wo liegt das? Wie kommen wir dahin?«, will Pa wissen.

»Ihr findet es auf dem Stadtplan, dort müsst ihr euch beim Pförtner melden, dann hole ich euch ab. Um neun Uhr! Nein, Ari, du kommst mit uns im Produktionswagen mit, mit all den Dosen, nicht auszudenken, unser Filmkurier mit den Kronjuwelen, nicht auszudenken. Simon und Gerard, für euch habe ich ein Taxi organisiert, ich bringe euch hin. Einen schönen Abend, Gaston, einen schönen Abend, Moritz.«

Als sie die Theaterkulisse verlassen, fragt er Ari: »Warum hast du mir nicht erzählt, dass du auch aus anderen Gründen hier bist, ich hätte dir doch helfen können?«

»Du hast mir nicht den Eindruck gemacht, als würdest du dich dafür interessieren. Wenn du es wirklich wissen willst, sollten wir uns dieser Tage mal verabreden, bestimmt werden wir eine Minute übrig haben.«

3

Babelsberg

Es ist noch nicht einmal hell, als Moritz beim Frühstück seinem Schwiegervater vorschlägt, zu Fuß zu den UFA-Studios zu gehen, statt den Bus zu nehmen. Damit sie sich in ihrem eigenen Tempo an den Übergang vom Museumsdorf Amsterdam zum geschäftigen Berlin gewöhnen können. Und um Geld zu sparen.

»Nun, Junge, wir werden sehen, wie weit wir kommen, das scheint ein ziemlich langer Fußweg zu sein.«

Ihr erster Abend war friedlich verlaufen. Pa hatte tatsächlich mit dem Übersetzen angefangen, und er selbst hatte einen fünfseitigen Brief an Jannetje geschrieben: einen minutiösen Bericht über die Zugreise, den Empfang in der Botschaft und, so fand er, eine sehr gelungene Beschreibung seines Zimmers. Er hatte wie selbstverständlich seinem Schwiegervater das größere Zimmer überlassen; dort stand ein normal großes Bett, seines war etwas zu kurz geraten, es gab kein fließendes Wasser, nur eine altmodische Waschschüssel, das war alles. Es war das Dienstbotenzimmer, das war klar. In lebendigen Worten hatte er ein Porträt der Wirtin, Frau Bolte, gemalt, darüber würde Jannetje bestimmt lachen. Zum Glück dürfen sie sie Grete nennen, denn ihr Familienname*

---

* bol – rund, prall

passt wie angegossen zu ihr; in seinem Brief war sie zu einer Figur aus einem deutschen Schwank geworden. Um sich Jannetje so nah wie möglich zu fühlen, beschrieb er aus der Ferne ihren Tagesablauf, eine Stunde nach der anderen, er hatte sie ihren kleinen Sohn herumschleppen lassen, auf dem Papier war er mit ihr zum Einkaufen gegangen, er hatte für sie eine Freundin zu Besuch kommen lassen und in liebevollen Worten beschrieben, wie der Kleine gedieh. Und er hatte jäh mit dem Fantasieren aufgehört, als ihm bewusst wurde, wie steil die Treppe zu ihrem Stockwerk war, wie vielen Risiken sie dort allein ausgesetzt war und wie schuldig er sich fühlte, weil er sie mit der Last so lange allein ließ, nur um Geld zu verdienen.

Jetzt muss er nur noch eine Marke auftreiben, dann kann er den Brief abschicken.

Die Schneestadt macht aus ihnen zwei feuchtweiße Provinzler, die jeder mit einer Aktentasche voller niederländisch-deutscher Filmtexte durch den Schnee stapfen.

Pompöse Paläste mit Hakenkreuzfahnen schauen mitleidig auf sie herunter. An den Giebeln knattert fest gespannt das Rot und Schwarz des Nazileinens, wie Segel überlebensgroßer Schiffe, die sich weigern, vom Fleck zu kommen. Die Gebäude, die sie beide von Fotos kennen, wirken durch ihre Beflaggung protziger, in den Bildbändern waren sie viel schöner. Wenn zwischen zwei Monumenten ein Gebäude ohne Fahnen auftaucht, sieht es gleich viel freundlicher aus.

Nachdem sie eine Viertelstunde kräftig marschiert sind, wird ihm klar, dass der Schneesturm anderes mit ihnen vorhat und dass dieser Spaziergang für seinen Schwiegervater zu schwer ist. Jetzt nehmen sie doch noch den Bus. Er setzt sich auf das obere Deck. Von dort blickt er auf die ersten Schilder mit der Aufschrift *Juden nicht erwünscht* hinunter. Er dreht den Kopf weg. Verdammt.

Kurz bevor sie den Eingang zu den Studios erreichen, kommt ihnen eine Frau im Regenmantel entgegen, sie hat den Hut tief über die Augen gezogen und versucht verzweifelt, ihren Regenschirm gegen den Schneesturm zu stemmen. Er schaut ihr lange nach.

Der Pförtner des Filmkomplexes heißt sie in einem für sie unverständlichen Berliner Dialekt willkommen. Nachdem viele Papiere mit einem Stempel versehen sind, müssen sie in einem Wartezimmer Platz nehmen, bis Rietje sie abholt.

»Es ist, als wären wir Lieferanten, Pa, holländische Käseköpfe, die ihre Waren an der Pforte abliefern und jetzt auf ihr Trinkgeld warten.«

»Sind wir auch, Junge, Stimmenlieferanten, Sprachenverdreher, aber vergiss nicht, dass das Trinkgeld fürstlich ist. Wenn du dir dessen bewusst bist, wirst du das hier überleben. Schalte deinen Verstand aus, widersetze dich nicht.«

Beide bekommen eine silberne Nadel in Form eines Nazi-Adlers mit einer winzigen Filmkamera zwischen den Klauen, und man sagt ihnen, dass sie damit in den kommenden Tagen die Studios frei betreten und verlassen können. Kein wasserdichtes System, ziemlich amateurhaft, denkt Moritz. Ich darf nicht vergessen, Rietje um eine Briefmarke zu bitten, oder ob der Pförtner …

Dann stehen sie auf dem Gelände der UFA-Studios. Das hier ist das Gelobte Land. Soll er jetzt beeindruckt sein? Alles ist hier hundertmal größer als in den Cinetone-Studios in Duivendrecht oder in der misslungenen Filmstadt in Wassenaar. Versuchen sie die Wirklichkeit zu verschleiern, indem sie mit Häusern aus Pappmaschee und Giebeln aus Sperrholz in engen Straßen und Gassen die Fantasie des Publikums manipulieren oder indem sie mit nachgemachten griechischen Säulen und ägyptischen Tempelfronten aus Gips die Antike für ihre Politik missbrauchen? War es das, was er mit eigenen Augen sehen wollte? Wahnsinn.

Überall herrscht Chaos. Herumrennende Schneemänner unter babylonischen Triumphbögen, Autos und Fahrräder, die nicht von Verkehrsregeln behelligt werden. Nirgendwo Schilder *Juden nicht erwünscht*, oder sind die ebenfalls eingeschneit? Profitieren Juden von den Launen des Wetters? Er muss wieder an die Kinder denken und spürt fast körperlich Jannetjes Abwesenheit. Er ruft laut ihren Namen. Niemand schaut sich um.

Rietje führt ihre Gäste wie eine geübte Stadtführerin an eingestürzten Drehorten von vor langer Zeit gedrehten Filmen vorbei, an Müllkippen voller Dekorreste. Sie streut Namen von Filmstars und Regisseuren um sich, die in den diversen Studios drehen. Der Schneesturm verliert gegen ihre Begeisterung, sie sieht Farben und Konturen, die den beiden anderen verborgen bleiben.

»Nachher, in der Mittagspause, könnt ihr euch bestimmt einige aus der Nähe anschauen, Kiepura, Lilian Harvey, Lilian ist so ein Schatz, ja, und vielleicht kommt auch Johannes Heesters, dann stelle ich euch einander vor, ach nein, du kennst ihn«, sagt sie zu Pa, »du hast ja mit ihm gespielt!«

Ein Sturm aus Schneeflocken faltet sich wie ein sich schließender Vorhang um die Besucher.

»Moritz, Mensch, grins nicht so spöttisch, euer Raum ist noch ein Stück weiter, dort liefert ihr eure Stimmen ab, dann bekommt ihr wieder einen Stempel und kehrt mit einem Sack Geld zum Stadionplein zurück.«

Er ist jedem im Weg, schiebt in Gedanken einen Kinderwagen, spricht mit dem Kleinen, sagt, mach die Augen zu, schau dir den ganzen Blödsinn um dich herum nicht an. Er verliert Pa und Rietje aus den Augen. Weiß gegen Weiß ist kaum zu sehen.

Am äußersten Ende des Geländes ragt ein streng aussehendes Mausoleum auf, ein architektonisches Meisterwerk in der Pappmascheewildnis. Eine Schneekiste. Er erkennt darin das Tonfilmatelier, von dem Ari Fotos in der Tasche hat, so wie er selbst Fotos von seinem Sohn bei sich trägt. Strenge Linien, hohe Mauern, ein herunterhängender schneebedeckter wilder Wein, keine Fenster, nur ein Eingang. Wenn dieses Gebäude dich erst einmal verschluckt hat, kommst du nie wieder heraus. Es erinnert ihn an die Synagoge in der Jacob Obrechtstraat, die auch nicht gerade einladend ist. Er hat sie nie betreten wollen, warum tut er es denn jetzt? Widerwille. Schneegestöber verwandelt sich in Schneesturm, es gelingt ihm nicht, auch nur einen Meter voranzukommen. Er stellt sich in einer Hütte unter, halb aufgebaut oder halb abgebrochen, für einen Hänsel-und-Gretel-Film. In der Bettnische trifft er auf Pa und Rietje, die hier schon vorher Unterschlupf gefunden haben. Der tauende Schnee lässt Pas Gesicht glänzen, er sitzt da und strahlt.

»Wer weiß, Junge, vielleicht werden wir uns einmal mit deinem Kleinen diesen Kinderfilm anschauen. Ob wir ihm dann verraten, dass wir uns beim bösen Wolf vor dem Schnee in Sicherheit gebracht haben?«

Rietje hat das Warten langsam satt und zieht die beiden Männer aus der Bettnische ins Freie. Immer näher kommen sie der Schneekiste. Anders als in den anderen Studios sieht man hier kaum Leute herumlaufen. Dort werden sie also eine Woche lang eingesperrt sein. In dieser Tonkirche. Verträgt Ton kein Licht?

So still und würdevoll das Gebäude von außen aussieht, drinnen geht es so geschäftig zu, wie auf dem Albert Cuyp Markt am Samstag in Amsterdam. An- und ausgehende Lichter versuchen Stille zu erzwingen, sie färben das Durcheinander in den schmalen Gängen rot. Menschen huschen wie nach Luft schnappende Aale aneinander vorbei, Fetzen von Orchestermusik aus großen Studios wehen einem in die Ohren, etwas weiter erschallt Operettengeträller, und als sie um eine Ecke biegen, nähert sich drohend Urwaldgewitter. Wie kann man hier Stille erzeugen, denkt er, armer Ari mit seinen Aufnahmen.

Pa hat er im Trubel verloren. Auch die Produktionsleiterin ist nicht mehr zu sehen und Fragen bringt nicht viel. Ein herumirrender Aal, der nach *Totes Wasser* fragt. Dann wird er in einen Raum geschoben, wo die Finsternis von der flackernden Projektion des Volendamer Kopfs von Jan Musch* beleuchtet wird, dem Hauptdarsteller des Films. Der Kopf bewegt nur die Lippen, während eine dunkle deutsche Stimme hinter einem Pult seinen Ersatzmann spielt. Muschs deutsche Aussprache war vermutlich nicht gut genug.

Außer dem projizierten Musch ist niemand zu sehen, es gibt nur Stimmen, Stimmen. Ari müsste doch irgendwo hier sein. Nachtblind. Sie sind schon minutiös damit beschäftigt, die Filmbilder synchron mit den neu aufgenommenen Texten

---

* s. S. 357

51

laufen zu lassen. Egal, wie begabt die Techniker sind, es bleibt eine zeitraubende Geschichte.

Lauter. Brummen!
Schneller.
Lippensynchron.
Das au stimmt nicht.
Noch mal.

Auf diese Art und Weise wird es nie ein authentischer Musch, denkt er. Sein deutscher Synchronsprecher hat ein ganz anderes Timbre. Moritz ist froh, dass er es auf jeden Fall selbst probieren darf. Plötzlich scheint ihm das Flurlicht in die Augen und enthüllt die Silhouette von Pa, die gegen die Finsternis im Studio knallt, stolpert und auf dem Boden landet. Jetzt sieht er endlich, wo er sich befindet, alle sind erschrocken und geblendet, Pa lässt sich lachend aufhelfen, Musch redet geräuschlos weiter, sie haben vergessen ihn »auszuschalten«. Ringsum Grinsen wegen Pa, der sich in fröhlichem Flämisch jedem vorstellt.

Die Atmosphäre ist angenehm. Innerhalb des Mausoleums sind die Deutschen nette, hilfreiche Kollegen. Weil er noch nicht dran ist, sucht er sich weiter hinten ein ruhiges Plätzchen und bohrt die Augen in die Finsternis.

Dann erklingt ein Gong, alle Studios leeren sich im Nu wie Klassenräume. Zeit für die Mittagspause. Die Gänge werden durch Knäuel von Darstellern und Technikern verstopft, die sich gegenseitig in Auffälligkeit zu übertrumpfen versuchen und sich dem gleichen übertriebenen Ritual hingeben wie in seinem eigenen Land, nur in größerem Stil. Alle sind auf dem Weg zur Kantine, die als schickes Restaurant verkleidet ist, groß wie ein halbes Fußballfeld, mit Kellnern im Frack, überall Clubsessel und dicke Teppiche, Ecken, in denen man sich ruhig unterhalten kann.

Als er nach der Mittagspause seine ersten deutschen Wörter ausspricht, unterstützt von Ari und einem deutschen Hilfsregisseur, entspannt er sich langsam. Immer wieder schaukelt er mit seinem Kutter auf dem neuen Ijsselmeer. Seine deutschen Kollegen sind erstaunt über seine Aussprache, er wird allseits gelobt. Leider ist er kein Held im Annehmen von Komplimenten. Sehen sie denn nicht, wie ich immer wieder dieselben bedeutungslosen Gesten mache, das Unechte tropft förmlich aus mir, mein Gott, wie ich mich verkrampfe. Seht ihr das denn nicht? Habe ich dafür nach Berlin kommen müssen, um auf diesem Selbstmordkutter deutsche Worte zu stottern? Hätte ich nicht lieber meinem kleinen Sohn seine ersten niederländischen Wörter beibringen sollen?

»Wach auf, Junge, du bist mit den Gedanken woanders.«

»Moritz, du betonst alles ganz anders«, ruft Ari durch das Mikrophon, »du benutzt ein anderes Timbre, damit haben wir hier keinen Erfolg, da hätten sie ebenso gut einen deutschen Schauspieler engagieren können.«

Vor lauter unterdrückter Wut über diese Bemerkung passiert ihm ein Versprecher nach dem anderen.

»Mach dir nichts draus, Junge, ihr seid alle so hitzköpfig, denk immer nur an euren Staubsauger.«

4

Glitzerfischchen

B itte noch einmal, Herr Moritz.«
»Ich werd' wieder zur See gehen, aus mir wird kein
Bauer!«

»Das S von See könnte schärfer sein, Herr Moritz, so
klingt es ein bisschen Holländisch, Verzeihung, versuchen
Sie es noch mal, bitte«, lässt ihn der deutsche Aufnahmeleiter
von seinem Platz hinter dem Glas der Tonkabine aus wissen.

»Und halte das *au* bei Bauer kürzer«, fügt Ari noch hinzu.
Wieder ist Moritz genervt.

»... aus mir wird kein Bauer ...«

Da schwingen die Studiotüren auf. Aus dem Augenwinkel
sieht er einige Sekunden lang eine Silhouette gegen das weiße
Lichtmeer im Flur. Solange sie still vor dem Licht steht,
könnte er glauben, es wäre Jannetje, die als Überraschung
gekommen ist. Weil sie ohne ihn nicht sein kann. Mit dem
Kleinen auf dem Arm. Aber die Lichter springen an, und
dort steht eine echte Filmdiva. Knabenhaft schön, schlank,
spindeldürr. Zu dünn, das sieht er sofort. Sie trägt ein ein-
faches Kleid, jene Art von Einfachheit, die es teuer aussehen
lässt. In ihren Haaren und an ihrem Handgelenk glänzt es
silbern. Anmutig versteckt sie ihr Gesicht in einem Blumenstrauß, den ihr der Regisseur überreicht. Sie freut sich wirklich über die Blumen, oder spielt sie es nur? Sie sieht aus wie
ein Werbefoto vom Kaufhaus De Bijenkorf. Ein Glitzer-

fischchen, das angeheuert wurde, um die Stimme von Helga, einer niederländischen Fischerfrau, auf Deutsch zu sprechen.

Er steht auf, um sich ihr vorzustellen, und sofort wird ihm klar, dass er keine Krawatte umgebunden hat. Außerdem ist sein Hemd nachlässig geknöpft, und seine Jacke ist so zerknittert, als käme sie direkt vom Lumpensammler. Man führt sie zu seinem Platz, sie reichen sich kurz die Hände, es wird etwas gemurmelt, ihren Namen versteht er nicht richtig. Aber ihr betörendes Parfüm hat er gerochen. Nun, da er neben einem Filmstar sitzt, mit dem er sich unvorbereitet in einem heftigen Dialog auseinandersetzen muss, werden sich die Leute der Tonregie in der Kabine hoffentlich etwas weniger autoritär benehmen.

»Wollen wir? An die Arbeit«, schlägt die Schauspielerin vor.

»Klar, stürzen wir uns rein. Auf geht's.«

Lieber würde er sie fragen, wie sie eigentlich heißt, denn wie soll man sich mit jemandem streiten, dessen Namen man nicht weiß.

Ohne Umschweife liest sie die ihr zugewiesenen deutschen Sätze mit einfühlsamem Engagement, sie ist sehr gut. Wie hat der Regisseur es geschafft, einen solchen Star, sie muss einer sein, für eine derart kleine Rolle zu engagieren? Deshalb der große Blumenstrauß.

Während der langen Momente des Wartens ergreift sie die Initiative und macht jede Art von Förmlichkeit, die ihn innerlich unter Druck setzt, auf einfache Art überflüssig. Sie plappert fröhlich darauf los. Sie möchte alles von der Filmkunst in den Niederlanden wissen, sie spricht immer von Filmkunst, Film als Kunst.

»Gibt es auch synchronisierte Filme bei Ihnen?« Eine nette Frau. »Tolle Sache, dieses *Tote Wasser*.« Eine schöne Stimme, nicht so schön wie Jannetjes, aber doch faszinierend schön, angenehm. Das ist das richtige Wort, angenehm. Sie scheint nicht viel älter zu sein als er. Inzwischen kennt er ihren Vornamen, Ilyane. Ein schöner Name, ein angenehmer Klang, obwohl er aus dem Mund des Regisseurs, der sich plötzlich sehr intensiv in die Regie einmischt, ziemlich zuckersüß klingt, Ilyane.

Er merkt vor allem, dass sie sich gut vorbereitet hat, sie hat sich *Totes Wasser* sogar mehrere Male angesehen. In ihrem Privatkino! Verdient man hier so viel? Sie weiß alles vom Abschlussdeich und von der Landgewinnung. Aber Land-gewinnung nennt sie Lebensraum, und sie weiß Bescheid über die tragischen Folgen für die Fischerei. Weil sie sich von der Landkarte nur die Insel Urk gemerkt hat, ist er nach einigen Stunden Arbeit, Reden und Lachen zu ihrem Urker Fischerchen geworden. Vielleicht hat sie seinen Vornamen auch nicht verstanden, er hätte gern gehört, wie er sich aus ihrem Mund anhört. Wäre es zu vertraulich, wenn er zum Du übergehen würde? Oder ist es an den deutschen Theatern üblich, sich mit Frau und Herr anzusprechen und einander zu siezen?

Was sie auch tut, was sie auch sagt, ständig schweben Glit-zerfischchen um sie herum, auf eine bezaubernde Art findet er sie schön. Ihr scharfes Profil direkt neben ihm lenkt ihn ab. So viel Schönheit so nah. Wie soll man damit umgehen? Wange an Wange vor diesem gierigen Aufnahmegerät. Sie erinnert ihn an jemanden, aber es fällt ihm nicht ein, an wen. Ein Gemälde von Diana oder einer anderen jagenden grie-chischen Göttin? Von der Seite sieht sie eher knabenhaft aus, vor allem wegen ihrer Frisur. Während sie sich immer wieder dieselben Szenen anschauen müssen, um die lästigen Geräuscheffekte einzuarbeiten, spart sie nicht mit Komplimenten. Sie findet, dass er eine Art von Spiel zelebriert, die man Deutschland nicht kennt, ihrer Meinung nach spielen ihre Kollegen hier so, als stünden sie vor einem Saal voller Menschen.

»Weil sie nicht verstehen wollen, dass die Kamera ein anderes Auge hat als das Publikum. Wir jungen Schauspieler, wollen mit dem Medium Film etwas ganz anderes als die älteren.« Sie spricht jetzt leiser. »Aber die Obrigkeit hat nun mal eine gewichtige Stimme bei der Themenwahl und mischt sich sogar ein, wenn es um den Stil des Filmemachens geht, also können wir den Generationenkonflikt vorläufig nicht austragen.«

Er ist erstaunt über ihre milde Auffassung von staatlicher Einmischung, sie sucht ihre Bedenken in anderen Facetten der Arbeit: Spielstil, eine neue Art von Natürlichkeit, einfache Gesten, sogar lieber gar keine Gesten.

»Und man braucht viel mehr Raum für Improvisation«, sie gestikuliert wild, »das ist etwas, was wir auf der Bühne mit all unseren schweren Klassikern nicht dürfen. Deutsche Filme sind nur schön, weil wir eine derart fortschrittliche Technik haben – und sehr gute Regisseure. Aber es ist eine Industrie geworden, die Filme werden viel zu schnell abgedreht. Zwei, drei Wochen für das Filmen kompliziertester Szenarien, und das war's dann schon, schnell, schnell montieren und vier Wochen später Premiere. Man vergisst, dass es Kunst bleiben soll, *Kunst*!«

Dieses Wort wiederholt sie immer wieder, sie versucht, ihm einen anderen Inhalt zu geben, sie spricht von *Film-*

kunst. Er schafft es nicht, sie zu unterbrechen, sie redet immer weiter, die Tontechniker kommen regelmäßig und bitten höflich um ihre Aufmerksamkeit. Sie wird auf Händen getragen, das ist deutlich zu merken. Gerade als er ihr erzählen will, dass es in seinem Land solche Strömungen auch eine Zeitlang gegeben hat, die Filmliga, die auch das Wort *Kunst* als Wasserzeichen führte, dann aber, als der Tonfilm aufkam, den Kampf sofort aufgab, wird er an ein anderes Mikrophon gerufen. Sie ist wirklich sehr nett, findet er. Wem sieht sie bloß ähnlich?

»Bei uns«, fährt sie später fort, »ist der Produktionsdruck so hoch, dass wir kaum Vorbereitungszeit haben, ich lerne während der endlosen Warterei am Set oft schon den Text eines neuen Films. Ist das bei Ihnen auch so? So wird das doch nie was, so wird es keine *Kunst*. Wir müssten zusammen spielen können, Sie und ich, wir wären ein schönes, starkes Team, finden Sie nicht auch?«

Du liebe Güte, sie hört nicht auf. Ist es ihr ernst mit all den Komplimenten? Sie macht den Eindruck, als meine sie, was sie sagt. Bei der nächsten Aufnahmesitzung werde ich auf alles eingehen, was sie äußert, aber ich muss mich beeilen, ihre Helga-Rolle ist nur klein, sie wird bald wieder verschwunden sein. Sie kann zwar leidenschaftlich über Film als *Kunst* sprechen – meine Güte, wie bedeutend dieses Wort bei ihr klingt, es bekommt gleich eine ganz andere Bedeutung –, doch die gesamte Industrie steht im Dienste des Naziapparats. Kann ich das zu ihr sagen?

Von sich erzählt die Schauspielerin nicht viel, nur dass sie vom Land kommt, dass sie ohne eine abgeschlossene Schauspielausbildung schon in drei verschiedenen Theatern war und in diesen wenigen Jahren mehr als vierzig größere und kleinere Rollen gespielt hat!

»Ich habe mir vorgenommen, mein Leben als eine einzige lange Ferienzeit zu betrachten, und bis jetzt klappt das prima.«

Davon kann er noch etwas lernen, das ist eine Methode, zu überleben, keine komplizierten Standpunkte, nichts »mit eigenen Augen sehen«, sondern einfach die Augen zumachen!

Scheinbar absichtslos gibt sie ihm das Gefühl, dass sie ihm in allem überlegen ist. Sie schüchtert ihn ein. Das passiert ihm nicht oft. Meistens geht er Frauen, die ihn übertrumpfen wollen, aus dem Weg. Warum ist sie eine Ausnahme? Weil ihre Spontanität nicht gespielt zu sein scheint?

Ilyane hat sich so professionell auf ihre Helga-Rolle vorbereitet, dass sie ohne einen einzigen Versprecher am selben Nachmittag schon fertig ist. Sie muss sofort weiter ans Theater, wo sie am Nachmittag für eine Rolle vorsprechen soll, die sie in einigen Tagen übernehmen kann. Also ist die Chance schon vorbei, mit ihr über Film-als-Kunst zu diskutieren. Sie verabschieden sich. Beide enttäuscht,

so schnell schon,

so geht das,

wie schade,

es war gerade so unterhaltsam,

wir werden uns bestimmt wiedersehen,

wann denn,

bei der Premiere in Berlin!

vielleicht, ich weiß nicht, ob …

alles Gute.

Sie nimmt ihren Blumenstrauß und verschwindet in Begleitung des Regisseurs aus dem dunklen Studio in den hellen Flur. Ein Schwarm Glitzerfischchen im Kielwasser.

Dass sie tatsächlich ein großer Star ist, erfährt er vom Aufnahmeleiter. Sie hat schon einige Filmrollen gespielt, die ein großer Publikumserfolg waren. Die Premiere ihres neuesten Films wird demnächst im Filmpalast stattfinden, mit der ganzen Parteispitze als Ehrengäste! Ihr Name sagt ihm nichts, er hat noch nie von ihr gehört.

5

Deutschland erwache

Hübsche Madame, diese Frau«, sagt Pa, »zu mir war sie auch sehr freundlich. Sehr talentiert. Schade, dass sie nur eine kleine Rolle hat, unsere Helga wird mit ihrer neuen deutschen Stimme auf keinen Fall schlechter.«

Als sie wieder außerhalb des Zaunes des UFA-Studios stehen, hat die Dämmerung schon eingesetzt, es schneit nicht mehr und es ist weniger kalt. Die Straßen sind geräumt, zu hohen Wänden wurde der Schnee zwischen Gehsteig und Straße gepresst, die brennenden Laternen lassen den Straßenbelag glänzen. Berlin ist durch Ilyane in eine freundlichere Stadt verwandelt worden, sie spaziert vor ihm her, sie versteckt sich in Läden oder sitzt auf dem Oberdeck eines städtischen Omnibusses und winkt ihm fröhlich zu. Überall hinterlässt sie Glitzerfischchen. Was habe ich bloß mit Glitzerfischchen, fragt er sich, wenn ich nicht aufpasse, werde ich noch zu einem sentimentalen Hund, ich bin hier wegen eines Kinderwagens und nicht wegen eines Aquariums.

Sie nehmen den Bus. Ein Spaziergang wie am Morgen wäre zu viel des Guten. Sie haben nicht umsonst heute ihr erstes Honorar bekommen. Rietje brachte es ihnen in einer kleinen grauen Papiertüte. Der Doppeldeckerbus ist gestopft voll mit Menschen auf dem Weg nach Hause; in dem Gedränge herrscht die gleiche Lebhaftigkeit wie in Amsterdam.

Die Route des Busses folgt dem Weg, den sie morgens gegangen sind, über die Tauentzienstraße, wo sie umsteigen müssen. Sie beschließen, das letzte Stück wieder zu Fuß zu gehen, diesmal nicht aus holländischer Sparsamkeit, sondern um sich das deutsche Pendant zur Kalverstraat anzuschauen. Und jetzt stehen sie da, unschlüssig, ob sie nach links oder rechts gehen müssen.

»Nach links, Pa, ich erkenne die Kirche dort drüben. Übrigens eine hässliche Kirche.«

»Du würdest mir einen großen Gefallen tun, Junge, wenn du deine Kritik für dich behalten würdest. Die will ich erst wieder hören, wenn du mir mindestens vier Dinge gezeigt hast, die du schön findest.«

Seit seiner Zeit an der Schauspielschule hat ihn niemand mehr zurechtgewiesen und ihn väterlich, aber unmissverständlich aufgefordert, seine Worte zuerst abzuwägen, bevor er sie ausspricht. Pa hat recht, er muss lernen, den Mund zu halten.

Es ist ganz schön was los auf den Straßen und Alleen, man könnte meinen, jeder Berliner hätte ein Auto oder lässt sich mit dem Taxi herumkutschieren, überall entstehen aus dem Nichts heraus Staus. So lebhaft ist es auf dem Muntplein nur an Samstagnachmittagen. Tausende Menschen bummeln vor verschwenderisch beleuchteten Schaufenstern; lange Schlangen stehen vor übervollen Restaurants und noch längere vor den vielen Kinos. An einigen sieht er ein Porträt des Glitzerfischchens, sie sieht sich auf dem Bild ähnlich, andrerseits aber auch nicht, und jetzt liest er auch zum ersten Mal ihren Nachnamen, mit größeren Buchstaben als die Namen ihrer Schauspielkollegen. Er würde sie gern mal spielen sehen. Nun ja, das kann er später immer noch tun.

»So viele Pelzmäntel, nicht zu glauben, dass es hier Butter nur gegen Marken gibt.«

»Ach, Junge, das hat sich die Wirtin ausgedacht, die ist zu geizig, um uns die Butter aufs Brot zu gönnen, sie meint, dass die dummen Holländer alles glauben.«

»Gehen wir irgendwo essen, Pa, darf ich dich einladen?«

Sie betreten ein Speiselokal, das nicht zu voll und nicht zu teuer aussieht, und finden einen Tisch am Fenster. So können sie ungehindert Menschen beobachten, ihr bevorzugtes Schauspielerhobby. Vor allem Pa ist ein Meister, wenn es darum geht, sich die Biographien wildfremder Passanten auszudenken. Sogar wenn das Opfer selbst vermutlich längst zu Hause ist, ist Pa noch immer damit beschäftigt, dessen Lebensgeschichte zusammen zu fantasieren. Diesmal muss er sich allerdings anstrengen, um seinen Schwiegersohn zum Lachen zu bringen, denn der sieht ständig sein Glitzerfischchen vorbeigehen.

Pa will gerade eine neue Berliner Bürgertragödie beginnen, als über den Straßenlärm hinaus das Knallen von Stiefeln und kaum verständliches Grölen zu hören ist. Das Stimmengewirr der Gäste verstummt sofort, als ein SA-Chor vor dem Restaurant anhält, als würde er ausgerechnet hier ein Ständchen bringen wollen. Weil der gesungene Text kaum Variationen bietet, kann er deutlich *Deutschland erwache, Juda verrecke* verstehen.

»Gehen wir, Pa. Allein beim Zuschauen habe ich das Gefühl, auf der falschen Seite zu stehen.«

»Nein, Junge, sie sind direkt vor der Tür. Wir können hier nicht weg.« Pa zittert vor Angst. »Gleich werden sie die Scheiben einschlagen, bestimmt ist das hier ein jüdischer Laden.«

»Oder ein kommunistischer.«

Das Gedränge auf der Straße nimmt zu, die verspiegelte Fensterscheibe wird von vielen Rücken abgedeckt. Offensichtlich ist etwas passiert, ein Auflauf, ein Unfall, es wird geschrien.

»Ich will mir das anschauen, bleib sitzen, ich bin gleich zurück.«

Er beachtet die Proteste seines Schwiegervaters nicht, lässt seinen Teller stehen, geht auf die Straße und drängt sich durch die Menge. Er hört nur Geschrei. Ein paar Schulterstöße weiter sieht er, dass SA-Männer einen gepflegt gekleideten älteren Herrn festhalten, sie ziehen an seinem Revers, an seinen Rockschößen, nehmen ihm seinen Spazierstock weg, schlagen ihm den Hut vom Kopf und zwingen ihn, den Hitlergruß zu sagen. Manche der Zuschauer laufen davon, sie möchten die Raserei nicht miterleben, wollen nicht wissen, was passiert.

Das Opfer ist leichenblass, der Mann wird beschimpft: Jude-dies, Jude-das, sie zwingen ihn, sich hinzuknien, aber er ruft weiter:

»Ich bin kein Jude, ich bin Deutscher, mein Vater hat im Weltkrieg ...«

Niemand reagiert. Es ist nicht auszuhalten, Moritz will eingreifen.

Jemand neben ihm versucht, ihn zurückzuhalten. »Mischen Sie sich nicht ein, bitte, die machen Sie fertig, mischen Sie sich nicht ein!« Er reißt sich los, läuft den Gehsteig hinunter auf die Fahrbahn und brüllt in seinem schärfsten Deutsch lauter als zehn Männer:

»Sofort aufhören. Wir sind Nationalsozialisten und kein kommunistischer Pöbel! Wer ist der Anführer? Den Namen, aber schnell. Herr Diels wird sich freuen!«

Der Name des gefürchteten Leiters der Berliner Polizei wirkt Wunder. Ein paar junge Kerle schieben jemanden nach vorn, eine Art Feldwebel, der mit übertriebenen Ehrenbezeigungen die Hand zum Hitlergruß hochreißt und ihm unterwürfig die Nummer seiner Einheit nennt. Als hätte er bei einer Theaterprobe die Anweisung erhalten, den Arm schräg nach oben zu strecken, Finger streng aneinander, befiehlt Moritz dem Feldwebel, nachdem er seinen Namen notiert hat, seinen Marsch fortzusetzen. Aus voller Kehle stimmen die Männer erneut ihr Mörderlied an. Das Opfer versucht aufzustehen. Moritz hilft ihm hoch und wäscht ihm in Gegenwart der Umstehenden deutlich hörbar den Kopf. Wie unklug er gehandelt habe, sich so nah an die Marschtruppe zu wagen, dass er damit die ganze Sache fast selbst herausgefordert habe und noch einige Ermahnungen dieser Art. Der Unterschied zwischen dem Spielen einer Rolle und der Realität fällt hier auf der Straße weg, er genießt eine Macht, die er auf der Bühne noch nie empfunden hat.

Er wühlt in seinen Taschen und findet die Visitenkarte der niederländischen Botschaft, tut so, als kritzele er etwas darauf und rät dem Mann, diese Nummer anzurufen, falls er noch einmal in Not geraten sollte. Dann schiebt er die Neugierigen zu Seite, geht zurück in das Restaurant und setzt sich wieder Pa gegenüber an den Tisch. Der Zwischenfall hat nur sehr kurz gedauert, so dass sein Essen noch warm ist. Er nimmt die Gabel, seine Hand zittert.

»Junge, tu so etwas bitte nie mehr in meinem Beisein. Ich bekomme keinen Bissen mehr runter.«

Unter den Blicken der verstummten Gäste murmelt er:

»Wer einen Juden schlägt, schlägt die Menschheit. Kafka.«

Sie bezahlen, nehmen ein Taxi in die Müllerstraße. Er reißt

sich wegen seines Schwiegervaters zusammen, auf keinen Fall wird er zugeben, dass das Geschehene und seine eigene Rolle ihn verwirrt haben. Über Gott und die Welt zu reden, geht nicht mehr, nur Schweigen bleibt übrig.

An ihrem zeitweiligen Aufenthaltsort liegen, wie von Rietje versprochen, die Briefe von daheim, er nimmt sich vor, sich morgen ausgiebig bei ihr dafür zu bedanken. Die noch immer nachwirkende Aufregung über den Vorfall kann jetzt für kurze Zeit beiseitegeschoben werden. Das Schweigen wird durch die Lektüre verlängert. Als er seinen Brief schon längst gelesen hat, merkt er, dass Pa von neuem angefangen hat, als wolle er so lang wie möglich an der Sicherheit des Lesens festhalten. Bei ihm ist es anders. Auf dem Rückweg hat er sich vorgestellt, die Schauspielerin aus dem Tonstudio wäre bei diesem Vorfall anwesend gewesen, er hätte das Schauspiel für sie inszeniert, um ihr zu zeigen, wie man solche Dinge anpackt. Sie wäre stolz auf ihn gewesen, hätte seinen Arm genommen und sie wären zusammen weitergegangen. Diese Fantasiebilder verschwanden erst aus seinem Kopf, als er Jannetjes Brief las. Weg ist die SA. Keine Schauspielerin mehr zu sehen. Kinderwagen und Sorgen um sein Zuhause übernahmen wieder ihren Platz.

Sie schreibt sehr liebevoll und gibt Einblicke, die sie ihm bis dahin nicht gegönnt hat. Sie erzählt ihm, dass sie, als der Zug aus Amsterdam wegfuhr, von der Angst gepackt wurde, er kehre vielleicht nie wieder zurück und das sei ihre eigene Schuld.

»Ich habe Dich nicht genug beachtet, bin zu sehr mit dem Kleinen beschäftigt, schon vor seiner Geburt, ich habe zu viel Distanz zu Dir gewahrt, schon immer, ich versage immer,

66

nicht nur bei Dir, sondern bei allen Menschen, die ich liebe, Deine Wünsche kann ich nicht befriedigen, es ist, als wäre ich gefesselt.«

Wie kommst du denn darauf, versucht er, drahtlos nach Amsterdam zu senden, kenne ich dich denn so schlecht, dass mir diese Dinge nicht auffallen? Ich möchte nach Hause.

»Ich bin zu mager, nicht gut genug als Schauspielerin. Weiter, als im Chor der *Medea* mit zu hüpfen, werde ich nicht kommen, und ich kann nicht mal gut kochen, Du wirst bestimmt bald genug von mir haben …«

Sie schreibt, dass sie sich selbst darüber wundert, das alles aufgeschrieben zu haben, sie denkt, dass es vielleicht deshalb geschah, weil er so weit weg ist, »… ob es daran liegt, Moritz, mein lieber Moritz?«

Ich hätte nie wegfahren dürfen, denkt er, ich muss so bald wie möglich zurück. Seit sie sich kennen, sind sie noch nie so lange voneinander getrennt gewesen, schon vier Tage!

»… ansonsten ist alles in Ordnung, mach Dir nichts aus dem, was ich geschrieben habe. Pass gut auf Pa auf, ja?«

Er möchte, dass sein Schwiegervater ihm einen Rat gibt, nach allem, was er heute durchgemacht hat, möchte sich wieder als Sohn fühlen können.

»Pa, darf ich dir ein Stück aus Jannetjes Brief vorlesen?«

»Nur zu, Junge. Mutter lässt dich herzlich grüßen, das steht in meinem Brief, sie sagt, dass es deiner Frau und dem Kleinen gutgeht. Also los, lass hören.«

Im letzten Moment beschließt er, nicht gleich mit dem Vertraulichen anzufangen, er wählt einen anderen Ausschnitt.

»Gestern kam Dein Bruder und hat sich den Kleinen angeschaut, er hat einen Blumenstrauß mitgebracht, nett, nicht wahr, er wusste nicht, dass Du weg bist, er hätte Dich auch gern gesehen. Als ich ihm erzählte, dass Du in Berlin bist, verdüsterte sich sein Gesicht. Ich weiß, dass Du seinen Zukunftsvisionen keinen Glauben schenkst, aber mich hat er damit beunruhigt. Er sagte, es würde wieder ein Krieg kommen, ein noch viel schlimmerer, als es der Weltkrieg war. Ich träume noch oft von dem großen Brand in Antwerpen, als wir Hals über Kopf fliehen und alles zurücklassen mussten, und von dem endlosen Warten in diesen Auffanglagern. Allein bei dem Wort Krieg bekomme ich Angst …«

»Armes Kind«, sagt Pa, »warum redet sie nie darüber, ich dachte, sie hätte das alles vergessen, sie war noch so klein, sie kann sich eigentlich kaum daran erinnern.«
»… nun kommt Dein Bruder an und sagt, dass Du vielleicht in ein paar Jahren mit dem Kleinen auf dem Museumplein mit deutschen Soldaten plauderst. Vor einem großen Kriegsfahrzeug. Während er das sagte, schaute Dein Bruder ständig in die Wiege, als würde er es eigentlich dem Kleinen erzählen. Es hat mir Angst gemacht. Ist es wahr, dass ein Krieg kommt? Schreib mir bitte bald, dass es nicht wahr ist, dann werde ich, wenn Du zurückkommst, die beste Frau der Welt für dich sein. Kein Krieg mehr, bitte.«

»Pa, am liebsten würde ich sofort zurückfahren und meinem Bruder ordentlich den Kopf waschen, das macht man doch nicht, einer Frau, die gerade ein Kind bekommen hat, solche Angst mit einem neuen Krieg einzujagen …« Pa will ihn unterbrechen, aber er gibt ihm keine Chance »… das macht man nicht, den Hellseher spielen und Leuten Angst einjagen, ausgerechnet wenn ich nicht zu Hause bin. Das gehört sich einfach nicht.«

»Ach, Junge, glaub mir, unsere Jannetje ist gleich, nachdem dein Bruder weg war, hinuntergegangen, um mit Mutter zu sprechen. Die hat es ihr bestimmt ausgeredet. Sie hat nichts darüber geschrieben, also wird es nicht so schlimm gewesen sein, mach dir keine zu großen Sorgen. Am besten antworten wir unseren Frauen postwendend. Ich bringe die Briefe morgen zur Botschaft, das verspreche ich dir, damit sie mit der Diplomatenpost abgeschickt werden. Ich regele das. Allez, Feder und Papier und los geht's!«

Kurz danach ist es wieder still auf Frau Boltes Etage, Schreibfedern kratzen in unterschiedlichem Tempo über das Papier, Pa mit seinen ruhigen, wohlüberlegten flämischen Schnörkelbuchstaben, er selbst in aufgeregter Handschrift. Sein Brief ist voller beruhigender Abschnitte, die wegen des Gefühlsdurcheinanders so unleserlich sind, dass Jannetje einen Graphologen brauchen wird, um Trost daraus schöpfen zu können. Er vermeidet es, von dem Vorfall vor dem Restaurant zu berichten. Er kann auch nichts von der durchsichtigen Dame oder den Kindertransporten aus Danzig erzählen, und auch nichts von den Schildern »Für Juden verboten«. Und es scheint ihm auch nicht vernünftig, sie mit der Filmschauspielerin zu irritieren, die als Ersatz für sie engagiert wurde. Also bleiben die Spaziergänge im Schnee, karge und opulente Mahlzeiten, die Sehnsucht nach seinem Sohn, die geizige Wirtin und das zu schmale Bett. Themen genug.

Während des Schreibens kommt, ohne dass er das will, das Glitzerfischchen die Tauentzienstraße hochgeschwommen, mit großer Anstrengung lässt er es mit der SA-Truppe davonmarschieren, und schließlich wird es Arm in Arm mit dem zusammengeschlagenen Mann von einem großen Filmstaubsauger in das Kino hineingezogen, an dem ihr Name in Goldbuchstaben steht: Jannetje Glitzerfisch.

6

Kostenlose Beratung

Während der Mittagspause sieht er sie auf der anderen Seite der Kantine, wo sie mit ihren Kollegen zusammen isst. Das Herz klopft ihm bis in den Hals. Er kann sich nicht länger mit Pa unterhalten, seine Stimme verschwindet, seine Kehle wird so trocken, dass auch ein schneller Schluck Milch nichts nützt. Er ist sich sicher, dass Pa merkt, wie durcheinander er ist. Vollkommen durcheinander. Jetzt sieht sie ihn auch, ruft ihn. Wie deutsch sein Name klingt. Er weiß nicht, was er machen soll, soll ich jetzt zu ihr hingehen? Er winkt unbestimmt zur anderen Seite hinüber. Sie steht auf, geht zwischen allen Tischen hindurch auf ihn zu, begrüßt Pa und Ari sehr herzlich und dann erst ihn, und lädt sie alle drei ein, sich zu ihr an den Tisch zu setzen. Pa und Ari lehnen ab, verlegen und höflich. Dann nimmt sie seine Hand und führt ihn zu ihrem Tisch, wobei sie erzählt, dass sie an einem neuen Film arbeitet, einem richtigen Kunstfilm. Strahlend stellt sie ihn den anderen vor, als wäre es ihr endlich gelungen, den lieben Freund zu präsentieren, von dem sie schon so viel erzählt hat. Sie fordert ihn auf, sich neben sie zu setzen. Flüstert ihm Urker Fischerchen ins Ohr. Wie gestern, als er neben ihr im Studio saß, verschwindet seine Schwermut, er kann sich selbst als den netten Kerl sehen, der er offenbar tatsächlich ist. Er entspannt sich und spürt, wie er fröhlich wird. Fröhlich, er!

Sie sitzen an einem Tisch für Prominente, hier gibt es also Rang- und Standesunterschiede, was er von zu Hause nicht kennt. Sie versucht, ihn gegen allzu neugierige Fragen ihrer deutschen Kollegen abzuschirmen, will ihn offensichtlich für sich haben. Sie wechseln zu einem anderen Tisch, wo sie, ohne zu fragen, verschiedene Häppchen und Getränke bestellt. und im Vorbeigehen den Kellner beauftragt, bei seinem Schwiegervater und Ari vorbeizuschauen.

Um sich aus der Welle der ungewünschten Verliebtheit, die ihn von allen Seiten umspült, herauszuziehen, fragt er sie möglichst sachlich, warum sie, obwohl sie so beschäftigt ist, die kleine Sprechrolle in *Totes Wasser* übernommen hat. Sie beugt sich zu ihm, legt ihre Hand auf seine, ihr kleiner Finger liegt auf seinem Puls, und sagt, sie habe von dem Film gehört, weil er in Venedig den Goldenen Löwen bekommen habe. Dann unterbricht sie sich und flüstert mitten im Satz:

»Ich finde dich einfach nett, das ist doch nicht schlimm, oder?«

Danach redet sie in sachlichem Ton weiter, als hätte sie diesen entscheidenden Satz gar nicht gesagt, und Moritz weiß nicht mehr, ob er ihn sich nur eingebildet hat.

»Und dann auch«, fährt sie fort, »weil es der deutschen Filmzensur bis jetzt entgangen ist, dass Ernst Busch*, ein ins Exil gegangener deutscher Schauspieler, den Prolog singt, schon aus diesem Grund möchte ich meinen Namen mit diesem Film verbinden. Ich mache mir Sorgen um ihn. Nach der Machtübernahme war er sich als Kommunist seines Lebens nicht mehr sicher.«

Ihre Hand kriecht über seinen Arm.

* s. S. 357

»Jetzt ist er in Frankreich, und auch dort sind sie ihm dicht auf den Fersen. Niemand von uns weiß, wie es ihm geht. Wie ging es ihm während der Aufnahmen?«

»Der Prolog wurde getrennt von der Filmgeschichte gedreht, im Concertgebouw, ich war nicht dabei.« Ob es sie ärgert, dass ich mich kaum traue, sie anzuschauen? »Er war auch nicht bei der Premiere.« Sie ist fast zu schön für den Alltag. Vor allem jetzt, da sie auch noch flüstert. Hat sie Angst, dass sie abgehört wird? Glitzerfischchen kann man doch nicht abhören?

»Aber er hat bei euch beim Funk gearbeitet.«

Er wird eifersüchtig auf ihr Interesse an diesem Sänger.

»Ja, bei einem unserer Radiosender, er hat deswegen sogar Niederländisch gelernt. Ich kenne nur seine Stimme, sie ist faszinierend.«

»Vor ein paar Jahren, als wir gerade mit der Schule fertig waren, spielten wir im selben Ensemble, und um etwas dazuzuverdienen, traten wir abends in Kabaretts auf. Durch ihn habe ich singen gelernt. Wir waren heftig ineinander verliebt und haben ausgemacht, dass wir später, wenn wir uns einen Namen gemacht haben, heiraten werden. Daraus ist nichts geworden, unsere Karrieren gingen in verschiedene Richtungen.«

Man sieht ihr an, wie verliebt sie gewesen war. Sie ist imstande, denkt er, sich jede halbe Stunde mit Herz und Seele in einen anderen zu verlieben. Ihr knabenhaftes Gesicht wird zu dem eines errötenden Mädchens. Seinen Arm lässt sie nicht los.

Jedes Mal, wenn er denkt, jetzt weiß ich, wem sie ähnlich sieht, entgleitet sie ihm.

Neben wem sitzt er? Neben ihr? Jedes Thema, das sie anschneidet, macht sie zu einem anderen Menschen, redet sie mit ihm? Ständig sieht er andere Männer in ihrem Aquarium. Sie erzählt, dass sie letzte Woche als Begleitung von Goebbels bei einer Filmpremiere war, dass sie das einerseits bedauert, andererseits aber zufrieden darüber ist, weil sie bei ihm ein paar zusätzliche künstlerische Freiheiten für ihr Schauspielensemble erwirkt hat. Eine seltsame Geschichte. Um sich von ihrer Anziehungskraft zu lösen, erzählt er ihr, was ihm gestern passiert ist. Das wirkt, auf einmal verwandelt sie sich in eine unabhängige, aber mitfühlende Kollegin, die findet, er sei ein unnötiges Risiko eingegangen.

»Überflüssige Waghalsigkeit, lieber Freund.« Sie zieht ihre Hand zurück. »Wahrscheinlich haben sie zehn Minuten später, um sich für die öffentliche Demütigung zu rächen, die Schaufenster eines weiter entfernten Ladens eingeworfen, oder noch schlimmer …,«

Ihre Stimme verändert sich, als würde sie eine andere Rolle spielen. »… sie haben die jüdischen Ladenbesitzer hinausgezerrt und sie gezwungen, die Scherben zusammenzukehren. Stell dir doch vor, was alles hätte passieren können, bitte mach so etwas nie wieder, Kollege. Versprochen?«

Sie macht ihm deutlich, dass sie sich für diese Art Landsleute schämt, die sie unumwunden, Abschaum nennt. »Ich wünschte, ich könnte dich im Namen des rechtschaffenen Teils der Gesellschaft um Verzeihung bitten. War dein Schwiegervater auch dabei?« Wieder beugt sie sich zu ihm, wieder flüstert sie. Zwei Männer mit Hakenkreuzarmbinden haben sich an die andere Seite ihres Tischs gesetzt. Lauthals zählen sie die weitgehenden Vorteile der Rassengesetze auf.

»Sie versuchen, uns da hineinzuziehen, pass auf.«

Sie ärgert sich, kann sich nicht zurückhalten und zischt zur anderen Tischseite:

»Meine Herren, ich unterhalte mich gerade mit einem Gast aus den Niederlanden, der braucht im Nürnberger Zirkus nicht mitzuspielen. Können Sie sich nicht irgendwo anders hinsetzen?«

»Ach, der Herr ist Ausländer, das würde man nicht meinen, wir hören ihn fließend Deutsch sprechen! Sind Sie ein Journalist oder auch ein Filmschauspieler?«

»Aus den Niederlanden«, sagt der andere, »das ist interessant. Dürfen wir uns dazusetzen?«

Und da sitzen sie schon. Viel zu nah. Handelsreisende, die ein neues Produkt anpreisen wollen. Keinen Staubsauger.

»Dann kann er zu Hause erzählen, wie gut es uns gelungen ist, die Rassenangelegenheiten zu klären. Es gibt keine ...«

»Übrigens«, fällt der andere ein, »wenn wir den Herrn Niederländer, Ihren verehrten Gast, genau betrachten, könnte er mit Leichtigkeit unser arisches Volk stärken: blaue Augen, große Statur, gerade Nase, blond, na ja, nicht wirklich blond, dunkelblond. Immigrieren Sie! Wir werden Sie mit offenen Armen empfangen!«

Einer der beiden steht auf, beugt sich über den Tisch zu ihm, streicht mit dem Finger über seine Nase, als wolle er demonstrieren, dass sie keine Ähnlichkeit mit etwas zeigt, das er herablassend Judennase nennt.

Vor Wut gerät Moritz ins Schwitzen, aber er rührt sich nicht. Seine Wangen sind noch rot vor Aufregung wegen des Gesprächs mit Ilyane. Warum streitet er sich nicht mit diesen Rassenexperten? Weil er sich wegen der Schauspielerin beherrschen will? Auch, als der Mann seine Finger wie einen Zirkel benutzt, Verzeihung, um den Augenabstand zu messen, um anschließend zufrieden festzustellen, dass er recht hat, tut er nichts, wehrt sich nicht. Es geht so schnell und so routiniert, dass er kaum Zeit hat, seinen Kopf wegzudrehen. Erst im letzten Moment gelingt es ihm, den ekelhaften Fingern zu entkommen. Die beiden Männer kümmern sich nicht um seine abweisende Haltung, fühlen sich offensichtlich sogar angespornt, weiter zu gehen, als sie es vielleicht vorgehabt haben. Er ist ihr lebendiger Beweis für die Richtigkeit ihrer Thesen, ein Glücksfall, den sie an diesem Ort nie erwartet haben.

Mit drastischen Worten fährt Ilyane dazwischen, ihre Stimme verliert das schöne Timbre, klingt beinahe schrill. Kollegen kommen eilig hinzu, auch sie versuchen, die beiden Rassenverfechter zu mäßigen. Auf der anderen Seite sieht er, wie die *Totes-Wasser*-Truppe alles beobachtet.

Es entsteht ein Auflauf, aber niemand, weder die vorbeieilenden Kellner noch die Filmleute, trauen sich, die beiden Männer wegzuschicken. Er sieht, dass Ilyane sich maßlos ärgert über das peinliche Schauspiel. Aber die beiden setzen unverdrossen ihren einstudierten Dialog fort, der jetzt auch als Demonstration für alle Umstehenden gedacht ist. Mit Moritz als Mittelpunkt. Etwas Schlimmeres kann ihm nicht passieren. Von Verliebtheit ist keine Rede mehr, Scham ergreift ihn, tiefe Scham wegen seiner schwachen Haltung. Warum tut er nichts? Sobald er ihnen den Rücken zukehrt, drehen sie sich um und beziehen sogar seinen Hinterkopf in ihre Untersuchung ein.

»Wir haben es hier mit dem hervorragenden Beispiel eines Vollblutariers zu tun. Sie sind bei uns als Holländer mehr als willkommen, wir sind Nachbarn, wir sind Brüder! Sie können in unseren Studios eine Hauptrolle nach der anderen spielen,

Sie sind das beste Beispiel für die großartigen Ideen unseres Führers! Ich sehe Sie schon zusammen mit Frau Ilyane in einem neuen Filmstreifen, Sie als Bauernknecht oder Frontsoldat, Architekt, Bauleiter ... und sie als Ihre Geliebte.«

Der andere Rassenhausierer stimmt seinem Kollegen vollmundig zu, er holt aus seiner Aktentasche eine Art medizinisches Handbuch hervor, das er routiniert bei einer Serie technischer Zeichnungen des »Vollkommenen arischen Gesichts« aufklappt. Dieses Ariergesicht ist »frei von fremden Makeln«. Wo hat er diese Worte schon einmal gehört?

»Sie haben bestimmt keinen einzigen Juden in der Familie?«, klingt es viel zu nahe neben ihm. Jetzt geht der Mann zu weit, Moritz springt auf, aber die Schauspielerin stellt sich vor ihn. Das anmutige Knabenmädchen wird zu einem Kraftprotz, einer Ordnungshüterin, vor der sogar die beiden Handelsvertreter zurückweichen.

»Darauf braucht unser Gast nicht zu antworten«, klingt es scharf. Als würde sie auf dem Nieuwmarkt stehen. »Komm, wir setzen uns woanders hin. Und Sie, Sie werden noch etwas hören bekommen, was für eine Blamage.«

Letzteres war für niemanden zu überhören, sie verteidigt ihn, als wäre er ihr Mann: Wie sie für ihn eintritt, was für einen Stolz sie ausstrahlt und welches Risiko sie auf sich nimmt.

Du findest sie reizend, nicht wahr?, dröhnt es in seinem Kopf, während er versucht, das gerade Geschehene zu verdrängen. Ihr Auftreten beeindruckt dich mehr als diese Rassengeschichte. Die Frau findet dich auch reizend, ihr wickelt euch gegenseitig um den Finger, spannend und peinlich. Wem sieht sie bloß ähnlich? Hättest du nicht rufen sollen: Ich bin ein Jude mit vier jüdischen Großeltern. Warum tritt

77

sie nicht so offen für ihren früheren Freund Ernst auf. Oder will sie mir klar machen, dass sie nichts für die Nazis übrig hat, aber dennoch Filme für sie macht, weil Filmen »etwas ganz anderes« ist? Und warum musstest du ihr unbedingt von dem zusammengeschlagenen Mann erzählen? Um ihr zu zeigen, dass heldenhaftes Auftreten immer Erfolg hat und erotisierend wirkt?

Seiltanzen. Schwebebalken. Er muss ihr jetzt ohne Umschweife erzählen, dass die beiden Rassenexperten unrecht haben, er muss ihr stolz gestehen, dass er zur boykottierten Rasse gehört. Sie kann nichts gegen ihn ausrichten, falls sich herausstellt, dass sie doch auf der falschen Seite steht, er hat eine Aufenthaltsgenehmigung, er ist unverletzlich, er braucht nur den Botschafter zu verständigen. Aber dieses Risiko geht er lieber nicht ein. Wenn sie erfährt, dass er Jude ist, will sie eventuell nichts mehr mit ihm zu tun haben.

Er ist durcheinander, das muss ihr auffallen, doch sie wird wohl andere Schlussfolgerungen daraus ziehen. Für sie ist die Sache in erster Linie eine grobe Beleidigung ihres Gastes, sie betrachtet sie nicht als Ausdruck eines menschenverachtenden Denkens, so wie er. Moritz, sagt er streng zu sich selbst, möchtest du sie nicht darauf hinweisen, dass die ganze Welt diese Rassengesetze lächerlich findet? Dann zwingst du sie zu einer Aussage. Aber wenn sie meine Kritik nicht akzeptiert? Ich muss anders vorgehen und so tun, als wäre nichts geschehen, ihr eine Tasse Kaffee anbieten und ihr begeistert von zu Hause, von meiner Frau und dem Kleinen erzählen, sie wissen lassen, dass ich so schnell wie möglich zurück nach Hause möchte, dass ich jeden Tag Geschenke für sie kaufe und lange Briefe schreibe. Ich habe vergessen, Pa meinen Brief mitzugeben. Blöd. Sie scheint an allem interessiert zu sein, möchte genau wissen, wie ich wohne, habe ich richtig gehört, sie will sogar wissen, wo ich wohne!

Seine Zweizimmerwohnung am Stadionplein mit dem kleinsten Balkon der westlichen Hemisphäre hat noch nie so gestrahlt! Warum setzt er jetzt nicht noch eins drauf und erzählt ihr, dass kein Tropfen arischen Blutes durch seine Adern strömt, dass seine Vorfahren aus Spanien über Portugal und Frankreich in die Niederlande eingewandert sind? Bei dieser Gelegenheit kann ich auch gleich erwähnen, dass mein Vater seinem Glauben abgeschworen und mich schon in frühester Jugend in die besten Traditionen des Anarchismus eingeführt hat.

Damit könnte er sie eines Besseren belehren, denn sie muss ja zwangsläufig glauben, dass ihre Landsleute, wie peinlich das Schauspiel auch war, in ihrer Schlussfolgerung zum Thema Arier recht hatten. Ich könnte sie ein für alle Mal vom Glauben an die Rassenlehre heilen.

Kurz bevor sie wieder in ihre jeweiligen Studios eintauchen, lädt sie ihn ein, nach der Arbeit mit zu ihr zu fahren. Um bei ihr zu Abend zu essen. Und um sich ein bisschen von der Aufregung zu erholen.

»Dann kannst du meinen Ex kennenlernen, ja, ich wohne seit kurzem wieder mit meinem Exverlobten zusammen, wir waren jahrelang auseinander, aber wir haben festgestellt, dass wir es einer ohne den anderen nicht aushalten. Heiraten können wir sowieso nicht. Er heißt Morgenstern, verstehst du. Er ist bei mir untergetaucht. Durch meinen Status als Filmschauspielerin kann ich ihn schützen, solange es eben geht.«

»Wie meinst du das?«

»Solange ich Erfolg habe. Ich erkläre es dir irgendwann einmal.«

Mit einer derartigen Geschichte hat er nicht gerechnet. Ach, wie interessant, du versteckst einen Juden, bist du etwa selbst Jüdin? Jetzt ist die Chance auf ein bisschen Wahrheit vertan, jetzt bleibt nur noch der Bodensatz der Unklarheiten. Du versteckst einen Juden! Die Heldin des neuen deutschen Films versteckt einen Juden und erzählt ganz nebenbei, dass sie mit Minister Goebbels zur Filmpremiere geht. Sie versteckt den Juden Morgenstern! Sie ist eine Doppelagentin. Ist sie nun ein Junge oder ein Mädchen? Er traut ihr nicht mehr. Wem sieht sie ähnlich? Ich möchte mich nicht in dich verlieben.

»Ich bin hier mit meinem Schwiegervater und einem Kollegen, dem Tontechniker, den du gestern kennengelernt hast, ich habe mich mit ihnen verabredet, ich kann sie nicht einfach im Stich lassen.«

»Sie können doch mitkommen, das ist kein Problem, mein Haus ist groß genug.«

Aber Pa winkt sofort ab, er ist noch zu sehr schockiert von dem zweiten Vorfall mit seinem Schwiegersohn, den er aus der Nähe beobachten musste.

»Geh du nur allein, Junge, das ist nichts für mich.« Auch Ari lehnt höflich ab und macht sich schnell davon. »Du weißt doch, womit ich mich beschäftige, Moritz? Vielleicht verstehst du jetzt, wie die Situation ist.«

»Warte nach der Arbeit am Hinterausgang des Studios auf mich«, sagt Ilyane, »dort steht mein Wagen, ich nehme dich mit, und auf dem Nachhauseweg zeige ich dir einen Teil Berlins, den du sonst nie sehen würdest.«

Und schon ist sie verschwunden. Sie weiß jetzt also, dass er Frau und Kind hat, und er weiß, dass sie mit einem Exverlobten zusammenwohnt, einem jüdischen Exverlobten.

Außerdem redet sie offen über ihre früheren Liebschaften, also braucht er sich wegen der Einladung zum Essen keine Sorgen zu machen. Sie möchte nur einem ausländischen Kollegen gegenüber, der grob beleidigt wurde, gastfreundlich sein. Ich selbst bin es, der ehebrecherische Gedanken hat.

Schon lange vor seiner Hochzeit hatte er sich vorgenommen, sich auf nichts mehr einzulassen, seine wilden Jahre waren vorbei. Und bis jetzt gefällt ihm das auch. Zu Hause wartet eine junge Frau auf ihn, so unerfahren, dass er sich nach zwei Jahren Ehe und Kind noch immer in der Phase der Eroberung befindet; die Tricks, die man üblicherweise für wechselnde Liebschaften vergeudet, kann er zu Hause ausleben. Er ist ein Glückspilz! Sie haben es gut miteinander, auf wundersame Weise ist in seinem Leben Ordnung entstanden, obwohl in seiner Jugend wenig darauf hingedeutet hatte, dass ihm so etwas jemals passieren würde. Allein das Wort, Ordnung! Erzogen nach dem Chaosschema des Anarchismus, und dann Ordnung! Wir haben einen Sohn, *ich* habe einen Sohn, also sollte ich jetzt, fern von zu Hause, nicht irgendwelche Risiken eingehen. Ich beschäftige mich zu sehr damit, es wirkt viel zu forciert, dass ich ständig über meine Familie reden muss, um sie auf Distanz zu halten, niemand tut so etwas, hör endlich damit auf, und du sollst auch nicht mehr sagen, dass du eigentlich lieber nach Hause willst, das wirkt scheinheilig, du bist hier, um Geld zu verdienen, viel Geld, und du hast insgeheim beschlossen, bei Straßenkämpfen die Augen zuzumachen, dich nicht über Judenboykotte zu ärgern und dich aus der Jagd auf Kommunisten rauszuhalten, du hast Jannetje einen neuen Kinderwagen versprochen und vielleicht sogar noch einen Staubsauger, und wenn du sie nicht enttäuschen willst, musst du dich ruhig verhalten, sonst geht es garantiert schief, spürst du das nicht?

Doch nun, da ihm beim Mittagessen ein anderer Stammbaum aufgezwungen wurde, wird ihm klar, dass er eine Metamorphose durchgemacht hat, und dass er die Gelegenheit, seiner neuen Freundin die Wahrheit zu erzählen, verpasst hat. Nachher wird er bei ihr zu Abend essen, während in seinem Hals eine Lüge steckt. Soll er, obwohl sie ihn spontan wegen ihres jüdischen Freundes ins Vertrauen gezogen hat, weiter so tun, als wäre er ein Arier? Das ist neu. Diese beiden Schädelvermesser haben mit ihrem Urteil seinem Gesicht einen anderen Stempel aufgedrückt, den er nicht mehr abwaschen kann, und in diesem Moment wird ihm klar, dass ihm mit rückwirkender Kraft freies Geleit gewährt wurde, eine Maske, die für verschiedene Gelegenheiten gute Dienste leisten kann. Bei der nächsten groben Beleidigung eines alten Mannes auf dem öffentlichen Gehweg zum Beispiel. Sein mutiges Benehmen bekommt plötzlich eine andere Farbe.

Du bist jetzt verpflichtet, dich als Arier zu benehmen, darüber hast du noch nicht nachgedacht, Moritz, das hat Folgen, die du noch nicht überblicken kannst. Bis jetzt ist das noch nicht schlimm, aber du musst dich damit befassen. Du strahlst nun einmal aus, wozu du verurteilt bist. Du kannst dich jetzt sicherer fühlen, als mit deiner Aufenthaltsgenehmigung. Du bist nun Arier unter Ariern. Du kannst frei bei ihnen ein- und ausgehen. Aber du musst eine Gegenleistung erbringen, mein Lieber, künftig wirst du mit gestrecktem Arm grüßen müssen. Du kannst dir auch keine anderen Meinungen mehr leisten, und solltest du es dennoch tun, weil du dich ohnehin nicht beherrschen kannst, dann wirst du geschnappt und kannst den Kinderwagen vergessen.

7

Seelenverwandtschaft

Während der Fahrt durch Berlin erzählt Ilyane Moritz
mehr über ihren Werner. Sie hatten sich in Dresden
kennengelernt, wo er Soziologie lehrte und sie am Stadttheater ein Engagement als Schauspielerin hatte. Nach zwei
Jahren hatte sie die Beziehung beendet, doch als er nach der
Machtübernahme seine Stellung an der Universität verlor
und ihm sein Familienbesitz, seine Vorfahren waren Tabak-
händler gewesen, abgenommen worden war, hatte sie ihn
nach Berlin kommen lassen und für ihn eine Wohnung in
ihrem Hinterhaus angemietet. Laut hupend erzählt sie offen,
dass die körperliche Liebe zwischen ihnen vorbei sei, dass sie
aber nicht ohne einander leben könnten und dass mit der Zeit
eine Seelenverwandtschaft zwischen ihnen entstanden ist.

»Vielleicht findest du dieses Wort pathetisch, aber es ist
nun mal unsere Wahrheit, Seelenverwandtschaft. Ich hätte
nie gedacht, dass ich für so etwas anfällig wäre, aber er hat sie
mir geschenkt, eine Seelenverwandtschaft.«

Moritz hat dieses Wort noch nie so laut aussprechen gehört, die Berliner Hupen untermalen es wie eine Leucht-
reklame, SEELENVERWANDTSCHAFT, ein ideales Waschmittel!
Er könne ihr glauben, dass sie in diesen schwierigen Tagen
von der Angst beherrscht wird, dass Werner jeden Moment
aus ihrem Leben verschwinden kann. Um ihn zu schützen,
ginge sie mit Minister Goebbels zu Filmpremieren, seinet-

wegen droht sie, nicht mehr aufzutreten, wenn die Partei nicht damit aufhöre, ihren Schützling zu schikanieren. Aber die Luxusposition »geliebte Schauspielerin schützt jüdischen Professor« ginge natürlich früher oder später zu Ende.

Stimmt das, was sie sagt, oder versucht sie sich wichtig zu machen, ihr muss doch klar sein, dass es auf ihn einen fragwürdigen Eindruck macht, dieser Kontakt zum Regime, wieso traut sie sich das? Begleitung von Goebbels?

Vielleicht liegt es an dem aufreibenden Verkehr oder an ihrer Aufregung wegen der Scheibenwischer, die nicht gegen das Schneegestöber ankommen, jedenfalls lässt sie jetzt alle Hemmungen beiseite, und er hört eine Biographie, die ihn ziemlich durcheinander bringt. Welchem Umstand verdankt er diese Offenheit?

So nebenbei lässt sie wissen, dass sie noch einen anderen Freund zum Abendessen eingeladen hat, von Horváth*, den Dramatiker, der ohne festen Wohnsitz quer durch Europa reist und nun ausgerechnet Berlin als Platz ausgewählt hat, um etwas länger zu verweilen. Er vagabundiert von einem Hotel zum nächsten und vernachlässigt sich.

»Ich lasse regelmäßig von meiner Haushälterin Essen und Kleidung zu seinen diversen Unterkünften bringen, sonst würde er ganz herunterkommen.« Da seine Stücke in Deutschland nicht mehr gespielt werden, verdiene er etwas Geld, indem er unter anderem Namen bei schlechten UFA-Film-Drehbüchern Korrekturaufträge erledige.«

Eine traurige Geschichte aus einer bösen Märchenwelt, dennoch sieht er es als günstige Gelegenheit, dem Dramatiker zu begegnen, der an der Theaterschule von allen favo-

* s. S. 358

risiert wurde. Wo bin ich nur gelandet, denkt Moritz, auf meiner Tour »Ich-will-es-mit-eigenen-Augen-sehen«? Herrje, da sitze ich, in einem Sportwagen und werde von einer berühmten Filmschauspielerin gefahren, die mir stolz erzählt, dass sie zum Ölwechsel keine Hilfe benötigt.

»Das kann ich allein, auch Reifen wechseln, selbst wenn es mitten auf dem Potsdamer Platz wäre!«

»Aber an den Bezeichnungen hier am Armaturenbrett sehe ich, dass dies ein englisches Auto ist. Nehmen sie dir das nicht übel, solltest du nicht den einheimischen Automarken den Vorzug geben?«

»Ja, es ist ein MG, das mögen die Herren nicht so gern, aber ich schere mich nicht drum, es ist übrigens ein gebrauchtes Auto, vom letzten Jahr, ich habe es vom Studioleiter übernommen, der Angst hatte, er könnte seine Stelle verlieren, wenn er weiter damit fährt. Für mich ein Grund, es erst recht zu tun.«

Es ist schon mutig genug, dass sie ihren Werner bei sich aufgenommen hat, also macht ein englischer Sportwagen zusätzlich auch nichts mehr aus. Ein Jude, versteckt bei einer berühmten Filmdiva, die ihn feierlich in einem MG durch Berlin fährt! Es könnte sie einige Filmrollen und ihr Engagement beim Staatstheater kosten. Warum erzählt sie das alles, ich bin doch ein vollkommen Fremder für sie? Wenn sie davon ausgeht, dass ich ein Arier bin, dann braucht sie mir doch nicht zu trauen? Oder gerade deswegen?

Ilyane ist nicht aufzuhalten, er soll auch noch wissen, dass ihr Werner viel älter ist als sie.

»Ich sage dir am besten nicht, wie viel älter, er hat schon zwei Ehen hinter sich. Er ist auf alles vorbereitet, er hat seine Kinder überall auf der Welt in Sicherheit gebracht. Wir hatten eine fantastische Zeit in Dresden.«

Bei einer Ampel wird ihr bedeutet, ihre Fahrzeugpapiere zu zeigen. Sie kurbelt nicht einmal ihr Fenster herunter, wirft dem Mann nur einen arroganten Blick zu, und der Kerl steht sofort sklavisch stramm. Bevor die Ampel auf Grün schaltet, rast sie davon. So selbstsicher, dass er fast erwartet, dass die Ampeln sich gegenseitig das Signal geben, auf Grün zu schalten: Ilyane kommt!

»Wo war ich stehen geblieben«, fährt sie fort, »ja, Dresden, er nahm mich überall mit hin, Ballett und Oper, unbekanntes Terrain für ein Mädchen vom Land. Er lehrte mich, Gemälde zu betrachten, aber nach zwei glücklichen Jahren bin ich ohne ihn nach Hamburg gezogen, weil ich vom Thalia-Theater ein tolles Angebot bekam. Ich habe mir eingebildet, Seelenverwandtschaft könnte alles überstehen, vielleicht ist das auch so, aber man muss dafür kämpfen, es tut alles so weh! Zwei Spielzeiten lang habe ich eine Rolle nach der anderen übernommen, danach kam wieder ein Aufstieg: Ich spielte eine Hauptrolle in einem Film mit dem Intendanten des Staatstheaters in Berlin, und er fragte mich in einer Drehpause, ob ich zu ihm kommen wolle. Auch diese Chance habe ich mit beiden Händen ergriffen. Immer weiter weg von Werner. Ich habe sehr viel Geld verdient, einen Film nach dem anderen, eine Theaterrolle nach der anderen. Dann kamen die Nazis an die Macht, und den Rest der Geschichte kennst du, Werner verlor seine Dozentur, auch seine Einkünfte aus dem Tabakhandel. Als ihm das Publizieren unmöglich gemacht wurde, weil er mit diesem Nachnamen kein Mitglied der Reichsschrifttumskammer* werden konnte, habe ich ihn nach Berlin geholt.

* s. S. 358

Hinter meiner Wohnung stand eine andere leer, wir haben eine Tür einsetzen lassen und leben auf diese Art getrennt und doch zusammen. Er liest meine Filmskripte und kontrolliert sie auf versteckte nationalsozialistische Ansichten.«

»Aber wie kann es sein«, fragt er, »dass das Regime von seinem Vorhandensein in deinem Leben informiert ist, und es toleriert?«

»Er wird geduldet, solange ich Erfolg habe. Jeder weiß, dass ich mit dem Regime nichts zu tun haben möchte. Werner hat mich ermutigt, die Ariererklärung zu unterschreiben, er hatte Angst, dass ich sonst Probleme bekommen würde. Er wollte unbedingt dabei sein, um zu kontrollieren, ob ich die Formulare auch korrekt ausfülle. Wir sind gemeinsam zum Hauptquartier gegangen, aber aus lauter Übermut habe ich bei fast allen Fragen Striche und Kreuze gemacht und das ganze Durcheinander mit einem unleserlichen Gekritzel unterschrieben. Alle Beamten, ob in Uniform oder in Zivil, denen wir auf den Gängen und Treppen begegneten, haben mich angestarrt, als könnten sie nicht glauben, dass ich tatsächlich existiere. Dort in dem schrecklichen Amt habe ich erst wirklich verstanden, was ich für eine Rolle spiele, wie die Menschen mich sehen.«

Ilyane ist aufgeregt.

»Du brauchst mir nicht alles zu erzählen.«

»Ich kann fast mit niemandem darüber reden. Und du bist bald wieder weg. Bei deiner Familie. In Amsterdam.«

»Was meinst du denn mit diesem schrecklichen Amt?«

»Obwohl viele meiner Kollegen hingehen, um zu unterschreiben, wird mehr als die Hälfte nicht zugelassen, weil sie nicht den Rassengesetzen entsprechen. Es spielen sich dort

Dramen ab, von denen ich keine Vorstellung hatte. Vielleicht habe ich mich deshalb so pubertär verhalten.«

Um sie herum wird gehupt, und obwohl er als Nichtautofahrer die Verkehrsregeln nicht genau kennt, ist ihm doch aufgefallen, dass sie in der letzten Viertelstunde gegen eine ganze Reihe verstoßen hat. Sie biegt in eine Bucht vor einem großen Bürogebäude ein und parkt das Auto. Und sie fährt mit ihrer Geschichte fort, bis sie sich durch die beschlagenen Fenster von der Außenwelt abgeschottet fühlt, sich zu ihm hin beugt und den Kopf an seine Schulter lehnt, und während er überlegt, was es nun mit dieser Seelenverwandtschaft auf sich hat, schlingt sie die Arme um ihn. Er küsst sie auf den Kopf, schmeckt ihre Haare, sie hebt ihr Gesicht zu ihm hoch. Er flüstert.

»Ich mag dich, soll ich dich küssen?«

»Nein, besser nicht, aber ich finde es lieb von dir, dass du mich einfach erzählen lässt. Du hörst so aufmerksam zu, dass ich dir sogar Staatsgeheimnisse verraten würde, wenn du ein Spion wärst. Ich weiß nicht, wie es weiter gehen soll, vielleicht bin ich sogar ein bisschen verzweifelt, das könnte sein. Ein bisschen verzweifelt. Die Scheibenwischer versagen, wollen wir die Fenster saubermachen? Ich sehe nichts mehr, hilfst du mir mal?« Bevor er sich aufraffen kann, sie nach dem Ursprung ihrer Verzweiflung zu fragen, steigt sie aus und versucht, mit bloßen Händen dem verklumpten Schnee zu Leibe zu rücken.

Dass es auf der Straße viel ruhiger geworden ist, scheint für das Schneegestöber kein Grund zu sein, ebenfalls ruhiger zu werden. Wischen und Putzen helfen nichts, der grüne MG bleibt schneeweiß.

Wie zwei Schneemänner steigen sie wieder ein, und erneut

laufen die Fenster an. Die Gegend, durch die sie jetzt fahren und manchmal gefährlich rutschen, ähnelt ein wenig Amsterdam-Süd. Die Häuser und Villen sind noch stattlicher, eine Umgebung, in der er sich sonst nicht besonders wohlgefühlt hätte, doch durch die Aufregung wegen des Kusses, zu dem es dann doch nicht gekommen ist, sieht er jetzt alles ein bisschen anders. Schöne Häuser, schöne Gegend.

Peinlich berührt denkt er, wie es wäre, wenn sein Vater ihn jetzt sehen könnte, wie er aus dem Sportwagen steigt, und wie ein Portier über den vom Schnee befreiten Gehsteig auf Ilyane zukommt, um ihren MG in die Garage zu fahren! Sein Vater ist seit zehn Jahren tot, aber er erfüllt bei manchem, was Moritz tut, noch immer gewissenhaft die Funktion des Aufpassers. Nicht immer, aber immerhin. Dieser Vater würde ihm nicht verbieten, fremde Frauen zu küssen, auf dem Gebiet war er außerordentlich großzügig, aber sein Sohn sollte auf keinen Fall den feinen Pinkel markieren.

In der Eingangshalle, auf dem Weg zum Fahrstuhl, erzählt sie, dass Werner ein Abendessen von Borchardt habe kommen lassen, inklusive Kellner und dass er für Rosen gesorgt habe, alles andere habe Grethe geregelt, »meine große Stütze, zum Glück kommt sie auch mit Werner gut zurecht, also wird gut für mich gesorgt, ein bisschen wie bei meinem Vater zu Hause. Horváth kommt erst in einer Stunde, dann kannst du ihn in aller Ruhe kennenlernen.« Im Fahrstuhl mit den goldumrahmten Spiegelwänden ordnet sie liebevoll seine Kleidung. Moritz kann der Versuchung, sie doch noch zu küssen, nicht widerstehen.

»Nein, nicht, besser nicht.«

Sie küssen sich heftig, sie lässt den Fahrstuhl zweimal

hinauf- und hinunterfahren, bis sie, noch nicht fertig mit Küssen, in ihrem Stockwerk anhalten.

»Er weiß, dass du kommst. Sei lieb zu ihm.«

Die Frau in der Türöffnung begrüßt zuerst ausführlich Ilyane und dann ihn, und während sie ihm seinen Mantel abnimmt, erscheint hinter ihr der Mann, der Werner sein muss. Ja, tatsächlich ein älterer Herr. Ilyane schmiegt sich anmutig in seine Arme, und über ihre Schulter hinweg reicht er Moritz höflich die Hand. Moritz hat das Gefühl, in der Vorhalle eines königlichen Palastes eine Rolle zu spielen, wobei der König selbst, ein untergetauchter Habsburger, ihn willkommen heißt: Du holländisches Bürschchen, pfui, pfui, du hast meine kleine Prinzessin angefasst, ja, ja!

»Kommen Sie mit mir in die Bibliothek, gönnen wir Ilyane die Zeit, sich den Sternenstaub des Alltags abzuschütteln.«

Wie ein Schmetterling flattert sie durch den Raum, voller Freude über die fürsorgliche Aufmerksamkeit ihres Freundes, und verschwindet, mit Grethe im Kielwasser, in einem anderen Teil des Palastes.

»Möchten Sie sich nicht auch ein bisschen frisch machen? Sie sind ja ganz vollgeschneit. Das Bad befindet sich am Ende des Flurs.«

Ein spröder, aber doch freundlicher Mann. Spricht Deutsch auf eine Art, die man nicht mehr oft hört, ein altmodisches Hochdeutsch. Von ihm muss er keine Witze über die Herkunft seines Vornamens befürchten, obwohl man das nie weiß, in einer Gesprächspause, wenn alle um ein Thema ringen, darf sogar ein König diese Notbremse benutzen.

Das Badezimmer ist groß. Am liebsten würde er seinen Kopf unter das Wasser halten, überlegt es sich aber anders, weil er die Haare nicht schnell genug trocken bekommen würde. Mit seiner einfachen Kleidung passt er ohnehin nicht in diese elegante Umgebung, und nasse Haare müssten nicht auch noch sein. Er betrachtet im Spiegel seine Lippen, die für sein Gefühl noch immer Ilyanes küssten. Wie wird die Mahlzeit verlaufen, über welche Themen werden sie sprechen, wie wird sie sich benehmen, und später soll auch noch Horváth zu ihnen stoßen. Ihm schwindelt. Deutsch denken und trotzdem einen klaren Kopf behalten!

Zurück im Flur macht er sich auf die Suche nach dem Salon und kommt an einem Esszimmer vorbei, wo ein Kellner im Frack sorgfältig das glänzende Besteck zurechtlegt. Ein Kellner im Frack! Er senkt den Blick zu seinen Schuhen, gut geputzt sehen sie nicht aus, und seine Hose ist auch nicht besonders korrekt gebügelt. Er geht zurück zum Bad, schließt die Tür ab, zieht seine Hose aus, legt die beiden Hosenbeine ordentlich aufeinander, feuchtet sie an, legt ein Handtuch darüber und setzt die Füße kräftig dort auf, wo sich die Falte bilden soll. Es hilft, es entsteht zumindest der Anschein einer Bügelfalte. Danach poliert er mit einem Badetuch seine Schuhe. Kämmt sich die Haare. Tritt wieder hinaus auf den Flur, kommt auch diesmal an dem Kellner besteckanlegenden Ober vorbei, und betritt den Salon, wo Werner ihm einen Platz am Kamin anbietet. Herzlich. Freundlich. Was wird sich der Mann wohl denken: eine neue Eroberung seiner Geliebten? Sieht er ihm an, dass sie sich gerade geküsst haben? Er bekommt eine lange, dünne brasilianische Zigarre angeboten, Feuer, und sitzt dann da. Gelassen, fast selbstsicher. Jetzt braucht nur noch Ilyane hereinkommen, und die Vorstellung kann beginnen.

»Ich habe den Film gesehen«, beginnt Werner, »an dem Sie mit ihr gearbeitet haben, es ist ein besonderer Film mit vielen

Parallelen zu unserer Wirklichkeit. Menschen, die von Haus und Herd vertrieben werden und als Spezies keine Rolle mehr spielen.« Gott sei Dank, dem Mann mangelt es nicht an Konversationsthemen. »Ein besonderer Film, im heutigen Deutschland könnte man ihn nicht mehr mit so viel Verständnis drehen, deshalb ist es umso auffallender, dass sie ihn hier verbreiten wollen. Vielleicht sollten wir später analysieren, was eigentlich dahintersteckt.«

Moritz betrachtet fasziniert den Bücherschrank, was will seine neue Freundin mit dem vollständigen Werk von Nietzsche, oder mit *Das Kapital*?

»Ist das Ihre Bibliothek oder die von Ilyane?«

»Aber nein, es ist ihre. Meine liegt eingelagert am Kai von Rotterdam.«

»Rotterdam?«

»Hat sie es Ihnen nicht erzählt? Ich werde nicht mehr allzu lange in meinem Land bleiben können, ich habe ein offenes Ticket nach Brasilien gebucht. Sobald es mir zu heiß wird, kann ich eine Woche später abreisen. Jeder Tag kann der letzte sein, in meinem Deutschland, wohlgemerkt.«

Woher kommt dieses grenzenlose Vertrauen in mich? Vielleicht sieht er, dass ich ebenfalls Jude bin, und ist deshalb so mitteilsam.

Der nervöse Gelehrte hat die gleiche Statur wie er, er ist genauso groß, genauso durchtrainiert, obwohl er doch mindestens zwanzig Jahre älter sein muss.

»Ja, es ist eine eigenartige Zeit, eine Vakuumzeit, alles kann plötzlich auseinanderbrechen. Ich vermisse viele meiner Schriftstellerfreunde aus Dresden, einige sitzen in Dachau, andere sind nach England ausgewandert, mit ihnen korrespondiere ich regelmäßig, solange das noch möglich ist.«

»Und Ihre Bücher können hier nicht mehr publiziert werden, habe ich von Ilyane gehört.«

»Ein Jugendfreund, der jetzt in Oxford unterrichtet, könnte mir einen Verlag vermitteln, falls es mir gelingt, ein Manuskript außer Landes zu schaffen, es erschiene dann allerdings unter einem anderem Namen, sonst bringe ich Ilyane in noch größere Schwierigkeiten. Es ist eine Ironie des Schicksals, dass einer der wenigen vertrauenswürdigen Kollegen, die sich noch in meinem Deutschland aufhalten, Ödön von Horváth ist, den Sie nachher kennenlernen werden. Sie kennen ihn? Sie kennen sein Werk? Erzählen Sie ihm das. Es wird ihn glücklich machen. In gewisser Weise sind wir, ihre beiden Exgeliebten, zwei Seiten einer Medaille, ich bin der Theoretiker, der soziale Ungerechtigkeiten in eine Utopie verwandeln wollte, und er ist derjenige, der das Leid der Unterschicht einfühlsam in Worte fasst. Und die jetzt beide für ihre Arbeit keine Bühne mehr finden.«

Dann bin ich wohl der Rand ihrer Medaille, der noch nicht geprägte Rand. Horváth also auch. Ich habe es mir ja gedacht, aber dass er mir das schon in den ersten Minuten nach unserem Kennenlernen erzählen muss, ist ganz schön bizarr. Worauf will Ilyane hinaus? Sollen nachher, beim Essen, ihre beiden ehemaligen Geliebten zuschauen, wie ihre schöne, so elegant schlängelnde Kobra im Begriff ist, eine frische junge Beute zu verschlingen? Wird von ihnen erwartet, dass sie ihr dabei helfen, indem sie eine angenehme Atmosphäre verbreiten, indem sie für prickelnde Konversation sorgen und das Glas der Beute gefüllt halten und kleine Häppchen in seine Richtung werfen?

Er fühlt mit Werner, möchte seine Eifersucht nicht wecken, obwohl er Ilyanes Lippen noch auf seinen spürt. Und sein eigenes Dilemma kann er schon gar nicht zur Sprache bringen. Er kann Werner nicht erzählen, dass er ebenfalls Jude ist, aber ein Jude, der sich frei bewegen kann, sogar hier in Berlin. Der einfach sagen kann: Aber nein, ich bin kein Jude, denn euer Rassedienst hat festgestellt, dass ich keiner bin, und der weiß Bescheid. Oder hat Werner längst gemerkt, dass ich ihn hintergehe und ein ganz gewöhnlicher Jude bin?

Ilyane sollte sich beeilen, die dünnen Brasilianer haben sich schon in Rauch aufgelöst. Ein paar Minuten zu lang bleibt es in dem museumsartigen Raum still. Er lässt seine Augen die Wände entlangwandern, die voller Kunst hängen. Seit einem Nebenjob als Gehilfe eines Auktionators ist ihm das Schätzen von Einrichtungen zur zweiten Natur geworden. Es hilft ihm, sich richtig zu verhalten. Er steht auf, um die Kunstgegenstände aus der Nähe zu betrachten, und spürt Werners Augen in seinem Rücken. Sogar ein niederländischer Jongkind* hängt hinter Glas, und auf einem Sockel prunkt ein persischer Kriegshelm, doch er ist sich fast sicher, dass es eine Fälschung ist. Aber eine sehr gute Fälschung.

Im Glas des Jongkind spiegelt sich Werner, dem es bestimmt nicht verborgen geblieben ist, dass seine Freundin ein Replikat von ihm selbst an der Angel hat. Macht sie das, damit sie, falls Werner heute Nacht schon seine Koffer packen muss, einen Ersatz zur Hand hat?

»Sie sprechen hervorragend Deutsch …«

In einem anderen Teil des Hauses hört er ein Telefon. Es beunruhigt ihn, das kann alles Mögliche bedeuten.

---

* s. S. 358

94

»Wo haben Sie das gelernt? Die komplizierte Grammatik, die vielen Fälle, macht Sie das nicht verrückt?«

Wenn er das wüsste. Er soll mich bloß nicht ausfragen …

»Wirklich eine erstaunlich korrekte Aussprache.«

… dann merkt er sofort, dass meine Kenntnisse hauptsächlich aus Bluff bestehen …

»Hamburgischer Akzent, klingt interessant.«

… tatsächlich, er verdächtigt mich …

»Wo haben Sie das gelernt?«

… sonst würde er nicht so hartnäckig versuchen herauszufinden, woher mein Dialekt stammt.

»In der Schule in Amsterdam«, sagt Moritz und versucht, möglichst entspannt zu wirken, »und weil mein Vater jeden Tag eine Stunde Deutsch mit mir gesprochen hat, damit ich mir nach der Schule als Dolmetscher für eine Gruppe deutscher Schauspieler, die bei uns auf Tournee waren, etwas dazuverdienen konnte. Kinderarbeit also, aber lehrreich.«

Wenn dieser Mann in dem eleganten Maßanzug ihn den ganzen Abend lang ausfragt, bekommt Ilyane von ganz allein heraus, dass er ein Betrüger ist, denn ihr Freund merkt schnell genug, dass sie einen ähnlichen Hintergrund haben. Früher oder später wird er enttarnt werden. Wie komme ich hier weg, ich habe keine Ahnung, in welchem Teil Berlins ich mich befinde.

»Darf ich Sie fragen«, versucht Werner es wieder, »wie die Situation in Ihrem Land ist? Wir sind hier so sehr mit uns selbst beschäftigt, dass ich nicht weiß, wie es bei Ihnen aussieht. Hat die Krise in den Niederlanden sich ebenso niedergeschlagen wie hier?«

Bevor er sich eine Antwort überlegt hat, kommt Ilyane zurück, umgezogen und frisch zurechtgemacht.

»Setzen wir uns doch zu Tisch. Ödön hat gerade angerufen, er kommt etwas später.«

Werner widmet dem strahlenden Äußeren seiner Freundin seine volle Aufmerksamkeit, ein bisschen zu demonstrativ – ein eifersüchtiger Swann*.

»Wissen Sie, sie tut alles, um möglichst unauffällig durch das Leben zu gehen, aber es misslingt ihr regelmäßig.«

Das Hors-d'œuvre wird aufgetragen. Zu dritt nehmen sie an einem quadratischen Tisch Platz, so dass jeder das Gefühl haben kann, am Kopfende des Tisches zu sitzen. In diesen rauen Zeiten geht es nicht demokratischer.

Er sieht auf eine in düsteren Farben gemalte Straße. Paris? Wenn es nicht so französisch wäre, hätte es von Breitner sein können. Das Bild hängt direkt über Werner und lenkt ihn ab, weil er nicht weiß, wem es gehört. Vermutlich Ilyane, sonst wäre es wohl am Kai von Rotterdam.

»Warum haben Sie Brasilien als Ziel gewählt? Das scheint mir ein unumkehrbarer Schritt zu sein. Viele Menschen, mit denen ich hier gesprochen habe, meinen, dass das Regime die olympischen Spiele nicht überleben wird.«

»Da haben Sie sehr optimistische Informanten. Diese Herren tun alles, um nicht zu Fall gebracht zu werden. Darum haben sie in den vergangenen beiden Jahren viel Erfahrung in der unglaublich brutalen Unterdrückung Andersdenkender gesammelt. Alles, um die Macht zu erhalten. Sollte es hier noch schlimmer werden, und es geht unverkennbar in diese Richtung, wird sich herausstellen, dass die Länder um uns herum ihre Grenzen dichtmachen. Ja, auch Ihr Vaterland wird das tun und sich dabei auf seine Neutralität berufen,

---

* s. S. 358

und dann wird sogar die nach Reichsmark hungernde Schweiz keine Garantie mehr bieten. Und Palästina, falls Sie das meinen, steht nicht auf meiner Prioritätenliste, weil mir der Zionismus nicht gefällt ...«

Moritz würde gern sagen, dass er das nicht meint, einfach deshalb, weil er bis jetzt nicht gewusst hat, wie ernst die Situation ist. Er würde gern sagen: Sie könnten zum Beispiel nach Paris gehen, vorläufig, als Zwischenlösung ...

»Eine jüdische Niederlassung auf dem Territorium anderer Menschen bringt nur Elend, und Juden sollten nicht zusammenhocken, das kann nicht gutgehen. Und wer sagt, dass sie dort sicher sind? Sind alle Juden erst einmal in Palästina angekommen, wird es für Adolf mit der augenzwinkernden Zustimmung Englands ein Leichtes sein, sie ins Meer zu treiben. Wissen Sie, die Diaspora ist nun schon seit Jahrhunderten unsere Bestimmung, das wird noch gut eine Weile so bleiben. Ich hege keine Illusionen, aber eine relativ große Entfernung vom Brandherd Deutschland bietet auf alle Fälle vorübergehend etwas Sicherheit. Eine zusätzliche Beruhigung besteht in meiner Herkunft aus der Tabakbranche und dass dort in der Pampa noch einige hochbetagte Lieferanten meiner Eltern leben, die mir bestimmt zu einem Arbeitsplatz verhelfen können. Wenn ich keine Möglichkeit mehr habe, Vorlesungen zu halten, kann ich wenigstens noch Zigaretten verkaufen.«

Wieder wird es still. Wenn Ilyane den Zwischenfall mit dem Rassenexperiment von heute Nachmittag nicht zur Sprache bringt, wird er sich mit Werner auch nicht über »Jude sein oder nicht« unterhalten können. Er möchte ihn aber auf jeden Fall wissen lassen, dass er auf seiner Seite steht, dass sie Artgenossen sind. Dafür fallen mir bestimmt ein paar gut formulierte deutsche Sätze ein. Und dann kann ich auch Ilyane gegenüber alles richtigstellen. Eine Welle von Sympathie für Werner steigt in ihm auf, aber so lange der nichts sagt, kann er damit nicht anfangen. Werner wird womöglich denken, dass ich mit meinem Aussehen ein niederländischer Nazi bin und dass seine Ilyane mich als eine Art Schild benutzt: Schaut doch, wie ich mich zu waschechten Ariern hingezogen fühle. Werners forschender Blick wird ihm zu viel, es gelingt ihm nicht, ihm auszuweichen. Das Gemälde über ihm bietet keine Lösung, und vorzugeben, mit dem Hors-d'œuvre beschäftigt zu sein, nützt ihm auch nichts, weil er nicht weiß, wofür er welche Gabel nehmen soll. Der Kellner sieht auch nicht besonders hilfsbereit aus.

Wie komme ich hier weg? Soll ich später meinem Sohn beichten, dass Papi im faschistischen Berlin war, wo vor seinen Augen Juden zusammengeschlagen wurden, SA-Banden straflos Steine in Schaufenster warfen und wo ein paar offizielle Idioten es ihm unmöglich machten, zuzugeben, dass er Jude ist, und dass er das alles für ihn getan habe, weil er einen Kinderwagen kaufen wollte? Das wird eine hübsche Geschichte vor dem Einschlafen. Gern würde er fragen, ob Werner religiös aufgewachsen ist, wie er zum jüdischen Glauben steht. Aber kein Wort kommt über seine Lippen. Er möchte wissen, was passieren wird, wenn diese Art von Politik über die Grenzen Deutschlands in alle Nachbarländer hinüberweht, schließlich herrscht überall ein unterschwelliger, durch Gesetze oder eine dünne Zivilisationsschicht kaum unterdrückter Judenhass. Aber es scheint ihm zu riskant, zu fragen. Werner hängt seinen Gedanken nach, und Ilyane sagt kein Wort, während er selbst sich mit grammatischen Übungen beschäftigt. Sogar der Kellner liefert mit dem Klirren der Teller keinen Beitrag.

Keinem von ihnen gelingt es, die Stille zu durchbrechen, die sie einhüllt wie Schneegestöber. Sie vergessen, dass sie miteinander am Tisch sitzen. Ilyane gelingt es schließlich, die rückwärts laufende Zeit anzuhalten. Sie sagt flüsternd, dass sie dem Kellner, der in die Küche gegangen ist, um den zweiten Gang vorzubereiten, nicht traue. Eine unheimliche, konspirative Atmosphäre entsteht. Werner lässt mit dem Klang zerbrechender Eiszapfen wissen, dass er sich unverletzlich fühle, »frei, zu tun und zu lassen, was ich selbst tun oder lassen möchte. Vielleicht finden Sie es eigenartig, aber das, was hier passiert, erlebe ich als besonders spannendes Experiment, über das noch viele Generationen lang diskutiert werden wird. Und nicht nur in fachlicher Hinsicht, nicht nur soziologisch, denn selbst wenn das Regime morgen zu Fall gebracht würde, wie Ihre Informanten Ihnen offensichtlich einflüstern, und selbst wenn der Rechtsstaat in allen Ehren wiederhergestellt werden würde, werden sich die letzten drei Jahre als Einzelfall herausstellen, und wir sind die bevorzugten Zeitgenossen, die dieses Experiment für einen kürzeren oder längeren Zeitraum miterleben durften. Da möchte ich so lange wie möglich Zeuge sein.«

»Wie wollen Sie das machen? Sie haben Ihre Reisepapiere für Brasilien doch parat, und wenn sie erst mal dort sind, werden Sie die Ereignisse in Europa kaum beobachten, geschweige denn beeinflussen können. Wenn sogar ich, als Bewohner eines Nachbarlandes, mich hier in Berlin alle zehn Minuten über Aussagen und Ereignisse wundere, von denen ich nichts wusste, weil unsere Zeitungen darüber nicht berichten, wird es im fernen Brasilien doch völlig unmöglich sein, etwas zu erfahren. Glaube ich jedenfalls.«

Er ist mit seiner Replik nicht unzufrieden, doch bevor Werner darauf reagieren kann, kommt der Kellner mit drei Weingläsern herein, deren Stiele so schlank sind wie Stricknadeln. Ilyane bedeutet mit einer schlecht gespielten Geste, Werner solle jetzt nichts sagen. Kurz danach, als der Kellner wieder in der Küche ist, scheint Werner Moritz' Bemerkung schon vergessen zu haben.

»Entschuldigen Sie, aber dieses Neutralitätsdenken hat Ihrem Land ein Ansehen ohne Charakter verliehen. Windmühlen ohne Charakter. Sogar Ihre Tulpen haben ihre provozierende Farbenpracht verloren. Züchten Sie in den Niederlanden jetzt neutrale Tulpen? Oder machen Sie neutrale Filme mit geflüchteten deutschen Filmtechnikern und Regisseuren? Ich finde das spannend.«

»Werner, musst du so zynisch sein?«, fragt Ilyane.

Und wieder kommt Werner ihm zuvor. »Nächste Frage, solange der Kellner noch in der Küche am Herd ist: Wie steht es mit dem Antisemitismus in den Niederlanden, ist er bei Ihnen ebenso ausgeprägt, wie es zum Erstaunen aller offensichtlich bei uns ist, und wenn ja, eine zweite Frage: Wird bei Ihnen mit mehr als normalem Interesse verfolgt, was bei Ihren östlichen Nachbarn geschieht, wie wir hier damit umgehen? Oder ist das zu viel gefragt?«

Jetzt fängt er selbst damit an, das kommt davon, wenn man sich die Initiative aus der Hand nehmen lässt. Soll ich die Geschichte von dem Salz im Kaffee bei *Hirsch* erzählen, oder dass Juden bei uns nur mit Schmiergeld Notar werden können, aber dass es sich damit wohl hat?

»... oder verderbe ich jetzt eine angenehme Mahlzeit?

Ilyane, Liebes, sag mir ehrlich, wenn du dieses Thema ungeeignet findest.«

»Von mir aus könnt ihr weiter darüber reden, aber sei bitte nicht zu zynisch, und: Vorsicht mit dem Kellner.«

»Lass uns den servilen Servierer in der Küche bei Grethe parken«, sagt Werner, »die beiden wechseln ihre Aufgaben, so dass Grethe uns bedient, nein, ich weiß etwas Besseres, wir gönnen ihm einen vorzeitigen Rückzug und werfen ihm Teller und Besteck hinterher.«

Werner hat sich jetzt definitiv vom verträumten Swann in einen Panther verwandelt, der offensichtlich nicht vorhat, es nur bei Geplänkel zu belassen, und der dem ausländischen Raubtier, das in sein Revier eindringt, die Zähne zeigen möchte, auch wenn von diesem Revier nur noch eine kahlgefressene Fläche übrig geblieben ist.

»Vom niederländischen Antisemitismus kann ich nur sagen, dass er durch die Entwicklungen in Deutschland wieder mehr Aufmerksamkeit bekommt. Unterschiede zwischen Juden und Niederländern sind für uns kein Thema, schon gar nicht am Theater«, sagt er in dem Versuch, möglichst intelligent zu antworten. »Juden sind Niederländer, Jude zu sein ist nicht erwähnenswert, es gibt ja auch Katholiken und Protestanten. Auch Kommunisten können machen, was sie wollen, solange jeder sich einigermaßen an die Gesetze hält und das Königshaus nicht zu sehr beleidigt wird. Und was heißt eigentlich Antisemitismus? Ich habe noch nie jemanden von Semitismus reden hören.«

»Das habe ich schon früher gehört, Herr Moritz, das ist ein Wortspiel, kein Versuch der Analyse. Es ist ein enormes Problem, ein Problem, das Opfer fordert, das werden wir nicht mit Wortspielen abtun. Und Sie schon gar nicht.«

»Was meinen Sie mit: Und Sie schon gar nicht?«

»Ich habe von Ilyane erfahren, dass Sie unvermutet in eine Vorführung unseres erhabenen Rassenideenreichtums hineingeraten sind, dass Sie in unseren Studios unhöflich behandelt wurden. Was ist passiert?«

»Sie meinen diese Auseinandersetzung mit den Herren Rassenexperten?«, antwortet Moritz möglichst locker, »ja, im ersten Moment fand ich es schockierend«, – mein Deutsch klappt wirklich gut – »aber im Nachhinein ist es doch ein sonderbarer Vorfall«, – wie lieb Ilyane schauen kann, – »ihr kleines Schauspiel hatte eher etwas von einem Initiationsritus: Niederländisches Schauspielerchen«, – prima, das Diminutiv zu verwenden, – »kommt in das große Berlin und soll mal auf Herz und Nieren geprüft werden«, – Werner beobachtet mich scharf, wie ein Großinquisitor, – »die haben wohl gedacht, dass sie dem Holländer mal schnell die Daumenschrauben anlegen sollten«, – kurz ein Schluck Wein, – »ich war froh, dass Ilyane intervenierte«, – dieses Glas mit dem dünnen Stiel lässt sich kaum festhalten, – »ich war drauf und dran, einem der beiden eine Ohrfeige zu verpassen«, – das stimmt nicht, ich hätte es tun sollen, bin aber nicht auf die Idee gekommen, – »nicht eine gestellte, wie im Filmstudio, sondern eine echte, eine kräftige, das kann ich ganz gut.«

»Ja, Sie sehen aus wie ein echter Schlägertyp, mit Ihnen legt man sich besser nicht an…«

Moritz schaut ihn erstaunt an, worauf will dieser Mann hinaus?

»… aber heutzutage ist jeder ein Straßenkämpfer, nur ich nicht, ich stecke meine Nase in Bücher, obwohl ich eigentlich mit der Nase in der Scheiße von Dachau sitzen sollte.«

Es ist das zweite Mal, dass Werner diesen Namen nennt,

Dachau. Ist das ein Gefängnis oder ein Ort der Verbannung außerhalb Deutschlands? Auf jeden Fall klingt es nicht nach einer Sommerfrische, Da-ch-au.

»Richtig unangenehm war«, sagt Moritz, »als sie mit ihren Fingern, ohne zu fragen, mein Gesicht betatschten, angeblich um es zu vermessen. In einer vollen Kantine. Ihre Botschaft klang ziemlich auswendig gelernt, sie kamen mir eher wie Amateurzauberkünstler vor, nicht wie Vertreter einer neuen Wissenschaft.«

»Ist das letzten Endes nicht das Gleiche?«

»Sind solche Ideologen als Kontrolleure in den Studios stationiert, als Funktionäre der Partei?«

»Klar, um in allen Ecken und Löchern herumzuschnüffeln, ob noch Reste eines jüdischen Einflusses zurückgeblieben sind. Seit das Gesindel vor einigen Monaten die sogenannten Nürnberger Rassengesetze erlassen hat, nimmt diese Art von Provokationen überhand. Aber sagen Sie, sind Sie wirklich so ein reinrassiger Arier, wie unser wissenschaftliches Staatsinstitut am Nachmittag behauptet hat? Sie scheinen mir zumindest ein zweifelhafter Fall zu sein. Ich weiß, dass ich mich jetzt auf Glatteis begebe, aber seien Sie ehrlich, was ist die Wahrheit?«

Dieses ist deine Chance, reinen Tisch zu machen, Moritz, um ohne Gesichtsverlust deine Karten offenzulegen. Es wäre in bescheidenem Ausmaß eine Demaskierung ihrer neuen Gesetze, und du würdest damit deinen Tischgenossen einen großen Dienst erweisen.

»Was wollen Sie hören? Ich bin Holländer.«

Er leugnet und er leugnet nicht. Wie einfach. Er spürt, dass Ilyane ihm nicht glaubt. Seine Unruhe nimmt zu. Wieso lässt er sich in so eine Situation bringen? Er ist niemandem

Rechenschaft schuldig. Was macht er hier? Ist er hier, um eine Frau anzumachen, die sich mit einem früheren Geliebten gegen ihn schützt und auf die Schnelle noch einen anderen Exfreund organisiert hat?

Der Kellner kommt mit dem zweiten Gang aus der Küche, Scholle »Finkenwerder Art«, das Gespräch wird in eine andere Richtung gelenkt. Nachdem der Mann serviert hat und sich in eine Ecke der Wohnung zurückziehen will, gibt man ihm zu verstehen, er könne jetzt gehen und Geschirr und Besteck morgen abholen lassen. Empört zieht er mit einem schlaffen Hitlergruß ab. Ilyane ist zufrieden.

»So, jetzt sind wir unter uns, ein Theater-Arier aus den Niederlanden, ein deutsches Blut-und-Boden-Mädchen, ein versteckter Tabacco-Jude und, falls er noch kommt, gesellt sich noch ein gehetztes Schriftstellerchen aus Ungarn dazu. Ein nettes Quartett, liebe Freundin, eine interessante Auswahl.«

8

Utrillo oder Pissarro

Moritz ist zunehmend zufriedener mit seinem neuen Status als unantastbarer Ausländer; er wundert sich über gar nichts mehr, er schämt sich noch nicht einmal wegen seiner plötzlichen Verliebtheit. Trotzdem ist er nicht sicher, ob er nicht doch lieber zu seinem sicheren Stadionplein zurück möchte oder ob er diesen Platz auf der Weltbühne bevorzugt. Dieser ganze Luxus gefällt ihm, egal, was sein Vater dazu gesagt hätte. Und nun kann auch noch jeden Moment dieser berühmte ungarische Schriftsteller vorbeikommen, von dem, vor nicht einmal drei Jahren, in der Schauspielschule ein Stück gespielt wurde. Er fällt ihm schwer, es zuzugeben, aber eigentlich kann er sein Glück kaum fassen. Er muss nur durchhalten, bis der Ungar erscheint, das wird wohl zu schaffen sein, oder? Inzwischen ist er fast sicher, von wem diese Pariser Straße stammt, die hier einfach an der Wand hängt. Fast sicher. Zu fragen, ob es sich wirklich um einen Utrillo handelt, wäre ziemlich blöd, falls er unrecht hat. Seine Verliebtheit hält ihn aufrecht, erregt ihn und schickt ihn durch einen Dschungel voller attraktiver Unsicherheiten. Außerdem hat er genug Gesprächsstoff. Alle Leute finden es wunderbar, Geschichten aus Amsterdam zu hören, und wenn sie ihm ausgehen, kann er immer noch die durchsichtige Dame mit ihren vierundsechzig Kindervisa zur Sprache bringen. Damit kann er zeigen, dass er auf der »richtigen« Seite steht, schließlich ist er tief berührt von ihrer mutigen Haltung, das kann er gefühlvoll übermitteln. Und das alles mit einem »hamburgischen« Akzent!

Ja, bring es auf den Tisch, Moritz, versetze deine Freunde in Erstaunen, schließlich kannst du ja nicht zugeben, dass der Kauf eines deutschen Kinderwagens der eigentliche Grund für deine Anwesenheit bei diesem »soziologisch interessanten Experiment« ist. Erst große Töne spucken und dann plötzlich Bescheidenheit? Da stimmt etwas nicht. Übrigens wird dieser Kinderwagen, wenn du ehrlich bist, immer mehr zu einem grotesken Freibrief, um ungestört hinter einer deutschen Schauspielerin her zu sein. Auch wenn du noch so sehr versuchst, dein Interesse für Ilyane zu unterdrücken, du bist ganz schön verknallt in diese deutsche Dame, bei der du zu Gast bist. Und ihr Freund hat es gemerkt.

Wie kann er die einander widersprechenden Stimmen in seinem Inneren zum Schweigen bringen? Er stellt einen Teil von sich in eine Ecke des Zimmers und hofft, dass er es ohne diese störenden Hintergedanken weiterhin schafft, geschickt auf das zu reagieren, was auf ihn zukommt. Und das ist bitter notwendig, denn der Professor ihm gegenüber bereitet wieder einen Angriff vor und spielt seine jahrelange Erfahrung mit unsicheren Studenten gegen ihn aus.

»Ist Ihnen klar, dass der Film, dem Sie mit deutschen Texten Ihre Stimme verleihen, deutschen Propagandazwecken dienen wird? Die Herren Adolf und Joseph haben die Version aus Venedig längst gesehen und präsentieren sie ihren Filmvasallen als Vorbild. Diese haben den Film studieren müssen, um zu lernen, wie man einen kunstvollen Film macht, der dennoch Propagandazwecken dienen kann. Da Sie nun mal hier sind, können Sie sich nicht mehr heraushalten, ist Ihnen das klar?«

»Parteipropaganda? Gehen Sie nicht ein bisschen zu weit, damit habe ich nichts zu tun. Es war bestimmt nicht die Absicht unserer Filmemacher und ich spiele lediglich eine Rolle.«

»Sie müssen ernsthaft damit rechnen, dass Sie eines Tages eingeladen werden, um bei der deutschsprachigen Premiere anwesend zu sein. Man wird eine Meinung von Ihnen erwarten. Vielleicht müssen Sie den Herren sogar die Hand geben. Ilyane wird Sie sicher begleiten, sie ist in solchen Sachen ziemlich erfahren. Und ich würde euch beide sogar direkt am roten Teppich abliefern! Man wird Standpunkte von Ihnen fordern, wie wollen Sie das machen?«

»Ganz einfach. Wenn es tatsächlich so kommt, wie Sie annehmen, werde ich sagen, was ich davon halte. Niemand kann mich zwingen, von meiner eigenen Meinung abzuweichen. Ist das nicht der Unterschied zwischen unseren beiden Ländern?«

Du bist ein Schwindler, Moritz, natürlich möchtest du wahnsinnig gern bei einer solchen festlichen Premiere dabei sein, aber wirst du dann tatsächlich bekanntgeben, dass du dich als Jude zu ihrem Fest eingeschlichen hast? Der Moritz in der anderen Ecke des Esszimmers fängt an, ihn zu attackieren: Wirst du bald ruhigen Gewissens hinter deinem Kinderwagen hergehen, nach allem, was du hier gesehen hast? Ich schäme mich für dich, schau dich doch an, wie du da sitzt, für jede Röstkartoffel eine spezielle Gabel, Mann, du weißt doch nicht mal, wie man das Besteck handhabt, aber ja, zwischen den Gängen darf man hier rauchen, kein Problem. Du bestehst doch darauf, dass es zwischen Juden und

Niederländern keinen Unterschied gibt, also pass auf, was du sagst ... ja, es ist ein Utrillo, jetzt bin ich mir ganz sicher, es ist sogar einem anderen Gemälde recht ähnlich, das ich damals in Paris gesehen habe, es stand ein Wort darauf, das fast niederländisch klang, BILLARD, nicht BILJARD ... denkst du ab und zu an den Kleinen, Moritz? Er fängt einen liebevollen Blick seiner neuen Freundin auf ... heute hast du nichts für Jannetje gekauft ... wann wirst du deinen neuen Freunden erzählen, dass du ein ganz normaler Jude bist?

»Wie findest du die Rosen?«, hört er Werner Ilyane fragen. Seine Stimme scheint von weit her zu kommen.

»Wunderschön, Liebling, ich liebe sie über alles, Rosen, rote Rosen.«

»Grethe hat sie arrangiert, ich habe wirklich kein Talent dazu, Rosen zu arrangieren.«

Ich habe deshalb keine Zeit gehabt, etwas für Jannetje zu kaufen, weil ich den ganzen Tag im Studio eingesperrt war, sagt Moritz zu Moritz. Unsinn, du hättest deine neue Flamme bitten können, auf dem Nachhauseweg irgendwo anzuhalten, und wenn es nur bei einem Kiosk gewesen wäre, um dort eine Tafel Schokolade zu kaufen. Das kann ich morgen immer noch tun.

Ilyane steht plötzlich auf. Warum geht sie in die Küche, wird sie von dort jemanden anrufen, um zu sagen, dass ein Betrüger an ihrem Tisch sitzt? Warum spreche ich Deutsch? Dieser versteckte Jude mir gegenüber ist vielleicht ein Doppelagent, der mich aus der Reserve locken soll, einer, der weiß, was mit diesem SA-Trupp passiert ist und der von ganz oben, von Oberleutnant-Gruppenführer Diels selbst, den Auftrag bekommen hat, dieser Sache auf den Grund zu gehen. Wo bleibt sie denn, ich möchte nicht allein mit diesem

Mann hier sitzen, deshalb haben sie den Kellner weggeschickt. Das Essen schmeckt mir nicht mehr ... was soll ich mit den vielen Messern und Gabeln ... wann wirst du deinen Brief an Jannetje schreiben, Moritz ... das geht dich nichts an ... Pa wird auffallen, dass du ganz schön spät nach Hause kommst ... he, ich bin vierundzwanzig, ich bin mein eigener Herr, er wird nichts sagen ... reg dich nicht auf ... du hast ihn, seit du diese Frau kennst, doch sehr seinem Schicksal überlassen, gar nicht besonders schwiegersohnartig.

»Gehen wir ins Wohnzimmer und essen dort weiter«, schlägt Ilyane vor, »mit den Tellern auf dem Schoß, wie früher bei uns zu Hause. Ich denke, dass Ödön das auch angenehmer finden wird. Grethe, hilf bitte. Moritz, es ist für Werner vielleicht interessant, wenn du ihm etwas mehr über unseren Film erzählst«, – siehst du, sie ist Teil eines Komplotts, um mich aus der Reserve zu locken, vor noch nicht mal zehn Minuten haben wir uns über diesen Film gestritten, Werner ist über alles informiert – »es interessiert ihn sehr, wie die Idee der Landgewinnung in einem zivilisierten Land angepackt wird. Wir haben in der letzten Zeit viel darüber gesprochen, weil es seltsamerweise auch das Thema meines Films ist, den wir voriges Jahr gedreht haben, *Der Schimmelreiter*, er spielt an eurer Ostgrenze, bei den Friesen.«

Sie ziehen in ein Wohnzimmer an der vorderen Seite der Wohnung um, in das Moritz' winzige Wohnung am Stadionplein locker hineingepasst hätte. Sein Teller wird auf einen kleinen Beistelltisch gestellt, und er erzählt, welche Aufregung *Totes Wasser* beim Filmfestival in Venedig hervorgerufen hat, berichtet vom Goldenen Löwen, vom Afsluitdijk, und weiß genau, dass Werner seine Chance ergreifen wird, wenn er zu ausführlich darauf eingeht, dass die Zuiderzeefischer geopfert wurden. Ja, da kommt auch schon Werners Frage, Moritz soll die Verbindung zwischen Landgewinnung und Lebensraum erklären. Schachmatt.

»Es wäre eine Rückkehr in die düsteren Zeiten des Mittelalters, wenn Adolf damit anfangen würde. Auch wenn er leugnet, Landgewinnung im Sinn zu haben, spürt man doch ständig, dass er nicht den geringsten Versuch macht, einen Staat des zwanzigsten Jahrhunderts zu gründen. Im Gegenteil, es wird eine Kriegsmaschinerie aufgebaut, die keine ausländische Macht aufhalten kann.«

»Gibt es denn kein Parlament, keinen Reichstag, so nennt man das doch bei euch?«, fragt er.

»So nannte man es, verehrter Gast«, bekommt er als Antwort, »diese bunte Ansammlung von Abnickern, die nie mehr zusammenkommt, konnte man beim besten Willen nicht Parlament nennen, es handelt sich jetzt eher um ein Parteilokal, wo man seine Pistole sichtbar im Halfter hält.«

»Dann müssten doch Frankreich oder England Berlin besetzen. Gilt denn die Friedensregelung nicht mehr?«

Er merkt, dass Werner diese Art von Fragen und Bemerkungen für unter seiner Würde hält, er macht sich nicht einmal die Mühe, darauf einzugehen, er folgt dem Schema, das er sich vorgenommen hat. Vielleicht lädt seine Exfreundin jeden Abend andere Gäste mit verschiedenem Hintergrund ein, um Werners Gehirnaktivität aufrechtzuerhalten.

»Es ist überhaupt nicht notwendig, alles auf Gebietserweiterung zu setzen, unter dem Vorwand der Landwirtschaft, da doch im vorigen Jahrhundert in allen Ländern die Industrialisierung eingesetzt hat. Wenn man sich wirklich Sorgen um die Bevölkerung macht, könnte man notfalls einen Teufelspakt mit den Russen schließen, um sich ihr Korn zu sichern.«

Werner muss sich anstrengen, um beherrscht auszusehen. Er spricht weiterhin sehr formell, als halte er eine Vorlesung vor großem Publikum. Die Adern an seiner Stirn sind kurz vor dem Platzen. Er unterbricht sich, geht zum Bücherschrank, zieht unter einem Stapel Zeitschriften ein Exemplar der Arbeiter Illustrierten Zeitung hevor, schlägt einen Beitrag von Tucholsky auf und liest laut:

Deutschland erwache!

Dass sie ein Grab dir graben
dass sie mit Fürstengeld
das Land verwildert haben,
dass Stadt um Stadt verfällt ...
    Sie wollen den Bürgerkrieg entfachen -
    (das sollten die Kommunisten mal machen!)
    dass der Nazi dir einen Totenkranz flicht -:
    Deutschland, siehst du das nicht -?*

»Das wurde 1930 geschrieben, alle haben es gelesen, niemand hat es ernst genommen, ich auch nicht. 1930!«

Als Moritz ihn am Bücherschrank stehen sieht, mit dieser Zeitschrift in den Händen, wird ihm klar, dass hier jemand über Themen spricht, die in der Öffentlichkeit nicht mehr erwähnt werden dürfen, dass dieser Mann selbst aus der Öffentlichkeit entfernt wurde. Wo bin ich gelandet? Ich muss hier weg, denkt er, Werner übertreibt vielleicht ein bisschen, aber wenn man sich verstecken muss, weil man ein jüdischer Marxist ist, wenn sich vielleicht hunderttausend

* s. S. 358

Menschen verstecken werden müssen, weil sie selbst oder ihre Vorfahren einem ungewünschten Glauben anhängen, dann wird es irgendwann zu einer Explosion kommen, die keiner mehr aufhalten kann.

»Hier habe ich einen Sammelband von Tucholsky für Sie. Neunzehnhundertneunundzwanzig! Nehmen Sie ihn mit. Lesen Sie ihn ihren Freunden vor. Sie sind doch Schauspieler, es ist großartiges Material. Bei euch in den Niederlanden«, fährt Werner fort, »werden die Fischer doch zu einer Umschulung gezwungen, damit sie als Bauern die neuen Polder bewirtschaften, nicht wahr? Sie zünden sich selbst an oder begehen auf andere Weise Selbstmord, ja, ich habe mir euren Film genau angesehen. All diese Fälle werden in unseren Zeitungen ausführlich beschrieben, sie werden als Rechtfertigung für ihre eigene, perfide Politik betrachtet. Und bald müssen die Juden aus Deutschland nach Madagaskar auswandern, um deutschen Bauern Raum zu schaffen. Kein großer Unterschied, habe ich recht oder nicht? Warum sind die Herren Adolf und Kumpanen auf euer Drehbuch so gut zu sprechen? Weil Landgewinnung verherrlicht, besungen und heroisch überhöht wird. Aus diesem Grund heißen sie es auch gut, dass unser Freund Ernst Busch weiterhin die Eröffnungsballade singt. Habt ihr angenommen, sie hätten das übersehen? Nein, sie sind ausgekochte Gegner. Mit dem Einsatz seiner immer noch allseits geliebten Reibeisenstimme geben sie vor, er würde ihre verbrecherischen Absichten decken. Habt ihr nie davon gehört, dass Propaganda einen hohen Intelligenzquotienten erfordert? Eure Neutralität macht euch naiv. Doch ab jetzt ist Neutralität keine Ausrede mehr, Naivität hat ihre Unschuld verloren. Jetzt ist es eine menschenmordende Eigenschaft, darauf steht von heute an die Todesstrafe, hört auf meine Worte. Herr Moritz, vergessen wir jede Höflichkeit und duzen wir uns, in Ordnung? Du spielst, verdammt noch mal, in diesem Film einen Fischer, der sich umbringt, und ein Kollege steckt, während er auf das Meer hinausfährt, seinen Kutter in Brand, zwei Selbstmorde als Propaganda für die heilige Aufgabe der Landgewinnung. Nie misstrauisch gewesen? Mit Pauken und Trompeten feiert ihr die Fertigstellung des Deichs, das ist der Höhepunkt der Naivität! In Anwesenheit der Königin! Mit geschmetterten Volksliedern! Es lebe die Wahlfreiheit!«

Werner geht wieder zum Bücherschrank, nimmt zielsicher ein Buch heraus, blättert zu den letzten Seiten und trägt dann feierlich, wenn auch etwas zu laut vor:

Wie es auch möglich sei,
Arbeiter schaffe Meng auf Menge!
Ermuntere durch Genuß und Strenge!
Bezahle, locke, presse bei!

Den faulen Pfuhl auch abzuziehn,
Das letzte wär das Höchsterrungene.
Eröffn ich Räume vielen Millionen,
Nicht sicher zwar, doch tätig-frei zu wohnen.*

»Woher kennen wir auch wieder diesen Textausschnitt? *Faust*, meine Damen und Herren, der Tragödie zweiter Teil. Und wo haben wir dies in der letzten Zeit öfters gehört? Passender Text zu diesem wohlschmeckenden Fisch, nicht wahr? Dazu ein gutes Glas *Totes Wasser*, Jahrgang vierund-

* s. S. 358

dreißig, und unser Abend kann nicht mehr schiefgehen. Teil zwei unseres nationalen Erbes wird in den kommenden Jahren nur noch unter der strengen Kontrolle des Reichsdramaturgen gespielt werden dürfen. Darauf wird mein Studienkamerad von damals, unser heutiger Propagandachef, bestehen. Unter seiner inspirierenden Leitung muss die deutsche Seele dafür reif gemacht werden. Teil zwei wird unserem Hinkebein in den Schoß geworfen. Er kennt seine Klassiker, er ist nicht dumm, er kommt zwar von der Straße, aber dumm ist er nicht. Schade. Der Text steht als prämatures Parteiprogramm schon hundert Jahre auf dem Feuer, Goethe wieder einmal seiner Zeit voraus! Es lebe die ewige deutsche Kultur! Es wird nicht mehr lange dauern, bis sich auch Faust einen Schnurrbart stehen lassen kann. Ilyane spielte letzten Sommer im *Schimmelreiter* mit, im Prinzip nichts dagegen einzuwenden, bis vor kurzem war es eine harmlose Geschichte, aber jetzt geht es nicht mehr um Liebe und Verwirrung und Eindeichung, in den Dramaturgiebüros der Herren von der Reichsfilmkammer wird der Geschichte ein neuer Inhalt aufgedrängt.«

Moritz kann sich jetzt nicht mehr wehren, er hat sich selbst als Arier zensiert.

Seit Werner seine Schicksalsgenossen als abgesonderte Gruppe benannt hat, wächst seine Unruhe. Er schwitzt, fühlt sich beobachtet und rutscht auf seinem Stuhl herum. Bewusstwerdungsprozess? Initiation durch Leugnung? Er weiß genau, dass er sich verplappern wird. Dann wird Werner ihn verachten, und Ilyane wird nichts mehr mit ihm zu tun haben wollen, und er wird, wie der Kellner, aus der Wohnung geworfen, Ende des Abenteuers.

9

Geschichten aus dem Wiener Wald

Da sitzen sie nun, mit ihren Tellern auf dem Schoß. Seit Werner den Schlussmonolog von Faust, die Vertreibung der Fischer aus *Totes Wasser* und Ilyanes Filmszenarien mit den politischen Ambitionen des Regimes verknüpft hat, ist es still geworden.

Dann läutet es. Die nächste Runde. Grethe bittet den Ungarn herein, der wie ein Wilder die Treppen heraufgestürmt kommt, »weil der Fahrstuhl mich als Spiegelpalast zu sehr mit mir selbst konfrontiert«. Ein schlampiger Auftritt, zerknittert, als wäre der Schriftsteller gerade unter einer Spreebrücke hervorgekrochen. Moritz sieht eine jüngere Ausgabe von Pa vor sich und empfindet sofort Mitleid mit ihm.

»Es ist noch später geworden, als ich dir schon angekündigt hatte, Liebling, Guten Tag, Werner, guten Tag, Herr … eh, Moritz? Ihr Vor- oder Nachname? Ein schöner Name, aus den Niederlanden? Ihr Nachname? Ach, Akkerman? Der Name verrät etwas über die fleißige Arbeit Ihres friedfertigen Bauernlandes. Angenehm. Ich bin schmutzig, ich fühle mich schmutzig. In dieser internationalen Gesellschaft bin ich der missratene Ungar, Verzeihung, und noch dazu verweht und nass, aber das kommt, weil ich jemandem geholfen habe, der sich wegen eines wild gewordenen Astes nicht zu helfen wusste …«

Wie traurig er aussieht, denkt Moritz, während Ilyane den
Verwehten liebevoll vor den offenen Kamin geleitet. Schöne
klare Augen, voller Tränen. Er könnte ein jüngerer Bruder
Werners sein, etwas dicker, als hätte sich seine Überempfind-
lichkeit in seinem Umfang festgesetzt. Ob er auch Jude ist,
nein er ist Ungar, vielleicht ein ungarischer Jude. Ist das nun
wirklich der bewunderte Kleist-Preisträger?

»Ich habe es kommen sehen. Der Ast ist geräuschvoller
vom Baum abgebrochen, als der Wind pfeifen konnte. Ich rief
einem wildfremden Passanten zu, er solle aufpassen, aber zu
spät. Der Ast hatte es nun einmal auf den Mann abgesehen,
ein nach Rache dürstender Ast, in Form eines Arms mit großen Greiffingern, die zielgerichtet diesen einen Mann ...«

Ilyane versucht, ihn zum Schweigen zu bringen, indem sie
ihm einen Teller mit Essen auf den Schoß stellt.

»... das Ding musste dafür beim Herabfallen sogar einen
unerwarteten Umweg auf sich nehmen. Seine Beute wurde
voll getroffen und krachte auf das Straßenpflaster, und noch
immer war Monsieur Branche nicht zufrieden, er schleu-
derte sein Opfer in die würgende Umarmung eines Baums
auf der anderen Straßenseite und segelte dann selbst arbeitslos über die Straße ...«

Horváth hat gleich bei seiner Ankunft sein Herz gewon-
nen, als würde er ihn schon seit Jahren kennen, als wäre ein
entfernter Verwandter zu Besuch gekommen. Ein Onkel.
Auch er eine Beute von Ilyane. So etwas verbindet.

»... es war eine Abrechnung aus den kriminellen Kreisen
des Baumreichs, nicht aus dem Hinterhalt, wie Menschen es
zu tun pflegen, sondern mit offenem Visier. Der Mann hätte
tot sein können. Es waren viele Leute auf der Straße, aber
nur er war vorbestimmt. Vielleicht gab es überhaupt keinen

Sturm. Vielleicht standen dort keine Bäume. Und es gab nur diesen Ast. Diesen Ast und den Mann.«

Werner geht davon aus, dass die Geschichte zu Ende ist, und bietet ihm eine Havanna an, aber Horváth kann locker mit einer Havanna weiter reden und weiter essen. Weiter trinken natürlich auch.

»… und viele Zuschauer. Wenn ein Kommunist oder ein Rabbiner zusammengeschlagen wird, gehen alle weiter, aber diese Astbeute zog viele Zuschauer an. Es hatte etwas von einer dieser alten Geschichten, die deine Mutter dir am Herdfeuer erzählte, ein beruhigender Unfall. Der Mann hat ein paar Kratzer davongetragen, und eine schnell wachsende Beule, mehr nicht. Ich habe ihn mit meinem Taschentuch verbunden und ihn zum Lachen gebracht, indem ich die Astattacke mit dem schwarzen Arm der Gestapo verglich. Zum Glück konnte er das würdigen. Doch die Umstehenden waren dann schnell verschwunden. Mein Gestapowitz hat wie das Zauberwort eines Magiers funktioniert, der auf einen Schlag die Bühne leer fegt. Das Opfer stand auf und sagte, es könne aus eigener Kraft nach Hause gehen. Mit meinem Taschentuch.«

»Sei ein braver Junge, Ödön, iss deinen Teller leer«, sagt Ilyane.

Der Ungar ist bei seinem Augenzeugenbericht außer Atem geraten. Hat sich selbst k.o. geredet.

»Herr Moritz, verzeihen Sie, ich rede immer so viel, aber keine Sorge, dann ist es plötzlich vorbei, und ich halte für den Rest des Abends den Mund, das wissen meine Freunde, deshalb lassen sie mich die ersten fünf Minuten ungestört drauflosreden. Sie heißen Moritz und kommen aus den Niederlanden? Sehr interessant, was arbeiten Sie, sind Sie Diplomat, ach nein, Sie sind ein Kollege meiner Muse? Verzeihung, aber es ist, als hätte der Ast mich getroffen, richtig, ja, ich verstehe, Sie sind Filmschauspieler? Ilyane und ich kennen uns auch von diesem Narkotikum, weißt du noch, Liebste…« Er lädt sie ein, sich ihm zu Füßen zu setzen, was sie auch sofort tut. Mit seinem gewinnenden Benehmen ist er Pa tatsächlich ähnlich.

»Ich schrieb einige Zeilen für eine Szene, in der sie mitspielte, und sie sprach meine Sätze so schön, dass ich mich augenblicklich in sie verliebte, und ein halbes Jahr lang durfte ich verliebt bleiben. Danach meinte sie, es wäre genug mit meiner Verliebtheit, sie müsse zur Freundschaft werden. Ich sage Ihnen, reine Freundschaft mit einer Frau wie Ilyane ist lästig. Jetzt sitze ich hier also als Freund, Werner sitzt hier als Freund, Ihr Status ist mir noch unbekannt, aber die Basis wird doch zumindest aus Freundschaft bestehen. Auf die Schnelle zähle ich also drei Freunde…«

Die Kraft seines Redestroms nimmt tatsächlich ab. Zeit, eine rasch übersetzte deutsche Zeile dazwischen zu schieben:

»Was für eine Geschichte mit dem fliegenden Ast, der Mann hätte einer ihrer Figuren gewesen sein können.«

So, nun ist es raus, jetzt muss ich den Schriftsteller wissen lassen, dass ich in der Schauspielschule in einem seiner Stücke mitgespielt habe und dass ich bei diesem Stück eigentlich auch der Regisseur war. Oder wird die Geschichte dann zu lang? Ich erzähle sie dennoch. Solange der Schriftsteller zuhört…

»Der Lehrer, der die Regie eigentlich hätte übernehmen sollen, ist nie aufgetaucht, oder erst so spät, dass kaum noch Zeit für Proben übrig blieb.«

Er hört zu!

»Damals hat mich die Klasse per Abstimmung aufgefordert, diese Aufgabe zu übernehmen. Und ich habe dabei entdeckt, dass ich diesen Teil der Theaterarbeit interessanter finde als das Schauspielen selbst.«

Moritz sitzt auf dem Plauderstuhl und achtet nicht auf irgendwelche Grammatikfehler. Jetzt sind die Rollen umgekehrt. jetzt hängt der Ungar an seinen Lippen. Man sieht ihm an, dass er begierig ist, zu wissen, an welchem Stück sich die zukünftigen Schauspieler vergriffen haben.

»*Geschichten aus dem Wiener Wald*? Ach, wie interessant, über einen Ast auf die *Geschichten* zu kommen – das war also noch vor der großen Katastrophe, meine glücklichste Zeit. Ilyanchen, du hättest die Marianne spielen sollen, aber damals kannten wir uns noch nicht. Ach, was Sie nicht sagen, an der Schauspielschule hat Ihre Frau die Marianne gespielt? Wie schön, was für ein Zufall, und das alles wegen meines unvollkommenen Stückes! Aber jetzt ist es zu spät, Herr Moritz, mein Verleger hat mir erzählt, dass jetzt auch in Ihrem Land meine Stücke nicht mehr aufgeführt werden. Seit kurzem betrachtet man sie als Beleidigung eines befreundeten Staatsoberhaupts. Dieses außerordentlich höfliche Verhalten zwischen den Staaten kostet mich ein Vermögen!«

Allein der Gedanke, dass van Dalsum in Amsterdam sich um irgendwelche Anordnungen der Obrigkeit kümmern würde, lenkt Moritz von seinem Thema ab. Er kann die Fortsetzung seiner noch frischen Erinnerungen an die *Geschichten* nur mit Mühe unterdrücken, nämlich dass die Schulleitung ihn von der Schule verwies, weil er im Namen seiner Examensklasse gegen die übermäßigen Fehlzeiten der Lehrer protestiert hatte, und dass nicht nur seine Klasse ihn hatte fallen lassen, sondern auch seine zukünftige Frau, und dass er erst nach langen, demütigenden Bittgesuchen seine Examensurkunde zugeschickt bekam. *Geschichten aus der Amsterdamer Marnixstraße*, die er besser für sich behalten sollte.

»Sie hätten mich über die Vorstellung informieren sollen«, sagt Horváth, »dann wäre ich bestimmt nach Amsterdam gekommen. Letzten Monat war ich noch dort. Man hat mich gebeten, bei einer neuen Exilzeitschrift mitzuarbeiten. Aber ich halte nichts davon, die Sache ist zu politisch, was man natürlich gut verstehen kann, schließlich sind sie nicht ins Ausland gegangen, um Adolf zu beweihräuchern. Wenn ich zusagen würde, müsste ich ebenfalls ins Exil gehen, denn ich kann nicht in Deutschland bleiben, wenn Artikel von mir in *Die Sammlung* erscheinen. Und mein eigenes Vaterland ist sich selbst zum Schämen zu schade, Mitläufer ohne Rückgrat, zum Kotzen.«

Und plötzlich, während dieses tragischen gegeneinander Abwägens, begreift Moritz, dass er an der Schauspielschule nicht nur von seiner Klasse, sondern auch von seiner zukünftigen Frau verraten worden war. Hat er nach Berlin fahren müssen, um sich darüber klar zu werden? Er hat es ihr nie übel genommen, damals fand er es selbstverständlich, dass sie für sich selbst entschied, er hatte es ihr sogar empfohlen. Ich kann mich schon allein retten, hatte er gesagt, ich komme klar, ich habe schon ganz andere Sachen durchgestanden, und für unsere Liebe spielt es keine Rolle. So überzeugt war er damals von seiner unabhängigen Haltung.

Sorge dafür, dass du nie jemandem etwas schuldig bist, hört er seinen Vater sagen, weder im Guten noch im Schlechten, sorge dafür, dass du alles auf eigene Rechnung machst, beschissen wirst du sowieso.

Und der Ungar zertrümmert ihm sein Weltbild, indem er von emigrierten Schriftstellern, die sich in Amsterdam aufhalten, erzählt, wovon Moritz keine Ahnung hatte. Er schämt sich wegen seiner Scheuklappen. Hat das zu der Entfremdung zwischen ihm und Ari geführt, Ari, der sich bis über die Ohren in die Politik und die Sorge für seine Nächsten versenkt?

Es wird Moritz zu viel. Bevor er das Risiko eingeht, mit einer törichten Bemerkung den Gesprächsfluss zu unterbrechen, steht er auf, stammelt etwas Höfliches und verschwindet Richtung Bad. Er landet in der leeren Küche. Gut, dann stapelt er eben ein paar schmutzige Teller aufeinander. Zurückzugehen und zu fragen, wo das Bad ist, wäre ihm peinlich. Und sich beim Aufräumen nützlich zu machen hat er in seinen vielen Pflegefamilien jahrelang geübt, das kann er gut. Wenn es ihm zu viel wurde, ging er oft in die Küche, um zu helfen. Das brachte ihm immer etwas ein, manchmal sogar zehn Cent, mindestens jedoch fünf. Aber Ilyane ist ihm gefolgt.

»Du wirst doch nicht aufräumen, du bist Gast, das machen wir, dafür gibt es Grethe, und wenn sie Hilfe braucht, helfe ich, nicht du.«

Um Haltung zu bewahren, nimmt er einen Teller und eine Spülbürste; sie versucht, ihm die Sachen abzunehmen, was ihr mühelos gelingt. Auf der Anrichte berühren sich ihre Fingerspitzen. Schweigend stehen sie sich einige Sekunden lang gegenüber. Die kurze, erst anderthalb Tage dauernde Geschichte, die er mit ihr hat, dehnt sich allmählich aus, seine Sehnsucht nach einem Fundament macht ihn hungrig nach einer anderen Zeitrechnung, nach einem anderen Platz im Universum. Ein Teller fällt auf den Marmorboden. Die

Uhr läuft wieder weiter. Soll die Erkenntnis von Jannetjes Verrat an der Schauspielschule es möglich machen, dass er im Hier und Jetzt nur Fingerbreit entfernt vor einer anderen Frau steht? Er steckt die Hände in die Hosentaschen, um sie nicht mehr zu spüren. Ilyane kommt aus einer anderen Wirklichkeit auf ihn zu. Die Andeutung eines Kusses landet auf seinem Kinn:

»Ich mag dich.«

»Ist das ein Utrillo in deinem Wohnzimmer?« Er erkennt seine eigene Stimme nicht.

»Ich mag dich, Pissarro.«

Er umarmt sie. Sie fühlt sich anders an, als sie aussieht, anders als im Fahrstuhl. Sie fühlt sich an wie ein Junge, ein bisschen knochig, als wäre sie noch nicht ausgewachsen, oder als würde sie der Mode zuliebe eine Fastenkur machen. Der seidene Stoff ihrer Bluse macht es unmöglich, etwas von ihrer Haut zu spüren. Sie beugt den Hals zu ihm, erlaubt ihm aber keine Berührung. Stattdessen öffnet sie einen Knopf seines Hemdes, zieht sein Unterhemd hoch, drückt einen Kuss auf das nackte Stück Haut an seinem Bauch, zieht das Hemd wieder herunter und macht dann den Knopf sorgfältig wieder zu. Sie legt einen Finger auf seine Lippen. Zum Glück, denn Lieben mit deutschen Worten hemmt seine Spontaneität. Zusammen kochen sie Kaffee, laufen ein bisschen umeinander her, trinken zuerst gemeinsam aus einer Tasse, bevor sie das Servierwägelchen mit Cognac, Pralinen und Kaffee ins Wohnzimmer rollen.

»… während der Fortschritt …«, Horváth zieht sorgfältig an seiner Havanna, »… die technische Vernunft unaufhaltsam vorantreibt, wird die Zivilisation abgekoppelt und wir sind im Pfuhl des Mittelalters gelandet.«

Werner raucht dieselbe Tabakmarke wie Pa. Er schenkt Cognac ein und beachtet den Eindringling nicht, der sich in seine noch verbleibende Zeit in Berlin gedrängt hat. Auf ein modernes Abspielgerät und legt er mehrere Platten, in der Hoffnung, dass Beethovens *Rasumowsky Quartett* imstande ist, die Ordnung seiner letzten Tage auf deutschem Boden wiederherzustellen.

»… wir, die wir hier bleiben«, fährt Horváth fort, »entwickeln eine neue Art von Charakterlosigkeit, eine Mutation unseres Nervensystems. Auf uns braucht das neue Regime keine Rücksicht mehr zu nehmen: Wir bilden das Heer der Charakterlosen, der Folgsamen, das erste gelungene Experiment der Propagandamedizin. Auch diejenigen, die Haus und Heim verlassen, sind feige, sie gehorchen blind den Wünschen des neuen Staates.«

»Dieses Etikett der Feigheit passt vielleicht zu dir, Herr Ungar«, sagt Werner, »ich bin der Vertreter einer anderen Sorte. Ich fühle mich wie ein gehetztes Wild, das hier, an dieser Adresse, vorübergehend Schutz gefunden hat. Aber die Jagd kennt keine Schonzeiten mehr, sie ist inzwischen Tag und Nacht zugelassen. Also muss ich weg. Meine Abreise nach Brasilien erkläre ich mit einem berechtigten Überlebenstrieb. Seit wann soll ich mich für meinen Überlebenstrieb entschuldigen, um deinem Stempel der Charakterlosigkeit zu entgehen? Auf dich wird keine Jagd gemacht, solange du nicht auffällst. Und in die Niederlande würde ich auf keinen Fall gehen, unser Gast möge mir verzeihen, dort wissen sie noch nicht genau, wie sie mit ihrer hochgelobten Gastfreundlichkeit umgehen sollen. Du gehörst zu einer anderen Tierart, du bist hier sicher, solange du dich still verhältst, bist du so frei wie im Tiergarten.«

Immer noch mit geröteten Wangen wegen der Aufregung in der Küche schmerzt Moritz das tragische Duell. Der eine kann sich für den Tiergarten entscheiden, der andere muss Brasilien wählen, beide Möglichkeiten kann er sich kaum vorstellen.

Die beiden Männer bewegen sich am Rand eines unnötigen Konflikts, der nahe Abgrund schadet ihrer Freundschaft. Horváth, inzwischen ziemlich betrunken, weigert sich, über Werners Argumente nachzudenken. Er reitet nur seine eigenen Steckenpferde.

»Die Charakterlosigkeit der Deutschen, die ich meine, ist für das Regime der Freibrief für ein Verbrechen nach dem anderen. Sie ist sozusagen die Legitimation eines Parlaments, bestehend aus sechzig Millionen Stimmberechtigten. Soll ich mich dem denn ganz allein entziehen? Das Einzige, was ich möchte, ist, dass meine Stücke hier gespielt werden, in den großen Theatern und mit den besten Schauspielern. Mehr will ich ja gar nicht.«

»Möchtest du deine Stücke für Adolfs Stimmvieh aufgeführt sehen?«

»Das macht Ilyane doch auch, und du hilfst ihr sogar dabei. Ich beziehe keine politische Stellung. Ich bin Ungar. Ich schreibe auf Deutsch, aber sie wollen mich nicht, sie wollen mich nicht spielen, und das empfinde ich als öffentliche Hinrichtung, als würden sie mir jeden Tag den Arm abhacken und ihn nachts wieder anwachsen lassen. Laut Schlösser, eurem Reichsdramaturgen, welches zivilisierte Land braucht schon einen Reichsdramaturgen, bin ich ein banaler Prolet, der das deutsche Volk mit Plattitüden lächerlich macht, Zitat Völkischer Beobachter. Ausgerechnet ich, der ich vor ein paar Jahren euren Kleist-Preis bekommen habe, verdammt noch mal.«

»Gib ihn zurück, statuiere ein Exempel, zieh dein grell-rotes kaiserliches Reiterkostüm an, bestelle ein paar Foto-grafen, lege deine Urkunde auf seinen Schreibtisch und danke ab …«, schlägt Werner vor, »darüber kannst du dann später ein schönes Theaterstück schreiben.«

»Ich erniedrige mich schon zur Genüge, um noch gespielt werden zu dürfen, ich habe mich sogar schon demütig bei einem Unterknüppel der Reichsschrifttumskammer ange-meldet. Ja, Werner, das habe ich gemacht, mach kein so em-pörtes Gesicht.«

»Ist dir bewusst, dass unsere weniger vom Glück begüns-tigten Schriftsteller nur wegen dem, was sie sagen, was sie denken, aufgegriffen und vorübergehend eingesperrt …«

»… und getötet werden«, unterbricht Ilyane ihre Partner.

»Erst zwei, hörst du, zwei in zwei Jahren«, schnaubt Hor-váth. »Hier bei euch wohnen aber vierundsechzig Millionen Menschen, diese beiden hätten unter einem anderen Regime ebenfalls Schwierigkeiten bekommen. Wenn sie beim Herrn Nachbarn ihre viel zu dicke Königin beleidigen, kommt es auch zu Unannehmlichkeiten, von denen ein Spielverbot noch das geringste Übel ist, nicht wahr, Herr neutraler Nachbar?«

»Du beschwerst dich sehr laut, und trotzdem nehmen sie dich nicht fest. Wie kommt das nur? Denk mal darüber nach, Ausländer!«

»Aber mein Name darf nicht mehr in der Zeitung erschei-nen. Ich werde totgeschwiegen, aus dem öffentlichen Leben entfernt. Es muss für diese Proleten doch ein Sieg sein, wenn ein erfolgreicher Schriftsteller sie anfleht, Teil ihrer neuen Ordnung sein zu dürfen? Und soll ich deswegen über die Grenze gehen und Klaus Mann und seinem Club folgen?

Die ersten Emigranten kommen schon wieder zurück, weil sie es in ihrem jeweiligen Ausland nicht ertragen. Sie kommen stolz zurück, nicht mit lahmen Füßen; und wenn sie es nur ein bisschen geschickt anstellen, werden ihnen keine Steine in den Weg gelegt.«

»Das mit Klaus Mann und seinem Club nimmst du zurück, sonst reden wir nicht weiter.«

»Nehme ich zurück, entschuldige, könntest du den Beethoven etwas leiser stellen? Bitte. Du kannst doch nicht erwarten, dass ganz Deutschland geleert wird. Die Welt hat keinen Platz für vierundsechzig Millionen Deutsche plus einem enttäuschten Ungarn. Wo soll das hinführen? In die Diaspora? Gesellige Treffen organisieren mit dieser anderen Meute, die damit schon seit so vielen Jahrhunderten Erfahrung hat? Von einem Minderwertigkeitskomplex in den nächsten ...«

Moritz dreht sich der Kopf, das Gespräch bekommt etwas Unheilverkündendes und zugleich Theatralisches, wie die letzten Worte in einer untergehenden Welt.

»... aber nein, die einzige Bewegung, die noch möglich ist, besteht darin, gemeinsam Autobahnen zu bauen und dann möglichst laut zu schreien, dass es keine Arbeitslosigkeit mehr gibt. Autobahnen als Messer im Plumpudding. Und ich denke die ganze Zeit, dass Arbeitsverpflichtung der beängstigende Spuk des Kommunismus war. Machen wir es ihnen jetzt nach? Wenn doch der Wohltäter deiner Beethovenplatten, Herr Rasumowsky, noch leben würde, er würde mich einige Theaterstücke schreiben lassen und dafür sorgen, dass sie aufgeführt werden. Bald, wenn alles vorüber ist, werden nur ein paar Kilometer Autobahn übrig geblieben sein, nicht wahr, Ilyane, dann kannst du eine Wette mit deinen Kollegen organisieren, wer am schnellsten fährt, du mit deinem Em Dschi oder Heinz Rühmann mit seinem Adler Triumph.«

Während des letzten Teils von Horváths Monolog hat sich Ilyane, zusammen mit Grethe, daran gemacht, die Reste des Abendessens und die Weingläser abzuräumen. Danach fängt sie an, auffällig in ihrer Wohnung auf und ab zu gehen, aber all dies hält Horváth nicht auf, sich auch nur ein wenig zurückzuhalten, im Gegenteil, er steht mitten im Zimmer und schreit seine Wut und Ohnmacht heraus und duldet keinen Widerspruch. Immer wieder fährt er Werner über den Mund und überrascht in seinen Ausführungen mit schwer nachvollziehbaren Wendungen, abwechselnd mit regelrecht gehässigen Angriffen.

»Geh du nur nach Südamerika, schlimmere Judenhasser als die Brasilianer gibt es auf der ganzen Welt nicht, dort sind sie noch aggressiver als hier, glaubst du, dass du in einem Land sicher sein kannst, in dem in den offiziellen Wörterbüchern das Wort Jude als schlechter Mensch definiert wird, in einem Land, das seine eigenen Juden nach Deutschland exportiert und hofft, sie dadurch los zu sein? In Rio de Janeiro ist die Phase des bloßen Schaufensterzerschlagens längst vorbei, hörst du, und du betrachtest Brasilien als dein Gelobtes Land, deine Endhaltestelle Diaspora.« Horváth lässt sein Cognacglas fallen, instinktiv bückt sich Moritz, um es noch zu retten, aber es gelingt ihm nicht. Das Glas hüpft über den dicken Teppich und überlebt den Fall nicht. »Die größte ausländische Abteilung der Nazipartei befindet sich unter dem Zuckerhut, es ist doch Schwachsinn, dorthin auszuwandern.«

»Ödön, bitte, tu mir einen Gefallen und verschwinde.«

»Wo soll ich denn hin, Liebste? Darf ich hier auf der Couch schlafen, ich weiß nicht, wo ich hin soll. Komm mit mir, dann suchen wir uns irgendwo in der Welt einen anderen Platz, nicht Rio, sondern einen Platz, wo es noch sicher ist und sie jeden Gutwilligen aufnehmen, dort werden wir Stücke schreiben, Blumen kaufen, Filme machen, einkaufen, interessantere Streitgespräche führen. Unser niederländischer Gast darf auch mit, Busch war der Name? Ach nein, nicht der von Max und Moritz, Ihr Name ist Moritz, entschuldigen Sie, oder war es doch Ernst? Wir gehen alle zusammen irgendwohin, wo wir in der Sonne liegen und frei lieben können, ach ja, lieben.«

Der Brennstoff ist verbraucht, die letzten Worte kommen stotternd heraus, wie bei einem absterbenden Motor, die wilden Gesten werden schlaff, ein verzweifelter Mensch bricht zusammen.

Ilyane versucht ihn zu trösten, nimmt seine Hände und streichelt sie, aber nichts kann ihn in die Realität zurückbringen, die Verwirrung ist zu groß. Moritz fühlt sich überflüssig, er hat das Gefühl, für einen Teil der Verwirrung verantwortlich zu sein, spürt, dass Horváth auch seine Unruhe über Ilyanes für jeden sichtbare Verliebtheit hinausgeschrien hat.

Grethe stellt jedem Kaffee hin, streicht im Vorbeigehen Ilyane über den Kopf, Ilyane greift nach ihrer Hand und hält sie fest. Ein Strohhalm.

»Soll ich etwa aufhören zu arbeiten«, sagt sie, »und auch auswandern? Ein paar Freundinnen wohnen jetzt in der Schweiz und in Österreich, sie raten mir alle ab, ihrem Beispiel zu folgen. Soll ich nach Amerika gehen? Der Dietrich hinterher? Ich bin keine Diva wie sie, ich bin eine gewöhnliche Schauspielerin, ich strahle nicht ihre Exporterotik aus. Marlene konnte mit ihrem wackelnden Hintern überall hin …«, sie steht auf, macht einige unsichere Schritte und ruft: »… ihre Emigration hat nichts mit Politik zu tun, sondern mit Eigennutz. Dass sie jetzt vom Ausland aus ihr Land so schamlos im Stich lässt, macht sie nicht beliebter bei ihrem Publikum.«

Grethe tritt unauffällig zu Ilyane, nimmt ihr Gesicht in die Hände, wie es eine liebende Mutter mit einer traurigen Tochter tut.

»Warum sollte ich fort müssen? Ich habe nichts auf dem Gewissen, ich mache Zehntausende Menschen glücklich mit meiner Arbeit. Ich spreche nur Deutsch. Ich möchte meine Eltern nicht verlieren. Die Wohnung ist mir egal, das Auto auch, aber ich könnte mich nie in einem Land einleben, in dem nicht auch meine Eltern wohnen.«

Verzweiflung klingt in ihrer Stimme, sie weint fast. Moritz weiß nicht, wie er reagieren soll, diese Frau ist eine andere als die, die er gerade in der Küche festgehalten hat, es ist keine Rolle, die sie spielt. Werner ist schon zu weit entfernt, um noch Einfluss auf sie ausüben zu können. Moritz fühlt sich wie ein Springball zwischen drei verzweifelten Menschen, ein Sprücheklopfer aus dem machtlosen Paradies an der Westgrenze, und außerdem ein Betrüger.

Keiner der beiden Männer kümmert sich um sie. Horváth ist nur mit sich selbst beschäftigt, er steht auf, nimmt Hut und Regenmantel, verlässt, ohne sich von jemandem zu verabschieden, das Zimmer und poltert zur Treppe. Nach einer Minute Stille macht er die Tür noch einmal auf und flüstert:

»Würde Hegel heute leben, unter meinen Bedingungen,

hätte er nie schreiben können, dass nur das Wirkliche wirklich ist. Du wirst meiner Liebe nicht entgehen.«

Ilyane ist in der Tür ihres Schlafzimmers stehen geblieben. »Ich bin Schauspielerin, ich kann nicht in einer anderen Sprache spielen, im Film schon gar nicht. Schriftsteller können an jedem Ort der Welt ihren Tisch hinstellen und in ihrer eigenen Sprache schreiben, Geiger spielen überall Geige, Dirigenten, Physiker, Erfinder, alle können sie an den seltsamsten Orten weiterarbeiten, nur Schauspieler sind an ihre Sprache gebunden, und auch wenn ich ein Sprachengenie wäre, würde man meinen Akzent immer heraushören.«

Moritz möchte etwas Tröstliches sagen, aber sie kommt ihm zuvor. »So, und jetzt ist Schluss, morgen ist wieder ein Tag, an dem viel geschehen muss.«

Horváth scheint jetzt endgültig verschwunden zu sein, und Werner hat sich mit einem Band der Hegel-Ausgabe in einen tiefen Lehnsessel zurückgezogen. »Unser Freund zitiert den großen Hegel falsch, der gesagt hat ›Das Geistige allein ist das Wirkliche‹. Aber das hat ihm nicht so gut gefallen, deshalb hat er es nach seinem Geschmack verändert.« In Moritz' Seele sitzt ein Glitzerfischchen, das vergeblich seine Rechte einfordert, denn er wird von Grethe höflich, aber bestimmt, zur Eingangshalle geführt.

Weil er sich zu plötzlich hinunterbückt, um seine Sachen zusammenzusuchen, wird ihm schwarz vor Augen, er versucht, sich dagegen zu wehren, wird aber in das Dunkel hineingezogen, der Boden gibt nach, das Haus stürzt ein, Geschirr fällt klirrend aus den Schränken, Möbel verschwinden in einem bodenlosen Treppenhaus, von dem vornehmen Gebäude stehen nur noch die Mauern, der ganze Giebel ist offen, die Sonne scheint durch die Fensteröffnungen des schwarzgebrannten Skeletts, eine Tür schwingt hilflos im Wind. Draußen steht Ilyane, fröhlich lachend, in der sauber gefegten Straße, es ist schon spät, hört er sie von weitem sagen, ich werde Moritz nach Hause fahren, wohin, zu einer anderen Ruine, ich bin in einer Viertelstunde zurück, Grethe –, wie aus einem Mikrophon kommt die Stimme immer näher –, hörst du mich später noch ein Stündchen ab, dann kann ich morgen früh etwas länger schlafen.«

»Ich nehme ein Taxi, es wird viel zu spät für dich«, bietet Moritz an.

Werner steht schon mit dem Telefon in der Hand bereit, seinen Ruhestörer so schnell wie möglich loszuwerden, aber Ilyane setzt sich durch.

»Ich bringe ihn zurück, basta. Wir haben ihn lange genug mit unseren Problemen belästigt. Das war nicht besonders gastfreundlich, und ich möchte das wiedergutmachen. Schluss aus!«

10

Gendarmenmarkt

Auf dem Rückweg erzählt Moritz, dass er am nächsten Tag nicht im Studio sein muss und vorhat, mit seinem Schwiegervater Berlin zu besichtigen. Sie fragt, ob es ihn vielleicht interessieren würde, einer Probe an ihrem Theater beizuwohnen, und zugleich lädt sie ihn und seinen Schwiegervater ein, die Abendvorstellung zu besuchen. Sie lässt sich nichts entgehen, und, indem sie Pa mit einbezieht, gibt sie ihm einen zuverlässigen Tugendwächter an die Seite. Liegt es an der Aussicht, einander morgen wieder zu sehen, dass sich die Farbe ihrer Augen von Kobalt in Hellblau verwandelt?

»Was wird gespielt?«

»*Faust.*«

»*Faust*? Nicht schlecht. Ja, das ist schon etwas Besonderes, bestimmt möchte Pa mit«, erfindet er, obwohl er nur zu gut weiß, dass er seinem Schwiegervater mit einer Rolle als Besucher gar nicht zu kommen braucht.

»Und was probt ihr am Tag?«

»Warts ab, es ist eine Überraschung.«

Vor Frau Boltes Haus lässt sie ihn schnell aussteigen, mehr als ein flüchtiger Kuss ist nicht drin. Aber ihr Blick ist liebevoll. Und schon ist sie verschwunden. Am Ende der Straße sieht er die kleiner werdenden Rücklichter des MG. Dann wendet das Auto und kommt zurück. Er geht ihr entgegen. Sie parkt, öffnet die Tür und macht die Scheinwerfer aus.

»Komm. Egal wie, aber ich möchte dich spüren.«

Im engen Sportwagen fummeln sie herum wie zwei unerfahrene Teenager. Manchmal fängt er beim Herumwinden und Schlängeln das helle Blitzen ihrer Augen auf, dann spürt er wieder ihre Nägel in seiner Haut, er möchte den Kopf nicht verlieren, er möchte erleben, fühlen, was ihm mit seinem Glitzerfischchen passiert. Sie drückt seinen Kopf in ihren Schoß, die Handbremse bohrt sich in seine Seite. Dann windet sie sich um ihn, unter ihm, über ihm, der MG ist zu ihrer zweiten Haut geworden, in der sie sich frei bewegen und zur Ruhe kommen können. Danach steigen sie aus, und während sie in der stillen Straße ihre Kleidung in Ordnung bringen, wiederholen sie das Scheibenputzen vom Nachmittag. Sie flüstert eine Entschuldigung, steigt ein und fährt davon.

Auf der Etage in der Müllerstraße herrscht tiefe Ruhe. Ein Brief von Jannetje liegt da, bereits der dritte, während er selbst erst einen geschrieben hat und nicht sicher ist, ob er ihn tatsächlich abgeschickt hat. Wieder schreibt sie von seinem Bruder, wieder von dem, was sie im Krieg hatte erleben müssen. Mit vielen Bildern. Sie verwechselt die Vergangenheit mit der Gegenwart, in der sie ihren kleinen Sohn in den Flammen ihres Hauses verliert:

»Ich möchte nie mehr einen Krieg erleben, nicht noch einmal all diese Flammen, nicht mehr mit Hunderten von Menschen in einem viel zu kleinen Raum auf einen Haufen geworfen werden. Nie mehr im Stroh schlafen.«

Moritz kommt in ihren Ängsten nicht vor, nur ihr Vater, seinetwegen macht sie sich am meisten Sorgen. Er weiß, wie sehr sie sich ihm verbunden fühlt, dass er in ihrem Leben noch immer der Kompass ist, ohne den sie nicht weiterweiß. Diesen Platz hat Moritz noch nicht eingenommen, dieser Platz wird ihm noch nicht zugestanden. Und wenn er es so weitertreibt, wird es dafür auch kaum eine Chance geben.

»Liebling, passt du gut auf ihn auf? Dort bei euch ist es bestimmt viel kälter als hier, schau bitte, dass er sich immer einen Schal umbindet. Und koche ihm eine Tasse Tee. Tust du das, bitte?«

Zwischen ihren Worten und Sätzen sieht er sich selbst in Ilyanes Auto durch Berlin fahren und zur gleichen Zeit seine Frau mit dem Kleinen auf dem Arm durch die Flammen laufen. Pa liegt da und schnarcht.

»Heute Morgen ging ich mit unserem Kleinen die Bosbaan entlang, dort ist es im Winter so schön, schade, dass er noch nicht aus dem Wagen schauen kann. Deshalb erzähle ich ihm alles, was ich sehe, er sieht nur den Himmel, denke ich, und manchmal schiebt sich ein kahler Ast dazwischen, ich singe ihm Lieder vor, oder ich bleibe kurz stehen, um aus der Ferne den Ruderern beim Training zuzuschauen. Jedes Boot drei Striche.«

Er macht sich Tee und beschließt, ihr zu antworten. Es wird ein Brief, in dem nichts von der Schauspielerin steht, die ihre Stimme übernommen hat. Sie hat in ihrem Brief nicht gefragt, mit wem er jetzt spielen muss, er weiß, wie wahnsinnig eifersüchtig sie sein kann.

Am nächsten Morgen, beim Frühstück, erstattet er seinem Schwiegervater möglichst neutral Bericht über den Abend in

Ilyanes Wohnung. Besonderen Nachdruck legt er auf die Begegnung mit Horváth und auf dessen aussichtslose Situation. Er sieht dem Blick seines Schwiegervaters an, dass er auf eine, wenn auch nur beiläufige, Erwähnung der Schauspielerin wartet.

»Sie hat uns für heute Abend zu ihrer Vorstellung eingeladen, ja, dich auch, Pa, sie geben *Faust*.«

»Das ist ein sehr langatmiges Stück und dauert Stunden. Muss das sein, Junge? Es gibt nur zwei, drei lustige Sätze darin, das reicht mir nicht für so viele Stunden. Ist diese Frau nicht zu sehr hinter dir her? Ari hat es auch schon gesagt.«

»Aber nein, Pa, halb so wild, sie ist einfach herzlich und spontan, außerdem hat sie dich ja auch für heute Abend eingeladen, oder? Lass uns doch hingehen.«

Gerade als er davon anfangen will, dass die Schauspielerin ihn abholen wird, um mit ihm zur Probe zu fahren, und dass Pa sich auf einen Tag allein in Berlin vorbereiten soll, kommt Frau Bolte mit der Mitteilung hereingestürmt, dass eine berühmte Filmschauspielerin vor der Tür stehe, sie halte sie für Marlene.

»Schaut nur, sie hat mir ihr Autogramm auf die Schürze geschrieben.«

Er verabschiedet sich hastig von seinem Schwiegervater und hört ihn im Vorbeigehen stammeln: »Lass bloß die Pfo…«, da fällt die Tür auch schon hinter ihm zu.

Ilyane wirft ihm auf dem Gehsteig unter den Augen der neugierigen Wirtin einen Mantel mit Pelzkragen zu.

»Er gehört Werner, zieh ihn an, dein niederländischer Mantel ist nicht warm genug.«

Obwohl es schneit, will sie unbedingt mit offenem Verdeck fahren. Sie selbst ist in ein Eisbärenfell gehüllt und hat sich eine Kapuze über den Kopf gezogen, so dass man sie nicht erkennen und nicht verstehen kann. Er fühlt sich nicht besonders wohl in ihrem Zweisitzer, mit Werners Pelzkragen unter dem Kinn und neben sich eine eingeschneite Eisbärin, die tut, als wäre zwischen ihnen nichts gewesen.

Erst gestern Abend hat er gehört, wie zwei intelligente Männer über eine Situation am Abgrund diskutierten, von der er nichts gewusst hat, während er in der Küche mit der Gastgeberin herumpoussierte. Sie fährt unruhig, als nähme sie an der Ralley Berlin–Peking teil. Schneeflocken wehen ihm ins Gesicht. Das Rot der flatternden Hakenkreuzfahnen ist die einzige Farbe in der zugeschneiten Weltstadt, die an ihm vorbeifliegt.

»Weil die Olympischen Spiele kommen«, schreit sie ihm über den Motorlärm hinaus zu, »ist halb Berlin eine Baustelle, Tag und Nacht wird an der neuen U-Bahn gearbeitet. Die Straße Unter den Linden ist fast komplett aufgerissen

Er sieht Arbeiter zwischen wackeligen Holzgerüsten wie Ameisen herumwimmeln. Sie biegt scharf um eine Kurve, um den Sperren über eine Seitenstraße auszuweichen. Als sie unter einer Bahnunterführung sind, sieht Moritz, hin- und hergeworfen im Auto, wie über seinem Kopf Arbeiter auf halsbrecherische Weise versuchen, Lautsprecher an Laternen zu befestigen. Weitere Sprachrohre für Adolf. Werners Bemerkung, dass das Bürgertum in seiner ganzen Geschichte offenbar nie imstande gewesen sei, die Straßen zu reinigen oder die Armen zu kleiden und zu ernähren, geht ihm nicht aus dem Kopf. Adolf, Werner hat ihn konsequent beim Vornamen genannt, Adolf bleibt im Sattel, weil er dem Volk ein aufregendes Gefühl vermittelt, das es mit Ehrgefühl verwechselt. Er hört noch, wie sein Vater vor zehn Jahren gesagt hat,

»die Unterschicht, Ehre, Selbstwertgefühl, das ist es, worum es den Massen geht«, sein Vater, der von anarchistischen Lösungen träumte, von sowjetähnlichen Heilsstaaten, der überzeugt war, dass er selbst das nie erleben würde, dass eine Weltkrise unumgänglich war und dass zuerst dieser Becher geleert werden müsse, bevor ein neuer Morgen heraufdämmern könne.

Ilyanes Schleichwege bringen nichts, sie fährt in Schrittgeschwindigkeit durch kleine, viel zu enge Straßen und unentwirrbare Verkehrsknoten Richtung Gendarmenmarkt, zu ihrem Preußischen Staatstheater. Sie soll bei der Probe zu *Faust*, die in einer halben Stunde beginnen wird, eine Rolle übernehmen, notabene das Gretchen. Moritz bemerkt keinerlei Aufregung oder Nervosität bei ihr, sie repetiert nicht einmal ihren Text, den sie doch kaum schon können kann.

»War das die Überraschung, dass ich dich bei der Probe sehe? Das Gretchen ist tatsächlich nicht schlecht.«

»Ach, alle geraten aus dem Häuschen, wenn es um Gretchen geht. Wohl eher aus sentimentalen Gründen, denn die Rolle selbst hat gar nicht so viel zu bieten. Ich habe schon ein paar Proben hinter mir.«

Sie taut langsam auf und hält, ohne auf andere Autofahrer zu achten, mitten auf einer Brücke über der Spree an, um ihn auf eine besondere Figurengruppe hinzuweisen.

»Schau nur, wie der Schnee mit ihnen selige Tänzchen aufführt! Ich wünschte, du würdest meinen Bruder Valentin spielen, dann könnte ich um dich weinen. Was ist los, du willst doch mit zur Probe, ich dachte, es würde dir gefallen …«

Das würde es auch, aber durch die Erfahrungen vom vergangenen Abend hat alles einen Beigeschmack bekommen, auch seine Anwesenheit bei einer Probe. Monumente, Figuren, U-Bahn, alles. Einen politischen Beigeschmack und einen verliebten Beigeschmack. Und ausgerechnet *Faust*, von allen Stücken *Faust*, mit den zwei Seelen in der Brust, von denen er eine dem Teufel verkauft.

»Natürlich möchte ich dich sehen.«

Interessiert es ihn wirklich, welchen Unfug sie aufführen werden, um die Aktualität dieser mittelalterlichen Chronik zu umschiffen? Unter normalen Umständen würde es ihn außerordentlich interessieren, zu sehen, wie deutsche Schauspieler mit Texten umgehen, die sie, so wie er *Gysbrecht** und *Luzifer*, mit der Muttermilch eingesogen haben. Aber er findet Goethe genauso langweilig wie Vondel**. Er möchte lieber Ilyane in den Armen halten.

Zwei mächtige Kathedralen stehen sich herausfordernd gegenüber, eine fremde, aber schöne Ästhetik, das muss man ehrlich zugeben. Ilyane darf auf den für den Verkehr gesperrten und sauber gekehrten Platz vor dem Theater fahren, als wäre er der Zufahrtsweg zu ihrer Haustür. Ein Polizist salutiert und schiebt einen Pflanzentrog zur Seite. Sie darf bis zu der großen Treppe weiterfahren, wo ein Pförtner die Tür des vollgeschneiten MG öffnet und ihr beim Aussteigen hilft. Sie bedeutet Moritz, ebenfalls auszusteigen und überlässt dem Pförtner das Auto, der es zu einem für sie reservierten Platz neben dem Theater fährt. Während der Tage, an denen sie spielt oder probt, ist das ihr Platz, niemand sonst darf dort parken, egal, ob sie mit dem Auto kommt oder nicht.

* s. S. 358
** s. S. 358

Würde ich das auch wollen, fragt er sich, nein, obwohl ich gern einmal einen Pförtner erleben würde, der mir die Tür aufhält und mir unter dem Schutz eines Regenschirms aus dem Mantel hilft. Meine Damen und Herren, man schicke mir einen Pförtner in Livree und ich ändere meinen Standpunkt. Wie wäre das?

Kaum ist sie ausgestiegen, laufen bereits drei oder vier Leute mit großen Regenschirmen zu ihr hin und bitten um ein Autogramm. Sehr freundlich wirft sie mit weiten Schwüngen ihren Namen auf die ihr hingehaltenen Heftchen, Deckblätter oder Programmhefte. Ihren Vornamen, wohlgemerkt, dabei belässt sie es. Zufriedene Menschen um sie herum verbeugen sich. Unter ihnen befindet sich ein tadellos gekleideter Herr aus einem anderen Zeitalter, vor dem Bauch ein ausklappbares Lesepult mit Federhalter und einer goldenen Feder, die er zuerst in ein Tintenfässchen getaucht hat. Er soll bloß aufpassen, gleich kommen marschierende Braunhemden vorbei und schlagen ihn zusammen, wie würde Ilyane dann reagieren? Und er? Ihr Autogramm bekommt durch die kratzende Feder eine andere Form, ein Kratzer aus einer anderen Zeit, eine zusätzliche Schleife, die die anderen Jäger nicht ergattert haben. Er ist eifersüchtig auf all diese Menschen, zu denen sie so freundlich ist.

»Moritz, du auch, du musst auch unterschreiben, unter meinen Namen, bitte, tue mir den Gefallen.«

Sind die Autogrammjäger zu sehr mit ihrem Wunschtraum beschäftigt, um zu erkennen, dass ihr Gekrakel jetzt einen erotischen Mehrwert bekommt, der in späteren Jahrhunderten auf dem Markt in pures Gold umgetauscht werden kann?

Er versucht, Abstand zu halten, aber sie nimmt ihn bei der

Hand und strahlt ausgelassen ihre Verliebtheit in die Welt. Sie spielt mit ihm, ihrem neuen Freund, wie in einem kitschigen Heimatfilm. Er unterschreibt unleserlich mit seinem Familiennamen und fügt aus lauter Übermut »das Urker Fischerchen« hinzu. Sie jubelt vor Freude und erklärt den Bewunderern, es handle sich hier um ein ins Niederländische übersetztes Goethe-Zitat.

Nebeneinander steigen sie die königlichen Stufen zum Eingang hinauf, zum Vestibül. Dreißig Stufen! Er kommt sich vor, wie auf einer unlängst ausgegrabenen Aztekentreppe. Mit über fünfzig schaffst du die steilen Stufen nicht mehr, dann musst du dich mindestens eine Stunde vor Beginn schon an den Aufstieg machen. Und wenn es dir gar nicht mehr gelingt, bist du dann dazu verurteilt, dich nach tiefer gelegenen Theatern umzuschauen? Vielleicht haben sie irgendwo an der Seite einen Betriebsaufzug, mit dem sie einen Haufen älterer Leute hochhieven können, um sie wie alte Brotlaibe geräuschlos in den Saal zu schieben.

»Wir gehen hier rein«, sagt sie und reicht ihm den Arm, »nicht durch den Künstlereingang, der ist bei euch natürlich ähnlich wie bei uns, nein, du musst erleben, was das Publikum erlebt, wenn es hier hereinkommt und sich zwischen den Säulen noch kurz umdreht, um sich von der grauen Wirklichkeit zu verabschieden. Du freust dich sogar auf eine schlechte Vorstellung, dieses königliche Gefühl kann dir niemand nehmen. Ich arbeite erst seit einigen Monaten hier, aber es ist immer wieder ein großes Ereignis für mich.«

»Und allemal größer und eindrucksvoller, als der enge Säuleneingang der Stadsschouwburg, und auch der von Rotterdam ist nicht mit diesem zu vergleichen, geschweige denn der von Meppel.«

»Meppel?«

»Ja, Meppel liegt in der Nähe von Urk.«

Würdevoll wie die Schweizergarde öffnen Aufseher, ohne mit der Wimper zu zucken, die Glastüren. Wieder lotst sie ihn durch unbekanntes Terrain, so anders aufgeteilt, als er es gewöhnt ist, alles ist so großzügig, so geräumig. Zwischen den Porträts von Schriftstellern hängen Hakenkreuzfahnen. Erstaunt läuft er hinter ihr her, sieht sie die Fahnen nicht, oder tut sie nur so? Fällt ihr nicht auf, dass die Spiegelwände Adler widerspiegeln, die mit ausgebreiteten Flügeln zwischen den grausamen Krallen ein Hakenkreuz festhalten? Wie kann sie hier so munter herumtänzeln? Goldene Federhalter, Bewunderer, Autogramme, das geht ja noch, den neu erworbenen Ruhm genießen, das kann ich mir gut vorstellen, aber in einem Theater, einem Kunsttempel, solche politischen Symbole zu übersehen, das geht zu weit. Das Gebäude ist schön, es bleibt schön, aber man sieht, wie es sich wehrt, es spürt, dass es als Kulisse für etwas missbraucht wird, für das es nicht gedacht ist.

Zunehmend gespannt, fragt er sich, wie Goethe das Ganze wohl übersteht, wird er es überleben, wird er heil herauskommen?

»Nein, den Saal schauen wir uns erst später an, das Schönste zuletzt. Wir gehen jetzt hinter die Bühne, ich stelle dir einige Kollegen vor, und dann wartest du in der Kantine auf mich, und sobald ich umgezogen und geschminkt bin, hole ich dich ab und bringe dich in den Saal.«

Er ist es nicht gewöhnt, dass jemand für ihn entscheidet. Warum sagt er ihr nicht, dass er sich lieber auf eigene Faust bewegen möchte, dass er sich gern die Kulissen anschauen will oder die Porträts ihrer Kollegen in den Wandelgängen, dass er mit eigenen Augen sehen will, ob Hans Otto* noch da hängt. Der Mord an dem Schauspieler hat auch niederländische Zeitungen erreicht und zu einem Sturm von Protesten geführt. Sollte das Porträt entfernt worden sein, dann möchte er nicht länger hier sein, egal, wie verliebt er ist, egal, wie nett sein Filmsternchen ihn auch bitten wird. Er hat auch keine Lust, sich mit fremden Kollegen zu unterhalten und auf gespieltes Interesse einzugehen, während sie sich umzieht.

Absätze klicken auf dem Marmor der langen Gänge rund um den Saal, dessen Türen sorgfältig geschlossen bleiben. Im Spiegel sieht er einen Mann einer Frau folgen, die sich ihrer Schönheit, ihrer Macht bewusst ist. Es ist eine fremde Frau, die vor einem fremden Mann hergeht. Sie strahlt eine warme Kälte aus und hält den Abstand zwischen dem Mann und sich auf den Zentimeter genau ein. Was passiert, wenn sie plötzlich stehen bleibt oder wenn der Mann sich umdreht und zurückgeht? Sie sind jetzt am Ende des Gangs angekommen. Sie bleibt vor einer Tür stehen, an der »FÜR PUBLIKUM VERBOTEN« steht, dreht sich abrupt zu ihm um und sagt: »Was möchtest du wissen? Ob es mir nichts ausmacht, zwischen all den Hakenkreuzen hindurchzulaufen?« Ihr Mund ist nur wenige Zentimeter von seinem entfernt: »Umarme mich, ich möchte dich küssen, nein, besser nicht, halte dich zurück, schließlich ist Gretchen für Faust bestimmt.« Es gelingt ihm nicht, etwas zu erwidern, bevor er einen bissigen deutschen Satz im Kopf formuliert hat, hat sie schon pariert. Nimm einem Mann seine Sprache weg, und er ist hilflos im Kampf zwischen Hakenkreuzen und eisiger Schönheit.

* s. S. 358

»Sobald wir durch diese Tür gegangen sind, wirst du keiner Fahne mehr begegnen, Moritz, sei ganz ruhig, du wirst kein *Sieg Heil* mehr hören, dort sind wir auf neutralem Terrain, unserem Niemandsland, wo nur der Schriftsteller des Tages das Sagen hat. Der Intendant hat das als Bedingung für seine Arbeit gefordert. Der Valentin, den du nachher sehen wirst, ist Jude, Frau Marthe ist Jüdin, die Hälfte der Bühnenarbeiter sind Juden oder Kommunisten, und jeder ist hier sicher. Sollte einem von ihnen, sollte einem von uns ein Haar gekrümmt werden, wird das Gebäude geschlossen und die Vorstellungen werden abgesagt. Ich gehe jetzt durch diese Tür und schließe alles in mir und um mich herum zu, und ich werde dieses dumme Mädchen spielen, dieses Gretchen, so muss es sein und so wird es auch sein. Wenn ich am Spinnrad nicht allzu falsch singe, bin ich bald fertig. Wir hätten uns küssen sollen, jetzt ist es zu spät.«

Sie steuert alles, jede Minute ihres Tages ist eingeteilt, inklusive der Skala ihrer Gefühle. Er kommt sich vor wie eine Reservemarionette, die man nett findet, solange sie ins Spiel passt.

Sie öffnet die Tür zu einem schmalen Gang, zu einer Treppe und wieder zu einem Gang, einer Eisentür. Als sie geöffnet wird, sieht er eine Theaterbühne, größer als das Gebäude des Autosalons in Amsterdam. Dutzende Bühnenarbeiter laufen herum, also Juden und Kommunisten. Sie nimmt ihn an die Hand, grüßt nach links und rechts und lässt ihn zwischendurch unhörbar für die anderen wissen, dass sie ihn mag, und am Schluss liefert sie ihn in einer Art Fabrikhalle bei der Kantinenfrau ab. Er sieht ihr an, was sie denkt: Unsere Ilyane hat sich also wieder mal jemanden geangelt. Er wird rot. Kommt sie jede Woche mit einem anderen an?

Spielt sie Unbefangenheit oder ist sie unbefangen, ist sie wirklich ein entwaffnender Wirbelwind, der sich alles erlauben kann, oder ist sie … hör doch auf, Moritz, tobt es in seinem Kopf, genieße den Moment, mach es dir nicht so schwer, du magst diese Schauspielerin sehr, und sie dich offenbar auch, also lass dieses spießige Benehmen. Du kannst, verdammt noch mal, im Berliner Allerheiligsten eine Generalprobe von *Faust* miterleben, mit dem berühmtesten Mephisto aller Zeiten, und machst dir das Leben so schwer? Hans Otto? Kontrollieren, ob er in der Porträtgalerie hängt? Wo kommt dieses politische Bewusstsein auf einmal her, ist das nicht ein bisschen verdächtig? Und angenommen, sein Bild hängt nicht mehr dort, gehst du dann weg, oder startest du eine Anfrage im Parlament, wirst du Mephisto zur Verantwortung ziehen? Hör jetzt auf, du Urker Held aus Holland, bestelle dir einen Kaffee, setz dich, rede mit der Kantinenfrau, und versuche notfalls, etwas mehr über Ilyane zu erfahren, aber benimm dich.

Plötzlich ist es, als wäre in dem Gebäude ein Wind aufgekommen, alle rennen durcheinander, wichtigtuerische Männer mit dicken Manuskripten stoßen fluchend gegeneinander, jemand schaltet in höchster Verwirrung das Licht aus statt an, Schimpfen ist zu hören, dann wird alles still. Und in diese Stille hinein meldet eine gebieterische Lautsprecherstimme, der Intendant sei eingetroffen. »Bitte beachten Sie: In fünf Minuten beginnt die Probe!« Er fühlt sich angesprochen, aber wo soll er jetzt hin, er kann doch nicht einfach in den Saal gehen. Ilyane ist noch nicht aufgetaucht, vielleicht hat sie ihn vergessen. Als er seine Kaffeetasse nimmt und in den Gang gehen will, kommt eine Garderobiere auf ihn zu, um ihn in den Saal zu führen. »Frau Ilyane lässt sich entschuldigen, sie wurde vom Intendanten direkt auf die Bühne geschoben, wir waren noch nicht mal fertig mit Schminken. Wenn wir zu spät sind, wird der Intendant sehr böse. Obwohl er«, sie beugt sich zu ihm, »nie wirklich böse sein kann auf unser Ilyanchen.«

Er stößt mit als bayerische Bauern verkleideten Männern zusammen, stolpert in den Fluren über einen Zwerg mit Perücke, nein, es sind drei, drei lachende Zwerge, die sich watschelnd zwischen allen hindurchbewegen. Ansonsten ist es ein ähnliches Chaos wie in den schmalen Theaterfluren in den Niederlanden. Die Garderobiere hat ihn an die Hand genommen, verdammt, alle nehmen ihn einfach an die Hand, und lotst ihn zum Zuschauergang, öffnet eine Tür zur Loge. Er steht jetzt in einem großen Raum mit großzügiger Sicht auf die Bühne; auf einem Tischchen steht ein Sektkübel mit einer Flasche Champagner, an der ein Zettel hängt: »Viel Vergnügen, mein Urkertje!«

Der Vorhang ist noch zu. Im Saal sitzen hinter einigen Tischen eine Menge Mitarbeiter, neben der Bühne hängt ein weißes Stück Papier, auf dem in großer Lateinschrift die Szenen notiert sind, die geprobt werden sollen, nur Szenen mit Gretchen. Der Rest des Stücks ist Routine, das spielen sie schon seit etwa zwei Jahren in unveränderter Form, hat Ilyane ihm erzählt. Weil ihre Freundin Käthe eine Gastrolle bei der Wiener Hofburg angeboten bekommen hat, bietet sich jetzt ihr die Chance für das Gretchen.

Der Vorhang geht auf, die Kulissen der vorherigen Szene sind noch aufgebaut, Schauspieler, verkleidet als wilde Hexen, spielen die letzten Sätze, die drei Zwerge kriechen zwischen ihnen hindurch und verschwinden links und rechts in den Kulissen. Faust und Mephisto bleiben stehen, zugleich wird die Kulisse der »Hexenküche« geschickt gewechselt und stattdessen ein Straßenbild vorgeschoben. Dann wird die Beleuchtung geändert, so genial, wie er es nicht für möglich gehalten hätte, es sieht fast aus wie ein Filmpanorama. Moritz sitzt auf der Stuhlkante. Das Licht hat eine eigene Rolle in Goethes Geisterwelt übernommen, Licht, das vorbeirast, um Ilyane sichtbar zu machen. Sie geht im Vordergrund über die Bühne und verneint andächtig Fausts verführerische Sätze:

Mein schönes Fräulein, darf ich wagen,
Meinen Arm und Geleit Ihr anzutragen?

Dann schickt sie, ohne ihren Gang zu unterbrechen, den davonziehenden Lichtstreifen ihre ersten Worte nach:

Bin weder Fräulein weder schön,
Kann ungeleitet nach Hause gehn.

In einem fremden Land, auf einer fremden Bühne, gekleidet in ein historisches Kostüm, geht ein Mädchen, das eine Sittsamkeit ausstrahlt, mit der verglichen ein Heiligenbildchen provokativ erscheint. Ihre Stimme ist wie das Licht, sogar die Kulissen bekommen eine Gänsehaut.

Nach dieser einen Textzeile werden die Kulissen wieder gewechselt, nun taucht Gretchens Zimmer samt ihren Sachen aus der Dunkelheit auf, mit ihrem Bett und den Möbeln, alles so sorgfältig ausgewählt, dass das Bild eine Wiedergabe der Bewohnerin zu sein scheint. Dann tritt sie ein, während der wehende Mantel des davoneilenden Mephisto noch im Türrahmen zu sehen ist:

146

Ich gäb' was drum, wenn ich nur wüßt',
Wer heut der Herr gewesen ist!

Durch ihre Anwesenheit verwandelt sich die Bühne in ein Aquarium, Glitzerfischchen aus dem UFA-Studio schweben um sie herum. Sie wird vom Regisseur kaum unterbrochen, der selbst die Rolle des Mephisto spielt, sich aber nicht die Mühe gemacht hat, sich zu verkleiden, und der eine so stark spiegelnde Brille trägt, dass er jeden blendet.

Ich kenne ihn von irgendwoher, überlegt Moritz, ich habe sein Gesicht schon mal gesehen, aber wo?

Ilyane scheint ihm eine der seltenen Schauspielerinnen zu sein, die, ohne etwas zu tun oder zu sagen, alle Aufmerksamkeit auf sich ziehen können, und es dadurch den Zuschauern unmöglich machen, ihre Gegenspieler wirklich wahrzunehmen. Wie wird das gleich in der Szene sein, wenn sie mit dem großen Mephisto zusammentrifft? Noch kann man das nicht beurteilen, weil dieser seine Rolle nur »anreißt«. Ilyane ist kaum fünfundzwanzig Jahre alt. Er kann sich an keine Schauspielerin in Amsterdam erinnern, die solch ein Wunder zustande bringt. Jannetje auf keinen Fall, die ist viel zu schüchtern und nicht besonders ehrgeizig, Else Mauhs* vielleicht, ja, die kann es, aber sie ist ein ganzes Stück älter.

Oder macht er sich etwas vor, nur weil er verliebt ist, einfach nur verliebt? Das Lied, das sie singen soll, klingt unsicher, als würde sie absichtlich den Takt nicht einhalten, um auf diese Weise Gretchen noch unsicherer erscheinen zu lassen. Oder macht sie das auf Anweisung des Regisseurs? Jedenfalls eine schöne Idee.

* s. S. 359

Er kann sich nicht satt sehen. In Amsterdam hat er Gastauftritte von Albert Bassermann und Alexander Moissi* gesehen, fantastische Schauspieler, aber ihre Vorstellungen waren nicht so aufwändig ausgestattet wie dieser *Faust*, mit derart überwältigenden Kulissen und Lichteffekten.

Als der regieführende Mephisto-Intendant anfängt, sie immer wieder mit neuen Anweisungen zu unterbrechen, schwindet ihre Spontaneität allmählich. Die Kraft ihrer Ausstrahlung lässt nach. Macht der Intendant das absichtlich, um sie spüren zu lassen, dass niemand sich nur auf seine pure Präsenz verlassen kann, oder aus dem Gefühl heraus, dass er keine Konkurrenz verträgt? Sie bekommt Angst, das ist ihr anzusehen, vielleicht wird ihr jetzt erst klar, welche Aufgabe sie sich aufgebürdet hat. Es bleibt keine Zeit mehr, die Anweisungen ins Spiel zu übertragen, heute Abend wird sie den Löwen zum Fraß vorgeworfen. Wenn er ihr nur helfen könnte. Sie hätte gestern Abend darauf verzichten sollen, dieses Essen bei sich zu Hause zu organisieren, sie hätte ihn nicht einladen und sich nicht an den lähmenden Diskussionen beteiligen sollen, sie hätten letzte Nacht nicht herumknutschen und nicht in einem Auto mit offenem Verdeck durch die Straßen fahren sollen, und sie hätte nicht im Schneegestöber für ihn Stadtführer spielen sollen. Er gibt sich die Schuld an ihrer immer stärker werdenden Unsicherheit. Am Ende der Probe ist von ihrem Gretchen nicht mehr viel übrig.

Vor der Abendvorstellung bekommt er sie nicht mehr zu Gesicht. Er hinterlässt beim Pförtner am Künstlereingang eine Nachricht für sie, mit Wünschen für einen erfolgreichen Abend.

* s. S. 359

11

Die Parade

Pa will unbedingt vor dem Essen eine niederländische Zeitung kaufen, am liebsten seine *Nieuwe Rotterdamsche Courant*, jemand von der Botschaft hat ihm einen Kiosk an der Ecke Wilhelmstraße und Leipziger Straße genannt, dort sollen sie sein Lieblingsblatt verkaufen. Das neue Regime ist nicht besonders begeistert davon, dass die Berliner ausländische Zeitungen kaufen können, sie enthalten zu viel Kritik an ihrer Politik. Aber weil die Stadt noch immer von Zehntausenden Touristen aus allen Ländern der Welt besucht wird und das Land auf die Devisen dringend angewiesen ist, müssen an einigen Verkaufsstellen Nachrichten von zu Hause verfügbar sein. Außerdem lässt sich damit auch der Vorwurf der Zensur parieren. Doch es wird den Touristen nicht leicht gemacht: Sie können die Verkaufsstellen nur über ihre Botschaft erfahren.

»Kommst mit, Junge, der Kiosk ist in der Nähe eines Bahnhofs mit einem schwierigen Namen, man muss einmal umsteigen, aber zum Theater dauert es nur zehn Minuten länger. Die Zeitung wird wohl zwei oder drei Tage alt sein, dafür sie ist aber in unserer Sprache geschrieben und nicht mit dieser mittelalterlichen Schrift, da habe ich immer das Gefühl, als würde ich Nachrichten von vor hundert Jahren lesen, geht dir das nicht auch so?«

»Wären sie nur von vor hundert Jahren, Pa, dann wüssten

wir jetzt, wie dieses Elend hier ausgeht. Wir sind die falschen Leute am falschen Platz, findest du das nicht auch?«

»Meinst du mich, einen holländischen Belgier in Berlin?«

»Ich merke doch, dass du lieber tust, als wäre hier alles eitel Sonnenschein, ich sehe, wie du in die andere Richtung schaust, wenn mal wieder so ein marschierender Trupp vorbeikommt.«

»Ja, weil ich Angst habe, dass du dich wieder einmischst. Als vorhin diese jungen Kerle vorbeikamen, die so grausam falsch gesungen haben, habe ich gedacht, du würdest dich dazwischenstürzen, um es ihnen mal zu zeigen. Bei uns ziehen die Pfandfinder doch auch durch die Straßen und singen ihre Lieder, da sagst du nie etwas. Ja, ich gebe es zu, ich habe schreckliche Angst, dass du wieder eingreifst, das stimmt, deshalb schaue ich immer in die andere Richtung.«

»Glaub mir, Pa, ab jetzt kannst du ruhig mit mir auf die Straße gehen, versprochen!«

Es stellt sich heraus, dass der Kiosk kein Kiosk ist, sondern ein ganz normaler Gemischtwarenladen, in dem ganz hinten, hinter Glas, ein Regal mit Zeitungen aus aller Welt steht. Aber du darfst sie dir nicht anschauen. Du musst dem Ladenbesitzer die gewünschte Zeitung nennen und deinen Pass zeigen, und wenn das Blatt tatsächlich aus deinem Heimatland kommt, holt der Mann das Exemplar heraus.

Pa versucht, außer der *Nieuwe Rotterdamsche* auch einen *Figaro* zu bekommen, doch das geht dem Ladenbesitzer zu weit. Was will ein belgischer Niederländer mit einer französischen Zeitung? Dass Pa fließend Französisch spricht, steht nicht in seinem Pass, und seine doppelte Staatsbürgerschaft ist schon kompliziert genug.

Dass man seinen Pass vorzeigen muss, um eine Zeitung zu kaufen, gefällt Moritz überhaupt nicht, aber weil der Ladenbesitzer höflich und korrekt auftritt, fragt er ihn ganz ruhig, warum er es so kompliziert macht. Pa hat schon wieder Angst, es könnte etwas passieren, und verschwindet zum Ausgang, bevor der Ladenbesitzer antworten kann.

»Eine neue Anordnung. Ich muss viele Menschen enttäuschen, dem Herrn kann ich nur einen *Figaro* aushändigen, wenn er etwas Schriftliches von seiner Botschaft dabei hat.«

»Pa, hast du das Kärtchen der Botschaft dabei?«, ruft Moritz seinem Schwiegervater hinterher, »dann bekommst du den *Figaro*.«

Die Visitenkarte der Botschaft wirkt Wunder, der Ladenbesitzer nimmt sie zur Seite:

»Vor allem französische Zeitungen sind gefragt, englische nicht, die werden kaum gelesen. Ihr Vater soll sich ruhig hier hinsetzen.«

Und als hätte der Teufel die Hand im Spiel, und natürlich hat er das, mit Mephisto auf dem Programm ist alles Ungewöhnliche riskant, hört man in diesem Moment Sirenen heulen und Lautsprecher verkünden, alle hätten die Straße zu verlassen und im Haus oder in einem der Geschäfte zu bleiben. An der Kreuzung zur Wilhelmstraße ist kein Auto mehr zu sehen.

Der Ladenbesitzer erklärt, dass eine Parade geprobt werden soll und er den Laden schließen muss, sobald die Sirene loslegt. Das gilt für jeden. Sie werden quasi im Laden eingesperrt, und Moritz mag es nicht, eingesperrt zu sein, nur wenn er das selbst entscheiden kann. In einem MG zum Beispiel. Diesmal beschließt er, dass er es Pa zuliebe aushalten will. Vorläufig.

»Hier werden oft Paraden geprobt«, erzählt der Ladenbesitzer, »wir befinden uns in der Nähe des Hauptquartiers,
und die Parteiführung ist verrückt nach prunkvollen Militär-
paraden.«

Der Mann schließt die Vorhänge vor der Schaufensteraus-
lage, aber Moritz darf sich auf einen Stuhl stellen, um darüber hinauszuspähen. Der Ladenbesitzer erklärt, dass die
Berliner immer weniger Lust hätten, einmal die Woche mit
Hakenkreuzfähnchen den vorbeimarschierenden Truppen
zuwinken und zujubeln zu müssen, und dass die SA schon
seit Stunden die Seitenstraßen mit Busladungen junger Leute
vom Land verstopft.

»Für die ist es offensichtlich ein netter Ausflug, für uns
bleibt es eine Zumutung.«

Pa ist schon vom bloßen Anhören der Geschichte entsetzt.
Moritz führt ihn zum hinteren Teil des Ladens, drückt ihn mit
seiner Rotterdamer Zeitung und dem *Figaro* in einen alten
Sessel, neben einen anderen Zeitungsleser, der keinerlei Reaktion zeigt.

Dann steigt er wieder auf den Stuhl und sieht, dass auf
einen über alle Lautsprecher gebrüllten Befehl hin alle Seitenstraßen ihren Menschenvorrat auf die Wilhelmstraße
speien. Etwas weiter, in der Anhalterstraße, stehen ein Dut-
zend Busse aus Ulm, und ihnen gegenüber welche aus Ros-
tock. Die Menschen tragen Fähnchen in Rot und Schwarz.
Moritz kann genau sehen, was sich auf der Kreuzung und in
der unmittelbaren Umgebung abspielt.

»Pa«, ruft er nach hinten, »das wäre doch was, wenn ich
über Lautsprecher verkünden würde, dass alle wieder in ihre
Busse einsteigen und nach Hause fahren können, weil die
Parade plötzlich abgesagt wurde. ›Kehren Sie bitte schnell zu

Ihrem Bus zurück und achten Sie darauf, den richtigen Bus zu nehmen, sonst kommen Sie nicht mehr heim.‹«

»Wenn du das tun würdest, Junge, würde ich weggehen und dich nie mehr sehen wollen, mach bitte keine Dummheiten, du hast es mir versprochen.«

Es hat wieder angefangen zu schneien, heftig zu schneien, und in Erwartung der Dinge, die kommen werden, zittert die Fähnchenmasse vor Kälte. Jeder Zuschauerblock hat offensichtlich einen eigenen Anführer, der Befehle gibt. Sie hängen schon bald ganz schlapp, die Fähnchen, die rote Farbe geht ab, obwohl die Parade noch gar nicht angefangen hat. Nach und nach werden es todtraurige Fähnchen, die die vielen vollgeschneiten Wintermäntel allmählich rot färben. Aus der Ferne, aus Richtung Unter den Linden, kommt ein Lärm, der immer mehr anschwillt.

Eingehüllt in Wolken aufwehenden Pulverschnees, nähert sich eine stampfende Soldatenkolonne. Sie laufen mit schwerem Marschgepäck in einem eigenartigen Rhythmus, den sie, so sieht es aus, auf einer Ballettschule für Hinkebeine gelernt haben und der bestimmt zu einer kollektiven Knieverformung führen wird. Streng angeordnete Nackenverrenkungen. Rollender Donner, anschwellend und ersterbend. Am Geschrei der Menge kann man hören, dass das Fest noch nicht zu Ende ist, die abmarschierende Kompanie ist erst der Anfang.

»Junge, komm vom Stuhl runter, gleich werfen sie Steine durchs Fenster.«

»Pa, wenn du wissen willst, was ich sehe, biete ich dir eine Han-Hollander*-Reportage, ja?«

»Wenn du es nicht lassen kannst, dann geh deinen gött-

---

* s. S. 359

lichen Gang, Junge. Ich lese lieber den *Figaro*, wenn es dir nichts ausmacht.«

Eine motorisierte Einheit nähert sich, eine endlose Einheit wie ein rollender Betonblock, als würden die Motorräder von einem einzigen Mann gelenkt, alle exakt ausgerichtet. Alle zehn Meter drücken sie gleichzeitig auf die Hupe, hinter ihnen braust ein *Sieg Heil* auf, ein Geräuschausstoß, den man nur mit dem Jubel in einem Fußballstadion nach einem Torschuss vergleichen kann. Hier sind es Dutzende von Torschüssen hintereinander.

Einer der Zeitungsleser ist ebenfalls auf einen Stuhl gestiegen. Um aus der Nähe beobachten zu können, wie sich sein Land verändert hat, jemand, der bessere Zeiten gesehen hat, denkt Moritz.

»Sie kommen aus den Niederlanden? Passen Sie bloß auf. Wenn diese Motorräder weiterfahren, stehen sie bald an ihrer Küste und setzen nach England über. Das dauert nicht mehr lange.«

Der Mann atmet schwer. Moritz klopft ihm leicht auf die Schulter.

»Stellen Sie sich einfach vor, es wäre nur ein Zeichentrickfilm für Kinder, ganz harmlos.«

»Danke, das ist nett von Ihnen, aber ich bin leider kein Kind mehr.« Der Mann steigt vom Stuhl und kehrt zu seinem Sessel zurück.

Hinter der motorisierten Einheit erscheint ein verlängertes deutsches Automobil. Die vier Hinterräder sind wie bei einem Panzer aneinandergekoppelt, wodurch das Fahrzeug ein merkwürdiges Geräusch erzeugt. Aufrecht in diesem Wagen mit dem zurückgeklappten Verdeck – was haben die Deutschen bloß mit dem offenem Himmel – steht ein Mann,

mindestens im Generalsrang, offensichtlich mit einer einge-
bauten Mechanik im Arm, der sich alle drei Sekunden zum
Heilsgruß an das Firmament richtet. Vermutlich einer von
Adolfs Adjutanten, vielleicht dieser Dicke, der Fliegergene-
ral, denkt Moritz. Es schneit noch immer so heftig, dass er
den Idioten nicht erkennen kann, der da im offenen Wagen
steht und friert, aber wer es auch sein mag, er liegt bald mit
einer Lungenentzündung im Bett. Was dieser Mann wohl
empfindet? Fühlt er sich wie Gott? Denkt er, dass ihm diese
erzwungene Anbetung zusteht? Oder ist er nur ein kleiner
Bauer in einem teuflischen Spiel?

Während die Menge in die Seitenstraßen zurückgedrängt
wird, beginnen die Sirenen zu heulen, um zu signalisieren,
dass das Unwetter vorbei ist. Moritz steigt vom Stuhl, der
traurige Mann putzt sich die Nase, zieht mit einem leisen
»Verzeihung« den Türriegel zurück und geht hinaus. Aus der
Tasche seines Regenmantels lugt auffällig *Le Monde* hervor.
Eine tiefhängende Wintersonne versucht, den Schneeregen
zu vertreiben und die Stimmung ein wenig aufzulockern.

»Pa, jetzt ist es trocken, ich schau nur noch, wie es hier
weitergeht, dann hole ich dich gleich ab.«

»Ist dafür denn noch Zeit, Junge? Kommen wir nicht zu
spät zum Theater? Und wir sollten noch etwas essen. Aber
wenn du entscheidest, nicht zur Vorstellung zu gehen, finde
ich das wirklich nicht schlimm, ich halte einen Abend ohne
Faust leicht aus.«

»Wir haben noch eine Stunde, wir nehmen den Bus, und in
der Nähe des Theaters können wir was essen.«

Draußen halten die Anführer Schilder mit Nummern
hoch, so dass jeder seine Gruppe und seinen Bus findet. Im
Nu ist die endlos lange Wilhelmstraße, die vor nicht einmal

fünf Minuten voller Menschen war, so gut wie leer und fast verlassen. Augenblicklich strömen Leute aus den Läden, und vereinzelte Bewohner kommen aus ihren Häusern.

Das war's.

War es das?

Nein.

Auf der breiten Straße malen die Trambahngleise eine Spur aus schnurgeraden, blutroten Strichen. Die zerlaufende Farbe der Fähnchen hat ganze Arbeit geleistet. Aber auch dafür hat man vorgesorgt: Ein Bataillon Straßenkehrerinnen in grauer Arbeitskleidung wird in Stellung gebracht und tritt in geschlossener Formation an. Quer über die Straße. Dahinter weitere zwei Reihen Arbeiterinnen, bewaffnet mit übermannsgroßen Besen. Sie kehren unter unhörbaren Befehlen die Straße sauber. Straffe Regie, perfekte Choreographie. Ein fegender Chor aus der neuen deutschen Tragödie. Niemand hat gesehen, wie die Frauen die Bühne betreten haben. Geräuschlos, ohne Stimmbänder, machen sie ihre Arbeit. Als sie ein Stück entfernt, außer Sicht, weiterfegen, verschwinden sie wahrscheinlich in denselben Gullys, in die das rote Wasser gefegt wurde.

Moritz kehrt zum Laden zurück und holt seinen Schwiegervater hinter *Le Figaro* hervor. Schweigend nehmen sie den Bus zum Gendarmenmarkt. Hinter dem Theater suchen sie sich ein Restaurant, in dem sie ganz hinten sitzen können, weit weg vom Fenster. Die Parade hat die Gedanken an Ilyane und Gretchen in den Hintergrund geschoben, aber das gigantische Theater, in dem sie in diesem Moment irgendwo in ihrer Garderobe sitzen muss, macht sie wieder zur Hauptperson in Moritz' Seele. Ilyanes Brüste werden nun zu Gretchens Brüsten.

156

»Ich kann dir keine Neuigkeiten aus den Niederlanden erzählen, die du nicht schon weißt«, sagt Pa, der *à tort et à travers* das, was in Berlin geschieht, weiterhin nicht wahrhaben will, »die Zeitung stammt aus der Zeit vor unserer Abreise. Der *Figaro* ist von vorgestern. Aber ich werde dir etwas Schönes aus Mutters Brief vorlesen, mit lieben Worten über Jannetje und deinen Sohn, um dich etwas aufzuheitern, Junge, du siehst schon wieder so traurig aus.«

Während Pa ihm die friedvollen Szenen vom Stadionplein beschreibt, wird Moritz bewusst, dass er seinen Brief von der letzten Nacht noch nicht abgeschickt hat. Nach der Vorstellung muss ich einen neuen Brief schreiben.

Er weiß: Egal, was er schreibt, es werden die ersten in Tinte getauchten Lügen in seiner Ehe werden.

12

Faust, erster Teil

Nach drei schweren Goethe-Stunden bricht ein ohrenbetäubender Applaus aus, das *Faust*-Publikum ist außer sich. Es würdigt nicht nur eine Theatervorstellung, da wird eine Befreiung gefeiert, denkt Moritz, ich sitze nicht in einem normalen Theatersaal, das hier ist ein Freihafen, den man offenbar für ein paar Reichsmark kaufen kann und der sich jetzt doppelt bezahlt macht. Das Theater ist hier so etwas wie eine Notwendigkeit, wie ein geistiges Essenspaket. Man würde fast meinen, dass es beim vernünftigen Publikum inzwischen zu den lebensnotwendigen Dingen gehört, für das es seine Essensmarken nicht beanspruchen muss. Sollte ich mir daher wünschen, dass bei uns die NSB an die Macht kommt, nur um das eingeschlafene Theater wieder aufzuwecken? In Amsterdam ist sogar Richard der Dritte in diesen Tagen ein ungefährliches Stück.

Moritz sieht kein Braunhemd im Saal, die ein oder zwei anwesenden Nazi-Uniformierten bekommen zwischen zwölfhundert normal gekleideten Zuschauern sogar einen anderen Status. Er hält keinen der Menschen um ihn herum dazu fähig, einen alten Juden zusammenzuschlagen oder Schaufenster zu zertrümmern, geschweige denn, sich zu einer Massendemonstration im Sportpalast aufhetzen zu lassen, um dort im Austausch für eine Tasse warmen Kaffee *Heil Hitler* zu rufen. Theater kann Hoffnung machen, davon ist er überzeugt, dafür ist er an die Bühne gegangen. Aber könnte es auch die Menschlichkeit wiederherstellen? Mit wem kann ich darüber sprechen? Pa brauche ich damit nicht zu belästigen. Kann man die Welt festhalten und bewachen, oder fällt sie auseinander, sobald man draußen auf der Straße mit dem schreienden Pöbel konfrontiert wird? Oder ist der Theatersaal Teil der Propagandamaschinerie, um die Intellektuellen ruhigzuhalten? Aber wohl nicht mit Theaterstücken von Horváth oder Brecht. Sich im alltäglichen Leben alles gefallen zu lassen, bis hin zu Bücherverbrennungen, und sich dann ein-, zweimal im Monat im Theater reinzuwaschen. Mit einem von oben genehmigten Repertoire. Oder in der Oper. Das geht wohl auch. *Figaro*. Oder ein Konzert mit viel Beethoven. Kein Alban Berg.

Weil sein Schwiegervater und er in ihrer Loge zurückgesunken und deshalb nicht sichtbar sind, fühlen sie sich nicht gezwungen, aufzustehen, doch sobald Ilyane auf der Bühne erscheint, springt Moritz hoch. Eine Geliebte auf Abstand, von zwölfhundert anderen Menschen beobachtet und beklatscht, ist eine Tortur. Er ist auf alle und jeden eifersüchtig.

Pa zündet sofort seine Pfeife an, aus Freude darüber, dass es vorbei ist.

»Komm, Junge, gehen wir.«

In Berlin klatschen sie laut und lang, dazwischen sind unartikulierte Schreie zu hören. Das hat er in Amsterdam noch nie gehört. Sie rufen nach dem Intendanten, man spürt, dass er ein Publikumsliebling ist, ein Idol. Wo habe ich diesen Mann schon mal gesehen? Verdammt, diese elegante Unterweltfigur, ach ja, das war er. In *M* von Fritz Lang!

Der Intendant versucht, bei dem lauten Applaus möglichst bescheiden zu wirken, aber es gelingt ihm nicht. Alles, was er tut, scheint in dem einen Moment einfühlsam gespielt zu sein, dann wieder nur flüchtig angedeutet. Oder fröhlich pariert, noch nicht erholt von den durchgestandenen Mephisto-Emotionen, pendelnd zwischen Spannung und Entspannung. Mündend in ein scheinbar authentisches Staunen über so viel Anerkennung aus dem Saal. Ob ihm klar ist, was er mit seinem Ensemble für diese bedrängte Gesellschaft bedeutet? Dass sogar Applausrituale sein Publikum glücklich machen?

»Falls du jemals siehst, dass ich mich so verbeuge, erwarte ich von dir, dass du mich mit Fußtritten von der Bühne vertreibst, abgemacht, Junge?«

»Ich denke, er spielt Theater, um sich so verbeugen zu können. Bei uns gibt es auch solche Schauspieler, nur sind sie nicht so gut wie dieser Zauberer. Ich bin dennoch sehr beeindruckt.«

»So viel Aufhebens beim Applaus kennt man bei uns zum Glück nicht, was, Junge?«

»Wir würden es nicht mal annehmen können, Pa, wir würden ein Publikum, das so außer sich gerät, zurechtweisen mit: stellt euch nicht so an, benehmt euch normal.«

»Ich wäre schon längst umgezogen und auf dem Heimweg. Selbst wenn Königin Wilhelmina und König Albert zusammen winkend auf dem Balkon des Palastes am Dam gestanden hätten, hätte man ihnen nicht so zugejubelt, wie es die Leute hier mit ihren Schauspielern machen.«

Die Aufmerksamkeit des Publikums ist den ganzen Abend auf die Inszenierung und auf den Intendanten und seine Mephisto-Darbietung gerichtet. Hier ist ein Schauspieler ein Lieferant von Gefühlen, findet Moritz, ein Lieferant, der weiß, dass er seine Ware bis zum letzten Artikel verkaufen wird. Diese Sicherheit macht ihn bei seinem Auftritt so groß-

zügig. Wie fühlt sich das an, wie leer ist man danach? Gefällig
zu spielen und dennoch dem Publikum die Aussicht auf bessere Zeiten zu geben, was für eine Leistung. So sehr von sich
selbst überzeugt zu sein, dass man es sich erlauben kann, man
selbst zu bleiben und trotzdem der guten Sache zu dienen.

Bei der Probe hatte ihn Ilyanes Ausstrahlung getroffen,
nun hat er erleben müssen, wie auch sie Satz für Satz durch
die magnetisierende Präsenz dieses Mephisto an die Wand
gespielt wurde. Sie konnte sich nicht behaupten und ver-
schwand hinter den Worten, die sie sagen sollte. Gretchens
Hilflosigkeit kämpfte mit Ilyanes Angst, zu verschwinden.
Nicht schön. Nicht sehr kollegial von Mephisto, der diesen
Auftritt eigentlich nicht nötig hätte, ein Schritt zurück hätte
ihn sympathischer gemacht, aber seine Sucht nach Zuwen-
dung zwingt ihn, die tägliche Dosis gierig zu inhalieren. Als
sie allein auf der Bühne war, wie in Gretchens Zimmer, oder
als sie ihr zweites Lied sang,

> Meine Ruh ist hin,
> Mein Herz ist schwer,

fiel alles an seinen Platz, weil ihr Spiel nicht gestört werden
konnte. Zum Ende hin erreichte sie Mephistos Niveau. Das
Gewicht ihrer Schuld drückte sie zu Boden, sie konnte nicht
mehr entrinnen, es war um sie geschehen,

> Gericht Gottes!
> dir hab ich mich übergeben!

»Das macht dieses Mädchen gar nicht schlecht, findest du
nicht auch?«, hatte Pa Moritz etwas zu laut ins Ohr geflüstert.

Goethes Text ist in seiner Einfachheit so stark, dass man sich, egal, wie unsicher man ist, davon tragen lassen kann. Einmal sah er Gretchen, dann wieder Ilyane, die in ihrem Sportwagen verzweifelt versucht hatte, ihre Position zu rechtfertigen. »Wenn es sein muss, kann ich mitten auf dem Potsdamer Platz selbst die Reifen wechseln.«

Stumm liegt die Welt wie das Grab.

Diese Worte kamen so ehrlich heraus, dass durch die Mauern des Theaters hindurch eine Außenwelt sichtbar wurde, die zwischen Hoffnung und Verzweiflung schwankte. Die Welt liegt stumm, welche Welt? Die Außenwelt? Der Gendarmenmarkt? Ist er es, der stumm daliegt? Oder ist es die Welt um Goethes Deutschland, wer lässt seine Stimme hören?

Die Glocke ruft, das Stäbchen bricht.
Wie sie mich binden und packen!
Zum Blutstuhl bin ich schon entrückt.
Schon zuckt nach jedem Nacken
Die Schärfe, die nach meinem zuckt.
Stumm liegt die Welt wie das Grab!

Ihre letzten Worte klangen aus der Ferne, die Verzweiflung der Welt in zwei Worten: Heinrich, Heinrich.

Inzwischen ist das Licht im Saal angegangen, der Applaus hört nicht auf, dadurch dringt es erst spät zu Moritz durch, dass schon seit einer Weile immer lauter an die Tür ihrer Loge geklopft wird. Es ist ein Saaldiener:

»Der Herr Generalintendant erwartet Sie in seinem Salon.« Der Mann verbeugt sich und fährt fort: »Folgen Sie mir.«

Gegen den Strom des Publikums, das zur Garderobe drängt, lotst der Saaldiener zwei niederländische Schauspieler hinter die Bühne. Alle Leute machen ihnen Platz. Dick gepolsterte Türen werden geöffnet, sie stehen in einem Treppenhaus, überall schwere Teppiche, es herrscht eine absolute, sehr ungewöhnliche Stille. Ein anderer Saaldiener nimmt sie in Empfang und geht vor ihnen her. Wo sind die Garderoben, wo ist die Betriebsamkeit der Bühnenarbeiter, befinden sie sich in einem Traum, wurde heute Abend überhaupt eine Vorstellung von *Faust* gegeben, oder wurden alle festgenommen? Sind sie Mitspieler bei einem echten Hexensabbat?

»Der Herr Generalintendant wird von einer schweren Migräne heimgesucht.«

Über vier Stockwerke steigen sie die Treppen hinauf und werden in einen stilvoll eingerichteten Salon mit vielen Türen geführt, ein großes Büro, zwei oder drei Telefone, viele Bücher und verschiedene Dreisitzer-Sofas.

»Pa, sag mal ehrlich, gefällt uns das hier?«

»Stell dir vor, wie Mutter das gefallen hätte, wenn du daran denkst, überlebst du alles.«

»Und die Vorstellung?«

»Anstrengend, Junge, anstrengend, laut, sehr laut, aber es hatte was. Dieser Mann, dieser Mephisto, was für ein Schauspieler, ich bin schon vom Hinsehen todmüde geworden, ganz zu schweigen von all diesen großen Sätzen, die aus seinem Mund gerattert sind. Kein *Faust* von Goethe, sondern *Faust* vom Zirkus Knie. Aber immer noch besser, als das, was sie in Amsterdam zustande bekommen. Ich habe auch ein kleines Nickerchen gemacht.«

Die Wände hängen voller gerahmter Porträts, von gemalten und fotografierten Schauspielern aus einer noch gar nicht

so weit zurückliegenden Vergangenheit. Auch von Schauspielern, die auf der Schwarzen Liste stehen. Sogar ein signier-
tes Porträt von Bertolt Brecht ist darunter. Ob unser Intendant dieses Foto versteckt, wenn Göring vorbeikommt? Für
solche Blitzaktionen haben sie bestimmt spezielle Assistenten eingestellt.

Ein Kellner kommt herein, durch die geöffnete Tür dringen gedämpfte Geräusche aus der Ferne hinein, die an das
freudige Gefühl nach einer gelungenen Theatervorstellung
erinnern. Man bietet ihnen Bier, Wein, Champagner und
allerlei exotische Gerichte an. Es könnte die Dependance des
Hotels *Adlon* sein. Eine Tür klappt, dann noch eine, und da
steht Ilyane. Sie hält den Kopf leicht geneigt, schafft ein
halbherziges Lächeln, kann sich noch nicht entscheiden zwischen der, die sie vor kurzem noch war, und der, zu der sie
noch nicht zurückgefunden hat. Sie spricht leise, mit einer
Stimme, die sie Wort für Wort in die Wirklichkeit zurück-
bringt. Zerbrechlich. Wieder zeigt sie eine andere Seite ihrer
Persönlichkeit. Wer ist diese Frau? Moritz weiß sich keinen
Rat mit seiner Verliebtheit, mit seinem Schwiegervater im
Raum hat er keine Chance. Er führt sie zu einem Sofa, hält
sorgsam ihre Hand fest, als hätte er Angst, sie könnte aus-
einanderfallen.

»Nein, sag jetzt nichts, es ging nicht, es war schrecklich,
und ich habe auch noch falsch gesungen, es war nicht das, was
ich mir vorgestellt hatte, nur das Verbeugen hat geklappt.«

Bevor er ihr widersprechen kann, schwingt eine andere
Tür auf und, eingerahmt von zwei Betreuern, hat Mephisto-
der-Intendant seinen Auftritt, der Salon ist auf einmal voll.
Gekleidet nach der letzten Mode, hellgrauer Anzug, dunkle
Weste und mit einer übermäßig glitzernden Krawattennadel.

Dennoch sieht er mit diesem locker um den Hals gelegten Badehandtuch wie ein geschlagener Boxer aus. Mit einem Gesicht aus durchscheinendem Marmor. Aus seinen rot umrandeten Augen brennt die Migräne. Die einzige grelle Farbe an seiner Erscheinung.

Pa springt vom Sofa wie ein Vater, der seinen verlorenen Sohn in die Arme schließt, und beschreibt dem Intendanten die Rolle des Mephisto, nicht wie sie gespielt wurde, sondern wie Pa sie gerne gesehen hätte. Er spickt seine eloquente Darlegung mit Zitaten großer Dichter. Kein Wort gelogen, und dennoch neben der Wahrheit. Pa spielt eine seiner Rollen. Er gleicht dem Zwillingsbruder aus *Der Revisor*, der immer mitreden und es allen recht machen will. Der Intendant taut auf, ein seliges Lächeln erscheint auf seinem Gesicht, er hat einen gleichwertigen Partner gefunden. Seine Augen, die hinter den spiegelnden Brillengläsern verschwunden zu sein schienen, fangen an zu strahlen. Als wäre die Migräne auf einmal verschwunden. Das Badehandtuch landet in einer Ecke. Er entkorkt eine Flasche Champagner und lässt ihn reichlich fließen. Und wie fast immer, wenn Schauspieler aus verschiedenen Kulturen sich begegnen, entsteht eine Vertrautheit, als hätten sie schon seit Jahren Freud und Leid miteinander geteilt.

Moritz gibt ihm höflich die Hand, murmelt ein paar freundliche Worte, ohne ihn anzuschauen, und überlässt seinen Schwiegervater den Gleichgewichtsübungen mit dem Intendanten. Er geht zurück zu Ilyane.

»Dein Gretchen wird schön, so zerbrechlich, vielleicht war es heute Abend noch nicht ganz ausgereift, wie sollte es das in so kurzer Zeit auch sein. Nach ein paar Vorstellungen wird es eine großartige Rolle, die Szene im Dom war jetzt schon sehr ergreifend, und mach dir nichts draus, dass du deiner Meinung nach nicht ganz sauber gesungen hast, das war gerade ...«

Mit einem Auge beobachtet er seinen Schwiegervater. Er hat das Herz des Intendanten erobert, sie gehen miteinander um wie alte Freunde, die vor langer Zeit französische Komödien zusammen gespielt haben. Sie würdigen die meisterhaften Improvisationen des anderen, versuchen, sich gegenseitig zu überbieten, und benutzen die vielen Türen, um bei jedem neuen Auftritt eine andere Figur zu spielen. So kennt Moritz seinen Schwiegervater gar nicht. Mit ihm zusammen ist er immer so ernst. Auch wenn er ihn oft mit feinsinnigen Witzen zu entspannen versucht, bleibt er sein weiser Schwiegervater. Aber in Anwesenheit des großen Komödianten bricht er aus seinem Käfig aus. Ist dieser Käfig die niederländische Provinz? Hätte Pa sich hier, in dieser Umgebung, anders entwickelt?

Ilyane wird durch das allgemeine Geschnatter von ihrem eigenen Unglück abgelenkt, sie entspannt sich und legt den Arm um Moritz. Aus ein paar Meter Entfernung schießt ein Signal durch den Raum und bringt sie dazu, ihr Bedürfnis nach Anlehnung sofort zu unterdrücken. Hat Mephisto so viel Einfluss auf sie?

Mittlerweile haben die beiden Spaßvögel angefangen, ein Brechtlied zu schmettern. Pa hat vor ein paar Jahren in Arnheim den Bettlerkönig Peachum in der Dreigroschenoper gespielt und kennt alle Lieder auswendig. Der Intendant beklagt sich zwischen den Liedern lauthals, dass er damals, in derselben Zeit, bei der Rollenvergabe für Mackie Messer übergangen wurde und dass es jetzt zu spät ist, um diese absolut fan-tas-tische Rolle in dem verbotenen Stück zu spielen, außer … das kann er nicht laut sagen, doch wie ein Taubstummer deutet er mit zwei Fingern ein Bärtchen unter der Nase und mit der anderen Hand einen Strick um den Hals, der den Weg für dieses Abenteuer frei machen würde. Zusammen singen sie aus voller Brust

Denn für dieses Leben
ist der Mensch nicht schlau genug.
Niemals merkt er eben
diesen Lug und Trug.*

Es klingt sehr gut, obwohl Pa nur die niederländische Version kennt. Die sich aneinander reibenden Sprachen verstärken Brechts Text. Der Intendant entpuppt sich als brillanter Unterhalter. Er singt ebenso mitreißend, wie er vorher den Mephisto gespielt hat. Aber sogar jetzt, da er so entspannt sich und andere unterhält, hat er etwas Undurchsichtiges an sich. Er strahlt etwas aus, was nicht passt.

Warum misstraue ich diesem netten Mann? Hätte er wirklich bei dieser Brecht-Vorstellung mitgespielt, müsste er sich jetzt, wie fast alle bei der Weltpremiere beteiligten Schauspieler, im Ausland verstecken. Warum ist er damals nicht weggegangen, sei es auch nur aus Solidarität? Er muss doch gewusst haben, dass er sowieso in Schwierigkeiten geraten würde. War es Eitelkeit? Die Verführung durch die hohe Funktion?

Durch die offen stehenden Türen weht der Gesang, an dem sich inzwischen auch Ilyane beteiligt, in die Gänge und füllt das Theatergebäude, in dem die Techniker gerade die *Faust*-Dekorationen abbauen.

* s. S. 359

»Wenn der Intendant ein Brecht-Lied singt, dann dürfen wir das auch.« Eine Stimme nach der anderen fällt ein, noch nie hat ein größerer Chor dieses Lied je so lauthals gesungen.

Als sie hören, dass sie überstimmt werden, begeben sich der Intendant und seine Gäste ins Treppenhaus und schauen von der vierten Etage hinunter auf die Bühnenarbeiter in der Tiefe. Es ist wie ein Ständchen, mit dem die erstaunliche Genesung des Chefs von seiner Migräne gefeiert und besungen wird.

Ja, renn nur nach dem Glück
Doch renne nicht zu sehr
Denn alle rennen nach dem Glück
das Glück rennt hinterher.

Doch dann, als würde er das Ventil aus einem Fahrradschlauch ziehen, hört der Intendant plötzlich auf zu singen. Der Gesang erstirbt. Gibt es einen Verräter in der Nähe, hat jemand von ganz oben angerufen? Alle sind abhängig von den Launen ihres unberechenbaren Herrschers, ihres eigenen Königs Ludwig in seinem Märchenschloss. Moritz beobachtet ihn genau. Spannungen schießen durch den Salon. Ilyane traut sich nach einem strafenden Blick des Intendanten kaum noch, ihn anzuschauen. Nur Pa kümmert das alles nicht, er singt allein weiter.

»Sollen wir gehen, Pa?«

»Nein, Junge, jetzt wird es doch erst lustig…«

Dann tritt aus der anderen Zimmerecke der große Chef zu Moritz und lädt ihn ein, sich neben ihn auf das Sofa zu setzen. Kommt jetzt die Standpauke wegen seines dreisten Benehmens Ilyane gegenüber?

»Hören Sie, Ilyane hat mir « – aha, er redet von ihr – »von
Ihrer Filmarbeit und Ihrem Hintergrund erzählt und wie
sehr sie sich für unser Berliner Theaterleben interessieren« –
aufgepasst, wo will der Mann hin, er schwitzt furchtbar und
hat die Brille mit den Spiegelgläsern gegen ein Monokel ge-
tauscht, das ihn noch unheilvoller aussehen lässt – »also wird
sie Ihnen auch erzählt haben, dass wir zur Zeit ein Stück
Ihres Landsmannes van den Vondel proben, den *Luzifer*. Als
sie sagte, sie hätten in Amsterdam dieses Stück schon einmal
gespielt, habe ich das als Zeichen von oben gesehen. Ich
führe die Regie und spiele zugleich den Luzifer. Und jetzt
passiert es mir zum ersten Mal, dass mir diese doppelte
Funktion schwerfällt. Bisher war es für mich kein Problem,
zu spielen und zugleich Regie zu führen. Aber dieses komplizierte Stück habe ich offensichtlich unterschätzt. Ich ge-
stehe, dass ich mich habe überreden lassen, nicht dass ich das
bedaure, aber diesmal ist mir die Belastung zu viel, ich sehe
schon die Worte Größenwahn und Selbstüberschätzung als
Schlagzeilen in den Zeitungen! Nachdem ich hundertmal
den Mephisto gespielt habe, meinten meine Berater und ich,
dass es an der Zeit sei, einen anderen Teufel bei den Hörnern
zu packen« – um Gottes willen, was will dieser Mann, der
jetzt so unbändig über seinen naheliegenden Witz lacht,
warum lache ich mit, warum habe ich ein so blindes Vertrauen zu Ilyane, nun, da sich herausstellt, dass sie alles wei-
tererzählt hat –, »aber langsam zweifle ich, ob es bei dem
schwierigen Text des Teufels vernünftig war, auch die Regie
zu übernehmen. Mir bleiben noch vierzehn Tage bis zur
ersten Vorstellung, noch dazu habe ich viele Filmverpflich-
tungen angenommen und stehe fast jeden Abend auf der
Bühne« – es ist, als fehle das Auge hinter dem Monokel –

»und jetzt meine Frage, die Sie vielleicht schon erahnen: Hätten Sie Lust, bei einigen Proben dabei zu sein, um danach mit mir zu besprechen, was Sie gesehen haben? Lange Geschichte. Aber Sie verstehen mich, oder?«

»Nun ja, ich fühle mich geehrt, aber ich weiß nicht, ob ich Ihnen nützlich sein kann. Ich habe noch nie Regie geführt. Außer einem schüchternen Versuch an der Schauspielschule ...« Ich erzähle ihm besser nicht, dass ich auch ein paar Mal mit Studenten gearbeitete habe, das ist natürlich unter der Würde eines so berühmten Mannes.

»Nein, ich meine auch nicht, dass Sie Regie führen sollen, darum habe ich Sie nicht gebeten, ich brauche einen unabhängigen Kommentator, sozusagen einen Kritiker vor der Premiere. Und nun habe ich mir gedacht, dass Sie« – das war ein ordentliches Missverständnis – »weil Sie das Stück schon aus der Praxis kennen ...«

»Abgesehen von der Frage«, setzt Moritz erneut an, »ob ich imstande bin, Kommentare zu einer Vorstellung abzugeben, die noch im Werden ist, nochmals, ich fühle mich sehr geehrt, aber ich habe nur noch zwei Tage Arbeit in den Tonstudios, dann muss ich nach Amsterdam zurück. Ich werde dort zu einer Probe für ein neues Stück erwartet, ich habe eine vertragliche Verpflichtung.«

»Ja, das ist mir bekannt, ich habe mich bereits erkundigt. Wir haben jemanden von der Leitung des ... wie heißt das bei euch, Stadttheaters, kontaktiert, Herrn Dalsum*...«

»Was sagen Sie da, verstehe ich Sie richtig, dass Sie ...«

»Sie können immer noch nein sagen. Sie sind völlig frei. Aber Sie haben die Genehmigung, eine Woche später mit

---

* s. S. 359

170

den Proben anzufangen, es scheint eine kleinere Rolle zu sein. Ich kenne van Dalsum gut, ich habe mit ihm schon mal über ein Gastspiel seines Ensembles verhandelt. Wer weiß, vielleicht können wir ihn mit seiner *Luzifer*-Vorstellung einladen, und selbst einmal als Gäste an Ihrem Stadttheater auftreten. Er ist bereit, eine Woche auf Sie zu verzichten.«

Hinter meinem Rücken mit van Dalsum zu telefonieren, das geht mir wirklich etwas zu weit. Aber kann ich das sagen? Ich unterhalte mich mit dem König des deutschen Theaters, der mir, falls ich ihm widerspreche, vor allen Leuten den Kopf waschen wird. Angenommen, wir könnten *Luzifer* in Berlin spielen, obwohl das unter den jetzigen Umständen vielleicht nicht sehr vernünftig wäre, großer Gott, was stümpere ich hier herum. Warum will ich nicht riskieren, das Maul aufzureißen? Ich bin doch stolz. Das ist doch ein Triumph vor Ilyane. Was für eine Aufgabe! Natürlich hat sie ihre Finger im Spiel. Sie ist auf diese Idee gekommen, um mich länger in ihrer Nähe zu haben. Wie löse ich das jetzt mit dem Stadionplein? Ich habe meinen Brief immer noch nicht abgeschickt, und Schokolade habe ich auch nicht gekauft. *Luzifer*. Nicht schlecht. Auf Deutsch?

»Aber ich werde zu Hause erwartet. Ich bin schon so lange weg. Wir haben vor kurzem ein Kind bekommen, das ich noch kaum gesehen habe ...«

Sofort widerspricht Mackie Messer, charmant, dezidiert, an Einwände ist er nicht gewöhnt. Er steht auf und steckt eine Zigarette in eine goldene Spitze, als träte er in einer seiner Komödien auf. Was für ein Akteur.

»Ja, das ist mir bekannt. Auch dazu habe ich einen Vorschlag.« Er entblößt die Zähne, in seinem Monokel spiegelt sich der Glanz des einen Auges, als würde das Glas den Aug-

apfel auslöffeln oder als ginge es wie eine Ampel an und aus.
»Unter der Bedingung, dass Sie mir das große Vergnügen machen, ein Foto Ihres kleinen Sohnes mitzubringen, regeln wir einen Flug für Sie.«

Hör doch auf mit dieser Schleimerei, du bekommst kein Foto, Mann, auch wenn du mich mit einem Postflugzeug über die ganze Welt fliegen lassen würdest, wie wird es dem Kleinen gehen, ich habe schon wieder den ganzen Abend nicht an ihn gedacht, der Herr Intendant hat offensichtlich mehr vor, als nur ein paar unschuldige Nachbesprechungen nach einer Probe …

»… so dass Sie das Wochenende bei ihm und Ihrer Frau verbringen können. Mit dem Flugzeug hin und zwei Tage später mit dem Flugzeug zurück nach Berlin? Was meinen Sie? Könnten Sie sich das vorstellen?«

Der Intendant ist aufgestanden. Er zeigt deutlich, dass er die Fragerei beenden möchte. Er ist es nicht gewöhnt, andere um etwas zu bitten. Der Mann ist einen Kopf größer als er, fast ist es, als würde ich einem Ministerpräsidenten gegenüberstehen, der von mir erwartet, dass ich auf der Stelle Ja und Amen sage.

»Nein, sagen Sie jetzt nichts, lassen Sie mich morgen wissen, wie Sie sich entschieden haben. Meine Sekretärin weiß Bescheid. Begreifen Sie doch, dass es eine Bitte ist, nur die bescheidene Bitte eines Kollegen in einer relativen Notlage. Fühlen Sie sich bitte nicht verpflichtet, obwohl ich sehr dankbar wäre, wenn Sie … und so weiter und so weiter.«

Ich sehe, wie schwer es ihm fällt, ich bin ja auch nicht gerade zugänglich gewesen.

Ilyanes Blick ist anzumerken, dass sie über alles Bescheid weiß, soll ich das als Verrat betrachten oder als Freundschaftsbeweis? Hätte ich ihr lieber nicht erzählen sollen, dass ich in Luzifer gespielt habe? Es ist, als wäre jeder in meiner Umgebung Teil des Komplottes, ich sehe es an den Augen seiner Assistenten, sogar der Kellner blickt mich erwartungsvoll an, als wollte er sagen, bitte, helfen Sie unserem geliebten Intendanten. Es gefällt mir nicht. Nur Pa hat noch keine Ahnung, Pa, der *Luzifer* besser kennt als ich, ich werde das Stück nie so gut kennen und verstehen wie er, auch wenn ich es hundertmal spielen würde. Ich sollte ihn als Berater empfehlen. Soll Pa mit seiner enormen Gelehrsamkeit bei den Proben dabei sein dürfen, er hat keine Ambitionen, er wird dem eitlen Lackaffen nicht im Wege stehen, er kann mit kleinen, treffsicheren Bemerkungen eine Rolle in eine andere Richtung lenken und einer Vorstellung eine neue Energie verleihen.

Aber Moritz weiß, dass niemand Pa dazu bringen könnte, der will zu seiner Frau, er hält es hier keinen Tag länger als notwendig aus, er ist in Gedanken jetzt schon auf der Heimfahrt, er lässt sich zu nichts überreden, was er nicht will. Wie bedürftig der Herr Intendant sich mir gegenüber gezeigt hat, ich bin vierundzwanzig. Moritz, stell dich nicht an, wirst du auf einmal bescheiden, du findest dich selbst doch immer besser als alle anderen, in deinen Augen ist keiner perfekt, schon gar nicht in Stücken, in denen du dich für den einzig Wahren hältst, der Vondels Alexandriner richtig deklamieren kann. Ohne Gedröhne und mit Verstand. Das ist doch *die* Chance, im Zentrum des europäischen Theaters als Abgesandter deines Landes zu fungieren und darüber hinaus einen Haufen Geld zu verdienen, denn sie werden dich anständig dafür bezahlen. Zwei Staubsauger, Mann. Ein elektrisch gesteuerter Kinderwagen. Neue Möbel. Die gebrauchten Sachen vom Waterlooplein kannst du gleich aus dem Fenster werfen. Moritz, zögerst du? Das glaube ich nicht. Worauf wartest du denn?

»Meine Dame, Gentlemen ... Verzeihung, ich muss leider gehen, auf mich warten noch einige Besprechungen, Sie können ruhig hier bleiben, solange Sie möchten. Für unsere verehrten niederländischen Gäste steht ein Automobil bereit, das sie zu ihrer Unterkunft zurückbringen wird, oder zu einem Nachtlokal. Der Fahrer wird Ihnen die ganze Nacht zur Verfügung stehen. Es war mir ein großes Vergnügen.«

Der Intendant gibt ihm die Hand, begleitet von einem vielsagenden Blick. Dann nimmt er Pa am Arm und singt noch einmal einen Vers mit ihm, jetzt aber leise:

Denn für dieses Leben
ist der Mensch nicht schlau genug ...

Tanzend und singend drückt er Ilyane im Widerspruch zu dem Brecht-Text einen Kuss à la Louis Seize auf die Hand und nützt den Moment, um sich mit ihr zu verabreden, ohne Weils Takt zu unterbrechen. Er hat gar keine Besprechungen. Er möchte sie für sich haben, diese charmante Schlange ist auf der Hut. Ihr Interesse für das niederländische Schauspielerchen gefällt ihm gar nicht, das spürt Moritz genau. Er bekommt keine Chance, nicht einmal von weitem, sich von ihr zu verabschieden, denn Mackie Messer zieht sie davon. Sie widersetzt sich nicht, sie akzeptiert den Befehl. Sie weicht seinem Blick aus. Zu viert steigen sie die Treppen hinunter. Ilyane Arm in Arm mit ihrem Mephisto. Pa und er stolpern irgendwie ziellos hinterher. Ihm wird schwindlig. Die Getränke, der Vorschlag und die nächtliche Kälte machen die vielen Stufen zu einem Abstieg in die Hölle.

Auf dem ausgestorbenen Gendarmenmarkt bietet Ilyane ihrem Intendanten einen Platz in ihrem Sportwagen an, und schon sind sie verschwunden. Moritz sieht hinter sich zwei Säulen einstürzen, die Bruchstücke rollen geräuschlos die Treppen herunter, eine der Kirchenkuppeln neben dem Theater stürzt zusammen, vor ihm fliehen Menschen und verschwinden lautlos und in Panik in der Erde, Ilyanes Lachen perlt durch die Nacht, »erzähl mir doch nicht, dass du ein Arier bist, ha ha, typisch Jude, alle Welt an der Nase herumzuführen«, Zeitungsfetzen wirbeln zwischen den Trümmerstücken durch die Luft, ein Tintenfässchen hüpft über die Pflastersteine, alles verschwindet in der Tiefe. Dann schließt sich der Boden wieder, die Säulen richten sich auf, die Lichter brennen, und auf der anderen Seite des wiederhergestellten Platzes steht ein Auto für die beiden niederländischen Schauspieler bereit, mit einem Fahrer, der ihnen die Tür aufhält.

»Was hatte dieser Filou mit dir zu besprechen, es hat unheimlich ausgesehen, er ist dir ja fast auf den Schoß gekrochen. Hat er dir einen unsittlichen Antrag gemacht?«, will sein Schwiegervater, hingesunken in die schwarzledernen Polster des Mercedes, wissen.

Moritz berichtet ihm kurz von der *Luzifer*-Bitte, erzählt, dass er nichts zugesagt hat, dass aber von ihm erwartet wird, sich bis morgen früh zu entscheiden. Dass die Deutschen Kontakt mit der Theaterleitung in Amsterdam aufgenommen haben, beeindruckt seinen Schwiegervater, aber …

»Was wird deine Frau dazu sagen, Jannetje wird dann sehr lang allein sein, findest du nicht?«

Er möchte, dass Pa es ihm verbietet. Pa soll gefälligst alles tun, sein geliebtes Töchterchen vor künftigem Kummer zu bewahren.

Sag was, dröhnt es in Moritz, sag bitte was. Sag notfalls, dass ich bei *Luzifer* nicht Regie führen kann, dass ich von dem Text nichts verstehe, sag jetzt was.

Aber ein derartiges Eingreifen ist von Pa nicht zu erwarten. Pa hat keine Ahnung, wie man diese Art von Problemen anpacken soll. Keiner der beiden bringt ein Wort heraus. Zwei Ausreißer fahren hinein in die Berliner Nacht.

13

Ari

In schlecht beleuchteten Straßen wird nachts weitermarschiert. Laut prallen aggressive Lieder gegen die Fenster. Wenn Menschen dahinter schlafen, hören sie dann im Traum »Juda verrecke«? Morgen sollte man lieber aufpassen.

In hell beleuchteten Einkaufsstraßen bestaunen späte oder frühe Spaziergänger die luxuriösen Schaufenster. Butter gegen Essensmarken, aber Pelzmäntel in allen Größen wärmen sich herausfordernd in den Scheinwerfern.

Sie fahren die Route, die Moritz am Morgen mit Ilyane gefahren ist, in umgekehrter Richtung, kommen also wieder an den Baustellen für die neue U-Bahn vorbei, wo auch nachts weitergearbeitet wird. Doch jetzt sieht es viel gespenstischer aus, als würde ein Gulliver mit einem Skalpell links und rechts neben Unter den Linden willkürliche Schnitte machen, um das verstopfte Darmsystem zu säubern und die Wunde schlampig zuzunähen, und um dann in einiger Entfernung aufs Neue zu schneiden. Beleuchtet von grellen Lampen, kommen mit Arbeitern beladene Busse abwechselnd an oder fahren ab. Begleitet von uniformierten Aufsehern, kriechen Männer, schwarz vom Dreck, aus der Kanalisation heraus in die Nachtluft, während ein frischer Trupp mit dem Abstieg beginnt.

Wegen dieser nächtlichen Operation muss das Automobil mit den beiden Niederländern viele Minuten lang warten.

Die notdürftig verschalten Schächte kommen ihnen wie ein grell beleuchteter Drehort mit vielen Statisten vor. Moritz versucht, seine Aufmerksamkeit zwischen dem Luzifer-Vorschlag und der Realität vor seinen Augen aufzuteilen. Arbeiter steigen in die Hölle hinunter, und ein paar ihrer Frauen stehen hinter eisernen Absperrungen und schauen ihnen hinterher.

»Hier sieht es so unheimlich aus wie auf den Bildern von der Bergwerkskatastrophe in Borinage«, sagt Pa.

Der Fahrer erzählt, dass im letzten Monat neunzehn Arbeiter verschüttet wurden und erstickten. Am helllichten Tag stürzten die Schachtwände ein, erzählt er weiter, und in diesem Moment kam zufällig Minister Goebbels vorbei, der daraufhin in einem Gerichtsverfahren den Bauleiter beschuldigen ließ, zusammen mit jüdischen Spekulanten, die angeblich minderwertiges Material geliefert hätten. Das stimme überhaupt nicht, kein einziger jüdischer Lieferant sei involviert gewesen, Goebbels habe sich zum Narren gemacht.

Moritz achtet kaum auf die Worte des Fahrers, er möchte in Berlin bleiben, wegen Ilyane, wegen des Geldes, wegen der Chance, an dem Vondel-Stück mit zu arbeiten. Aber er möchte auch zurück nach Amsterdam, wegen Jannetje, wegen der Geborgenheit, wegen des Kleinen. Es ist der erste Gewissenskonflikt in seinem Erwachsenenleben. Bisher ist alles so selbstverständlich gelaufen, er hat eine Familie gegründet, und sogar die Entscheidung, Schauspieler zu werden, stand schon seit seiner Grundschulzeit fest.

Pa lässt ihn reden und schweigen, während sie anhalten und wieder weiter fahren. Argumente dafür oder dagegen fliegen wie fettgedruckte Schlagzeilen im Auto hin und her, die kleinen Leuchtbuchstaben mit Ilyanes Namen bewahrt er für sich.

Das Auto hält vor der Tür ihrer zeitweiligen Unterkunft in der Müllerstraße. Als Moritz in der nächtlichen Kälte auf dem Gehsteig steht, wird ihm bewusst, dass die Zeit in seinem Kopf ein anderes Tempo hat als die Zeit außerhalb. Es macht ihn schwindlig.

Im Innenhof haben ein paar Leute ihr Lager aufgeschlagen, was sind das für Leute, Bettler, Obdachlose? Hoffentlich sieht die fröhlich singende SA das nicht, die würden sie sofort auf die Straße jagen. Und was bleibt von dem propagandistischen Gerede des Botschafters übrig, dass es jetzt endlich jedem Deutschen gutgehe? Die Leute wärmen sich an kleinen Feuerstellen, sogar Kinder sind dabei. Moritz muss sich Mühe geben, das Bild seines Sohnes zur Seite zu schieben, Oliver-Twist-artige Szenen kann er jetzt nicht brauchen.

Während Pa den Portier um den Schlüssel bittet, versucht jemand, seine Aufmerksamkeit auf sich zu ziehen. Ari. Pa begrüßt ihn herzlich, Moritz reagiert kaum auf Aris plötzliche Anwesenheit.

»Du bist aber noch spät auf den Beinen, Junge, kommst du uns besuchen, das ist nett, nicht wahr, Moritz, lass uns einen Tee zusammen trinken, ja?«

»Ich möchte dich etwas fragen«, wendet Ari sich an Moritz, »in zwei Tagen, wenn du nach Amsterdam zurückfährst, könntest du dann zwei Kinder in deine Obhut nehmen? Wir haben nicht genug Begleitpersonen. Sie kommen aus Danzig und sind auf der Durchreise in die Niederlande. Ihre Papiere sind in Ordnung, alles ist offiziell, nichts Geheimnisvolles, du musst nicht so zu tun, als wärst du ein Verwandter.«

179

»Ari, lass mich das machen«, sagt Pa, »ich reise morgen schon ab, meine Arbeit ist beendet.«

»Ich verstehe, dass du helfen willst«, sagt Ari, »aber für morgen haben wir genug Betreuer, vielen Dank. Es geht um zwei Tage später. Moritz, du brauchst nichts anderes zu tun, als sie ein bisschen zu beschäftigen, Geschichten vorzulesen, du sprichst so schön Deutsch, bei dir werden sie sich sicher fühlen, es sind zwei Brüder, vier und sechs Jahre alt, du könntest sie beruhigen. Wir sorgen für Kinderbücher und Proviant.«

»Ich fahre nicht in zwei Tagen zurück, Ari«, hört Moritz sich sagen, »das heißt, die Chance ist groß, dass ich noch eine Weile in Berlin bleibe.«

»Sag das noch mal, hast du vor, Ferien zu machen? Musst du nicht nach Hause? Ich dachte, du müsstest gleich bei van Dalsum antreten.«

»Das ist geregelt. Ich werde noch etwa vierzehn Tage bei einer Theatervorstellung assistieren, Luzifer auf Deutsch.«

»Willst du etwa für diese Leute arbeiten?«

»Das tust du doch auch?«

Pa verschwindet in der Küche, um Teewasser aufzusetzen.

»Darüber haben wir schon einmal gesprochen, Moritz, und ich habe dir damals meine Beweggründe auseinandergesetzt. Ich werde so bald wie möglich von hier abhauen, egal, ob jemand drängt oder ein verlockendes Angebot macht. Ich könnte ohne Weiteres Arbeit in den Studios bekommen, wo ich dreimal so viel verdiene wie in den Niederlanden. Gut. Schade. Traurig. Welches Stück? *Luzifer*? *Luzifer* auf Deutsch? Verdammt, wir arbeiten den ganzen Tag zusammen, und du erzählst mir nichts. Wo und wem wirst du deine Dienste anbieten, oder ist das geheim?«

»Dem Theaterensemble dieser Schauspielerin, die die deutsche Fassung von unserer Helga eingesprochen hat.«

»Das habe ich mir schon gedacht«, antwortet Ari, »und alle haben es gesehen. Du mit deinen selbstherrlichen Moralpredigten, mit deinem Geschwätz über Familie und Kinderwagen. Hinter deinem Rücken lachen sie über dich, Mann.«

In der Küche pfeift der Wasserkessel.

»Alle wissen, dass diese Frau verrückt ist nach immer wieder neuem Spielzeug.«

Pa lässt eine Tasse fallen.

»Ari, ich habe keine Lust zu streiten, tu mir den Gefallen und hör damit auf. Unter anderen Umständen hätte ich dir gern geholfen, aber jetzt geht es nicht.«

Pa summt: Ist der Mensch nicht schlau genug …

»Stell dich nicht so dumm, du weißt doch, dass diese Frau auf Frauen steht, oder? Und dass sie im Begriff ist, ihren Chef zu heiraten. Weiß Pa davon? Mann, du bist mit seiner Tochter …«

Die Flammenschatten der Winterfeuer im Hof wehen zu den Fenstern der streitenden Niederländer herauf und verleihen ihrer Diskussion einen passenden farblichen Hintergrund.

»Misch dich nicht in meine Angelegenheiten, ich wurde gebeten, bei der Regie von *Luzifer* zu assistieren, nicht, um als Brautführer einer deutschen Filmschauspielerin zu fungieren. Was gibst du da für einen Tratsch von dir, es gibt nichts, worüber du dich aufregen musst.«

»Wenn ich nicht schnell genug einen Begleiter für diese beiden Jungen finden kann, müssen sie hier zurückbleiben, nur weil du für dieses Gesocks arbeiten wirst?«

»Du hast mir nie etwas erzählt von deiner Arbeit für die

Kindertransporte, du hast mich nie aufgefordert mitzumachen, ich habe also nie Rücksicht darauf nehmen können.«

Soll ich Aris Bitte dazu benutzen, das ganze Abenteuer zu stoppen, hätte ich mich bei der durchsichtigen Dame auch geweigert? Ilyane soll auf Frauen stehen? Den Intendanten heiraten, wovon redet er? Warum bleibt Pa so lange weg?

Ari geht in die Küche und verkündet Pa in der Türöffnung, er gehe jetzt, ohne Tee. »Entschuldige.« Und zu Moritz sagt er: »Wir sollten uns lieber eine Weile nicht sehen, das ist am besten, ich hatte gehofft, dass du und ich es schon schaffen würden, aber das ist offenbar ein Irrtum.«

»Ari, tu mir einen Gefallen …«

Ari zittert vor Wut, möchte noch etwas sagen, überlegt es sich dann aber anders und verschwindet, ohne sich von Pa zu verabschieden. Pa kommt herein, stellt das Tablett mit dem Tee auf den Tisch und zieht sich zurück, um seine Koffer zu packen. Kaum ist Ari weg, wird Moritz bewusst, dass er wieder nicht daran gedacht hat, den Brief an Jannetje abzuschicken.

14

Unter der Theke

Moritz weiß nicht, wie ihm geschieht, als sein Schwiegervater ihm während des Frühstücks rät, die Chance zu ergreifen und sich tatsächlich in diesen deutschen *Luzifer* »einzumischen«.

»Wir können an den Wochenenden, wenn du zu Hause bist, über deinen *Luzifer* reden. Ich habe gründlich darüber nachgedacht, aber du kannst damit eine Menge Geld machen, während du bei uns kaum etwas verdienst. Ich hätte dir auch raten können, zu Jannetje zurückzukehren, doch dann würde ich mich schuldig fühlen, weil ich dir die Chance genommen hätte, unserer Armut in Mokum* zu entkommen.«

Moritz ist noch nicht so weit, die Nacht hat ihm nicht mehr gebracht als eine Auflistung aller Vor- und Nachteile, ein Niemandsland, in dem jede Aussicht auf eine Entscheidung, egal, welcher Art, sofort wegargumentiert wird.

»Du musst klarstellen, dass du sofort zurückkehren kannst, wenn es bei den deutschen Proben nicht so läuft, wie du dir das wünschst, aber wenn du es nicht probierst, wirst du es dein Leben lang bereuen. Ari wird für die beiden Jungen aus Danzig eine Lösung finden, mach dir darüber keine Sorgen, Junge. Ich werde in Duivendrecht einen Filterkaffee mit ihm trinken und ihm alles erklären, das kommt schon in Ord-

---

* s. S. 359

nung. Ihr seid immer so bedingungslos in dem, was ihr tut, das ist nicht vernünftig, seid doch ein bisschen lockerer, ein bisschen netter zueinander, solche Familienstreitigkeiten sind einfach ungemütlich, findest du nicht?«

Pa kommt mit immer neuen Argumenten für das Abenteuer an.

»Wenn du Erfolg damit hast, wird das bestimmt bekannt, dann kannst du vielleicht auch bei uns Regie führen, das interessiert dich sowieso mehr, als dumme Rollen zu spielen, und du kannst damit auch mehr verdienen, Junge, ja, ich denke immerzu an Geld, schließlich ist es auch für meine Tochter, nicht wahr, es soll ihr gutgehen, verstehst du?«

Wenn Pa dahinter steht, denkt Moritz, kann ich Jannetje leichter davon überzeugen, dass dies ein großer Schritt ist ... oder werde ich ein Nazi-Jude, wenn ich mich auf das künstlerische Klima dieser Stadt einlasse ... werden sie mich in Amsterdam als NSBler oder als jüdischen NSBler betrachten ... haben Werner und Horváth mir nicht die Augen ... ich kann es auch umdrehen, kann die Heldenrolle spielen ... ich muss den Brief abschicken ... als Trojanisches Pferd im faschistischen Theaterheiligtum ... ich könnte jeden Morgen mit Ilyane frühstücken ... wir könnten abends ausgehen, zusammen ihre Filme sehen ... ich muss nach Hause, zum Stadionplein, der Kleine hat keine Ahnung, Jannetje wird enttäuscht sein, aber ich werde mich gut bezahlen lassen ... dagegen kann sie doch nichts haben, und wenn ich Regisseur werden möchte ... mach dir doch nichts vor, alles dreht sich um Ilyane, es geht nur um diese Frau.

»Ich an deiner Stelle würde es machen.« Pa redet weiter auf ihn ein, während er sein letztes Ei-gegen-Essensmarke pellt:

»Dann musst du in der kommenden Woche auch nicht deine Zeit an Dalsums bessere Welt verschwenden, und hast eine Weile nichts mit diesem stummen *Henker**, zu tun, der trotz seiner hochtrabenden Theorien keine Lösung findet.«

»Früher oder später muss ich da doch mitspielen«, seufzt Moritz, »ich bin gegen dieses Stück, es stiftet zu Randale an, van Dalsum lockt die Leute von der Straße ins Theater, ich sehe hier in dieser Stadt zur Genüge, wohin das führen kann. Aber wenn ich mich weigere, entlassen sie mich.«

»Das wird man dann schon sehen, hör auf, immer alles zu problematisieren, nutze deine Chance, Junge. Du kennst den *Luzifer* in- und auswendig, du wirst der Einzige bei den Proben sein, der weiß, was sich hinter diesen Alexandriner versteckt, überlege doch, du weißt immer mehr als sie. Und was sind schon anderthalb Wochen gegen ein ganzes Jahr? Was sage ich, gegen dein ganzes Leben! Ich werde Jannetje trösten, und dein Sohn versteht es noch nicht, den wirst du noch oft genug sehen. Wenn du nur …«

Es wird geklopft, und während Moritz für Frau Bolte die Tür öffnet, murmelt Pa die letzten Worte seines Satzes gerade noch hörbar:

»… die Pfoten von dieser Ilyane lässt.«

»Unten steht ein Auto vom Staatstheater, um die Herren zu den Studios zu fahren. Aber ich soll ausrichten, dass die Herren sich nicht zu beeilen brauchen, sie können sich Zeit lassen. Was für wichtige Gäste habe ich doch für meine Zimmer bekommen, gestern Frau Dietrich, jetzt ein Chauffeur in Uniform, ich werde Sie vermissen …«

Pa ist noch nicht fertig mit dem Kofferpacken. Nach der

---

* s. S. 359

Arbeit heute ist seine Zeit in Berlin vorbei, er wird den Abendzug nach Amsterdam nehmen, während die Synchronisation von Moritz' Rolle noch einen Tag länger dauert, so dass er erst übermorgen zurückfahren kann.

Es stellt sich heraus, dass in dem großen Mercedes außer dem Chauffeur von der letzten Nacht auch ein Chefassistent des Intendanten mitfährt, der die Fahrt zu den Studios nutzt, um Moritz seine Mitarbeit beim *Luzifer*-Projekt näher zu erklären und alles Organisatorische mit ihm vorzubereiten. Die Verlockungen schwappen wie Wogen über ihm zusammen: zwei Wochenenden hin und zurück mit der neuesten Junkers der Lufthansa, ein erstklassiges Zimmer im Hotel *Brandenburg* in der Charlottenstraße, direkt hinter dem Theater.

»Wir holen Ihr Gepäck bei Frau Bolte ab, sie können kostenlos nach Hause telefonieren, alle Mahlzeiten gehen auf unsere Kosten, die Vertragsunterbrechung ist mit Amsterdam geregelt …«

Nicht nur eine astronomisch hohe Gage von zehntausend Reichsmark wird ihm in Aussicht gestellt, sondern auch, und das ist das Attraktivste an dem Vorschlag, ein Angebot für eine große Filmrolle in den nächsten Sommermonaten. Bei dieser Aussicht verschwinden die Schuldgefühle wegen der beiden Jungen aus Danzig wie Schnee in der Sonne, und jetzt erscheint auch Ilyane in seinen Träumen für diesen Sommer: Er kann aufhören, sich Gedanken zu machen.

Nach den Aufnahmen an Pas letztem Tag in Berlin wartet derselbe Chefassistent hinter den Tonstudios auf sie. Auf dem Parkplatz steht der Mercedes für die großen Schauspieler bereit. Sie fahren zuerst zum Bahnhof, um Pa in den

Zug zu setzen, danach wird Moritz zum Gendarmenmarkt gebracht werden, wo er, wie man ihm sagt, so lange er möchte mit Jannetje telefonieren kann, um mit ihr alle Aspekte des Angebots zu besprechen. Ihm schwindelt. Die Not bei den *Luzifer*-Proben muss wirklich sehr groß sein. Ist er der Mann, der alles in die richtigen Bahnen leiten soll?

Er geht mit Pa zum Bahnsteig, wo der Zug nach Amsterdam bereitsteht. Der Chauffeur winkt einen Gepäckträger herbei, aber Moritz will den Koffer unbedingt selbst tragen.

»Sei vernünftig, Junge, und nimm das Angebot an, Jannetje und dir wird es auf jeden Fall bessergehen, und Vondel, ach, Vondel hat schon seit Jahrhunderten die seltsamsten Attacken abgewehrt, der wird es überleben, mach dir deswegen mal keine Sorgen, es geht um dich, ich verspreche, mit Jannetje zu reden, sie wird es bestimmt verstehen.«

An Pas reserviertem Abteil steht ein Beamter der Deutschen Reichsbahn bereit, um ihn, zu seinem Erstaunen, zum Speisewagen zu begleiten. Die Fahrkarte für die dritte Klasse ist offenbar vom Intendanten in eine für die erste Klasse umgewandelt worden, als Dank für die Brecht-Nacht. Pa dreht das Fenster herunter und sagt: »Bedenke, dass wir alle Profiteure sind, dann ist der Mensch wohl schlau genug.«

Als sie dann im Auto sitzen, fängt der Chefassistent wieder an, auf ihn einzureden, weniger zwingend als am Morgen, aber mit einer anderen Taktik. Er versucht ihn jetzt an Bord zu bekommen, indem er die verletzliche Position des Intendanten ins Spiel bringt, die persönlichen Risiken, die er eingeht, nicht nur für die Kunst, sondern auch für die Gesellschaft in dieser schwierigen Zeit. Offensichtlich ist er ihm rührend ergeben und verteidigt vehement den künstlerischen Kurs des Staatstheaters. Alle Mitglieder des Hauses stehen hinter den halsbrecherischen Risiken, die ihr Intendant eingeht. Glühende Worte erfüllen das Auto, auch der Chauffeur beteiligt sich, und Moritz erfährt als Erster, dass das gesamte Repertoire dieser Spielzeit während der Olympischen Winterspiele erneut gezeigt werden wird, wenn alles gutgeht, vierzehn Theaterstücke!

»Eine brillante Idee des Intendanten! Morgen steht es in der Zeitung. Und vor den Augen der Welt wird auch Ihr *Luzifer* strahlen. Goethes *Egmont*, auch schon eine niederländische Angelegenheit, ha ha, das ist ein Zufall, ha ha, wird die künstlerischen Festivitäten eröffnen, mit Beethovens Musik, Furtwängler im Orchestergraben, das Theater wird deswegen umgebaut. Die ganze Regierung wird bei der Premiere anwesend sein, natürlich werden wir auch Sie und ihre Gattin einladen. Sie werden nicht nur für die kommenden vierzehn Tage in unsere große Theaterfamilie aufgenommen werden, sondern auch in den kommenden Jahren Teil davon bleiben. Sie werden in Ihrem Land Zeugnis dafür ablegen, wie sehr wir uns dafür einsetzen, die Künste aus der Tagespolitik herauszuhalten.«

Der Assistent kann nicht viel älter sein als er und hat doch bereits eine so hohe Position inne, wie ist er dahin gekommen, steht er seinem Chef womöglich zu nahe? Er trägt dieselben Manschettenknöpfe wie der Intendant. Der junge Mann kann keinen Moment still sitzen, er stolpert ständig über seine eigenen Worte. Er holt ein Exemplar der deutschen Übersetzung von *Luzifer* aus seiner Aktentasche, ein gebundenes Exemplar vom Insel Verlag, und überreicht es ihm als Geschenk, zusammen mit dem Arbeitsmanuskript. Sehr feierlich. Als handle es sich um Glaubensbekenntnisse. Dann rückt er näher zu Moritz.

»Sie wissen doch, wie unser Intendant ständig lavieren muss, über seinen Kopf hinweg wird eine Schlammschlacht zwischen Goebbels und Göring ausgetragen, die beide mit den fantastischen Ergebnissen prahlen möchten, die der Intendant mit seinem Starensemble immer wieder präsentiert. Wir erwarten, dass das Regime demnächst stürzt, aber solange das nicht passiert, müssen wir weiter taktieren.«

Sobald die Namen von Göring und Goebbels erklingen, gibt der Chauffeur Gas, als hätte er sogar im geschlossenen Auto Angst, sie könnten abgehört werden. Moritz sucht im Rückspiegel seine Augen. Der Mann hatte in der vergangenen Nacht einen vertrauenswürdigen Eindruck gemacht. Befindet er sich in einem rollenden Komplott? Das Automobil, gerade noch voller künstlerischer Pläne, hat sich in ein politisches Projektil verwandelt.

Er hat noch immer nicht ja gesagt, aber sein Altersgenosse geht beharrlich davon aus, dass die Sache abgemacht ist. Mit jedem Argument wird das Fangnetz der Verführungsfabrik enger zusammengezogen. Und nun werfen sie noch die Olympischen Spiele in die Waagschale, ohne zu wissen, welche empfindliche Saite sie berühren: Als er noch das Gymnasium besuchte, war er zweimal Mitglied der Jugendturngruppe an einem Olympiatag. Die Aussicht, bei den kommenden Spielen die besten Turner der Welt an den Ringen zu sehen, bringt ihn an den Rand einer Euphorie, wie er sie noch nie gespürt hat. Nun spielt Jannetje nur noch eine Nebenrolle im Hin und Her seiner Argumente; er sieht sich in einer Filmrolle neben Ilyane, sieht, wie er bei den Spielen neben ihr auf der Tribüne sitzt. Die beiden Jungen aus Danzig sind irgendwo weit weg, der Ehrgeiz überwältigt ihn. Sein kleiner Sohn ist wie aus seinem Kopf verschwunden.

Im Theater wird er in ein Chefzimmer geführt. Zwei Sekretärinnen verlassen freundlich nickend den Raum. Auf einem leergeräumten Schreibtisch prunkt ein grotesk großes Telefon.

»Jetzt können Sie unbegrenzt mit Ihrer Gattin beratschlagen. Möchten Sie eine Tasse Kaffee, oder etwas anderes, Tee?«

Der Chefassistent verlässt lautlos das Zimmer. Es scheint, als hätte man speziell für Moritz eine direkte Linie nach Amsterdam gelegt, so schnell kommt die Verbindung zustande. Am Stadionplein haben sie kein Telefon, also muss Moritz die Telefonnummer seiner Schwiegereltern angeben. Dort ist jedoch niemand zu Hause. Nun wird es schwierig. Für den Notfall hat er die Nummer des Cafés im Erdgeschoss. Die deutsche Telefonistin muss die Inhaberin des Cafés bitten, seine Frau zu rufen. Ihm ist klar, dass Jannetje zu Tode erschrocken sein wird, wenn man ihr sagt: »Dein Mann ruft dich aus Berlin an, komm schnell.«

Er sieht, wie sie den Kleinen aus der Wiege reißt und mit ihm auf dem Arm die Treppe hinunterstürmt. Bei ihrer Mutter kann sie ihn nicht zurücklassen. Im gut besuchten Café wird sich ihr Herz vor Schreck zusammenkrampfen: Moritz hat einen Unfall gehabt … er liegt im Krankenhaus … er ist vom Zug überfahren worden … Sie ist sich sicher. Dann will ihr jemand den Hörer in die Hand drücken, er hört ihn zu Boden fallen, weil sie wegen des Kindes keine Hand frei hat, er hört ein Poltern und Stöhnen. Und während er wartet, schaltet sich auch noch die Telefonistin ein, die irritiert nachfragt, was los ist und ob das Gespräch fortgesetzt werden solle. Jannetje muss die Stimme auch hören, und ist sich jetzt sicher, dass er tot ist.

Als sie endlich Kontakt haben, beruhigt er sie erst mal, dass nichts passiert ist. Er lässt sie erzählen, wie der herunterhängende Telefonhörer sie auf die Idee gebracht hat, sich unter die Theke zu setzen, wo sie Schutz findet gegen den Lärm, und wo auch der Kleine ein sicheres Plätzchen hat. Das hat Moritz hinter dem Schreibtisch des Chefzimmers nicht bedenken können.

»Wie lieb, dass du anrufst, wie schön, deine Stimme zu hören, wir freuen uns so, dass du morgen nach Hause kommst, der Kleine ist gewachsen, Pa sitzt jetzt im Zug, nicht wahr, er ist doch schon unterwegs, wir verfolgen hier genau, was ihr macht, Ma und ich, ich bin so froh, alles wird wieder, wie es war, wie es sein soll, nur noch kurze Zeit, und wir sind wieder alle zusammen. Warum sagst du nichts, irgendwas ist los, ich spüre es.«

»Ich bekomme ja kein Wort dazwischen. Und du brauchst wirklich nicht so laut zu sprechen, ich verstehe dich ganz gut.«

»Ich muss laut sprechen, ich sitze in einem vollen Café. Ist es nicht viel zu teuer, von Berlin aus zu telefonieren, von so weit weg? Wo bist du jetzt? Ich wünschte, der Kleine könnte schon etwas sagen. Er wird so groß. Was sagst du dazu, dass er gar nicht weint? Du musst etwas zu ihm sagen. Wie ist es dort? Wie geht es mit den Aufnahmen voran? Ich habe noch nicht viele Briefe von dir bekommen. Ist es eine schwere Arbeit? Die Post braucht natürlich lange, das verstehe ich, Liebster, übermorgen bist du schon da, was für ein Fest!«

Es ist unmöglich, sie in ihrer Freude zu unterbrechen. Sie erzählt, dass sie das Kinderzimmer neu tapeziert und gestrichen hat, denn das hatten sie wegen der verfrühten Geburt nicht mehr geschafft, er soll auch wissen, dass sie die

Möbel im vorderen Zimmer umgeräumt hat, er wird staunen, das Zimmer scheint jetzt doppelt so groß zu sein, und sie ist so froh, dass sie noch nicht arbeiten muss. Nun, da sie davon anfängt, gelingt es ihm, ihren Redeschwall zu bremsen.

»Hör zu, es besteht die Chance, dass ich noch eine Weile hier bleibe.«

»Dort bleiben? Wieso denn? Kommst du nicht zurück? Ich weiß, irgendetwas ist los, du erzählst mir nicht alles, du beunruhigst mich. Bist du doch krank oder hast du einen Unfall gehabt? Sag doch was.«

»Pass auf, ich kann dir alles erklären.«

Nun erzählt er die ganze Geschichte, nicht in aller Breite, viele Details lässt er weg. An ihren Reaktionen, an den kurzen Atemstößen erkennt er, wie der Kummer ihr die Kehle zuschnürt.«

»Um welches Stück geht es?«

»Um *Luzifer*.«

»*Luzifer*?«

»Ja, *Luzifer*.«

»Merkwürdig.«

»Warum merkwürdig?«

»Das ist doch ein Stück von uns.«

»Darum ja, sie denken, dass ich es besser kenne als sie, darum möchten sie, dass ich ihnen helfe ...«

»Womit denn?«

»Die Proben laufen nicht so gut.«

»Auf Deutsch?«

»Ja, natürlich auf Deutsch.«

»Sprichst du das denn so gut?«

»Ich kann mich gut verständlich machen.«

»Gibt es denn eine deutsche Übersetzung?«

»Ja, und zwar eine sehr gute.«

»Also, ich verstehe gar nichts.«

»Und die Schauspieler sind sehr gut.«

»Sie werden dich in Amsterdam entlassen, wenn du so lange wegbleibst.«

»Das ist alles geregelt.«

»Du musst doch für den *Henker* proben?«

»Ich habe die Genehmigung, sie sind einverstanden.«

»Du hast sie also zuerst gefragt, bevor du es mit mir besprochen hast? Und der Kleine, willst du ihn denn nicht sehen?«

»Übermorgen komme ich für das Wochenende nach Hause und bleibe zwei Tage. Ich komme mit einem Flugzeug!«

»Das ist doch viel zu teuer.«

»Sie bezahlen alles für mich, ich komme mit einem Flugzeug, wie findest du das?«

»Gefährlich, viel zu gefährlich.«

»Könnt ihr mich in Schiphol abholen? Ich werde viel Geld verdienen, dann brauche ich eine Zeitlang nicht zu arbeiten und hole alles nach.«

Unüberhörbar beginnt Jannetje zu weinen. Weil sie ihm aber trotz ihrer Tränen eine Frage nach der anderen stellt, kann er ihr nicht sagen, dass sie völlig recht hat, wenn sie sich von diesen unvorhergesehenen Änderungen überfallen fühlt.

»Was holst du denn nach? Dass du so lange weggeblieben bist? Diese Tage, diese Wochen sind verloren, die können wir nicht nachholen. Ich weiß, dass noch viele Tage kommen, aber es ist zu früh, für eine solche Änderung sind wir einfach zu kurz verheiratet, ich bin nicht darauf vorbereitet, ich bin so allein, du hast keine Ahnung, wie schwer es mit meiner Mutter ist, nichts mache ich richtig, an allem hat sie was auszusetzen, wenn du da bist, ist es ganz anders, dir gegenüber tut sie immer so, als sei alles prima, aber zu mir ist sie so hart, wie eine Stiefmutter so hart, und es ist so schwer mit dem Kleinen, ich bin doch noch sehr müde, zum Glück kommt Papa bald zurück.«

»Pa ist sich mit mir einig, er ermutigt mich sogar. Ich habe gesagt, es sei dir gegenüber unverantwortlich, so lange wegzubleiben, aber er hat versprochen dir zu erklären, was das Ganze auf sich hat. Er hat auch gesagt, dass er jeden Tag für dich einkaufen geht. Die beiden Wochen sind schnell vorbei. Sie geben mir ein schönes Hotel, ganz in der Nähe vom Theater. Manchmal habe ich meine Zweifel, denn die Schauspieler arbeiten hier ganz anders als bei uns, sie müssen viel schwerer arbeiten …«

»Es ist mir egal, ob sie dort schwerer arbeiten müssen, ich möchte, dass du zurückkommst, ich verstehe einfach nicht, warum du nicht zuerst mit mir gesprochen hast?«

»Das mache ich doch gerade, es wurde noch nicht wirklich entschieden, ich habe noch nichts unterschrieben. Ich bin natürlich noch sehr jung und habe keine Erfahrung mit Regie. Was meinst du? Soll ich es machen?«

»Wirst du denn dort Regie führen? Gerade hast du von Helfen gesprochen.«

»Soll ich es lieber nicht tun? Du bist ganz durcheinander, und ich weiß auch nicht, ob ich es schaffe, aber nun ja, es geht um viel Geld, ich bekomme das Geld, auch wenn es schiefgeht, und du weißt, wie schwer es ist, an ein bisschen Geld zu kommen. Soll ich es lieber nicht tun …?«

»Ich weiß es nicht, wenn du hier wärst, müsstest du tagsüber und abends auch arbeiten, also ist es eigentlich nur unvertraut, wenn du nachts nicht da bist. Viel würdest du sowieso nicht von mir haben, ich bin so müde davon, dass ich den Kleinen dauernd herumschleppen muss, manchmal ist es schwerer, als ich dachte, er ist so …«

»Ich kann ihn hören, hast du den Kleinen so nah beim Hörer?«

»Ja, ich kann ihn doch nicht oben allein liegen lassen.«

»Hallo, mein lieber Junge.«

»Also, gut … Dann bleib eben noch ein bisschen dort. Wir kommen schon klar. Ja, bleib noch dort, es ist natürlich eine Chance, mach es. Und du kommst wirklich jedes Wochenende nach Hause? Bezahlen sie das alles? Um wie viele Wochen geht es eigentlich?«

»Zwei Wochen, mehr nicht.«

»Es ist doch gefährlich, das Fliegen, jede Woche stürzt irgendwo auf der Welt so ein Ding ab«, sagt Jannetje vorsichtig und so leise, dass er es im fernen Berlin kaum hören kann, »Moritz, ich möchte so gern, dass du nach Hause kommst, und der Kleine auch, wir sehnen uns nach dir, aber ich werde mein Bestes tun, um zu verstehen, dass es etwas ganz Besonderes ist, dort zu arbeiten, so etwas wolltest du doch immer schon, arbeiten in einem Land, in dem das Theater viel besser ist als bei uns. Und es ist abgemacht, dass du jedes Wochenende nach Hause kommst? Sei im Flugzeug bloß vorsichtig. Ich bin völlig durcheinander, aber mach es, mach es, wir kommen schon klar. Könnte ich nur bei dir sein und mitmachen. Was meinst du, soll ich kurz bei Gust vorbeigehen und ihm erzählen, was du gerade machst, dann könnt ihr am Wochenende darüber reden, er kennt sich mit den alten Texten ja sehr gut aus. Ach, lieber Moritz, ich bin so stolz auf dich, dass du in dem fernen Berlin so gut ankommst. Hauptsache, du vergisst uns nicht.«

15

Ein leeres Herz

Er legt den Hörer auf, und sofort kommen die zwei freundlich nickenden Sekretärinnen zurück. Haben sie hinter der Tür gestanden und gelauscht? Eine der beiden schiebt ihm einen Vertrag unter die Nase. Alles geschieht so lautlos, dass er fast meint, taub geworden zu sein. Nun nimmt die Sache ihren Lauf. Auf die Schnelle sieht er, dass es sich um elftausend Reichsmark handelt, und um alle möglichen Vergütungen, mit denen er noch nie etwas zu tun hatte, die aber viel zusätzliches Geld bedeuteten. Er bekommt auch, falls die *Wochenschau* Ausschnitte der Proben filmt, eine Art Sonderhonorar ausbezahlt, wenn sie diese als Kurznachrichten in Hunderten von UFA-Theatern zeigen. Sogar das Angebot einer Filmrolle wird im Anhang erwähnt: Er wird verschiedene Drehbücher zum Lesen bekommen und im nächsten Sommer, während der Olympischen Spiele, wird der Film seiner Wahl gedreht! Einen ganzen Sommer lang mit Ilyane filmen.

Der Assistent informiert ihn, dass er am nächsten Morgen um neun Uhr die an der *Luzifer*-Aufführung beteiligten Schauspieler kennenlernen wird, mon Dieu, wie früh sie hier anfangen! Sie werden ihm das bisher Einstudierte vorspielen, in der Hoffnung, er könne den Finger auf die Wunde legen. So tun, als sei es die normalste Sache der Welt, scheint ihm die einzige Möglichkeit, mit seinem neuen Status umzugehen. Kommt ein junger Mann aus Amsterdam, mit dreckigen Schuhen und ohne Krawatte, um der germanischen Elite mal eben zu sagen, ob die Vorstellung in Ordnung geht oder nicht. Sein Aktionsradius hat sich in kurzer Zeit beträchtlich erweitert, hat aber auch einen hohen Münchhausengehalt bekommen. Von einem düsteren Tonstudio ins Scheinwerferlicht der gnadenlosen Öffentlichkeit. Wann erfolgt die Entlarvung? Nicht nur als Vollblutjude, sondern jetzt auch als künstlerischer Scharlatan!

Man reicht ihm einen goldenen Füller, sogar Ministerpräsident Colijn unterschreibt mit einer ganz normalen Schreibfeder. Aber für Moritz Akkerman schraubt ein Dienstbeflissener einen Federhalter auf, den er gereicht bekommt wie ein Kronjuwel. Zum Glück sind seine Nägel sauber. Gerade als er unterschreiben will, schwingen die Bürotüren auf und der Intendant hat seinen Auftritt, um Zeuge dieses Ereignisses zu sein. Eine Blitzlicht-Lampe einer Rolleiflex flammt auf.

Er zieht eine gerade Linie unter seine Unterschrift, die er in der Grundschule schon geübt hat, aber heute verlängert er die Linie mit Ilyanes Schnörkel, mit dem sie die Autogrammjäger in den siebten Himmel versetzt hat. Ihr Schnörkel war ein Glücksbringer, vielleicht seines Glücks. Der Intendant setzt sich neben ihn, nimmt routiniert einen Füller aus der Innentasche und setzt zwei identische, winzige und sehr leserliche Buchstaben unter den Vertrag. Dann folgt eine etwas zu herzliche Umarmung, blitz, blitz!, er muss posieren, was für ein Gesicht macht man da? Der Intendant posiert mit dem üblichen Grinsen, Moritz grinst also auch, in der Hoffnung, dass seine Kollegen in Amsterdam diese Karikatur nie sehen werden. Ein paar Sklaven applaudieren vorzeitig, und auf charmante, jedoch eindringliche Art wird er aus dem Zimmer geführt, Arm in Arm mit dem Intendanten, auf dass jeder sehen kann, wie vertraut sie miteinander umgehen.

Er erwartet, auf dem Weg zum Ausgang Ilyane zu treffen, er rechnet damit, dass sie plötzlich vor seiner Nase stehen wird. Aber sie ist nirgendwo zu sehen. Oder hat der Intendant ihr verboten, Kontakt mit ihm zu suchen?

Er geht zum nächstliegenden Café. Die Aussicht auf Olympia lässt ihn nicht los … wäre ich bloß noch so durchtrainiert wie vor ein paar Jahren, dann könnte ich teilnehmen …, aber zuerst der deutsche Vondel-Text. Wo steckt Ilyane? Ohne auf sein bestelltes Bier zu warten, steht er auf und lässt sich in den Winter treiben, in die Richtung des Hotels *Brandenburg* hinter dem Theater.

Das höfliche Personal lässt sich nichts anmerken, obwohl der besondere Gast des Staatstheaters keine passende Kleidung trägt und seine schäbige Wochenendtasche des Turnvereins, die soeben gebracht wurde, als Kabinenkoffer durchgehen soll. Im Fahrstuhl sieht er sich bis ins Unendliche widergespiegelt, wie ein jüdischer Lumpensammler, der außerhalb des Blickfelds der anderen Hotelgäste unter den Dachbalken versteckt wird. Unter die Fittiche genommen von einem bunt gekleideten Hotelpagen, der seine Sporttasche trägt.

Die Tür des Fahrstuhls öffnet sich, und da steht er, Moritz, der Vondel-Reisende, in einem langen, mit persischen Teppichen ausgelegten Flur, der für sich schon einem Palastsaal gleicht. Der Hotelpage trippelt vor ihm her. Was wird sich hinter der Tür von Nummer 24 verstecken? Ein Appartement, größer als seine Zweizimmerwohnung in Amsterdam. Ein Trinkgeld, er muss dem Hotelpagen ein Trinkgeld geben, aber es ist zu spät, der junge Mann ist zum Glück schon verschwunden. Weil er das alles noch nicht zu sich durchdringen lassen will – du sollst nicht deine neue Unterkunft genießen, du sollst Buße tun –, schickt er einen Bediensteten, der vorbeikommt und freundlich fragt, ob er etwas brauche, wieder fort und setzt sich im vorderen Zimmer seiner Suite mit Aussicht auf die Rückseite des Staatstheaters an den Schreibtisch. Er nimmt seinen Bleistift und die Ausgabe der Insel-Bücherei mit der deutschen Vondel-Übersetzung aus der Tasche und zwingt sich, Zeile für Zeile das Deutsche mit dem, was er vom niederländischen Original noch auswendig weiß, zu vergleichen. Daran muss er sich erst einmal gewöhnen. Die deutschen Zeilen müssen ohne die Patina des Originals auskommen.

Nach einer halben Stunde, in der sich Jannetjes Worte über den Vondel-Text schieben, gibt er auf. Wo ist Ilyane? Warum hat sie nicht mit ihm im Fahrstuhl gestanden, Fahrstühle sind doch ihre Domäne? Vor allem ein Fahrstuhl mit Spiegeln an drei Seiten. Er schiebt das Insel-Buch zur Seite und geht ins Schlafzimmer, wirft seine Wochenendtasche auf das überdimensionierte Bett, legt sich daneben und spürt, dass sein Herz leer ist. Seine unvernünftige Verliebtheit hat ihn dazu gebracht, hässliche Dinge von Jannetje zu denken. Vorwürfe, die wie Würmer zwischen den Vondel-Zeilen herumkriechen. Selbst an den Kleinen darf er nicht denken, obwohl ihm das schwerfällt, weil er sein Krähen am Telefon noch in den Ohren hat. Kindsverwahrlosung auf Abstand. Damit nichts seinen Plänen mit Ilyane im Weg steht.

Nein, halt. Halt! Er zieht ein Foto von Jannetje aus seiner Wochenendtasche. Der sorgsame Ehemann von letzter Woche muss jetzt ein Foto auf sein Nachtschränkchen stellen, damit es ihn an seine Versprechen erinnert.

Er schlägt das *Luzifer*-Buch wieder auf und versucht, sich auf die kommenden Proben zu konzentrieren, aber er schafft es nicht, sein Herz mit Vondel zu füllen. Der Erzengelkonflikt verliert gegen seinen eigenen Kampf zwischen Schuld und Lust. Jannetje schiebt sich in jede Passage, dann wieder tritt Ilyane in den Vordergrund. Sobald er bei Apollions lüsterner Beschreibung der ersten Frau angekommen ist, bei ihren »von Elfenbein zwei Bronnen«*, hat er nur Ilyanes »Bronnen« vor Augen.

Die Schleier der Verliebtheit, die ihn umhüllen, machen ihn schwach. Er muss unbedingt sein Herz füllen, das leere Herz tut weh. Warum ist Ilyane nicht da? Wo immer sie ist, sie wird mit ähnlichen Gefühlen zu kämpfen haben, sie wird sich seinetwegen Sorgen machen. Sie möchte am liebsten bei ihm im Fahrstuhl stehen, ihm bei allem helfen. Sie sehnt sich nach ihm, wie er sich nach ihr sehnt.

Er dreht dem Foto von zu Hause, das auf dem Nachtschränkchen steht, den Rücken zu und sieht dabei, dass auf dem anderen Nachtschrank neben dem Telefon ein Strauß Rosen steht. Mit einer Visitenkarte vom Staatstheater, vom Intendanten:

Herzlich Willkommen,
»... die Zeit keinen Aufschub duldet ... «

Nicht mit den zwei winzigen Buchstaben unterschrieben, sondern mit einem I!

---

* s. S. 359

16

Blutarme Alexandriner

Eine leere Nacht. Eine lästige Nacht. Keine Ilyane. Keine Telefonnachricht. Kein Telegramm an der Rezeption. Früh aufstehen. Angst, vielleicht zu versagen. Frühstück im Zimmer. Sich ein Herz fassen. Zur anderen Straßenseite gehen. Am Artisteneingang von einem anderen Assistenten empfangen werden, Altersgenosse mit Regieambitionen. Kennt er von sich. Auffallende Manschettenknöpfe. Bekommt er jetzt auch solche? Er hat ja nicht mal ein Hemd, zu dem sie passen würden.

Der Assistent teilt ihm mit, er könne alles ihm überlassen, Probenpläne, das »Gehen und Stehen« der Schauspieler, Kontakte mit den Bühnenbildnern und den Kostümwerkstätten, alles wird für ihn geregelt, alles notiert. Vor allem die Probenpläne stellen sich als sehr kompliziert heraus, weil die Schauspieler auch in Filmen mitspielen, Grammophonaufnahmen machen und bei vielen Hörspielen für die staatliche Rundfunkanstalt mitarbeiten. Es ist also schwierig, auch noch die Termine für Moritz' letzten Studiotag umzustellen.

Er nimmt sich vor, sich über nichts aufzuregen und dem jungen Mann aufgeschlossen zu begegnen. Ob er sich mit ihm über die Bedeutung des *Luzifer* unterhalten kann? Was ist hier üblich? Alle gehen hier förmlich miteinander um, alle siezen sich. Dadurch wird man kein Wort zu viel sagen, um sich schon gar keine Blöße zu geben. Vielleicht ist das auch nicht beabsichtigt.

Doch nun geht es los! Was genau, lässt Moritz nicht zu sich durchdringen, jedenfalls wird es ihm sehr viel Geld bringen. Und Pa ist einverstanden.

Er kommt an der Kantine vorbei, wo er derselben Frau vorgestellt wird, die ihn bei der *Faust*-Probe wegen Ilyane so freundlich angesprochen hat und ihn jetzt mit einem Blick begrüßt, der alles und nichts sagt.

Bist du auf der Suche nach unserem Ilyanchen?

Die ist erst heute Abend im Haus.

Was bist du für ein seltsamer Kerl.

Woher kenne ich dich?

Der Assistent bringt ihn zu einem für ihn hergerichteten Arbeitszimmer mit einem Schreibtisch und einem Sofa. Und mit einem Telefon. Auf einem separaten Tischchen prangt das Bühnenbildmodell ihres *Luzifers,* und überall hängen Kostümentwürfe. Der Assistent ist begeistert und macht ein so erwartungsvolles Gesicht, dass Moritz ihm unmöglich sagen kann, dass er das Bühnenbild zu pompös und die Kostüme potthässlich findet. Alles ist ähnlich, wie das, was van Dalsum in Amsterdam auf die Beine gestellt hat, und was er vierzig Vorstellungen lang hatte ertragen müssen. Warum muss ein Stück, das von der Hölle handelt, immer so überdeutlich bekräftigen, dass es um die Hölle geht? Kann er das diesem übereifrigen, hochbegeisterten Assistenten beibringen, der bestimmt hofft, dass der seltsame Holländer hier kein Bein auf den Boden kriegt, damit er dann selbst die Chance ergreifen kann. Hätte er nur einen Vertrauten, einen Kameraden, dem er diese Gedanken mitteilen könnte. In Amsterdam wäre er sofort zu seinem Freund Gust gegangen und hätte ihm sein Herz ausgeschüttet. Wird das mit diesem, geradezu lästig ambitionierten Assistenten gelingen? In weniger als zwei Wochen?

Sie gehen zum Vordergebäude, wo die Proben in einem der Foyers stattfinden, genauso wie er das vom Stadttheater gewöhnt ist. Es sind bereits Schauspieler anwesend, von denen er einige aus der *Faust*-Vorstellung wiedererkennt, die beiden, die den Wagner und den Valentin spielten, und noch ein paar andere. Manche kommen sehr herzlich und mit ausgestreckter Hand auf ihn zu, als wollten sie ihn beruhigen, andere bleiben zurückhaltend: Alle haben begriffen, dass die Situation eine Ausnahme ist. Sie wissen, warum er hier ist, reden aber nicht darüber, die Erklärung dafür ist dem Intendanten vorbehalten. Der hat sich verspätet. Der Assistent versucht, die Wartezeit mit organisatorischen Mitteilungen zu überbrücken, aber die Schauspieler interessieren sich mehr für den niederländischen Gast, sie möchten alles über das Theaterleben jenseits der Grenze wissen. Moritz plaudert drauflos, bekommt wieder Komplimente wegen seiner deutschen Aussprache. Fühlt sich gut an. Nette Leute. Zum Glück.

Und dann kommt Herr Luzifer, umgeben von denselben Assistenten wie nach der *Faust*-Vorstellung, und wieder erinnert sein Eintritt an den eines Boxers in den Ring. Moritz wird überschwänglich begrüßt, in die Arme genommen, wie bei der Unterzeichnung des Vertrags. Zum zweiten Mal wird er dem Ensemble vorgestellt, niemand wagt zu sagen, dass sie diese Förmlichkeiten schon hinter sich haben. Wieder werden Hände geschüttelt. Jeder lacht. Fühlt sich gut an. Nette Leute. Zum Glück.

Der Grund für Moritz' Anwesenheit wird vom Intendanten in einer kurzen Rede erläutert, und für jemanden, der jede Minute seines Lebens in der Öffentlichkeit inszeniert, macht seine Erklärung, auf Moritz angewiesen zu sein, tiefen Eindruck. Der nette Niederländer kommt ihnen in dieser Notsituation zu Hilfe, um eine Katastrophe zu verhindern. Die Ruhe, mit der der Intendant über die Notsituation spricht, gehört zu der Skala launenhafter Posen, mit denen seine Schauspieler längst vertraut sind. Locker berichtet er vom Verlauf der Proben und entwirft, sich selbst relativierend, ein Bild der Probleme. Die Probleme, führt er aus, liegen vor allem daran, dass das Stück, welches sie außerordentlich schätzen, sich im Himmel abspielt, was einzigartig ist, sie aber genau für diesen Himmel keine adäquate Form finden. Vieles von dem, was er sagt, kann man so oder so interpretieren, dafür braucht man nicht einmal besonders boshaft zu sein, und schließlich versucht er, Moritz zu überzeugen,

»… dass Vondel keinen Ebenbürtigen in der westlichen Literatur hat, dass diese Form des Klassizismus aber nicht in der deutschen Theatertradition verankert ist, das mag der Grund sein, weshalb wir schlichtweg nicht wissen, wie wir damit umgehen sollen. Wir waren bitter enttäuscht davon, wie schwer es ist, eine biblische Geschichte auf eine so naive Weise auf die Bühne zu bringen, obwohl gerade diese geliebte Geschichte in unserer Epoche einer der Gründe für die Auswahl dieses Stückes war.« Hat er das richtig gehört? Epoche? Grund, das Stück ins Repertoire aufzunehmen? Das verspricht ja einiges.

Der Intendant spornt die Kollegen an, das Wissen und vor allem die Spielerfahrung des niederländischen Gastes auszunutzen, das Stück gehöre schließlich zu seinem Erbe, sie sollten ihm also jene Fragen stellen, auf die sie bis jetzt keine Antwort gefunden haben.

In einem Moment wird Moritz betrachtet und angesprochen, als sei er der Erlöser in Person, im nächsten ändert der launische Obmann seinen munteren Ton und fährt mit einem melancholisch verhangenen Gesicht wie ein geschlagener Boxer fort: »Fangen wir doch an, ihm den ersten Akt vorzuspielen, danach erfahren wir, ob es Sinn hat, überhaupt weiterzumachen, absagen geht immer noch.«

Mit seinem Vorschlag, die Vorführung auf den ersten Akt zu begrenzen, hat sich der Intendant sehr geschickt Aufschub verschafft: Luzifer selbst kommt im ersten Akt nicht vor.

Moritz betrachtet die Schauspielertruppe, die genau wie in Amsterdam aus lauter Männern und nur einer Frau besteht. Engel sind geschlechtsneutral, also Männer? Ein Missverständnis. Raphael, der sanftmütigste, darf von einer Frau gespielt werden. Sie hätten Ilyane fragen können. In dem von glänzenden Spiegeln und lauter Blattgold leuchtenden Foyer würde sich sein Glitzerfischchen wohlfühlen. Obwohl die Schauspielerin, die Raphael spielt, auch nicht schlecht ist, was für eine Schönheit, er würde seine Verliebtheit einfach auf sie übertragen können, was für eine Schönheit. Allez, Moritz, lass dich nicht ablenken, an die Arbeit. An die Arbeit!

Der Valentin aus *Faust*, der nun den Erzengel Michael spielt, ist also ein Jude. Tja, das sieht man ihm nicht an, auch er könnte ein Vollblutarier sein. Wenn das mit allen beschützten Juden hier der Fall ist, gibt das dem Heldentum des Intendanten eine andere Färbung, dann ist diese »menschliche« Politik, bedenkt man die Nürnberger Rassengesetze, an sich schon eine Auswahl: Du siehst nicht aus wie ein Jude, du kannst bleiben, nein, deine gebogene Nase fällt zu sehr auf, du musst weg.

Auch Wilhelm hat eine gebogene Nase –

Aber er ist kein Jude, ja, Entschuldigung, so ist es nun mal.

Der Assistent schickt alle Schauspieler von der Bühne, die im ersten Akt nicht mitspielen. Neben der Tür sitzt ein anderer Assistent, der den Probenverlauf beobachtet und einen Schauspieler nach dem anderen aufruft, der für die nächste Szene gebraucht wird. Was für ein umständliches System.

Moritz bekommt einen Stuhl zugewiesen, etwas abseits, nicht hinter dem Regietisch. Klares Signal. Es liegen aber ein Notizheft und ein Bleistift für ihn bereit: Man erwartet also einen Kommentar von ihm. Wäre Ilyane bloß da, und sei nur, dass sie ein wachsames Auge auf ihn hätte. Aber dem ist nicht so, die Türen werden geschlossen und die ersten Worte von Beelzebub erklingen:

Du, Belial, gingst auf luftgetragnen Schwingen,
Um auszuschauen, wo Apollion bleibt.
Ihn sandte Luzifer zum Erdenreiche,
Den Vielerfahrnen, daß er Kenntnis nähme,
Von Adams Glück und Sein, darein die Allmacht
Ihn stellte.

Ob er will oder nicht, Moritz kriecht eine Gänsehaut über die Arme, diese Worte sind ihm zu lieb, sie brechen seinen Widerstand. Klingt gut, besser als er beim Durchlesen gedacht hat, obwohl es eigenartig bleibt, das auf Deutsch zu hören, was auf Altniederländisch in seinem Kopf verankert ist.

… Weltgartens Wonne
In Eden übertrifft dies Paradies.

Ein nettes Ensemble, überlegt er, vor allem dieser Wagner aus *Faust*, sein Apollion wird etwas ganz Besonderes, das sieht man gleich, was für ein faszinierender Spieler, aufrichtig, keine Spur von einfachen Lösungen.

Kein Engel hier hat solchen süßen Atem,
Wie dort der frische Geist den Menschen anweht

Sie bewegen sich ziemlich steif, findet Moritz, forciert weltfremd, sind Engel denn weltfremd? Könnte man meinen, aber nein, das stimmt nicht, eigentlich wird genau so gespielt, wie es das provisorische schwarze Tuch im Hintergrund angibt: schwermütig, flammend, wie der kleine Itzig sich die Hölle vorstellt, alles andere als gemütlich; wo bleibt bloß Ilyane, wen kann ich fragen, wo sie ist, übermorgen soll sie spielen, ihr Gretchen zum zweiten Mal, es steht auf dem Plakat, aber dann bin ich in Amsterdam, ob die Kantinenfrau es weiß, soll ich Werner mit einer Ausrede anrufen, dieses bedrückende schwarze Tuch muss weg, das wird mein erster Eingriff, die Schauspieler werden gleich leichter spielen, und ihren Stil, den sie in *Faust* so perfekt beherrschen, finden. Nur dieser Apollion hat begriffen, dass ein erstaunt lächelnder Engel, der ehrlich zugibt, eifersüchtig auf den ersten Menschen zu sein, auf Eva mit ihren »von Elfenbein zwei Bronnen«, wo bleibt sie nur, wunderbar, dieser erstaunte Augenaufschlag, ein bisschen wie bei Ernst Busch, ob Ilyane sich auch in ihn verliebt hat, hat er in diesem Raum eigentlich viele Konkurrenten oder richten alle

Männer ihre Blicke auf Raphael, wie schön sie ist, diese Raphaeldarstellerin.

Allbekannte Worte fangen an zu kribbeln. Inspiriert von Apollions Spiel, sieht Moritz den ersten Akt nicht mehr als ein Gespräch zwischen Engeln, sondern als den Bericht normaler Bürger, die während einer Urlaubsreise erfahren haben, wie viel angenehmer und entspannter andere Völker leben.

> Der Anblick reizt den Mund. Wer soll nicht lüsten
> Nach Erdensüßigkeit? Ein Himmlischer
> Ließ unseren Tag, um Erdenobst zu pflücken.
> Das Glück der Engel weicht vor dem der Menschen.

Ein kerniger Text. Und kurz darauf im zweiten Akt:

> Die Sklaverei beginnt. Geht hin und ehrt
> Dies Neugeschlecht als unterwürf'ge Knechte!
> Der Mensch ist da für Gott, wir für den Menschen.

Diese Zeilen haben in Berlin keine Vergangenheit, also müsste es für die Schauspieler so sein, als wäre das Stück heute geschrieben worden, als wäre die Tinte noch feucht, aber so klingt es im Moment noch nicht. Moritz weiß nicht, wie er mit allen Ideen, die auf ihn einstürmen, umgehen soll. Er beschränkt sich auf einige Notizen, die er heute Abend in Ruhe ausarbeiten will. In seiner Fantasie sieht er ein anderes Stück entstehen, als würden zwei verschiedene Filme übereinandergeklebt. Könnte das das neue Theater sein, so wie die Russen mit alten Stücken umgehen, indem sie einem jahrelang akzeptierten Inhalt eine neue Form geben? Sich einprägen, diese Bilder speichern, bitte Moritz, du bist viel zu bequem, damit kommst du hier nicht weiter. In Amsterdam könnte ich es mit Gust besprechen, aber das nützt mir hier nichts. Ob ich diese vagen Gedanken mit Ilyane teilen kann?

Es ist rührend, Schauspieler in ihrer alltäglichen Kleidung auf dicken roten Teppichen nach einem Ausweg aus einem Wörterurwald altniederländischer Machart suchen zu sehen. Speziell für ihn, den arischen Juden! Der seinen Aufenthalt im faschistischen Berlin mit der Anschaffung eines Kinderwagens rechtfertigt. Der in der Kantine und den Wandelgängen ins Vertrauen gezogen wird, wegen des Machtkampfes zwischen Göring und Goebbels bezüglich der Hegemonie der Künste. Sie erzählen ihm sogar offen, dass es das Unentschieden dieses Machtkampfes ist, das es dem Intendanten ermöglicht, an diesem Platz zu arbeiten.

Ob sie sich wirklich für sein Urteil interessieren und offen sind für die Hinweise und Bemerkungen eines vierundzwanzigjährigen Niederländers ohne Krawatte? Moritz Akkerman, die Ein-Mann-Prüfungskommission! Er fängt an zu schwitzen. Er manövriert seinen Stuhl immer weiter in die Ecke, bis an den Rand.

Der erste Akt ist zu Ende, Moritz blättert in seinem Notizheft, und gerade als er den Mund aufmachen will, begibt sich der Intendant auf den Probenteppich und fängt unverfroren mit dem zweiten Akt an. In einem dreiteiligen Anzug, wo hat er bloß so schnell die Weste her, die Hose mit den messerscharfen Falten, er sieht so elegant aus, als würde er Göring einen Staatsbesuch abstatten, und statt der Teufelskappe des Mephisto hat er einen Hut aufgesetzt. Er sieht fantastisch aus. Ein dreiteiliger Luzifer mit Borsalino!

Eine andere Klarheit will ins Licht der Gottheit
Nun steigen, totzuscheinen unseren Glanz ...

Weil er nicht weiß, wie er diese Rolle gestalten soll, versteckt
er sich nicht hinter den virtuosen Tricks, die er als Mephisto
so gut beherrschte. Er ist jetzt menschlicher und anrührender, als er selbst merkt.

Dem auserkornen Sohn wird unser Erbrecht ...

Dieser noch so unsichere Schmerz bekommt langsam einen
politischen Beigeschmack, dafür braucht man keinen russi-
schen Theatererneuerer, das schafft auch ein Borsalino.

Als Regisseur scheint der Intendant nach veralteten Ideen
zu arbeiten, verglichen damit ist sein niederländischer Kollege
ein Modernist. Moritz hat damit gerechnet, aber er hat nicht
gedacht, dass es so langweilig sein würde. Der Schauspieler,
der gerade seinen Text spricht, steht fast immer frontal zum
Saal, jede Gefühlsäußerung wird mit einer spezifischen Gri-
masse ausgestattet: auf Abruf erscheinen Misstrauen, Freude
oder Schmerz, alles sehr konventionell. Aber was kann man
erwarten, wenn man von der Auffassung ausgeht, dass der
Schriftsteller in allem unantastbar ist, wie der Intendant am
Morgen in seiner Einleitungsrede ja kurz memorierte. Als
wolle er Moritz subtil darauf hinweisen, dass es hier in Berlin üblich ist, gewissenhaft die Absichten des Schriftstellers
der Regie überzuordnen. Doch wenn man das bei Vondel
macht, kann man nur scheitern, der hatte keine anderen Absichten als das Schreiben schöner Texte, dem waren attrak-
tive Theaterideen ziemlich egal. Sogar in der Sprache seines
eigenen Landes hat er kaum eine Vergangenheit, geschweige

denn hier. Mit ihrem *Faust* ist das natürlich ganz anders, der ist in ihrer Geschichte verankert, deshalb kann man ihn wesentlich lebhafter inszenieren. Für Moritz ist sonnenklar, dass der einzige Grund, dieses Stück auszuwählen, der perverse Wunsch des Intendanten ist, einmal einen anderen Teufel zu spielen.

Nicht weich ich der Gewalt, nicht Erztyrannen.
Wer will, geb nach. Ich weiche keinen Schritt.

Es ist Apollion, der mit einer meisterlichen Textauslegung in den Szenen mit seinem Intendanten den Ton angibt, aber meine Güte, was für ein Risiko geht er damit ein, denn so weit ist der große Chef noch lange nicht, der gibt allenfalls den Mr. Borsalino aus einer Wilde'schen Komödie ab. Und er ist sich darüber im Klaren, unser Star, dass ihm ein Kollege gegenübersteht, der ihn durchaus überflügeln könnte, und dass es harter Arbeit bedarf, seinem Luzifer einen Kern, einen Sinn zu geben. Jetzt sieht man nur einen sprechenden Hut. Wie soll Moritz das einem berühmten und von jedem verherrlichten Schauspieler erklären? So jemand lässt sich doch nichts sagen. Moritz beschließt, erst mal nicht einzugreifen, die Spannung im Raum ist zu groß.

Dann trotz ich mit Gewalt kühn der Gewalt.
Apollion, Fürst Belial, bezeugt,
Daß ich aus Not und Zwang das Steuer fasse.
Von Gottes Reich Verderben abzuwehren.

Abrupt stockt Luzifer, er hebt die Augen zum Himmel, dass man fast nur noch das Weiße sieht. Er ist in Panik, und Moritz wird klar, dass von ihm, dem Spezialisten, eine sinnvolle Anweisung erwartet wird. Ich muss ihn ermutigen, ich muss ausstrahlen, wie wunderbar und vielversprechend ich sein Spiel finde, was für ein Durcheinander ... Stille ... Text verloren ... Souffleur zu spät ... Lähmung ... Der Assistent hält ihm ein Glas Wasser hin, der Intendant schlägt es ihm aus der Hand und schreit einige Oktaven höher, als man es von ihm gewöhnt ist:

»Halt, halt, halt, ich gebe auf, ich kann nicht mehr.«

Er spürt, dass ein solcher Ausbruch keinen Borsalino verträgt, reißt ihn sich vom Kopf und lässt ihn mit großem Schwung durch das Foyer segeln. Ohne Kopfbedeckung ist er nichts anderes als ein ganz normaler Mann. Stille senkt sich herab, alle erstarren. Dann erklingt es eine Oktave tiefer:

»Junger Freund, sag nichts. Wie geht es jetzt weiter? Trauen Sie es sich zu? Unseren Text können wir, die Frage ist, ob diese Basis solide genug ist, um den Zug wieder ins Rollen zu bringen? Warum sagen Sie nichts?« – Wie soll ich darauf reagieren? – »Oder finden Sie das, was wir Ihnen hier auftischen, so hoffnungslos, dass Sie mir raten werden, das ganze Unternehmen lieber abzublasen?« – Ich weiß bei Gott nicht, was ich darauf sagen soll, jedes Wort wird falsch aufgefasst werden – »indem wir diesen lahmen Luzifer wieder in die Schachtel der angekündigten Tragödien einschließen? Sagen Sie doch was!« – Kann ich diesem Mann ins Wort fallen? – »Warum unterbrechen Sie uns nicht?« – Oder soll ich ihn sich austoben lassen? – »Warum sagen Sie uns nicht, wie wir dieses verdammte Stück spielen sollen, Sie sitzen da, als würde es Ihnen gar nicht gefallen ...« – Siehst du, es ist meine Schuld, ich hätte positiver sein sollen ... – »Sie haben doch eifrig mitgeschrieben. Heute können wir noch ohne allzu großen Gesichtsverlust entscheiden, damit aufzuhören, wir haben schon öfter eine Probenphase gestoppt.«

Im Foyer wird ein Minimum an Sauerstoff verbraucht, auch Moritz vergisst zu atmen. Eine falsche Bemerkung, ein falsch platziertes Hüsteln oder ein herunterfallendes Textbuch, und die Stimmung wird in eine schreiende Lawine aus Selbstvorwürfen und unberechtigten Anschuldigungen umkippen.

Moritz steht auf und beschreibt in seinem besten Deutsch, so ruhig wie er nur kann, was er bis jetzt gesehen hat, er lobt die Schauspieler und sagt, er sei neugierig auf den weiteren Verlauf, weil durch ihre Art zu spielen eine andere Seite des Stückes zum Vorschein komme, ganz anders, als er es aus seinem eigenen Land gewöhnt sei.

»Seien Sie ehrlich«, unterbricht ihn der Intendant, »sollen wir weitermachen? Wir haben noch anderthalb Stunden, um eine Lösung zu finden, morgen früh werden die Einladungen zur Premiere verschickt werden, und in anderthalb Stunden muss ich auf der anderen Straßenseite bei der Probe für *Die Zauberflöte* anwesend sein, und ich möchte wegen dieser Luzifer-Geschichte nicht hysterischer werden als Herr von Karajan.«

Der Seitenhieb auf Karajan verschafft ein bisschen Luft. Der Borsalino wird hinter einem Stuhl hervorgezogen, die Scherben werden zusammengekehrt, und die Probe wird wiederaufgenommen. Die Zeit reicht noch, um fast das ganze Stück zu proben, bevor Luzifer bei Mozart erscheinen muss. Der Ausbruch hat gutgetan, es wird leichter gespielt, die deutsche Ernsthaftigkeit scheint verschwunden. Aber es bleibt ein Durcheinander von Stilrichtungen, es gibt keinen Mittelpunkt, es ist mehr eine Textprobe, das Beste, was man sagen könnte, ist, dass man sich gegenseitig die schwierigen Alexandriner abgehört hat.

Bevor der Intendant geht, ergreift Moritz noch einmal die Gelegenheit, den Schauspielern seine Erkenntnisse zu erläutern, er macht es sehr milde, sehr konstruktiv.

»Gebt mir den heutigen Abend, das, was ich jetzt gesehen habe, in Ruhe zu überdenken«, sagt er zu den Schauspielern, »dann komme ich morgen früh mit einem Vorschlag, wie wir mit diesen Proben weitermachen können. Alle Ingredienzien, um aus diesem Stück etwas Schönes zu machen, sind da, wir müssen also einfach durchhalten.«

Was für ein Klischee, Moritz, aber zum Glück fällt es niemandem auf, die Sätze rollen flott aus meinem Mund, sie denken, dass das Reparieren von kenternden Theaterproduktionen meine tägliche Arbeit ist, die Schauspieler sind froh über meine aufmunternden Worte, sie sehen immer noch fröhlich aus. Regie zu führen besteht offenbar zum größten Teil aus reinem Bluff.

Und dann kommt der Chauffeur, um den großen Chef vierhundert Meter weiter zu den singenden Nachbarn zu fahren.

»Ich verabschiede mich jetzt vorläufig von meinem doppelten Teufelsstatus, sonst ist bei Mozart die Hölle los … ›ein Mädchen oder Weibchen wünscht Papageno sich‹.« Die Vasallenarmee schlägt sich vor Lachen auf die Schenkel. Er nimmt seinen Borsalino vom Kopf, gibt Moritz die Hand, nickt im Kreis und verschwindet. Gerade noch geschafft, die erste Schwelle scheint überwunden, Moritz hält sich aufrecht. Aber er weiß immer noch nicht, wo Ilyane steckt.

17

Tempelhof

An der Rezeption des Hotels sieht Moritz einen Brief im Fach für das Zimmers 24 liegen, aber er ist sich wegen des möglichen Inhalts so unsicher, dass er nicht darum zu bitten wagt. Es könnte eine Nachricht von Ilyane sein, aber warum kommt sie zum Hotel, um einen Brief abzugeben, und macht sich nicht die Mühe, ihn aufzusuchen? Und es könnte auch ein Entlassungsbrief sein, weil der Intendant bei näherer Betrachtung lieber auf das ganze Abenteuer verzichtet. Er möchte es nicht wissen und geht weiter. Beim Fahrstuhl wird er von einem Hotelpagen eingeholt, der ihm doch noch den Umschlag aushändigt. In dem verspiegelten Fahrstuhl öffnet er den Brief, es ist ein Telegramm von Ilyane, in dem sie ihm mitteilt, dass sie den Rest der Woche wegen Filmaufnahmen in Dresden ist. Also werden sie sich nicht mehr sehen, bevor er am Wochenende nach Hause fliegt.

Noch am selben Abend, während er am *Luzifer*-Plan arbeitet, ruft sie ihn an und sagt, sie vermisse ihn. Und sie möchte wissen, was er von den Proben hält. Von einem Kollegen habe sie gehört, dass Moritz vom ersten Moment an selbstsicher die Leitung an sich gezogen habe. Von einem Kollegen? Von wem? Vom Intendanten? Weil sie am Samstag, dem Morgen seiner Lufttaufe, aus Dresden zurückkommen wird, vereinbaren sie, dass er sich ein paar Stunden vorher zum Flugplatz Tempelhof fahren lässt, um sie doch noch zu treffen. Noch drei lange Tage!

Einen wirklich neuen Plan für die *Luzifer*-Vorstellung hat er sich noch nicht überlegen können, das Einzige, was er im Moment beitragen kann, ist, seine deutschen Kollegen ein bisschen zu beruhigen, sie zu etwas weniger Damen- und Herrentheater zu inspirieren. Er macht es nicht schlecht, die Schauspieler – sogar Mr. Borsalino –, essen ihm aus der Hand. Bis sein Vorrat an niederländischen Zuckerwürfeln zu Ende ist, muss er sich einen neuen Trick ausgedacht haben. Wunderbarerweise gelingt es ihm.

Die Zeit bei den Proben verfliegt förmlich, während die Zeit des Wartens auf Ilyane quälend langsam vorbeikriecht. Drei-, viermal ruft sie ihn an, und bei diesen Gesprächen wird ihm klar, dass einer der Schauspieler – oder ist es der Assistent? – sie minutiös über den Probenverlauf informiert. Wer der Nachrichtenübermittler ist, will sie ihm nicht sagen, er soll nicht misstrauisch sein, es geschieht aus Liebe zu ihm und für die gute Sache, dass sie sich informieren lässt. Sich über *Luzifer* zu unterhalten ist eine gute Methode, um neugierige Telefonistinnen abzulenken und hinters Licht zu führen. Die Gewissheit, von aufdringlichen Damen abgehört zu werden, die vor Aufregung nicht wissen, wie sie die berühmte Schauspielerin möglichst lange an der Strippe halten können, macht es ihr unmöglich, mit Moritz über ihre Sehnsucht zu sprechen, die allein schon durch seine Stimme …

»Angst, du und Angst?«, fragt Moritz.

»Nein, keine Angst, ich geniere mich auch nicht, aber es ist recht ernüchternd, wenn man überzeugt ist, dass ein anderer mithört. Stell dir doch bloß vor, jemand würde uns bei meinen oder deinen verbalen Handgreiflichkeiten strafend ins Wort fallen.«

An jenem Samstagmorgen, an dem Moritz nach Amsterdam fliegen soll und Ilyane aus Dresden zurückkehrt, wird er von seinem Assistenten in einem wieder einmal viel zu großen Mercedes, diesmal glücklicherweise keinem offenen Cabriolet – denn es ist bitter kalt –, zum Flugplatz gebracht. Er hat eine Wochenendtasche mit schmutziger Wäsche dabei. Der Assistent plaudert ununterbrochen über die Sensation des Fliegens. Er selbst hat einmal nach Wien fliegen müssen, um seinem Intendanten, der dort bei einer Oper Regie führte, spezielle Migräne-Tabletten zu bringen.

Bis zu dem Moment, als über Lautsprecher verkündet wird, die Maschine aus Dresden sei gelandet, arbeiten sie hart an allen Details, die vor der *Luzifer*-Produktion noch geregelt werden müssen. Moritz sieht durch die Scheiben des Wartebereichs, wie zuerst ein Flugzeug aus dem Schnee auftaucht und sich langsam und ruckartig nähert, bis es direkt vor seiner Nase stehen bleibt. Eine Treppe wird ausgefahren, und einer nach dem anderen werden die Passagiere aus der Maschine geführt. Zuerst sieht er ihren Hut, dann ihre Füße, die nach den Stufen tasten und wie die zappelnden Beine eines Fohlens in der Luft hängen. Sofort stürzt ein Gepäckträger auf sie zu, der sie hinuntergeleitet und ihre Koffer übernimmt. Er sieht, wie sie sich suchend umschaut, Moritz kann sein Glück nicht fassen und fliegt nach unten, zur Kontrolle. Ihre Begegnung gleicht einem gestellten Bild für die Titelseite des Film-Kuriers: Berühmte Schauspielerin im Pelzmantel, bescheiden, aber raffiniert geschminkt, die ihrem arischen Geliebten mit ihrer Tasche aus Schlangenleder zuwinkt. Unter den Augen des bestürzten Assistenten umarmt sie Moritz, und dem jungen Mann bleibt nichts anderes übrig, als die Tasche mit schmutziger Wäsche neben dem Liebespaar auf den Boden zu stellen. Aus dem Augenwinkel sieht Moritz, wie er sich zurückzieht. Während lebhaft plaudernde Flugreisende von allen Seiten an ihnen vorbeieilen, wird ihm klar, dass der Intendant spätestens in einer halben Stunde über die Liebeszusammenkunft seiner beiden Arbeitnehmer Bescheid wissen wird.

»Wie lange hast du Zeit?«, fragt sie zwischen den Küssen, »komm, gehen wir hinauf zum Restaurant.«

Sie nimmt seine Hand, führt ihn über eine lange Treppe nach oben und geht durch das Gedränge vor ihm her zu einer Ecke, in der ein kleiner Tisch am Fenster steht. Sie achtet nicht auf ihre Umgebung, obwohl sie merken muss, dass sie von allen erkannt wird. Er hingegen wird durch die vielen Köpfe, die sich nach ihnen umdrehen, durch die erstaunten Gesichter, so abgelenkt, dass er im Vorbeigehen eine Kaffeetasse auf einem Tisch mit zwei älteren Damen umstößt. Ilyane versöhnt die Damen mit einem Autogramm und zieht dem herbeieilenden Ober, der die braune Pfütze trocknen will, das Geschirrtuch aus den Händen und schickt ihn weg. Auch der von Moritz verschüttete Kaffee scheint sie zu erregen. Sie küsst ihn unter den Augen der erstaunten Damen und wühlt mit der einen Hand in seinen Haaren, mit der anderen wischt sie den Tisch ab. Der Tisch sieht wieder einwandfrei aus, die Damen sind zufrieden.

Ilyane beruhigt sich und lässt sich von Moritz zu dem Platz am Fenster führen. Verlegen setzt sie sich ihm gegenüber, holt einen Kamm aus der Tasche und fährt sich durch die Haare. Sie ist wunderschön. Nichts ist ihr anzumerken von der Erschöpfung wegen der Drehtage in Dresden oder der Flugreise. Ihr Gesicht strahlt vor Verliebtheit.

»Kein Wort über Vondel oder den Film«, sagt sie leise, »wir müssen diese Minuten ausnutzen, um über unsere Situation zu sprechen. Wie geht es mit uns weiter, ich bin verzweifelt, in meinem Leben läuft alles durcheinander.« Die Wärme strömt von ihrer Hand durch seinen Körper. »Ich habe keinen Halt mehr, jeder will etwas von mir, und ich will etwas von jedem, von dir will ich zu viel, aber ich werde dich nicht loslassen, glaub das bloß nicht.«

Und wieder passiert es Moritz, dass er in der Nähe seiner unerreichbaren Geliebten nach den einfachsten Worten suchen muss. Er versandet in trägem Denken, alles, was er sagen will, bleibt wie in lockerem Sand stecken, und so liegt die Initiative weiterhin bei Ilyane. Was denkt sie nur von diesem verliebten Holländer, der kein charmantes Wort herausbekommt, sie mit dem schmutzigen Geschirrtuch vor sich sitzen lässt, ist er überhaupt verliebt?

»Es ist eine unmögliche Situation«, fährt sie fort, »nein, sag jetzt nichts, die Tage in Dresden waren nicht schön ohne dich, ich glaube, dass alle Aufnahmen noch einmal gedreht werden müssen, komm mit nach Dresden, ich möchte mit dir nach Amsterdam fliegen, vielleicht gibt es noch einen Platz im Flugzeug, ja, ich komme mit dir ...«

»Lieber nicht«, murmelt Moritz, der weiß, dass sie dazu imstande ist, »meine Frau holt mich ab, zusammen mit meinem Sohn und meinem Schwiegervater, nein, bitte, tu das nicht.«

Nasser Schnee weht in Klümpchen gegen die Fensterscheiben, Mechaniker fegen mit großen Besen den Schnee von den Flügeln der geparkten Flugzeuge, mit welchem wird er fliegen, kann man bei diesen Wetterbedingungen überhaupt abheben?

Sie hört nicht auf zu sprechen. »Dann bleibe ich einfach sitzen und fliege mit derselben Maschine wieder zurück, oder ich steige etwas später aus, nehme in Amsterdam ein Hotel und warte dort auf dich, an deinem Wochenende wird doch wohl ein Stündchen übrig bleiben, damit wir uns sehen können, findest du mich verrückt?«

»Du willst zu viel und zu schnell«, sagt Moritz möglichst ruhig, um Zeit für die Formulierung seiner deutschen Sätze zu finden, »das hier läuft falsch, für uns beide, wir haben nur sehr wenig Zeit, wir werden nach dem Wochenende darüber sprechen, du musst dich ausruhen, du arbeitest viel zu hart, du bist bei allem, was in deiner Umgebung geschieht, viel zu intensiv involviert, das hältst du nicht durch.«

»Und ich habe mir auch vorgenommen«, fährt Ilyane fort ohne ihn zu beachten, »alle freien Stunden, die ich in der nächsten Woche habe, zu deinen Proben zu kommen, Kaffee für dich zu holen und für dich zu sorgen, damit du gut arbeiten kannst. Für meine Kollegen ist das ganz normal, und Luzifer findet alles gut, Hauptsache, ich bin glücklich. Ich rede zu viel, sag doch auch mal was. Wenn wir uns hier schon nicht küssen können, möchte ich wenigstens sehen, wie sich deine Lippen bewegen.«

Doch bevor er den Mund aufmachen kann, kommt sie ihm schon wieder zuvor.

»Wir machen etwas Unmögliches«, sagt sie, und ihre Augen ziehen ihn magnetisch zu sich, »du hast recht, aber ich mag dich zu sehr, Utrillo. Vergiss einfach, was ich sage.« Sie wendet ihr Gesicht ab. »Du musst dich auf deine Familie konzentrieren, du fliegst jetzt los, durch die Wolken, nach Amsterdam, du musst mich vergessen, du wirst mit deinem Sohn spielen, ich existiere nicht, versprichst du mir das? Vielleicht hast du mich nach diesen beiden Tagen wirklich vergessen, ich bin auf alles gefasst.« Ihre Augen ändern die Farbe je nach ihrer Stimmung, mal sind sie hellblau, mal kobaltblau, wer ist diese Frau?

»Montag früh hole ich dich ab, und dann sehen wir, wie es weitergehen soll. Sag ehrlich«, und während Moritz erwartet, dass sie sagen wird, sie hätte schon immer gewusst, dass er Jude ist, aber gerade das fände sie so aufregend, dass sie ihn absichtlich ausgewählt habe, um ihre Parteikollegen herauszufordern, nimmt sie wieder seine Hand, fängt an, damit zu spielen, und fragt ihn flüsternd: »Magst du mich?« Sie steht auf, zerrt ihn hinaus auf den Gang und achtet nicht auf vorbeieilende Reisende oder Kellner. Während sie ihn umarmt, drängt sich eine Frau in einem unappetitlich riechenden Regenmantel zwischen sie und hält ihr die Titelseite des Film-Kurier unter die Nase:

»Bitte, gnädige Frau, ein Autogramm, bitte!«

Unsanft schiebt Ilyane die Frau beiseite, die jedoch ein paar Meter entfernt Platz nimmt, fest entschlossen, sich nicht abwimmeln zu lassen.

»Ich habe dir etwas mitgebracht, hier, gefallen sie dir? Du musst versprechen, sie zu tragen, denn es ist sehr kalt im Flugzeug.«

Sie schiebt einen Handschuh über seine Hand, das Leder ist so weich wie ihre Haut. Mit dem zweiten wartet sie, bis Moritz mit seiner freien Hand ihr Gesicht berührt. Weil er das nicht schnell genug macht, zieht sie seine Hand zu ihrem Gesicht und legt den Kopf ein wenig schräg, damit jedes Hautpartikelchen die Berührung genießt, die sie spüren möchte.

»Findest du, dass ich zu weit gehe? Dränge ich mich zu sehr auf? Hat dich jemals jemand so geliebt? Du bist sehr abgelenkt. Wir stehen an einem Flugplatz, niemand wundert sich über küssende Menschen, wir dürfen uns doch wohl verabschieden, komm, ich möchte mir dir knutschen.«

Sie zieht ihn zu einer Nische mit hässlichen Palmtöpfen, ihr Pelzmantel gleitet von ihrem Körper, sie lässt sich von Moritz an die Wand drücken, er küsst die Vertiefung an ihrem Hals, sie stöhnt, sie stößt erst den einen Schuh vom Fuß, dann den anderen, schlingt die Arme um seinen Hals und zieht ihn an sich.

»Was willst du?«

»Bitte, du prüder Holländer.«

»Das kann ich hier nicht machen.«

»Warum nicht, schieb die Palmen davor.«

Weil er nicht schnell genug ist, lässt sie ihn los, tritt auf einen Schuh und verschiebt stolpernd die Palmen, zieht noch einen Garderobenständer heran, hängt ihren Pelzmantel darüber und findet, nun seien sie genug abgeschirmt.

»Wenn es jemanden stört, soll er eben woandershin schauen. Komm, Pissarro, keine Gefahr im Verzug, beeil dich, bitte.«

Wieder lässt sie sich an die Wand drücken, wieder schlägt sie mit eisernem Griff die Arme um seinen Hals und schlingt energisch die Beine um ihn, aber der bizarre Standort hindert ihn bei dem, was er will. Vom Ende des Gangs schaut ihnen die Frau im nassen Regenmantel zu, Moritz sieht die Szene aus ihrer Sicht, eine gewagte Filmszene, die es nie durch die Zensur schaffen wird.

Moritz merkt plötzlich, dass er einen Handschuh trägt, er bekommt ihn nicht so schnell von seiner Hand, ausgerechnet von der rechten Hand, wodurch der Kampf mit den Knöpfen seines Hosenlatzes von vornherein zum Scheitern verurteilt ist. Sie hebt ihren langen Reiserock hoch und zieht den Slip nach unten, er versucht noch immer verzweifelt, mit der linken Hand den Handschuh von der rechten zu ziehen, gibt auf, versteckt das Gesicht im Tal zwischen ihren Brüsten. Und so wie die deutschen Worte manchmal nicht zum Vorschein kommen wollen, ist er nun auch unfähig, das zu tun, was sie von ihm verlangt, wonach er sich ebenfalls sehnt. Zwischen den kitzelnden Palmenblättern wird die Sache zur Stümperei zweier Pubertierender, die ihre Triebe nicht beherrschen können, die ihre Kleidung beschmutzen und sich gegenseitig unglücklich machen und voreinander verbergen wollen, dass dieses Vorhaben zu nichts geführt hat.

Eine hallende Stimme spricht durch den Lautsprecher:

»Flug Nummer drei nach Amsterdam ist in einer halben Stunde startbereit. Die Passagiere werden zur Zollkontrolle gebeten.«

Sie verlassen ihren Platz hinter den Palmen.

»Macht nichts, lieber Freund, ich kann warten.« Er bekommt einen flüchtigen Kuss, und schon ist sie verschwunden.

Als er an der Zollkontrolle steht, sieht er sie davoneilen. Sie dreht sich nicht mehr um. Sie wird von dem Bediensteten in Livree in Beschlag genommen, der die ganze Zeit auf ihre Koffer aufgepasst hat und sie jetzt aus der Flughalle hinausbegleitet, allerdings erst, nachdem sie die Frau im nassen Regenmantel, die hinter ihr hergelaufen ist, mit einem Autogramm für ihre Geduld belohnt hat. Fort ist sie, Miss Ilyane. Verschwunden Frau Mephisto.

Noch eine halbe Stunde lang darf Moritz den anonymen Arier auf deutschem Boden spielen. Er setzt die Mütze auf, ordnet Werners Mantel mit dem Pelzkragen, zieht den anderen Handschuh an, warum nicht, und schwingt seine alte Sporttasche betont nonchalant über die Schulter.

Ein Beamter bei der Passkontrolle, der den Stempel des Staatstheaters auf seinem Reisebillett sieht, nimmt Haltung an, inklusive Hitlergruß, die Reisenden in seiner Umgebung müssen glauben, mit einem Nazitypen in Zivil zu fliegen. Moritz lässt sich diese Vorstellung gefallen, das ist nun auch egal, der aberwitzige Moment bei den Palmen hat ihn betäubt. Jetzt wird geflogen, und zwar zum ersten Mal in seinem Leben.

18

Pelzkragen

Außer Moritz steigen sieben Flugpassagiere ein, von denen zu seinem Erstaunen keiner irgendeine Aufregung zeigt. Sogar ein Junge von etwa zehn Jahren ist dabei, für den Fliegen ebenso normal zu sein scheint wie das Betteln um ein Bonbon. Um nicht als unerfahrener Debütant aufzufallen, passt Moritz sein Verhalten dem der anderen an und tut begeistert, als wäre dies seine soundsovielte Flugreise. Trotzdem ist große Selbstbeherrschung nötig, sich nicht wegen des schlechten Wetters zu beunruhigen, wie soll der Pilot um alles in der Welt den Weg nach Amsterdam finden. Er bekommt von einer freundlichen Dame mit einer Hakenkreuznadel am Revers einen Stuhl aus Rohrgeflecht am Fenster zugewiesen, und während sie ihn fest einschnürt – als hätte sie Angst, er würde entkommen –, fragt sie ihn, ob er Kaffee oder Tee wünscht.

»Kaffee, bitte.«

Machen sie während des Fluges Kaffee, oder haben sie Thermoskannen dabei, ich bin gespannt, wie sie die Bestellung hinbekommt.

Das Flugzeug muss warten, bis das Schneegestöber vorbei ist. Mit einer Verspätung von einer halben Stunde, denn die Flügel müssen zum zweiten Mal vom Schnee befreit werden, setzt sich die Junkers mit donnerndem Getöse in Bewegung und erhebt sich nach einem langen Anlauf in die Luft. Ihm dreht sich der Magen um. Das Gefährt ruckelt und schwankt bedrohlich. Jannetje könnte recht haben, ein derart klappriges Ding fällt eher runter, als dass es ihm gelingt, Amsterdam zu finden. Das Heulen der Propeller wird nach einer Weile zu einem brummenden Urwaldgeräusch. Der Boden sackt unter seinen Füßen weg, er hängt in der Luft, aber er redet sich selbst ein, dass ihm nichts Angst einjagen kann. Schließlich ist es der Flugzeugboden, der in der Luft hängt, nicht er selbst.

Wegen des schlechten Wetters ist die Maschine gezwungen, über den Wolken zu fliegen, deshalb ist nur immer mal wieder streifenweise das zu sehen, von dem viele Flugreisende so euphorisch berichten: die Baukastenlandschaft weit unten, die Märklin-Gleise und die Spielzeughäuschen aus Ton. Dort in der Tiefe müssen Millionen Menschen umherwimmeln, eine davon ist sein Glitzerfischchen, könnte er sie nur mit einem Kescher aus der Tiefe herausfischen, um zusammen mit ihr abzutauchen.

Der Sturm will das übermütige Luftmonster lehren, wer der Herr am Himmelsgewölbe ist, er übertönt mit seinem wütenden Heulen alles. Der Korbstuhl rutscht hin und her. Moritz schmiegt sich in Werners Wintermantel, der ihm nun sehr recht ist. Das Flugzeug kreise noch über Berlin, erzählt ein erfahrener Flugreisender neben ihm, denn Moritz kann sich unmöglich orientieren. Obwohl das Fenster groß genug ist, sieht er mehr von der Flügelstruktur als vom Raum unter dem Himmel. Als er sich reckt, um wenigstens hinten ein paar Ausblicke zu erhaschen, öffnet sich wie auf Knopfdruck ein Loch in den Wolken und gibt den Blick auf das elliptische neue Olympiastadion frei, also fliegen wir nach Westen, verdammt, ja, in die Niederlande.

Völlig erschöpft flüchtet er sich in den Schlaf, noch bevor die freundliche Dame mit der Nazinadel ihm eine Tasse frisch aufgebrühten Kaffee bringt. Moritz liegt im Zentrum des Stadions und beobachtet aus der Ferne den Balanceakt, mit dem sie den Kaffee in der Waage hält.

Zwei Stunden später weckt sie ihn.

»Wir fliegen schon über Ihrer Heimat, in einer Viertelstunde landen wir in Schiphol.«

Kein Schnee, die Wolken sind verschwunden, oder hängen sie über ihm? Die Ufer des Ijsselmeers sind deutlich zu erkennen, ist dieser Spielzeugladen dort unten Volendam oder Medemblik? Ist dieses große Gewässer nun wirklich totes Wasser?, wenn man die klatschenden Wellen sieht, würde man das nicht glauben. Doch tatsächlich ist kein einziges Fischerboot zu sehen. Kurze Zeit später erkennt er in der Ferne die Küstenlinie, wie ein Schwebebalken, an dem man sich orientieren kann.

Das Rütteln und Rucken hat während des ganzen Fluges nicht aufgehört, es hat sich in seinen Träumen vom Fliegen in einen brummenden Rhythmus verwandelt, doch nun, da Schiphol in Sichtweite ist, wird es noch heftiger. Das Flugzeug kämpft gegen einen Nordseesturm. Das Blau eines niederländischen Winterhimmels hat er seit seinem Aufenthalt in Berlin nicht mehr gesehen. Das Blau der Delfter Kacheln. Dann taucht der Grundriss von Amsterdam unter ihm auf, mühelos entdeckt er das eigene Olympiastadion und das weiße Dach der Citroën-Niederlassung, dort muss also irgendwo sein Haus stehen, dort muss also irgendwo sein Kind wohnen, wohnt er auch dort, oder lässt er sich nur für einen kurzen Besuch aus der Luft fallen, um danach für immer zu verschwinden? Das Lenkrad in seinem Kopf muss gedreht werden, aber die Achse blockiert schwerfällig und körperlos. Das Fliegen ohne Netz und doppelten Boden hat ihn schwach gemacht.

Der kleine deutsche Junge schenkt der Landung keine Beachtung, er flucht jedes Mal laut, wenn das holpernde Flugzeug die Figuren des Schachspiels, das er gegen sich selbst spielt, durcheinanderbringt.

Moritz rutscht auf seinem Sitz hin und her, als die Junkers auf einer graugrünen Wiese landet und kurz danach vor der Ankunftsbaracke schlagartig zum Stillstand kommt. Einer nach dem anderen werden die Passagiere aus ihren Sitzen befreit. Er ist als letzter an der Reihe. Er kann sich noch länger zwischen den Tempelhofpalmen aufhalten.

Dennoch kommt der Moment, dass er seine alte Welt, die Welt, in der sein Kind aufwächst, wieder betreten muss. Moritz, der Flugreisende, schlurft die Treppe hinunter und hofft, dass Jannetje noch nicht da ist, dass sich der Bus verspätet hat. Doch sie steht mit ihrem Vater hinter einer Absperrung und winkt. Seinen Sohn sieht er nicht, der wird wohl sicher verstaut im alten Kinderwagen liegen, denn sie hat ihn nicht auf dem Arm. Weil er vage mit seiner Sporttasche zurückwinkt, verfehlt er die unterste Treppenstufe.

Beim Zoll finden sie seine Papiere verdächtig oder nicht ganz in Ordnung, er wird nicht recht klug daraus, denn statt dass man ihm seine erstaunten Fragen beantwortet, wird er in ein Büro gebracht, wo er seine Taschen ausleeren und seine schmutzige Wäschetasche auskippen muss. Da niemand die Sachen anfassen will, weil sie zu schmutzig sind, muss er seine Unterwäsche, seine Taschentücher und die Hemden Stück für Stück auf einen Tisch legen, auf dem man demonstrativ eine alte Zeitung ausgebreitet hat. Es ist nicht gerade der Empfang, den er sich vorgestellt hat, von dem heimkehrenden Schauspielhelden ist nicht mehr viel übrig.

»Ihr Flugticket wurde von einer deutschen Instanz bezahlt.«

»Ja, das stimmt, ich stehe vorübergehend im Dienst des Preußischen Staatstheaters.«

»Haben Sie dafür eine Genehmigung beantragt?«

»Ja, beim niederländischen Botschafter in Berlin«, lügt er rasch.

»Aber Sie kommen mit der Lufthansa, mit dieser Gesellschaft fliegen nur deutsche Staatsbürger.«

»Mir blieb keine Wahl, das Ticket ist, wie Sie bereits festgestellt haben, von meinem Auftraggeber bezahlt worden.«

»Was haben Sie in Berlin gemacht?«

Er erzählt bereitwillig von seiner Arbeit für *Totes Wasser* in den deutschen Tonstudios und von dem anschließenden Angebot, bei *Luzifer* Regie zu führen.

»Ihre sonstigen Papiere, bitte, Ihr Pass ist in Ordnung, aber es fehlt ein Visum.«

»Ich brauche doch kein Visum, um in mein eigenes Land einzureisen?«

»Was ist denn das für ein Papier, was steht da drin, was bedeuten die ganzen Stempel?«

»Das ist ein Vertrag, den ich mit dem Theater wegen der Regie des Theaterstückes abgeschlossen habe, ich habe Ihnen doch gerade davon erzählt.«

»Das kann schon sein, aber es wurde von einer Militärinstanz unterschrieben, von einem Generalintendanten, ein Rang, den wir hier nicht kennen, hier gibt es nur Generäle.«

»Ein General? Wovon reden Sie?«

»Sie können Ihre Staatsbürgerschaft verlieren, mein Herr,

wenn Sie in den Dienst einer ausländischen Macht treten. Auch wenn es in diesem Fall eine befreundete Macht ist, es bleibt ein schweres Delikt.«

Soll er jetzt den Titel Generalintendant erklären, oder etwas über *Luzifer* von Vondel erzählen …

»Von Vondel haben Sie bestimmt schon gehört, nicht wahr? *Gysbrecht*? Nie von *Gysbrecht* gehört?«

»Nein, mein Herr, das sagt mir nichts.«

Obwohl er jetzt ausführlich sein Berliner Regiedebüt beschreibt, von den UFA-Studios erzählt und die Namen berühmter Schauspieler nennt, glaubt man ihm nicht, schlimmer noch: er wird offen der Spionage verdächtigt.

»Guter Mann, ich habe nicht mal meinen Wehrdienst abgeleistet, ich kann keine Waffe halten, ich bin Schauspieler, nicht mehr und nicht weniger.« Im Nachhinein findet er diese Antwort ziemlich dumm, allerdings sollte doch sonnenklar daraus hervorgehen, dass er nichts mit Spionage zu tun hat. Aber dass er Schauspieler ist, macht die Sache schlimmer, das merkt er, Schauspielern traut man in den Niederlanden nun mal seit eh und je nicht. Sie spielen nämlich immer und überall und sind ausgezeichnete Lügner. Er wird gebeten, in einem anderen Raum Platz zu nehmen, damit man mit dem Kriegsministerium über die aufgekommenen Verdachtsmomente Rücksprache halten könne. Er hätte natürlich nie »Guter Mann« sagen sollen, das hat sich wirklich sehr herablassend angehört.

Weil die Gespräche, die auf der anderen Seite der Wand über ihn geführt werden und die er fast Wort für Wort verstehen kann, nicht viel Gutes versprechen, durchsucht er zur Sicherheit seine Taschen und findet noch einige Hotelbenachrichtigungen, die der Aufmerksamkeit des misstrauischen

Beamten entgangen sind. Wo soll er sie hintun? Zerreißen geht nicht, Schnipsel sind verdächtig: Wer isst denn im teuersten Hotel in Berlin und reist mit dem Flugzeug mit einer Sporttasche voller schmutziger Wäsche und zerreißt dann seine Benachrichtigungen!

Dass ein solches Verhalten für einen militärischen Spion wohl sehr amateurhaft ist, werden die Herren in ihrem Eifer, einen großen Fisch an Land gezogen zu haben, nicht sehen wollen. Die Probleme häufen sich, das kann ja heiter werden und mindestens einige Stunden kosten. Und in der Zwischenzeit steht Jannetje in der Kälte und wartet, ganz zu schweigen von dem Kleinen im zugigen Kinderwagen. Ob Pa sich erkundigen wird, was los ist, er kann schließlich bezeugen, dass er wegen der Synchronisation eines Films in Berlin war. Wenn er bloß noch die Telefonnummer der niederländischen Botschaft wüsste, dann könnten sie dort anrufen, aber er hat die Visitenkarte diesem alten Mann gegeben.

Bei der Erinnerung an den zusammengeschlagenen Mann fällt ihm plötzlich eine Lösung ein, die diese bizarre Veranstaltung beenden könnte. Er klopft an die Tür des Bürozimmers und fragt, ob er eintreten dürfe.

»Haben Sie noch etwas anzugeben? Zu ergänzen, zu gestehen? Sie haben das Recht auf einen Anwalt, denn nach Rücksprache mit dem Ministerium sind wir drauf und dran, Sie zum Verhör nach Den Haag zu bringen.«

»Ich glaube, das ist nicht notwendig. Ich bin Jude. Ein jüdischer Spion in deutschen Diensten, das geht in diesen Zeiten doch wohl sehr weit, finden Sie nicht?«

»Ein Jude? Auch das noch, ja, ja, ein Jude, man sieht doch, dass Sie kein Jude sind.«

»Was soll das? Sind in der kurzen Zeit, die ich weg war, hier ebenfalls Rassengesetze eingeführt worden?«

Muss ich mir in einem niederländischen Amtsraum demnächst auch noch gefallen lassen, abgetastet zu werden? Wenn der Mann es wagt, mich anzufassen, versetze ich ihm einen doppelten Kopfstoß, einen für ihn und rückwirkend einen für diese Idioten in Berlin.

»Wenn es Ihnen gelingt, zu beweisen, dass Sie Jude sind, lassen wir Sie gehen, vorausgesetzt, das Ministerium stimmt zu. Ein jüdischer Spion wäre tatsächlich sehr absonderlich, kommt die Zustimmung nicht, dann werden Sie eine Weile hier bleiben müssen, bis alles aufgeklärt ist, wir können nicht vorsichtig genug sein.«

»Wie soll man beweisen, dass man Jude ist, ich bin einfach ein niederländischer Jude.«

»Stehen Sie im Kirchenregister, oder wie heißt das bei Ihnen? Dann ist es einfach zu kontrollieren.«

»Nein, denn ich bin nicht religiös. Und beschnitten bin ich auch nicht. Das erspart Ihnen und mir die Mühe, meine Hose runterzulassen.«

»Dann haben Sie keine Chance.«

»Rufen Sie doch die Leute vom Kirchenregister an, meine ganze Familie mütterlicherseits und meine Großeltern väterlicherseits sind dort registriert, dann werden Sie es erfahren. Rufen Sie meine Mutter an, nein, besser nicht, die wird fürchterlich erschrecken, rufen Sie meinen Bruder oder meine Schwester an, nein, die sind auch nicht religiös, ja, rufen Sie sie an. Und wenn das nicht geht, dann schauen Sie doch bitte ins Telefonbuch von Amsterdam, dort stehen bestimmt vierzig Nummern unter unserem Familiennamen. Suchen Sie sich einen aus, suchen Sie, wo er wohnt, dann sehen Sie, was ich meine. Kommen Sie aus Amsterdam? Ja? Dann wissen Sie, wovon ich rede.«

Der Passbeamter nimmt das Telefonbuch, und nachdem er darin geblättert hat, muss er zugeben, dass in der Stadt viele Akkermans wohnen, dass sie Tischler sind, Gemischtwarenläden besitzen oder im Geldhandel tätig sind, ein ganzes Register, das sich schnell kontrollieren lässt. Moritz muss wieder in einem Wartezimmer Platz nehmen; der Zollbeamte möchte nicht abgehört werden, wenn er mit Den Haag telefoniert.

Nach einer weiteren halben Stunde holt ihn der Mann ab. »Die Herren haben herausgefunden, dass Ihr Vater als Jude im Beerdigungsregister registriert ist. Warum haben Sie das nicht gleich gesagt, Mann, das hätte uns viel Zeit erspart.«

Er startet einen Gegenangriff. »Diese Bemerkung finde ich erstaunlich.« Er fühlt sich als wiederentdeckter Jude mindestens ebenso stark, wie er sich als vorübergehender Arier der SA-Truppe gegenüber gefühlt hat. Er möchte den Moment seines Triumphes ausspielen: durch den Staub soll er kriechen, dieser Zollbeamte, auf die Knie mit ihm!

»Wann ist es denn schon mal passiert, dass jemand nicht weiter verdächtigt wird, wenn er gesteht, Jude zu sein. Ich an Ihrer Stelle würde mich entschuldigen, sonst werde ich weitere Schritte unternehmen, in unserem Land gilt …«

»Mein Herr, hören Sie auf, mich zu belehren, sonst lasse ich Sie doch noch festnehmen. Ich mache einfach meine Arbeit, und jetzt nehmen Sie Ihre Sachen und verschwinden Sie, bevor ich meine Meinung ändere. Es ist doch immer wieder dasselbe, einem Juden gelingt es, sich das Flugticket bezahlen zu lassen, das ein Vermögen kostet, und dabei hat der Herr nur eine Tasche mit schmutziger Wäsche dabei. Machen

Sie, dass Sie wegkommen, Mann, ich traue Ihnen mit Ihrem Pelzkragen nicht über den Weg.«

Der Zollbeamte ist vernünftig genug, den Raum zu verlassen. Moritz zittert vor Aufregung, fängt an, einen anderen Beamten zu beschimpfen, und fordert lauthals eine Entschuldigung der Grenzwächter. Die zucken die Schultern, überlassen ihn seiner Wut. Bestimmt einer, der an der gefürchteten Flugkrankheit leidet. Sie sind an solche sonderbaren Typen gewöhnt, und das hier ist noch dazu ein Jude, und Juden traut man alles Mögliche zu.

An der Absperrung stehen nur noch Jannetje und Pa mit dem Kinderwagen, alle übrigen Abholer sind mit ihren Passagieren schon längst verschwunden. Jannetje ist sehr nervös, sie wagt nicht, den Kopf zu heben, als Pa ruft: »Da ist er!«

Sie kommt nicht auf ihn zu. Er kennt das von ihr, in wichtigen Momenten zieht sie sich zurück. Wenn etwas von ihr erwartet wird, schrumpft sie innerlich und möchte am liebsten im Erdboden versinken. Moritz ist jedes Mal aufs Neue enttäuscht, erst wenn er so tut, als handle es sich um die normalste Sache der Welt, wagt Jannetje den Übergang zum erwarteten Verhalten.

Doch jetzt ist es etwas anderes, dort steht nicht nur seine Frau, sondern die Mutter seines Kindes, die ihn erschrocken anstarrt. Sie sieht einen Moritz, den sie nicht kennt, hört er in seinem Kopf eine Stimme sagen, einen Moritz, der sich schuldig fühlt. Einen Mann, der einen fremden Mantel trägt, der ihr einen Kuss gibt – ich hätte meinen alten Mantel anziehen sollen, ein Pelzkragen, das begreift sie nicht, ich rieche nach anderen Menschen, ich bin nicht ihr Moritz, ich trage Handschuhe aus Leder! Er weiß ja selbst nicht mehr, wer er ist. Über Jannetjes Schulter hinweg grüßt er seinen Schwiegervater, der seinen kleinen Enkel aus dem Wagen hebt und ihn wie eine Trophäe hochhält. Viel zu kalt. Die Ilyane in seinem Kopf schaut zu. Jannetje windet sich aus seiner Umarmung, nimmt ihrem Vater das Kind aus dem Arm und drückt es wie einen Cupido gegen seine Brust. Mit dem Kind zwischen ihnen kommt es zu einer ungelenken Umarmung, das Kerlchen ist eingeschlossen zwischen zwei ängstlich klopfenden Herzen. Jannetje bekommt kein Wort heraus, er löst sich und winkt nach einem Taxi.

»Bist du verrückt, das ist doch viel zu teuer!«

»Wir werden doch nicht mit dem Kinderwagen in den Bus steigen, ich kann leicht ein Taxi bezahlen.«

»Meinetwegen ist das nicht nötig, auf dem Weg hierher habe ich auch den Bus genommen, Papa hat mir geholfen.«

»Wir nehmen ein Taxi, allez!«

»Liebes, lass ihn, wenn er ein Taxi möchte, dann soll er eins für dich nehmen.«

Da aber der Kinderwagen keinesfalls ins Taxi passt, müssen sie doch mit dem Bus fahren. Pa versucht mit flämischen Witzen die Stimmung aufzuheitern, aber diesmal gelingt es ihm nicht.

Zu Hause ist es nicht anders, sie geraten über alles Mögliche aneinander, Dinge, die er vor seiner Abreise noch als Bestimmung seines neuen Lebens sah, findet er nun lästig, ärgerlich, ungewohnt. Seinen Sohn stört das alles nicht, er schläft einfach ein.

Offenbar hat Pa Jannetje nicht alles erzählt. Er hat sogar behauptet, den Namen der Schauspielerin, mit der Moritz die Filmszenen eingesprochen hat, nicht zu kennen. Nur von der *Faust*-Vorstellung und den Brecht-Liedern hat er ihr erzählt. Sonst müsste Jannetje doch aufgefallen sein, dass die deutsche Synchronsprecherin dieselbe ist, die das Gretchen gespielt hat. Moritz ist ständig auf der Hut, während Jannetjes Argwohn sie erfinderischer macht, als es unter normalen Umständen von ihr zu erwarten ist.

Drei Menschen, die sich umeinander und um die Wahrheit drehen. Um Ilyane, mit oder ohne Namen.

Moritz, der in Berlin alles bekam, was er wollte, scheint den alltäglichen Aufmerksamkeiten, die Jannetje ihm bietet, entwöhnt zu sein. Sie hat echte Butter und frisches Brot im Haus, aber er findet, dass es nicht an die Qualität des deutschen Brotes herankommt. Sie hat seine Lieblingskaffeemarke gekauft, obwohl sie für ihre Verhältnisse viel zu teuer ist, doch der Kaffee kommt qualitativ nicht an den Kaffee in der Kantine des Preußischen Staatstheaters heran, geschweige denn an das, was er in seinen schicken Restaurants vorgesetzt bekam. Verglichen mit seiner Hotelsuite und erst recht mit Ilyanes Wohnung, sind die Zimmer am Stadionplein auf einmal zu klein, er stößt gegen jeden Türrahmen, die Stühle, die sie zusammen ausgesucht haben, sind zu hart, das Bett ist zu schmal, das Kinderzimmer riecht unangenehm, und die Geräusche aus dem Café zwei Stockwerke tiefer, die er früher nicht gehört hat, kann er jetzt kaum ertragen.

Er vermisst Ilyanes Leichtigkeit. Ist es das, was ihn an sie bindet, ihre Leichtigkeit? Ihm ist klar, dass es ungerecht ist, seine Frau dafür zu bestrafen, aber am Stadionplein ist die Luft einfach zu schwer und zu dick.

Tapfer versucht Jannetje, ein bisschen Fröhlichkeit aufzubringen, aber ihre Augen können die Enttäuschung nicht verbergen. Sie möchte ihre Einsamkeit mit ihm teilen, das merkt er wohl, aber er kann sie nicht auffangen. Wie ein

Fremder läuft er empfindungslos in seiner Wohnung umher. Jeder Versuch Jannetjes, die alltäglichen Dinge ihres Lebens mit ihm zu teilen, trifft auf einen Moritz, den sie nicht mehr kennt und der sich selbst nicht kennt. Wohnt er hier? Er schafft es nicht, ihr zuzuhören, andrerseits kann er auch das, was er in Berlin erlebt hat, nicht bei ihr loswerden, die alltäglichsten Dinge tragen die Farben einer anderen Person. Er ist voller Geschichten, aber bei jedem Bruchstück stößt er an diese Grenze. Wenn er Ilyane ausklammert, verliert er seine Spontaneität, zurück bleibt wenig mehr als ein parteiischer Berichterstatter seines Lebens, nicht der begeisterte Erzähler, der er normalerweise gewesen wäre. Sogar seine Erfahrungen in den Tonstudios, für die er schließlich nach Berlin gefahren ist, sind offensichtlich zu sehr von Glitzerfischchen gefärbt. Er kann nichts von den wilden Fahrten durch Berlin in dem offenen MG erzählen, nichts von Gretchen, selbst das Autogrammritual auf dem Gendarmenplatz ist suspekt, geschweige denn das Essen bei ihr zu Hause, mit Werner und Horváth. Moritz steckt in einer Klemme und wird am Ende immer stiller, mehr als ein paar Allgemeinheiten bleiben nicht, das ständige Schneegestöber, die U-Bahnbaustellen und offene Cabriolets. Und das weiß sie längst von ihrem Vater.

Jannetje fängt wieder von dem Besuch seines Bruders an, von dem sie ihm in ihrem Brief geschrieben hatte, »er prophezeit, dass es Krieg geben wird und dass du dann mit unserem Kleinen zwischen den Panzern stehst und dich mit deutschen Soldaten unterhältst, was machen die deutschen Soldaten dort, und was hast du dort zu suchen?«

»Das ist wirklich Blödsinn, und es macht mich rasend, dass er dir Angst einredet. Wie kommt er dazu, das alles zu sagen, während ich nicht da bin, um ihm zu widersprechen, er weiß doch, dass du alles glaubst. Nun, ich glaube es nicht. Ich habe ihm auch früher nicht geglaubt, als wir noch jung waren und er mit diesen Prophezeiungen angefangen hat, er hat doch nur die Aufmerksamkeit auf sich ziehen wollen, und alle sind darauf reingefallen. Es hat nie gestimmt.«

Er sieht, wie gut es Jannetje tut, dass er, obwohl er wütend ist, wieder Anteil nimmt. Sie verteidigt seinen Bruder und versucht, Moritz milder zu stimmen.

»Er hat mir erzählt, wie das alles gekommen ist, wie er sich andere Welten ausdachte, weil er früher, bei euch zu Hause, nicht beachtet wurde.«

»Es war ein reiner Kampf um Aufmerksamkeit, wie sollte man es sonst nennen.«

»Und dass die Leute auf euch runtergeschaut haben, weil ihr Juden wart, dass er deshalb keine Freunde hatte und sich welche erfand, damit er mit ihnen spielen und sprechen konnte, so hat er sich eine eigene Welt geschaffen, in der alles möglich war. Und da hat er auch entdeckt, dass er andere Menschen durchschauen konnte.«

»Jannetje, bitte, erspare mir diesen Unsinn.«

»Es ist kein Unsinn, und er hat ehrlich zugegeben, dass du damit nie etwas zu tun haben wolltest, das fand er ganz schlimm. Er möchte so sehr, dass du stolz auf ihn bist ...«

»Was soll das heißen, stolz sein, diese Prophezeiungen haben mich immer beunruhigt, und jetzt machen sie mich wütend.«

Eine schwache Antwort, vor allem, weil er selbst in den letzten Jahren am Theater, an Abenden, an denen alles gut lief, ebenfalls von seltsamen Zukunftsvisionen heimgesucht wurde. Er hat sogar schon mit Pa darüber gesprochen.

»Dein Bruder ist in gewisser Weise auch ein Künstler, ein Zukunftskünstler«, hat Pa damals gesagt.

»Und von diesen ganzen Dingen mit den Juden«, fährt Jannetje nun fort, »hast du mir auch nichts erzählt. Ich weiß nichts davon. Hat das etwas mit den Soldaten am Museumplein zu tun?«

»Hör endlich damit auf«, sagt er streng, »hierher kommen keine deutschen Soldaten. Basta! Und solange ich nicht da bin, kommt mein Bruder nicht mehr ins Haus!«

In diesem Ton hat er noch nie mit ihr gesprochen, ihm ist, als höre er einen anderen reden.

»Vielleicht solltest du nicht mehr in diese Stadt zurückkehren, Liebster. Kannst du nicht bei uns bleiben, so viel Geld brauchen wir doch nicht, wir müssen nicht mit Taxen herumfahren?«

»Ich habe einen Vertrag unterschrieben, ich bin mitten in den Proben.«

»Ich brauche keinen neuen Kinderwagen, ich bin mit dem alten zufrieden, offenbar hast du etwas gegen diesen Kinderwagen, warum eigentlich, er ist doch wunderbar, ein sehr sicherer Kasten, ein Kasten auf vier Rädern mit einem Bügel zum schieben, mehr braucht es nicht, ich habe selbst darin gelegen, meine Brüder und meine Schwester auch, es ist ein so süßer Kinderwagen, ich fühle mich mit ihm verbunden, du müsstest uns mal sehen, wie wir mit diesem eisenstarken Wägelchen die Bosbaan entlang spazieren gehen, sag, wollen wir die Bosbaan entlanglaufen? Dort denke ich nie an Krieg.«

»Später vielleicht, ich bin müde von der Flugreise.«

»Seit du in Berlin bist, denke ich nur noch an Krieg, vielleicht holst du den Krieg näher zu uns. Du musst dort weg, ich spüre es, ich weiß es. Seit dein Bruder hier war, fällt mir auf, dass in den Läden, in denen ich einkaufe, oder auf dem Markt, wohin ich oft mit dem Kleinen gehe, die Menschen immer von den Deutschen sprechen. Dass sie in Deutschland Schaufenster zerschlagen, warum erzählst du mir diese Dinge nicht?«

»Ich habe in all den Tagen dort kein zerschlagenes Schaufenster gesehen«, lügt er.

»Und im Zoo, wo ich mit dem Kleinen war, haben die Leute vor dem Pelikankäfig darüber gesprochen, dass die Italiener weit weg einen Krieg führen, um Erfahrungen zu sammeln, damit sie später mit Deutschland unser Land angreifen können.«

»In Abessinien. Sehr weit weg. Und es ist alles Marktgeschwätz, oder hast du das etwa auch von meinem Bruder?«

»Es stand in der Zeitung, italienische Soldaten in Abessinien! Gehen wir morgen zum Zoo, ja, gehen wir zum ersten Mal zu dritt zum Zoo, ja?«

19

Niederlande – Dänemark

Am nächsten Tag spielt die niederländische Nationalelf im Olympiastadion gegen Dänemark. Das führt am Stadionplein schon am Vormittag zu einem größeren Wirbel als an anderen Fußballsonntagen, Zehntausende Männer unter einem Wald aus schwarzen Schirmen im Regen. Lärm. Also kommt Jannetjes Vorschlag, er solle mit dem Kind ein bisschen hinausgehen, und zwar ohne sie, dann könne sie sich ein wenig ausruhen, Moritz sehr gelegen, er möchte vorübergehend weg aus der beengten Wohnung. Von unten, vom Café, ruft er seinen Freund Gust an und schlägt ihm vor, mit ihm spazieren zu gehen, er wolle etwas mit ihm besprechen.

»Etwas?«, antwortet Gust, »Jannetje ist vorbeigekommen und hat mir von deinem Luzifer-Abenteuer erzählt. Geht es darum?«

»Ja.«

»Was hast du denn jetzt wieder angefangen, pass bloß auf. Das dort ist ein Wespennest. Ich komme gleich, in zehn Minuten. Bis nachher.«

So kommt es, dass an einem regnerischen Sonntagnachmittag zwei sich lebhaft unterhaltende, viel beachtete Männer hinter einem klapprigen Kinderwagen herlaufen.

»He, Trottel, kann deine Frau nicht schieben?«

»He, Lahmarsch, hast du nichts anderes zu tun?«

»Ach du Armer, hat man dir eine Strafe aufgebrummt?«

Wären es SA-Männer gewesen, hätte er sie heftig beschimpft, doch nun lässt er die Bemerkungen an sich abprallen. Sie gehen in einem großen Bogen um das Stadion herum, aber das auf- und abschwellende Urwaldgeräusch, das die Fußballer begleitet, verfolgt sie. Er trägt Ilyanes Handschuhe, die gefütterte Innenseite fühlt sich so weich an wie die Haut an ihrem Hals, und während er den eisernen Kinderwagengriff umklammert, streichelt er von ihrem Hals aus ihren ganzen Körper.

Moritz schätzt Gust sehr, und umgekehrt hält Gust, denkt Moritz, auch viel von ihm, trotzdem gelingt es beiden nicht, ihren etwas stacheligen Umgang miteinander zu ändern. Moritz schreibt sich das selbst zu, seinem Mangel an Talent für Freundschaft. Nach ihrer Zeit an der Oberschule legte Gust das Staatsexamen ab und ging zur Universität, wo er innerhalb kürzester Zeit sein Abschlussexamen cum laude bestand. Niederländische Literatur. Vondel-Spezialist. Und Moritz ging zur Schauspielschule. Ohne cum laude. Auch Vondel-Spezialist. Auf eine andere Art.

Er kennt Gusts Zweifel wegen des *Luzifer*-Projektes, erzählt ihm, wie zuversichtlich er angefangen hat, von den Vertragsverhandlungen, von den Olympischen Spielen, dem Filmangebot. Gust lässt ihn nicht ausreden.

»Möchtest du eine Reaktion von mir? Eine ehrliche Reaktion? Ich habe lange genug darüber nachdenken können, weil Jannetje mir davon erzählt hat.«

Moritz will sofort umkehren, diese Einleitung verspricht nicht die mitfühlende Hilfe, mit der er gerechnet hat.

»Bitte, ich warte nicht gerade auf deine …«

»Du bittest mich doch um Rat, oder? Erstens, all diese Zusätze kannst du dir aus dem Kopf schlagen, kein anständiger Mensch wird heutzutage in einem deutschen Film mitspielen, nur Menschen, die unbedingt auf Aufmerksamkeit aus sind, wie Heesters und ähnliche Typen, und dann dieses Getue mit dem Turnen, das findest du natürlich toll, aber wenn du auf die Idee kommst, zu den Olympischen Spielen zu gehen, um Turner am Reck zu beobachten, dann brauchst du nicht mehr in die Niederlande zurückzukommen, auch nicht zu mir, dann kannst du nur noch Mitglied der NSB werden. Halt, warte noch einen Moment mit deinem Kommentar, ich bin noch nicht fertig.«

»Reden wir von was anderem, ich habe keine Lust auf eine derartige Diskussion, das führt zu nichts, ich suche Unterstützung, nicht jemanden, der mich runterzieht.«

»Es gibt nur einen Grund, diese *Luzifer*-Arbeit zu einem guten Ende zu bringen«, fährt Gust unverdrossen fort, »du hast schließlich schon damit angefangen, und zwar, wenn du damit einen Anschlag verübst, ja, einen Anschlag, du hast van der Lubbe doch gut gefunden, nicht wahr. *Er* mit einem Reichstagsbrand, *du* mit einem *Luzifer*, du brauchst nur dafür sorgen, dass du lebendig wieder herauskommst. Moritz, es ist mir ernst, wenn du dir das Filmen aus dem Kopf schlägst und das Turnen vergisst, ist es wirklich eine enorme Chance, eine Chance an vielen Fronten gleichzeitig.«

»Ach, Mann, du weißt nicht, wovon du redest. Bitte, hören wir damit auf.«

Gust tut, als hätte er den Einwand nicht gehört, er wird jetzt lauter. »Du kannst zu diesem Brandherd gehen, lass mich ausreden, du kannst dort etwas zeigen, was intelligenten Deutschen die Augen öffnen wird, oder womit sie im schlimmsten Fall nichts anzufangen wissen. Du kannst mit unserem Amsterdamer *Luzifer* zeigen, was mit dem Land dort passiert, welches Risiko es eingeht, wenn es auf diese Weise weitermacht und Unruhe verbreitet.«

Manchmal redet Gust so laut, dass man ihn nicht mehr verstehen kann, Moritz empfindet seine Argumentation wie die eines Außenstehenden, der zwar weiß, warum bei Vers 493 die Interpunktion weggelassen wurde, der aber von der Praxis keine Ahnung hat, in der es für den Schauspieler keine Rolle spielt, ob das eine oder andere Komma weggelassen wurde, er entdeckt das, auch ohne studiert zu haben.

Aus dem immer weiter entfernten Stadion steigt eine Art Knurren auf, als würden zehntausend Menschen Schmerzen wegen eines Tors erleiden, das entweder getroffen oder verfehlt wurde.

»Ich habe dort nichts zu sagen«, entgegnet Moritz, »es ist die Regie eines anderen, der außerdem noch die Hauptrolle spielt und der ein eigensinniger, schnell in Hysterie flüchtender, verwöhnter, vielleicht sehr überschätzter Schauspieler ist und der mich, weil er überlastet ist, gebeten hat, ihm zur Hand zu gehen. Weil er denkt, dass ich das Stück gut kenne.«

»Ich merke schon, du fängst bereits wieder an, einen Rückzieher zu machen. Wenn es spannend wird, dann ist der Herr nicht zu Hause.« Gust spricht nun noch lauter. »Mann, du brauchst doch nur ein paar Stunden, um einen eitlen Narren vollkommen von dir abhängig zu machen.«

Moritz hört, wie die Worte von allen Seiten auf ihn eindringen, der klapprige Kinderwagen mit seinem schlafenden Sohn gleicht einem Resonanzkasten für eine Sonntagspredigt.

»Ich kenne ihn vom Film, *M* von Fritz Lang. Da hat er doch mitgespielt, nicht wahr? Also kann ich mir ein bisschen vorstellen, was für eine Art Mensch er ist«, fährt die Stimme fort, »so jemanden musst du mit Komplimenten überschütten, lobe nicht nur sein Spiel, sondern vor allem seine Regieentwürfe, und mach dann ein paar Notizen am Rand, benutze die Unterschiede in den Sprachen, spiele ihm auf Vondel-Niederländisch ein paar glühende Sätze vor, dann werden sie glatt umfallen, das würdest du doch auch tun, wenn bei einer eurer Proben ein Ausländer in seiner Sprache eine leidenschaftliche Demonstration bieten würde?«

Sie setzen sich auf ein Gatter. Das Kind im Wagen sieht plötzlich den Kopf seines Vaters nicht mehr und gibt eindringliche Töne von sich. Aus dem Stadion erklingt eine Gewittervariante.

»Bestimmt eins zu null«, sagt Moritz.

»Es ist schon längst zwei zu null, Mann. Komm, gehen wir ein Stück weiter«, sagt Gust. Moritz bleibt sitzen.

»Pass auf«, fährt Gust fort, »das deutsche Theater steht im Rampenlicht, die ganze internationale Presse versucht, Signale einer Opposition darin zu entdecken, das kleinste Anzeichen verbreitet sich in der ganzen Welt und wird ausführlich besprochen, ist dir das klar? Kokoschka können sie entartet nennen, Musik, die ihnen nicht gefällt, verbieten, Filmskripte manipulieren, aber Theatertexte von Goethe und Schiller werden sie nicht einfach zensieren. Und Vondel kennen sie nicht, den lassen sie in Ruhe. Obwohl sie sich damit, ohne es zu wissen, Sprengstoff ins Haus geholt haben. Theater hat dort auf subversive Weise seine alte Funktion zurückbekommen. Vondel kommt selbst aus der Zeit der freien Predigten vor den verfolgten Anhängern der reformierten Kirche, das brauche ich dir nicht zu erzählen, Ungehorsam ist ihm in die Seele gebrannt, und du musst sie hervorholen, das ist deine Pflicht, Mann. Als Bürger der heutigen Zeit.«

Moritz spürt, dass Gust etwas von ihm erwartet, aber er ist noch nicht so weit, für ihn sind eine Palastrevolution, ein politischer Umsturz kindische Ideen in einer Situation, von der Gust keine Vorstellung hat.

»Vielleicht kann ich meinen Alten so weit kriegen, dass er mir eine Reise nach Berlin und ein Hotel bezahlt.«

»Nein, bitte, tu das nicht. Es gibt schon genug Leute, die mir auf die Finger schauen.«

Moritz steigt vom Gatter hinunter, vielleicht hat sein Kind Hunger oder es kriegt unter der Decke keine Luft. Oder es wehen ein paar verirrte Schneeflocken in den Wagen. Wird er beim nächsten Spaziergang einen funkelnagelneuen glänzenden deutschen Kinderwagen schieben? Oder bleibt er in Berlin? Während der paar Meter zum klapprigen Wagen läuft ihm ein Schauer über den Rücken. Hat Ilyane die ganze Zeit dort auf der Wiese gestanden? Sie lässt ihn wissen, dass sie mit Gust einer Meinung ist, sie wünscht sich auch, dass er dem deutschen *Luzifer* eine anderen Wendung gibt, dann wäre sie sehr stolz auf ihren Moritz. Wo bleibst du, Moritz?

Während er seinen Sohn betrachtet – woran mag er wohl denken, wann fängt Denken eigentlich an, erst wenn man ein paar Wörter kennt? –, dringt die Tragweite dessen zu ihm durch, was Gust von ihm verlangt, und vorsichtig versucht er, die Chancen auszuloten, Position zu beziehen, Ilyane mit *Luzifer* zu verbinden und *Luzifer* mit einem Aufstand. Eine andere Stimme sagt ihm, er solle damit aufhören lieber den Sabber um den Mund seines Kindes abtupfen, vorsichtig, vorsichtig! Das Kind fängt sofort an zu lachen.

Je näher die beiden Männer auf dem Rückweg dem Stadion kommen, umso lauter wird der Lärm und macht es unmöglich, sich zu unterhalten. Sie verabreden, sich in einer Stunde noch einmal zu treffen, diesmal zu Hause bei Gust, der um die Ecke wohnt, am Marathonweg, wo sie sich ungestört weiter unterhalten können. Jannetje würde bei ihrer verschwörerischen Kungelei nur Angst bekommen und sich in ihren Bedenken, er sei in Berlin am falschen Ort, nur bestätigt fühlen.

Moritz kämpft gegen den Lärm aus dem Stadion an, als er von seinen Abenteuern in Berlin berichtet, von dem Auftritt der Rassenexperten in den Studios und auch von dem alten Mann und der SA.

»Ein lächerliches Ringen um Aufmerksamkeit. Du hast ein Kind, das musst du bei allem, was du tust, berücksichtigen, du darfst nicht vergessen, dass du Frau und Kind hast. Arschloch, du bist Vater, das ist im Moment das Wichtigste! So werden wir *Luzifer* nicht in Angriff nehmen, bist du denn ganz verrückt geworden?«

Gust muss allerdings zugeben, dass sein Aussehen Moritz aus der gefährlichen Situation gerettet hat, und auch, dass diese Erfahrung Perspektiven für die nähere Zukunft bietet, weil die NSB, falls sie in den Niederlanden die Wahl gewinnt, sich vielleicht ähnlich schändlich auf den Straßen aufführen wird, wie die SA in Berlin.

»Judenjagd haben sie nicht im Programm, noch nicht, aber das widerwärtige Pack, zusammengewürfelt aus all jenen, die wir leider unsere Landsleute nennen müssen, scheint mir doch zu einigem fähig. Dein Jüdischsein bleibt mir sowieso ein Rätsel, sogar in der Höhle der rassistischen Löwen sehen sie also nicht, dass mit dir vielleicht etwas nicht stimmen könnte. Hast du ein Glück! Übrigens, dein Kind ist ganz schön brav, wir gehen nun schon ein ganzes Fußballspiel lang spazieren und beachten ihn kaum, und er ist mucksmäuschenstill. Sollte er nicht langsam sein Fläschchen bekommen? Ihr wolltet doch zum Zoo?«

»Dafür ist es schon zu spät. Ich denke, ich lasse sie in der Kleidung spielen, die sie auf den Proben tragen. Schauspieler werden durch überflüssige Stoffmengen nicht besser. Noch dazu ist der Text für deutsche Schauspieler ein ganzes Stück schwieriger, ich muss also alles tun, damit sie sich wohlfühlen.«

»Da fängt der Herr schon wieder an, wieso sollen sich die Schauspieler wohlfühlen, herausfordern sollst du sie. Wenn sie sich wohlfühlen, fallen sie nur auf das zurück, was sie schon einmal gezeigt haben. Wann fängst du endlich mal an, dich zu streiten, Mann.«

»Hast du dich schon mal auf Deutsch gestritten?«

»Die Geschichte vom Zusammentreffen mit der SA hört sich doch verdächtig nach Streit an, stauch die Schauspielern einfach mal zusammen, sonst machen sie das, was sie schon seit dreißig Jahren machen. Du bist dort, damit etwas anderes passiert. Heutige Kleidung? Gut, aber dann nur ganz bestimmte Sachen, lass sie einen Frack tragen, setz ihnen einen Hut auf, gib ihnen einen Spazierstock in die Hand, oder eine fünfzig Zentimeter lange Zigarettenspitze oder so. Sie sollen etwas Ausgefallenes tragen, sonst wird das Publikum noch denken, wir wären alle Engel.«

Inzwischen kann er sich gut vorstellen, dass Gust nach Berlin kommt. Er möchte auch einen anderen Jugendfreund, einen Bühnenbildner des Stadttheaters, mit einbeziehen. Mit ihm hat er einmal bei einer Amateurvorstellung zusammengearbeitet, sie hatten kaum Geld, und der Mann hat mit minimalen Mitteln eine nie da gewesene Beleuchtung auf die Bühne gebracht.

»Zu dritt sind wir eine starke Mannschaft, mit euch beiden würde ich es bestimmt schaffen.«

»Gut so, Hauptsache, du mobilisierst deinen Kampfgeist. Du musst dieser deutschen Teufelswelt ein Schnippchen schlagen. Schau nur, was für ein böses Gesicht dein Sohn macht, als wollte er sagen, Junge, Junge, wovon redet ihr eigentlich. Ruf du Reinbert an, dann gehe ich schon mal in mein Kabuff, ein bisschen aufräumen für den hohen Besuch, bringt was zu essen mit, ich habe nichts im Haus.«

Das Fußballspiel ist vorbei und Tausende dampfender Männer zwängen sich durch die engen Ausgänge. Als Willkommensgruß schüttet es wie aus Kübeln, und als hätten sie sich abgesprochen, spannen alle ihre Regenschirme auf, ein Wald aus schwarzen Kuppeln über dem Dickicht der davonfahrenden schwarzen Automobile.

In der Telefonzelle neben dem Stadion sucht Moritz mit Hilfe des Portiers vom Hintereingang des Stadttheaters Kontakt zu Reinbert. Die Tür der Telefonzelle lässt er einen Spaltbreit offen, damit er auf das Kind aufpassen kann. Trotzdem wehen manchmal ein paar Tropfen auf das kleine Gesicht. Nachdem er mit Reinbert gesprochen hat, bringt er den Jungen schnell nach Hause und teilt Jannetje, die schon seit Stunden das Abendessen vorbereitet, mit, dass er noch ein Stündchen weg muss, er sucht im Küchenschrank nach einem Stück Käse und hastet dann um die Ecke, zum Marathonweg, zu Gust. Der Zoo muss eine Woche warten.

20

Marathongespräch

Ich werde auf gar keinen Fall einem Regime Handlanger-dienste leisten, das meine Parteigenossen in Gefangenen-lager einsperrt, wo einer nach dem anderen durch Unter-ernährung und Erschöpfung ums Leben kommt«, sagt Reinbert. »Wie kommst du dazu, mich darum zu bitten, du solltest doch wissen, wie ich auf so eine Frage reagiere.«

»Ich arbeite für ein Theater, das nichts mit dem Regime zu tun hat.«

»Jede Arbeit, die den Eindruck erweckt, es wäre nichts Besonderes los, ist eine falsche Arbeit.«

Gust schaltet sich ein: »Jungs, kommt, beruhigt euch, lass mich es dir näher erklären, Reinbert.« Er breitet eine Ladung Motive aus, die zeigen sollen, wie wichtig eine Tat des Wider-stands genau an jenem Ort sein könne, dass es künstlerisch und gesellschaftlich wichtig sei …

»Was heißt hier wichtig? Vielleicht ist es euch in eurem Eifer entgangen, dass die Niederlande ihre Turner schon von den Olympischen Spielen zurückgezogen haben. Oh, wuss-tet ihr das nicht? Die Herren sitzen auf einem zu hohen Ross, um sich mit Zeitunglesen abzugeben? Bomben werfen, sabotieren, Wachposten jener Lager angreifen – würdet ihr das wollen oder würde die Partei mich darum bitten, dann würde ich niemanden die Kohlen aus dem Feuer holen lassen, da würde ich sofort mitmachen.«

»Das klingt nobel, mein Freund«, sagt Gust ruhig, »aber es ist unüberlegt und weltfremd. Dort verraten sich alle gegenseitig, jeder angezeigte jüdische oder kommunistische Gemischtwarenhändler bringt seinem Nachbarn entweder einen Laden oder eine Beförderung ein. Innerhalb kürzester Zeit wirst du abgeschlachtet, Mann, bei der Passkontrolle sehen sie dir doch schon an der Nase an, was du vorhast. Und niederländische Kommunisten sind dort als Material besonders beliebt, der Hackklotz ist noch warm von unserem Huub.«[*]

»Jungs, ich gehe nach Hause, ich habe keine Lust auf so etwas, dieser belehrende Ton ist bei mir die reinste Verschwendung«, verkündet Reinbert.

»Was wir wollen, ist viel wirkungsvoller«, fährt Gust fort, »bleib noch einen Moment sitzen. Es haben schon andere Revolutionen im Theater angefangen, wir haben dadurch unser Belgien verloren, und *Luzifer* ist ein besseres Holz, um ein Feuer für einen Aufstand zu entfachen, als diese blöde Oper in Brüssel. Mit Luzifer könnten wir eine Bewegung in Gang setzen, die zu einer leidenschaftlichen Freiheitsflamme führt.«

»Und das soll nicht unüberlegt und weltfremd klingen? Du solltest dich mal hören«, sagt Reinbert. Aber er bleibt sitzen.

Gust zündet sich eine Zigarette an. »Moritz, das gilt auch für dich, wir drei sollten uns einig sein. Es geht nicht darum, aufs Geratewohl Bomben zu legen. Das hier ist eine andere Dimension. Der *Luzifer*, der Moritz und mir vorschwebt, hat alles Recht der Welt, wenn er gegen die diktatorischen

---

[*] s. S. 360

Erlasse des Allermächtigsten aufbegehrt. Ja, Reinbert, heute Nachmittag dürfen wir Gott kurz den Allermächtigsten nennen, der nur blinden Gehorsam fordert und sich nicht um das kümmert, was er früher versprochen hat. Das ist Autorität, die sich auf Terror stützt. Führerprinzip ohne Grundgesetz. Eine Gerichtsbarkeit, die von einem einzigen Mann abhängt. Widerstand wird unbarmherzig unterdrückt, Widerstand, der von oben provoziert wird, um ihn danach umso härter niederschlagen zu können, um herabzusetzen, zu erniedrigen. Engel können so etwas kaum verkraften, und Deutsche erst recht nicht.« Im Zimmer hängt ein blauer Dunst, hinter dem Gust fast verschwindet. »Jede Menge Parallelen! Und kann es eine größere Herausforderung geben, als mit diesem Theaterstück einen Aufstand zu predigen, ausgerechnet an diesem verseuchten Ort, wie du Berlin genannt hast? Verseucht? Krank! Faul, Berlin ist ein fauler Ort, ich lese meine Zeitungen, Berlin ist ein fauler Apfel, aber im Kerngehäuse gibt es noch Reste von Anstand und Gefühl für Ehrlichkeit.«

»Und diese Reste«, übernimmt Moritz, »sitzen, wie du weißt, vor allem im Theater, sie gehen in Museen oder in Konzerte. Gerade diese Menschen können wir mit unserem *Luzifer* unterstützen. Überall auf der Welt ist es das Gleiche: Die Menschen, die ins Theater gehen, kommen vorzugsweise nicht aus der ungebildeten Masse, die für ein Butterbrot kämpfen muss und deshalb immer die falschen Parteien wählt; in den Theatern der Welt sitzen die intellektuellen Eliten der Gesellschaft, gierig, eifrig auf der Suche nach Parallelen zu ihrem eigenen Leben.«

»Natürlich geht es hier nicht um Vergnügen«, fährt Gust fort, »sondern um ernsthaftes Theater. Wir reden von *Luzifer*, dem Stück, das sogar im späten Goldenen Zeitalter bereits nach nur einer Vorstellung verboten und zweihundert Jahre lang nicht mehr aufgeführt wurde, für so staatsgefährdend hat man es damals eingeschätzt!«

»Höchst eigenartig, dass man in Berlin die Genehmigung zur Aufführung erteilt hat«, fügt Moritz hinzu.

»Habt ihr das zusammen einstudiert? Ich bin immer noch nicht beeindruckt.«

»Die Amsterdamer Pfarrer konnten einfach besser lesen als die deutschen Machthabenden heute.« Gust lässt sich nicht aufhalten. »Moritz bittet uns um Hilfe. Und wir sind verpflichtet, ihm zu helfen.«

»Das Stück hat ein Geheimnis«, Moritz nimmt den Faden wieder auf, »es hat etwas Magisches, es löst Widerstand aus, Luzifers Rebellion wirkt ansteckend, ich spüre das sehr stark, obwohl ich erst seit ein paar Tagen dort arbeite. Es erweckt Sympathie für den späteren Teufel.«

»Du brauchst mir das Stück nicht zu erklären, ich habe schon vierzig Vorstellungen gesehen, die Raphael auf die Bühne gebracht hat, es weckt bei mir keinerlei Sympathie, nur Widerwillen, dieses endlose, langweilige Deklamieren von Alexandrinern habe ich gründlich satt, das möchte ich nicht mal auf Abessinisch hören, um mal eine aktuelle Sprache anzuführen.«

»Das Stück zeigt, wie man zum Teufel *gemacht* wird«, versucht Moritz zum Schluss noch. Aber er ist nicht zufrieden mit seinem Beitrag, er findet seinen Versuch im Vergleich zu Gusts Argumenten sehr schwach. Und es ärgert ihn, dass Reinbert sehr viel offener zu seinen kommunistischen Sympathien steht als er zu seinem Judesein, obwohl er das als Ansporn, sich mit Luzifer in die Höhle des Löwen zu wagen, offen einsetzen müsste. Aber er hat sich verliebt und sich deshalb dazu verführen lassen, gegen gutes Geld mit einer nicht koscheren Theaterverwaltung gemeinsame Sache zu machen. Pervers. Er hört die Stimme seines verstorbenen Vaters: Ein guter Jude ist kein Jude.

Reinberts Widerstand fordert Gust noch mehr heraus: »Ja, jetzt bin ich nahe dran, was ich jetzt sehe, stimmt: Luzifers Fall wird beschleunigt, weil er vom Aufständischen zum Revolutionär geworden ist, weil er statt nach Worten nach Waffen greift. Darauf müssen wir uns konzentrieren, Jungs.«

Moritz spürt intuitiv, dass darin der Schlüssel liegt.

»Ihr müsstet euch mal reden hören«, höhnt Reinbert, »ihr wollt ausgerechnet in dieser Zeit deutsche Schauspieler mit dem Unterschied zwischen Revolutionären und Aufständischen bedrängen! Das ist Hochverrat. Man wird das ganze Unternehmen sofort stoppen, ihr seid Traumtänzer, einfältige Fantasten, und ausgerechnet ich soll der Naive sein? Wie lange soll dieses Gespräch noch dauern?«

»Gehen wir die Sache einmal anders an«, sagt Gust, der sich fanatisch an Reinbert richtet, »das brauche ich Moritz nicht zu erklären. Bei den wenigen Regiearbeiten, die ich von ihm als Student gesehen habe, lag sein größtes Talent in der Manipulation; von Regieführen hat er nicht viel verstanden, das weißt du auch, er war ganz offenbar ein Meister im diplomatischen Lavieren zwischen dem, was möglich war, und dem, was nicht ausgesprochen werden konnte, und jetzt wird er mit den Deutschen genau so arbeiten, ohne dass er erwähnt, worum es ihm geht. Ohne je Worte wie »Aufständischer« oder »Revolutionär« in den Mund zu nehmen, wird er seine Spieler inspirieren, nach einer Ausdrucksform zu suchen, die aufständisches Benehmen geradezu ausstrahlt.

Und so eine Einstellung zum Spiel setzt eine Vorstellung sofort in ein anderes Licht.«

»Und ich soll für die richtige Beleuchtung sorgen. Vergiss es.«

Gusts Zigarre glüht auf, er lässt den Kopf hängen, und Moritz weiß auch nicht mehr, welche Argumente er noch anführen könnte.

»Ich soll in einer Stadt arbeiten, wo sie Juden und Kommunisten verhaften, wo sie Bücher verbrennen, wo sie Brandbomben in eine Synagoge werfen, mitten zwischen die Gläubigen?«, fährt Reinbert fort. »›Er strebt hinauf zum Licht‹ – hört ihr, wie Apollion das sagt? Als anständiger Mensch hat man die Pflicht, sich von dort fernzuhalten. Ihr tut immer noch, als wärt ihr Studenten«, fährt Reinbert auffällig ruhig fort, »die Herren schmieden Pläne, als würde es sich um eine neue Diskussionsrunde handeln, den Pfadfinder-Vondel-Club.«

Das lässt Gust sich nicht sagen. Er schaltet in einen höheren Gang:

Was Recht! Wer die Gesetze gibt, beherrscht sie.
Wie kann Gerechtigkeit so ungerecht sein?
Wer kann Gott tadeln und Gesetz ihm geben?
Der Vater lehr' sein Kind, ihm nachzufolgen.

Moritz schaut auf seine Uhr, er hätte schon längst zu Hause sein sollen. Reinbert hat die Verabredung mit seiner Freundin vergessen, und Gust verpasst die Abschiedsvorlesung eines geliebten Professors. Eine Flasche Jenever und eine Menge Schokoladentafeln sind die einzigen Leckereien im Haus, eine fatale Kombination, die literweise in Kaffee erstikt wird. Der Tisch ist übersät mit den silberfarbenen Papierchen der Schokolade, und alle drei brechen sie gedankenlos die schwarzen Blöcke in einzelne Rippen. Gust und Moritz lassen Silberkugeln rollen und Reinbert bastelt eine silberne Schale. Mit einem silbernen Boden, silbernen Kulissen, silbernem Hintergrund. Die silberne Schale ist ein Bühnenbild, das sehen sie alle drei so. Moritz lässt Luzifer darin herumlaufen, in einem Regenmantel und mit einem Borsalino.

Reinbert hat noch Silberpapier übrig, das er an die Decke klebt. Engel? Moritz rollt seine silberfarbene Kugel hinein. Darauf kann ein Engel Platz nehmen. Unter Gusts Begleitung hat Luzifer einen Platz im neuen Himmel bekommen, aus silberfarbenem Papier. Jeder macht sich seine eigene Vorstellung. Wieder ein Himmel, von Menschen ausgedacht. Sie werden ganz still, und nach einer Weile sagt Reinbert: »Nimm es mit, lass es dort von jemandem in ihrer Werkstatt ausarbeiten, nimm es mit, zumindest, wenn du morgen immer noch so darüber denkst, mach damit, was du willst, aber lass meinen Namen aus dem Spiel.«

21

Egmont-Ouvertüre

Am nächsten Morgen steht Moritz sehr früh mit einer Sporttasche und einer Schuhschachtel unter dem Arm in Schiphol. Am Stadionplein hat er sich, als alle noch tief schliefen, aus dem Haus gestohlen. An das misslungene Wochenende wagt er gar nicht zu denken. Wie es mit seiner Ehe weitergehen soll, ist im Moment nicht wichtig. Solange Ilyane die Hauptrolle spielt, ist seine Zeitrechnung auf zwölf Tage verdichtet, ein Danach gibt es nicht. Er hat Jannetje mit seinem abwesenden Verhalten in den vergangenen Tage wehgetan, er hat den Schmerz gesehen, den sie mit einer verzweifelten Kraftanstrengung von sich wegzuschieben versuchte, und hat ihr nicht geholfen und sie nicht getröstet. Er wundert sich nicht darüber, dass es in seinem Kopf für all das, was er am Stadionplein zurücklässt, keinen Platz mehr gibt. Dass die Verehrung, die er seiner Frau entgegenbrachte, sich in Rauch aufgelöst hat, dass sein Sohn in den Hintergrund gerückt ist, eine Tatsache geworden ist und aufgehört hat, ein Gefühl zu sein: es beschäftigt ihn kaum noch. Ist er das wirklich, ist er dazu imstande? Ja. Vom Stadionplein ist nur noch der Name übrig, nicht der Inhalt, der bis vor kurzem einen magischen Klang hatte und sein höchsteigenes Stadionplein-öffne-dich war.

Die Junkers der Lufthansa kann wegen eines Motorschadens nicht vor dem Nachmittag abfliegen. Eine KLM-DC-2, eine viel modernere Maschine, übernimmt den Flug, wodurch Moritz, falls es keinen Gegenwind gibt, doch noch fahrplanmäßig in Tempelhof landen wird.

Auf der Herreise war er offenbar nicht empfänglich für die Sensation seiner ersten Flugreise, jetzt möchte er jede Minute bewusst erleben, vom Start an, vielleicht bringt ihm eine gewisse Todesangst ein wenig Realitätssinn zurück.

Diesmal wird er nicht von einer Hostess mit einer Hakenkreuznadel bedient, sondern von einer Landsmännin mit einem Abzeichen, das mit seinen Flügelkrallen ebenfalls aussieht, als wolle es die Welt erobern.

Die Douglas bohrt sich durch die tiefhängenden Schneewolken, und dann entfaltet sich bei strahlendem Sonnenlicht unter ihnen ein üppiges Wolkenbild wie ein Rubenshintern, überirdisch und in einem neuen Blau und einem brennenden Rosa, Farben, die auf der Erde unvermischbar sind. Eine Luzifer-Welt aus der Zeit vor den Gesetzesänderungen. Als hätte Vondel aus einer Douglas heraus Apollions Reise komponiert:

Rund ist der Garten, wie der Erde Körper.
Inmitten steigt der Berg auf, dem der Hauptquell
Entplätschert, in vier Flüsse sich ergießend,
Bewässernd alles Land, die Bäume labend …

Mit einer Tasse Kaffee in der Hand, die Schuhschachtel mit der Bastelarbeit aus Silberpapier auf dem Schoß und ein paar Notizblättern von gestern Nachmittag auf der Schachtel, stellt er Überlegungen zu Gusts These und dem Unterschied zwischen Aufstand und Rebellion an. Kompliziert. Damit kann man bei den Nazis nicht ankommen, sie ersticken jeden

Aufstand im Keim. Langsam fängt Moritz an, sich hoch oben in der Luft bei der Aussicht wohlzufühlen, dass er sich bald mit dem Aufstand beschäftigen wird.

So kann der Mensch uns mächtig überwachsen?
Sein Wachstum wird uns jählings bald erschrecken,
Beugt jetzt auch seine Herrschaft sich dem Mond.
Obgleich die Macht begrenzt ist, steigt er höher,
Um in den Himmel seinen Stuhl zu setzen.
Wenn Gott dies nicht verwehrt, wie könnten wirs?

Beim deutschen Zoll wundert man sich über die Schuhschachtel, sie betrachten sie von allen Seiten, rufen immer höhere Beamte herbei, die alle durch das Guckloch spähen, als wären sie wieder in der Schule und würden sich gegenseitig einen neuen Guckkasten vorführen. Am Ende sind es die Stempel des Staatstheaters, die ihn vor einer weiteren Kontrolle schützen. In der Ankunftshalle wird er von einem Mann erwartet, der ein Schild mit seinem Namen hochhält. Wie seltsam das aussieht, sein Familienname auf einem Stück weißen Karton, was bedeutet das? Ilyane? Wo ist sie? Entlassen? Soll er umkehren? Es ist eine Nachricht von seinem Assistenten, der ihm rät, die U-Bahn zu nehmen, denn das Automobil, mit dem er ihn abholen wollte, komme nicht durch die vielen Absperrungen. Berlin sei wieder bis ins Herz von einer Paradeübung verstopft, diesmal zur Vorbereitung der Olympischen Spiele.

Da steht er nun in der viel zu imposanten Flughalle, er fühlt sich unwohl, ihm ist übel. Von der Flugreise? Schwindlig. Vom Höhenunterschied? Gehorsam nimmt er die U-Bahn und kommt hinter der Kirche am Gendarmenmarkt an die

Oberfläche. Dort sieht er wieder die Theatersäulen im grellen Gegenlicht einstürzen, diesmal nicht hinter ihm, sondern direkt vor seiner Nase, sie knicken wie Streichhölzer ein, er muss auf der Treppe innehalten, die Trümmer rollen um ihn herum in die Krater, die vom Pochen in seinem Kopf in den Boden geschlagen wurden. Als er hochschaut, sieht er, dass der stolze Fries wie durch ein Wunder weiterhin auf einer stehengebliebenen Säule ruht, Ilyane sitzt oben auf dem Tympanon und lacht, und während das Feuer aus den Kuppeln der beiden Kathedralen spritzt, lässt sie sich heruntergleiten, rennt an ihm vorbei die Stufen hinunter, packt aus dem Nichts ein mit Kartoffelsäcken schwer beladenes Fahrrad, verteilt die Kartoffeln an die eleganten Umstehenden, an tadellos gekleidete Männer auf dem Weg zur Arbeit, die den Hut vor ihr ziehen und die Kartoffeln in ihre Aktentaschen stopfen, an Frauen, die im aufwirbelnden Staub knien, vom Sonnenlicht geblendet, und wieder wirbeln Papiere durch die Luft, lose Blätter aus *Luzifer*, auch die Schuhschachtel mit dem stolzen Modell aus Silberpapier segelt durch die Luft, es stinkt nach Rauch, nach Feuer, während die *Egmont-Ouvertüre* über den verlassenen Platz hallt, falsch, weil die Instrumente nicht gestimmt sind.

Sie ist nicht im Theater, und auch beim Portier liegt keine Nachricht von ihr. Er begegnet einigen seiner Schauspieler, wissen sie, wo Ilyane steckt? Doch statt sie zu fragen, lässt er sie in der Kantine in die Schuhschachtel spähen. Sie finden den Entwurf hervorragend, fragen sich jedoch, was nun mit dem bereits aufgebauten Bühnenbild passieren soll. Wird es einfach auf den Müll geworfen? Darauf soll sich Moritz lieber nicht verlassen, so einfach geht das hier nicht. Ihre Bemerkungen dringen kaum zu ihm durch; während er alle

Schauspieler in die Schachtel schauen lässt, ist es, als säße er wie früher nach der Schule mit einer Freundin auf der Straße, als sie Passanten gegen einen Cent in ihre Schachtel schauen ließen, was damals darin war, weiß er nicht mehr, nichts aus Silberpapier. Das doppelte Guckkastengefühl verleiht ihm einen kindlichen Eifer, der die Schauspieler beeindruckt, ein Ersatz für Ilyane. Ilyane ist der Guckkasten, Ilyane ist seine Leidenschaft, seine Sicherheit. Sogar die Kantinenfrau wird von der Atmosphäre in ihrem Laden angesteckt, sie beugt sich über ihre Theke, um einen Schimmer der Amsterdamer Heimarbeit aufzufangen.

In seinem besten Deutsch fasst er das Gespräch mit seinen Amsterdamer Freunden zusammen und übt so schon für das, was er am späteren Nachmittag, in Anwesenheit des Intendanten, bei seiner ersten echten Probe erzählen will. Der Assistent macht sich Notizen. Während er so hochtrabend redet, spürt er, wie jemand hinter ihn tritt und über seine Schulter auf das silberne Modell schaut. Ilyane. Leicht wie der Flügel eines Schmetterlings berührt sie seinen Rücken. Er setzt seine Geschichte in einer anderen Tonart fort, innerlich tanzt er vor Freude.

Der Assistent muss akzeptieren, dass sie seine Aufgaben übernimmt. Die Kollegen finden es angenehm, dass sie sich auch ihrer erbarmt und hilft, das Foyer für die Probe herzurichten, auch das silbrige Modell wird aufgestellt. Wenn sie doch mitspielen könnte. Es gibt genug Arbeit beim Chor der Luziferisten. Ihre Stimme würde den schwierigen Texten gleich mehr Gewicht geben, sie brauchte die Worte nur aussprechen, dann würde alles von allein gehen: seine Waghalsigkeit, seine gefährliche Stellungnahme, seine geheime jüdische Identität, sein wachsendes Bewusstsein für die politische Situation – das alles würde einen Sinn bekommen.

Bevor die Probe anfängt, haben sie noch eine Stunde Zeit für einen gemeinsamen Kaffee. Sie benimmt sich wie eine schüchterne Mitarbeiterin, sitzt andächtig da, redet beschämt vom Palmenintermezzo im Tempelhof, als handle es sich um jemanden, mit dem sie nichts zu tun hat, sie ist nämlich keusch, absolut keusch. Doch nach einer Weile fragt sie:

»Wie waren deine Handschuhe, haben sie dir noch genützt? War es kalt in Amsterdam? Ich habe dich vermisst, es hat wehgetan, das Vermissen, ich habe dich in dieser fremden Stadt herumlaufen sehen, mit deiner Frau und deinem Sohn, ist dein Sohn gewachsen, hast du mit ihm gespielt, ich habe dich laufen sehen und gedacht, er kann mich nicht so sehr vermissen, wie ich ihn vermisse, gibt es das, dass zwei Menschen einander auf dieselbe Weise vermissen, hebt sich dann der gegenseitige Schmerz auf?«

Sie hat angefangen zu flüstern, wagt nicht einmal, ihn anzuschauen, was ist das für eine Rolle, die sie jetzt spielt?

»Darf ich bei deinen Proben dabei sein, warum sagst du nichts, ich habe den ganzen Tag frei und brauche weder zu filmen noch zu spielen, bist du einverstanden, das neue Bühnenbild ist sehr schön, du hast hart gearbeitet am Wochenende, wie findest du mein Kleid, diese Geschichte, die du den Schauspielern erzählt hast, war gut, du inspirierst alle, ich vermisse dich, auch wenn du da bist.«

»Was hast du in den ganzen Tagen getan?« Mehr kann Moritz nicht in ihren Wortstrom drängen, es ist, als wolle sie ihm keine Chance lassen, etwas Unangenehmes zu sagen.

»Am Samstag habe ich den ganzen Tag geschlafen und abends das Gretchen gespielt, nach der Vorstellung habe ich

mit Werner im *Adlon* gegessen, am Sonntagnachmittag war
ich bei meinen Eltern in Brandenburg, auf dem Land, habe
einen langen Waldspaziergang gemacht und laut mit dir
gesprochen und dir mehr erzählt, als ich es je wagen würde.
Komm mit in meine Garderobe, da können wir uns küssen.«

Während sie durch die Gänge gehen, Treppen hoch, Treppen hinunter, geht sie ein paar Schritte vor ihm her und spielt
eine distanzierte Sekretärin, einen Stapel Papiere fest an die
Brust gedrückt, sogar ihr auffälliges Kleid verändert sich
entsprechend ihren Wandlungen, in diesem Moment scheint
es ein steifes, enges und vor allem langweiliges Kostüm zu
werden.

In ihrer Garderobe schließt sie die Tür ab und drückt ihn
an die Wand, zieht ihn aus und lässt ihn nicht lange auf ihre
Nacktheit warten. Zwischen den verschiedenen Kostümen
für ihre Rollen, im schummrigen Licht des Spiegels, zwischen Schuhen und Nippes, zieht sie ihn auf den Boden. Von
diesem Moment an ist sie wieder das keusche junge Mädchen, das sich von ihm verführen lässt, er darf der Erste sein,
der in sie eindringt. Auf dem Fußboden. Er betritt eine
andere Welt, eine Welt ohne Sorgen, ohne *Luzifer* oder Stadionplein. Geschlossene Augen unter sich, Wimpern, Strich
um Strich mitwogend auf einem endlosen Meer.

Am späteren Nachmittag kommt der Intendant, lässt sich
ausführlich von ihr begrüßen. Die Vondel-Truppe ist komplett. Sie ziehen von der kahlen Kantine in das Foyer mit den
goldenen Spiegeln um. Zuerst muss der große Star noch ein
paar Anekdoten zu der bizarren Opernpraxis loswerden,
dann schaut er erschrocken auf seine Uhr und möchte sofort
anfangen.

»... denn wir haben keine Zeit zu reden, übrigens, was gibt

es zu reden, das Stück ist deutlich genug. Junger Freund, fangen wir an.«

Dann bittet Moritz ums Wort. Höchst erstaunt über diese unerwartete Initiative gibt der Intendant mit einer breiten und zugleich lässigen Geste seine Zustimmung.

Er geht zu dem silberfarbenen Modellbühnenbild, das im großen Foyer mit den Spiegeln wie eine winzige Freizeitbastelei aussieht, und hält seine Jungfernrede. Elastisch und flüssig, wie das weiche Leder ihrer Handschuhe. Seine Muskeln, Knochen und Sehnen haben in ihrer Garderobe eine neue Funktion bekommen, seine Kleidung sitzt anders, sogar die Schnürsenkel tragen, eng geknüpft, zu seinem kraftvollen Auftritt bei. Er geht im Foyer herum, verschwindet zwischen den Schauspielern und taucht wieder hinter ihnen auf, die Wimpernstriche geben ihm Halt, in flüssigem Deutsch gibt er eine Zusammenfassung von Gusts Theorien wieder, übersetzt in die Sprache der Schauspieler. Zugleich lässt er seiner eigenen Intuition breiten Raum.

»In der Spieltradition meines Landes gehen wir von der Schlechtigkeit des Teufels aus«, hört er sich sagen, »aber uns ist bewusst, dass in den ersten vier Akten kein Teufel vorkommt und es keine Schlechtigkeit gibt, sie muss ja erst noch erfunden werden« – er sieht, wie der Intendant Ilyane beobachtet – »dort oben ist doch das Paradies. Luzifer ist der Überbringer des Lichts, im Dienst seines höchsten Gebieters, aber weil das himmlische Paradies ohne Luzifers Wissen einer neuen Art, den Menschen, versprochen wird« – waren die Juden damals schon dabei oder mussten sie erst noch erfunden werden? –, »wagt es Luzifer, an den aufrichtigen Absichten seines Meisters zu zweifeln« – Adam und Eva als Juden, das wäre doch lustig –, »dem er so treu und voller Hingabe dient.«

Alles, was erst gestern in Amsterdam überlegt und besprochen worden ist, vereint sich in Reinberts silbernem Modell. Ilyanes Anwesenheit tut ein Übriges.

Nachdem er eine halbe Stunde geredet hat, kommt der Intendant auf ihn zu, stellt sich neben ihn und das silberne Modell.

»Sie sind also der Meinung, dass ein neues Bühnenbild notwendig ist? Das müssen wir noch eingehend besprechen, lieber Freund. Wie sollen wir das Herrn Nogerrath beibringen, er hat sich solche Mühe gemacht. Ich muss zugeben, dass das hier eine prächtige Kulisse ist, wie sind Sie bloß darauf gekommen, ich sehe meinen *Luzifer* schon darin umherstreifen. Entscheiden Sie, junger Freund, womit fangen wir bei den Proben an? Mit dem Anfang? Prima, dann kann ich mich noch kurz von ihrer schönen Geschichte erholen. Wir sind hier lange Geschichten nicht gewöhnt.« Er steckt eine Zigarette in seine goldene Spitze und vergisst, sie anzuzünden.

Die Schauspieler folgen dem Gespräch gespannt, die Selbstverständlichkeit, mit der der neue Regisseur mit ihrem Intendanten umgeht, ist beruhigend, doch zugleich ist ihnen bewusst, dass dieser paradiesische Zustand nur von kurzer Dauer sein kann. Wann setzt er seinen Borsalino auf? Wann steckt er seine Zigarette an? Alles hat eine Bedeutung. Der Intendant bietet Moritz einen Platz hinter dem Regietisch an, er hat also vor, die Spielleitung mit ihm zu teilen. Ilyane setzt sich schräg hinter ihn, fest entschlossen, ihm beizustehen, sie wird ihm beim Formulieren helfen, Kaffee holen, soufflieren, Grammatikfehler korrigieren, alles, sie ist zu allem bereit. Er riecht sie hinter sich.

Die Schauspieler fangen zögernd an, ihre ersten Worte zu

Sätzen zusammenzusetzen, mit unsicheren Schritten und Gesten eine Figur aufzubauen. Moritz mag die Art, mit der sie sich reinzufinden versuchten, und er schafft es, dass sie locker mit den Alexandrinern umgehen und sich Freiheiten erlauben, die im straffen Probensystem, das hier schon seit Jahrzehnten herrscht, streng verboten sind. Er verbündet sich mit dem Apollion-Spieler, bei dem er spürt, dass er bereit ist, die Initiative zu ergreifen, wenn es darum geht, alte Muster zu durchbrechen. Die Art, wie er Jules-Verne-artig zur Erde herabsteigt, wirkt so ansteckend, dass das Foyer mit den Spiegeln zu einem Spielplatz verzaubert zu sein scheint. Moritz braucht nur ein paar Stichwörter zu streuen, damit das Tempo beibehalten wird. Ilyane schiebt ihren Stuhl neben ihn: Vor Begeisterung über das freimütige Proben ihrer Kollegen stößt sie verzückte, glucksende Töne aus, wie vorher in ihrer Garderobe. Freude steigt in ihm auf. Er sitzt wieder neben seinem Glitzerfischchen.

Der zweite Akt beginnt, der Borsalino kommt zum Vorschein, das Foyer hält den Atem an, und dann klirren mit einer etwas zu hohen Stimme die ersten Worte des empörten Lichtbringers. Er hält sich sorgfältig an den Text. Zögernd macht er seine ersten Schritte. Sogar das passt zu der zweifelnden und forschenden Seite der Luzifer-Rolle. Er hat nichts Virtuoses mehr an sich, er gibt sein Bestes, sich der neuen Situation anzupassen, aber ach, wie schwer es ihm fällt. Moritz sieht, wie heldenhaft er eine ganze Weile seine Bedenken hinunterschluckt, bis er sich nicht mehr beherrschen kann und verkündet, er halte diese ganze Idee nur für eine Spielerei, einen zeitraubenden Umweg, und er leiste den Anweisungen hauptsächlich nur Folge, um seinen Kollegen mit gutem Beispiel voranzugehen.

Schnell macht sich der virtuose Schauspieler eine heilige Empörung zu eigen, erfindet ein paar Details, die unerwartete Volltreffer sind. Er spürt, dass es wirkt, gibt sich geschlagen und geht ohne weiteren Widerstand auf alle Vorschläge ein. Und stellt zu seinem Erstaunen fest, dass er ebenfalls ein Alexandriner-Jongleur ist.

»Wissen Sie«, sagt Moritz, »wir müssen Luzifer lieben lernen, wir müssen so lange wie möglich finden, dass er im Recht ist« – er hört auf mich, der große Mann hört auf mich, wenn es sich ums Geliebtsein dreht – »kein Doppelleben, Luzifer kann es wirklich nicht fassen, warum der Kurs des Engeldaseins ohne jede Vorwarnung verändert werden soll.«

»Aber kapiert Luzifer denn nicht«, sträubt sich der Intendant, während er konsequent Moritz' Blick ausweicht und Unterstützung bei Ilyane sucht, »dass er nur Ja-Sager um sich hat, die ihn aufstacheln, die ihn herausfordern, die zu viel von ihm wollen?«

»Nein, dafür ist er blind« – schau mich an, Mann – »er sieht nicht, wie ausgekocht sein Adjutant Beelzebub ist, jeder würde darauf reinfallen« – wie tadellos die Schauspieler angezogen sind, nachher, wenn ich sie herumjage, werden sie keine Bügelfalten mehr haben – »andererseits hat Beelzebub auch recht, er geht nur ziemlich rachsüchtig vor, und das merkt Luzifer nicht.«

»Aber dann ist er doch kein Führer, lieber Freund? Ein Führer wird seinen Adjutanten doch wohl durchschauen? Rachsucht gehört zu Luzifer, lieber Freund. Er muss schon ein Querkopf gewesen sein, bevor sein Gott mit seinem Adam-und-Eva-Plan ankam. Dafür gibt es bei uns ein Wort, *Racheengel*.«

Die Spiegel im Foyer widerspiegeln seine Augen, die blitzen, als würden sie sich durch die Brillengläser hindurchbohren.

»Bei uns auch, es ist die genaue Übersetzung von *Wraakengel*.«

Ilyane lässt für die ganze Truppe Kaffee kommen, sie schenkt ein, verteilt, und während sie herumgeht, um alle zu bedienen, mischt sie sich in die Diskussion ein.

»Ist eine eigene Meinung im Himmel nicht notwendig? Ist denn kein Engel mit einem eigenen Vorschlag gekommen, weil der oberste Herr das nicht für nötig hielt? Meinst du das, Moritz?«

»Ja, und das ist der große Unterschied zu eurem Faust, bei Goethe ist das Böse schon geschehen, euer Faust spielt nach dem Fall. Übrigens, Mephisto ist, wenn man ihn mit Luzifer vergleicht, nur ein unwichtiger Diener, ein Hilfsteufel, der ein bisschen lockerer mit seiner Verantwortung umgeht.«

»Pardon, Verzeihung, was sagen Sie da? Ja, Sie haben vielleicht recht«, korrigiert sich der Intendant, seine Augen schwimmen im Blattgold der Spiegelrahmen, »Luzifer gibt seinen Adjutanten den Auftrag, sich diese neuen Erdenbewohner aus der Nähe anzuschauen, daraus schließe ich, dass er misstrauisch ist.«

»Ja, so könnte man es sehen, aber …«

Die Seligkeit besteht im Sich-Begnügen,
geruhig sein in Gott, und ihm sich fügen.

»Wir sind dieses Diskutieren nicht gewöhnt. Macht man das so in Amsterdam? Wie zeitraubend.«

Einige Schauspieler brechen in sklavisches Gelächter aus. Sehr ärgerlich.

»Ich gebe dazu eigentlich kaum Gelegenheit, nur in Notfällen«, fügt er streng hinzu.

Diese Auseinandersetzung bringt Moritz zurück in die Realität, Schauspieler sind nie deine Freunde, sie ergreifen immer Partei für den Stärksten in ihrer Mitte, und in diesem Fall ist es dieser Intendant, der Hüter ihrer relativen Sicherheit, und nicht dieses selbstbewusste Männchen aus Amsterdam.

»Ich muss sagen, dass ich es unheimlich interessant finde, obwohl – sollen wir im Hinblick auf die Uhrzeit nicht weitermachen?«, schlägt der Intendant vor.

Jetzt kommt es darauf an, die Oberhand zu behalten und nicht zuzulassen, dass ein anderer bestimmt, wann es weitergeht: zuerst kommt Ilyanes Kaffee. Moritz spürt, dass ihre Anwesenheit ihn stützt, weil sie Einfluss auf den Intendanten hat. Für wen kommt sie zu den Proben, für ihn oder für den Niederländer? So verändert sich der *Luzifer*-Text zur Arena zweier Kampfhähne, die sich mit Vondel-Worten um eine Frau mit »von Elfenbein zwei Bronnen« streiten.

Ob die Schauspieler etwas vom Spiel ihrer Leitfiguren vermuten oder nicht, sie sind jedenfalls begeistert, dass sie dazu herausgefordert werden, andere Seiten ihres Talents zu suchen. Allmählich verschiebt sich die Bedeutung des Vondel-Textes. Was diese Bedeutung genau beinhaltet, durchschauen sie erst zur Hälfte, doch solange ihr Anführer mit gutem Beispiel vorangeht, folgen sie nur allzu gern.

Moritz fühlt sich frei. Er kann im Namen aller geflüchteten und gehetzten Juden eine Vorstellung inszenieren, an einem Ort, an dem das Böse in aller Öffentlichkeit brodelt.

Und es ist eine verantwortliche Methode, den Stadionplein vorübergehend auf Abstand zu halten und die durchsichtige Dame und die Jungen aus Danzig zu vergessen. Er bläst sich zu einem gut bezahlten Widerstandskämpfer auf. Natürlich wird es rauskommen. Irgendwann einmal. Nach der Premiere einer arischen Filmrolle wird er die Tür hinter sich zuziehen und mit Pauken und Trompeten ausposaunen: Ich bin ein *Untermensch*! Dann kann er auch Ari wieder direkt in die Augen schauen und sein Verhalten rechtfertigen.

22

»Viel Wissen fördert selten, schadet oft.«

Aber so weit ist es jetzt noch nicht, zuerst möchte er mit einer gut durchdachten Vorstellung etwas bewirken. Warum sind sie auch so dumm gewesen, ihn auf den Bock zu hieven.

Ilyane nimmt nach der Probe, beim Verlassen des Foyers, Moritz an der Hand, wieder kümmert sie sich nicht um die anderen und begleitet ihn zur Besprechung über die Änderung des Bühnenbilds. Der verliebte Star spielt für alle die Rolle der ergebenen Assistentin. Nach der Arbeitsbesprechung geht sie mit Moritz zu seinem Hotel.

»Essen wir erst etwas«, schlägt sie vor, »dein Hotel hat ein Spitzenrestaurant, ich kenne mich hier aus, als meine Wohnung umgebaut wurde, habe ich monatelang hier gewohnt, ich kenne viele der Zimmer von innen.«

Gut versteckt sitzen sie in einer Ecke der Hotelhalle und warten auf ihre Bestellung. Ilyane entpuppt sich als ideale Mitarbeiterin in einer Notsituation, die von einem doppelten Zeitplan abhängt.

Verliebt, wie er ist, sieht er uniformierte Mitglieder der Parteispitze durch die Halle laufen, hört sie mit den Hacken auf die imitierten Marmorfliesen knallen. Luziferisten nach dem Fall. Verdammt. Ist es das, worum es bei *Luzifer* geht? Wie aus unbedarften Menschen Teufel werden können? Ist das nicht zu dick aufgetragen?

Sie erzählt ihm, dass Werner endgültig beschlossen hat, nach Brasilien abzureisen, weil man ihr keine Film- oder Theaterrollen mehr anbieten will, solange sie einen Juden unter ihrem Dach beherbergt. Eine Mitteilung von ganz oben. Das möchte Werner nicht auf dem Gewissen haben. Das Datum ist noch nicht bestimmt, doch sobald es ein Schiff gibt, ist er weg. Wieder ist ihre Karriere am Bruch ihrer Beziehung schuld, und diesmal ist er endgültig. In etwa zwei Wochen, wenn Moritz wieder in den Niederlanden ist, wird Werner über Rotterdam nach Südamerika fahren. Alles ist geregelt, Visa, Devisen, Habseligkeiten. Fehlt nur noch das Datum. Wieder wird einer von Zehntausenden aus dem Paradies seiner Heimat vertrieben. Werner weiß über ihre Beziehung Bescheid, und vielleicht war das ja der letzte Tropfen, erzählt sie in ihrem perversen Hang nach Aufrichtigkeit.

»Er würde sich gern mit dir unterhalten, wenn du ein halbes Stündchen erübrigen kannst, er mag dich, er findet alle meine Freunde etwas Besonderes, er könnte es nicht ertragen, wenn ich mit irgendeinem Trottel daherkäme. Und er würde auch gern bei einer Probe von *Luzifer* dabei sein, findest du das in Ordnung?«

»Du brauchst nicht immer fragen, ob etwas in Ordnung ist, alles geschieht doch sowieso, wie du es willst. Gleich wirst du mich fragen, ob ich Werner in Rotterdam zum Abschied nachwinke.«

Erst später wird ihm bewusst, dass diese Reaktion der erste Riss in ihrer Beziehung bedeutete. Bis dahin hat er alles von ihr und sie von ihm akzeptiert, verblendet, wie sie durch ihre hektische Verliebtheit sind. Er steckt zwischen ihrem und seinem Ehrgeiz fest. Seinen Ehrgeiz füttert er mit Verliebtheit, oder ist es das Gegenteil? Kann er im Jetzt leben, ohne dass es eine Zeit davor gibt, und ohne etwas von einem Danach zu wissen? Jetzt sind sie sich nah, sehr nah, aber wie lange dauert dieser Zustand noch, wie lange gibt es dort Platz für ihn?

»Warum küsst du mich nicht?«

Als am nächsten Tag bei der Probe der Gabriel-Darsteller den Satz »Viel Wissen fördert selten, schadet oft« deklamiert, platzt es aus ihm heraus: »Solche Ratschläge hört man jeden Tag von allen Seiten; wäre es nicht klüger, um Scherereien zu vermeiden, den Satz gleich zu streichen?«

Auf solche Bemerkungen folgt normalerweise Schweigen, nur ab und zu kocht eine heftige Diskussion hoch, die zeigt, dass die Spielertruppe nicht so homogen ist, wie sie sich gibt. Dann wechselt der Intendant blitzschnell die Rolle und spielt auf virtuose Weise eine Vielfalt an Interpretationen zu seinem geliebten »Sein oder Nichtsein« oder zu anderen Zitaten, die auf die Situation mit den Nazis Bezug nehmen, und verkündet anschließend seelenruhig: »Damit hat es nie ein Problem gegeben, die hohen Herren sind verrückt nach ›Sein oder Nichtsein‹.«

Moritz sieht jeden Tag an der Art und Weise, mit der der Intendant die Probebühne betritt, wie die Sorgen um die Verhältnisse »draußen« ihn zunehmend bedrücken, die weder durch Tabletten noch starken Kaffee zu vertreiben sind. Nur das Theater als Ersatz für die Wirklichkeit gibt ihm die Chance, seiner Sorgen Herr zu werden. Er betrachtet es quasi als Adrenalinspritze, um seinen verkrampften Körper in einen Zustand der Geschmeidigkeit zu bringen, sonst kann er seine Schauspieler nicht länger anführen. Er zittert vor Anspannung. Das Aufbauen einer Figur, die noch taktischer agieren muss als er selbst, verlangt seine ganze Konzentration. Ist es der Intendant oder ist es Luzifer, der auf fast leidenschaftliche Weise gegen Gottes Befehle aufbegehrt? Ob er an hohe Nazis denkt, wenn er von der Gottheit spricht, oder vielleicht sogar an Adolf selbst, dem er schon verschiedene Male begegnet ist und von dem er, so oft man möchte, erzählt, dass er eine undurchdringliche Präsenz ausstrahle, die ihn wie ein Saturnring schütze. Und dass er sich selbst, verglichen mit ihm, für ein armseliges Geschöpf halte. Muss er deswegen unbedingt Luzifer spielen? Ist Adolf die Gottheit, die ihn enttäuscht? Aber er wagt es nicht, offen Widerstand zu leisten, und missbraucht deshalb den alten Vondel.

Während der Proben sieht Moritz, wie er jeden und alles im Auge hat und geschickt seine Erfahrungen einsetzt, sich nach allen Seiten abzusichern. Seine *Luzifer*-Komposition hält sich alles offen, er entbrennt nicht sofort in Wut, und an seinen Zweifeln wird spürbar, dass er sich nicht einfach zu offenem Widerstand hinreißen lässt. Ein holländisch-deutscher Hamlet! Moritz sieht den sich windenden Intendanten im Kampf mit dem Engel, in seinem Kopf wüten Stürme und immer wieder lugt er unter dem Borsalino hervor, auf der Suche nach Unterstützung:

»Siehst du das so? Ist es das, was du meinst, Holländerchen? Ist das nicht ein bisschen zu naiv?«

Moritz merkt, dass einer der Schauspieler schon seit ein paar Tagen Kontakt zu ihm sucht, er möchte offenbar etwas loswerden. Will er seine Rolle zurückgeben, oder was bedrückt ihn? In einer Pause nimmt er ihn zur Seite und dann bricht es stoßartig aus dem Mann heraus: Er hat eine jüdische

Frau und er wird beim Ensemble nur geduldet, weil der Intendant ihn schützt.

»Ihr Vater hat im Weltkrieg gekämpft, er hat das Eiserne Kreuz bekommen, und jetzt hat man ihm gekündigt. Er war Spezialist in einem Krankenhaus, und ist nun ohne Einkommen. Man könnte ihn sogar mit Luzifer vergleichen, aber dagegen ankämpfen hat hier, in Berlin, nicht viel Sinn. Wir wissen nicht, was wir tun sollen. Ich bin jetzt der einzige Ernährer für zwei Haushalte. Dabei muss ich jeden Moment damit rechnen, entlassen zu werden, ich kann so nicht arbeiten. Und dann mache ich auch noch bei einem Stück mit, das mich mit jeder Zeile tiefer in mein eigenes Elend stürzt. Ich möchte Sie damit nicht belästigen, Sie haben nichts damit zu tun.«

»Verlass dich auf den Intendanten«, versucht Moritz, »er ist ein guter Kerl, er lässt dich bestimmt nicht im Stich.«

»Aber selbst er kann nicht verhindern, dass mich meine Kollegen als Gefahr für ihre eigene Position sehen, sie haben Angst, dass sie, wenn bekannt wird, dass ich noch immer hier spiele, als Judenhelfer betrachtet werden.«

Moritz lobt den Intendanten ausgiebig und versichert dem verängstigten Mann, dass er innerhalb dieser Mauern sicher ist. Er tröstet ihn, zeigt Verständnis für seine unmögliche Position, versetzt sich in die Lage seiner Frau und schämt sich. Er, der verliebte, maskierte, kollaborierende Jude.

Eigentlich sollte ich ihm raten, so schnell wie möglich mit seiner ganzen Familie zu emigrieren. Am besten schon morgen, dann könnte er die beiden Jungen aus Danzig mitnehmen. Soll ich für ihn einen Platz in Amsterdam organisieren? Nein, das tue ich nicht, das ist zu schwierig, ich beschwichtige, glätte, ich mache gemeinsame Sache mit dem Feind. Ich bin verliebt, was soll ich mit einem Kinderwagen. Wo liegt eigentlich der Stadionplein?

Ilyane holt ihn aus seinem Gespräch mit dem verängstigten Schauspieler.

»Er klagt jedem seine Not, das ist wirklich dumm, er soll froh sein, dass er hier untergekommen ist, sonst wäre er arbeitslos, ich verstehe diese Leute nicht.«

Sie nimmt ihn mit in ihre Garderobe, ein Stockwerk höher. Dort lieben sie sich leidenschaftlich, bis der Gong, der die Pause beendet, in ihre erhitzten Köpfe dringt.

23

Raphael rutscht aus

Moritz spürt, dass er sich verändert, er kriecht aus einem holländischen Ei, weiß aber noch nicht, welche Form er annehmen wird. Er versteckt seine Gefühle für den Stadionplein im Kühlschrank. Seinen kleinen Sohn schiebt er aus seinem Blickfeld. Dass er irreparablen Schaden anrichten wird, steht fest, trotzdem macht er weiter. Zwei Schienen ziehen sich durch seinen Kopf, und er entscheidet sich, das rote Licht zu missachten.

Die Nächte mit Ilyane schenken ihm eine unbändige Energie, tagsüber ist ihm nichts zu viel. Er sieht sich selbst, wie er sich locker und frei bewegt, er lacht allen zu, unterhält sich mit wildfremden Schauspielern, mischt sich in Gespräche über Theaterstücke ein, die er nicht gelesen hat, und zitiert Philosophen, die er nie studiert hat, von denen er seinen Vater aber hatte sprechen hören. Die hinter einer Ecke lauernden Schuldgefühle schiebt er bravurös zur Seite. Alle mögen diesen neuen Moritz, sogar Moritz mag ihn.

Er kann seinen neuen Lebemann-Status gut gebrauchen, um tagsüber ein bisschen zu bluffen. Mit treffsicheren Anweisungen unterbricht er zum Erstaunen seiner Akteure und entgegen allen Regeln ihr Spiel. Am schicken Staatstheater ist man gewöhnt, dass eine Bühnenprobe nicht unterbrochen wird, Anmerkungen des Regisseurs werden den Spielern am Probenende von den Assistenten im Flüsterton weitergegeben. Das war schon in der Weimarer Zeit so. Und dieser eigensinnige Niederländer bricht damit! Sehr ärgerlich. Aber Moritz macht es auf charmante Art, er verteilt Komplimente, verdiente oder unverdiente, man soll ihn mögen. Seine ernste Seite hebt er für Schauspieler auf, die es aus politischen Gründen nicht mehr schaffen. Für sie ist er ein sicherer Ansprechpartner, sie sehen in ihm keinen Verräter: so viel Mitgefühl mit den Unterdrückten bei solch einem Vollblutarier, da muss er einfach zuverlässig sein!

Es ist Moritz nicht gelungen, Gust in den Prozess einzubeziehen, der Intendant möchte keinen »ideologischen Einfluss«. Er finde die Arbeit mit ihm interessant, sagt er, aber das neue Konzept bewege sich schon am Rand einer Interpretation, und von Interpretationen halte er nicht viel. »Eine der Errungenschaften der neuen Zeit ist doch, dass wir endlich vom Lichtbildtheater Piscators* erlöst sind«, sogar den Namen spricht er mit Abscheu aus, »und vor allem von seinen laufenden Bändern, den Film- und Bildprojektionen auf der Bühne. Wenn wir jetzt jemanden einstellen, um unserer Arbeit einen theoretischen Rahmen zu geben, haben wir in kürzester Zeit auch Brechts Neues Testament zurück! Da fühle ich mich behindert, bitte keine Topfgucker in unserer Küche.«

»Da bin ich nicht ganz …« Zum soundsovielten Mal wird Moritz mit dem Credo des Intendanten konfrontiert:

»Stücke muss man spielen, wie sie geschrieben wurden, man muss den Absichten des Autors folgen und sich nicht Dinge ausdenken, die nicht im Stück stehen. Wahrhafte Interpretation entsteht durch das Spiel guter Schauspieler, aber

* s. S. 360

nicht, indem man ihnen etwas aufdrängt, was nicht im Stück steht.«

Und das sagt einer, der sich beim *Faust*-Fest Pa gegenüber noch beklagte, dass er nicht in der Dreigroschenoper hatte mitspielen dürfen, nichts von dem, was dieser Mann sagt, stimmt. Bevor Moritz reagieren kann, bekommt er die Zusicherung, dass er zwar innerhalb der Grenzen des Stückes bleibe ...

»... aber gerade noch so, Kollege. Mein Instinkt als Schauspieler sagt mir, dass Sie Verfechter einer sehr interessanten Herangehensweise sind, meine politische Verantwortung warnt mich aber, und mein Regisseurherz sagt mir, dass Sie sehr weit gehen. Wir Regisseure sollten uns nicht auf den Stuhl des Autors setzen wollen.« Moritz findet, dass der Intendant jetzt sehr vertraulich wird – und ihm viel zu nahe rückt. »Und dann noch eine zusätzliche Person heranziehen, nein, das lassen wir lieber bleiben.«

Es scheint, als seien die Proben nach diesem angespannten Gespräch schwieriger geworden, das Tempo ist raus, Unruhe hängt in der Luft. Moritz hat faktisch eine Niederlage erlitten, weil er sich nicht verteidigt hat. Auf diese Weise werde ich eingekapselt, Schritt für Schritt in das Berliner Denkmuster hineingezogen.

Während sie beschäftigt sind, kommt ein Portier leise in den Saal mit einer laut geflüsterten Mitteilung für Ilyane, die daraufhin erregt ihren Pelzmantel vom Stuhl zerrt und geräuschvoll verschwindet. Muss sie filmen? Oder hat sie eine wichtige Verabredung vergessen? Auf jeden Fall ist so viel Tumult im Saal, dass von der Bühne die Bitte kommt, ein bisschen leiser zu sein. Kurz vor der Mittagspause wird die Schauspielerin, die den Engel Raphael spielt, durch einen falsch ausgerichteten Scheinwerfer so geblendet, dass sie der Länge nach von der Bühne fällt. Derselbe Portier tupft ihre Schürfwunden mit Jod ab. Moritz würde ihn gern fragen, welche Nachricht er Ilyane gegeben hat. Nachdem die Schauspielerin sich wieder gefasst hat, bietet sie an, die Probe fortzusetzen. Grete, sie heißt Grete, hier heißen alle Frauen Grete, und diese Grete wird von allen zärtlich oder aus Bequemlichkeit Gretchen genannt. Grete ist eine tapfere Kämpferin. Eine nette Frau. Und schön dazu. Durch ihre harte Arbeit und ihre Begabung für klassische Texte hat sie Moritz vergessen lassen, dass er an ihrer Stelle lieber Ilyane gesehen hätte. Er nennt sie ebenfalls Gretchen.

So endet ein paar Stunden später ein enttäuschender Probentag. Moritz verlässt das Theater durch den Hinterausgang, wo ihm eine Wand aus Kälte entgegenschlägt. Während er den Pelzkragen von Werners Mantel bis oben zuknöpft, sieht er auf der anderen Straßenseite Ilyane stehen. Was macht sie da? Hat es mit der Nachricht zu tun, die ihr der Portier am Nachmittag gebracht hat? Wartet sie auf jemanden? Auf ihn? Warum steht sie da in dem beißenden Winterwind, in einem viel zu dünnen Regenmantel und mit einer Sonnenbrille, und mit einer Zigarette, die immer wieder ausgeht, auf viel zu hohen Absätzen schwankend, die Haare unter einem nachlässig zusammengebundenen Tuch? Sie sieht aus, als würde sie den erstbesten Passanten mit aufs Zimmer nehmen. Oder handelt es sich um ein Filmset? Moritz geht zu ihr hinüber und will ihr Werners Mantel umhängen.

»Nicht, lass mich, ich warte hier auf dich, aber geh weiter, beachte mich nicht, ich werde verfolgt. Geh zurück zur Theaterwerkstatt und lass die Tür offen, dann laufe ich schnell hinein in meine Garderobe, später werde ich dir alles erklären, warte auf mich in der Halle deines Hotels.«

Eine halbe Stunde später betritt sie die Halle des Hotels in einem Kostüm, das sie aus ihrer Garderobe geholt hat.

»Wozu diese extravagante Kleidung? Darin bist du viel auffälliger als in deinen eigenen Sachen.«

»Ich darf nicht mehr in meine Wohnung, bis Werner abgereist ist. Sie glauben nicht, dass er abreisen wird, ich habe sie zu oft getäuscht, ihre Geduld ist erschöpft. Tag und Nacht stehen zwei SA-Männer vor der Tür. Auf der Straße und auch vor der Wohnungstür. Ich schäme mich vor den Nachbarn, sie stehen auch auf der Rückseite, vor Werners eigenem Eingang.«

»Seit wann geht das schon, ich habe dir nichts angemerkt?«

»Du hast genug Probleme mit deiner Vorstellung, der Portier hat mir von Raphaels Sturz erzählt. Sie haben mein Telefon gesperrt, ich habe also keine Ahnung, wie es Werner geht. Kannst du über deine Botschaft ...«

Ari mit seinen Jungen aus Danzig, Ilyane mit ihrem versteckten Juden, der Schauspieler mit seiner jüdischen Frau, die Hotelhalle wird immer kleiner und kleiner, die Wände schließen sich um ihn, die Stimmen der herumspazierenden Hotelgäste sind lauter als die Stimme der gehetzten Frau ihm gegenüber.

»Ich habe mich so zurechtgemacht, dass man mich nicht gleich erkennt. Wir können nicht vor morgen mit Göring sprechen. Dort oben tobt ein Kampf, dessen Opfer jetzt ich bin. Goebbels ist eifersüchtig auf den Erfolg des Staatstheaters, das Göring untersteht, und ich bin nicht auf seine Avancen eingegangen, dafür muss ich jetzt bezahlen. Es ist ein dreckiger Haufen hier. Ich bin nicht stark genug, um mich diesen Lumpen zu widersetzen. Dafür brauche ich Werner. Nun, da sie ihn ausschalten, bist du der Einzige, der mir helfen kann.«

Leise fängt sie an zu weinen, Gretchens Tränen.

»Aber wie denn, wie kann ich dir helfen, ich bin hier Gast, ich kann doch nicht meinen Botschafter anrufen und ihn bitten, Werner vorübergehend in der Botschaft unterzubringen.« Moritz versucht sie zu trösten. Er streicht ihr über die Haare.

»Ich kann meine eigene Wohnung nicht betreten, ich brauche dich, Werner darf nicht auf die Straße gehen, und meine Grethe haben sie als Geisel bei ihren Eltern in Pommern festgesetzt. Sie darf erst nach Berlin zurückkommen, wenn Werner abgereist ist. Du musst mir helfen. Ich muss anrufen. Hilfst du mir? Als ich durch die Werkstatt zur Garderobe lief, habe ich gesehen, dass deine silberfarbenen Streifen schon geschnitten sind, hast du eine Münze für das Telefon, wie schön das aussieht, dieser Silberstreifenboden, ich bin noch nie dort gewesen, in der Werkstatt, sie haben wirklich ausgesehen wie aus Silber. Lass mich kurz den Intendanten anrufen, hast du eine Münze, wenn ich ihm sage, dass ich in diesem Zustand morgen Abend nicht spielen kann, lösen sich die Probleme vielleicht ein bisschen schneller.«

Eigenartige Geschichte, eine Unwahrscheinlichkeit nach der anderen. Wie ist es möglich, dass jemand in einer derartigen Verfassung so ergreifend ist. Je tiefer sie sich in einem Netz aus Widersprüchlichkeiten verwirrt, desto anrührender wird ihr Augenaufschlag. Spielt sie das? Lügt sie? Was immer es ist, irgendetwas stimmt nicht. Sie verschweigt zu viel, es gibt zu viele Löcher in ihrer Geschichte. Wem sieht sie ähnlich? Sie ist kreideweiß, weiß geschminkt, das ist keine menschliche Farbe, ihr Augenaufschlag ist das Foto eines Augenaufschlags, ihre Finger sind raschelnde Zweige im Frühling. Sie ist das Werbeplakat ihres neuen Films.

Der Herr am Empfang ruft sie ans Telefon, sie gibt Moritz seine Münze zurück, nimmt sich eine Sekunde Zeit, ihm einen liebevollen Blick zuzuwerfen, und verschwindet in einer Telefonzelle. Wie kann jemand wissen, dass sie jetzt in seinem Hotel ist, sie wird tatsächlich verfolgt. Hinter dem Glas sieht er sie zu Boden gleiten und zusammengekauert ein Gespräch führen. Sie scheint jedes Gefühl dafür verloren zu haben, wie sie auf andere wirkt; ihr Status schrumpft zusammen wie eine zerknitterte Zeitung. Das Gespräch dauert lange, die Fenster der Zelle beschlagen, sie verschwindet langsam aus seinem Blickfeld.

Als die Tür der Zelle wieder aufgeht, steht eine andere Ilyane da. Sie muss mit dem Erlöser gesprochen haben. »Alles hat sich aufgelöst!«, schallt es durch die volle Hotelhalle.

Wie denn, denkt er, misstrauisch, was wird sie jetzt erzählen?

»Hoher Besuch! Der Adjutant von Göring war am Telefon, mit der Einladung zu einem Lunch bei Adolf. In seinem Hotel! Ich darf eine Freundin mitbringen. Görings Frau kommt auch, sie ist eine ehemalige Schauspielerin, mit der mein Intendant viel gespielt hat, also ist es sicher.«

Sie hat sich auf den kleinen Tisch neben ihm gesetzt, zündet sich eine Zigarette an, schlägt ihre Beine wie die Dietrich übereinander, die Farbe ist in ihr Gesicht zurückgekehrt. Unter ständigem Plaudern nimmt sie einen Spiegel, zieht sich die Lippen nach und raucht entspannt weiter.

»Darf ich mich auf deinen Schoß setzen?«

»Das geht hier nicht, lass uns etwas essen gehen, dann

können wir uns ruhiger unterhalten als hier in der vollen Halle, wo dich alle beobachten.«

Sie schiebt sich trotzdem auf seinen Schoß, so selbstverständlich, dass es niemandem auffällt.

»Die Blockade meiner Wohnung ist aufgehoben worden, Grethe ist schon auf dem Weg nach Hause, aber Werner muss abreisen, na ja, das hatte er sowieso geplant. Jetzt können wir seine Abreise in Ruhe vorbereiten, denn ein Datum wurde nicht genannt.«

»Lunch mit Adolf!«, sagt Moritz und denkt: Mit so jemandem liege ich im Bett.

»Möchtest du mitkommen? Soll ich dich mitnehmen? Ich darf mir selbst eine Begleitung wählen, hat der Adjutant gesagt.«

»Nein, lieber nicht, das halte ich für unvernünftig. Ich bin Ausländer. So etwas führt zu Unruhe. Und ich denke, dass er keine Männer dabei haben will, er ist doch verrückt nach Filmstars, geh lieber ohne mich.« Er ist nicht zufrieden mit seiner Antwort, sie hört sich nicht nach Prinzipien an.

»Ich muss jetzt gehen, Werner auffangen. Sollen wir zuerst etwas essen?«

Von seinem Schoß aus ruft sie einen Ober und bittet um die Speisekarte. Sie möchte Fasan, der Ober wisse bestimmt noch, wie sie den gerne zubereitet haben möchte, »nicht wahr, Herr Ober? Fasan. Moritz, nimmst du auch Fasan? Also zweimal Fasan, Herbert.«

Während er zum ersten Mal Fasan isst, gibt es keine weiteren Überraschungen, die Moritz verkraften muss, es kostet ihn schon genug Mühe, zu Atem zu kommen. Bei Ilyane hat das Telefonat mit dem Adjutanten wie eine Vergessmaschine gewirkt, sie widmet sich hingebungsvoll mal ihrem Fasan, dann wieder Moritz' *Luzifer* und bietet ihm eine Analyse und eine Assoziation nach der anderen an.

Nach dem Diner geht sie mit ihm auf sein Zimmer. Sie möchte nicht mit ihm ins Bett, sagt sie mit ernstem Gesicht, sie möchte nur auf seinem Schoß sitzen und ihm beweisen, dass es ihr nicht darum geht, mit ihm ins Bett zu steigen. Kaum hat sie das gesagt, zerrt sie ihn zum Bett, zieht ihn aus, behält selbst ihre Kleider an, überwältigt ihn, ohne dass er Widerstand leistet, und liebt ihn leidenschaftlich, dann deckt sie ihn zu und verschwindet.

Mitten in der Nacht läutet das Telefon. Aufgeregt teilt sie ihm mit, dass sie die Rolle des Raphael spielen müsse, denn die Chance sei gering, dass das gefallene Gretchen morgen bei der Probe erscheinen könne. »Ihre vierte Rippe ist gequetscht und bereitet ihr Schmerzen beim Atmen, und während sie spielt, kann der Schmerz nicht betäubt werden. Der Intendant hat es beschlossen, und du seist bestimmt einverstanden, meint er. Er hat gesagt, dass er dich im Hotel nicht erreichen konnte. Haha, hast du so fest geschlafen? Liebes Urkerchen, ich bin dein neuer Raphael, dein nie geküsster Erzengel, ich bin glücklich, jetzt können wir noch häufiger zusammen sein. Schlaf ruhig weiter, stell dir vor, ein Engel würde in deinen Armen liegen.«

Zehn Minuten später läutet das Telefon wieder.

»Was immer passiert, ich werde auf jeden Fall zu diesem Lunch gehen, auch wenn es mitten in der Probe ist, das verstehst du doch, es wird mich inspirieren, Raphael, der mit dem Teufel speist, wer weiß, vielleicht kann ich ihn überreden. Übrigens, ich lerne gerade den Text. Kann nicht schlafen. Es ist nur eine kleine Rolle. Übermorgen kann ich sie auswendig. Versprochen.«

Am nächsten Morgen vor Beginn der Probe teilt der Intendant auf dramatische Weise den Rollenwechsel mit. »Ilyanes Fähigkeit, in einem Tag eine Rolle zu lernen, ist weit und breit bekannt, wir werden unseren lieben Moritz nicht unnötig mit den Problemen belästigen, die wir haben. Seine Hilfe und sein Einsatz sind für uns jetzt wirklich unverzichtbar...«

Alle werden jetzt zu einem anderen Raum geschickt, damit der Intendant und seine Lieblingsschauspielerin in Ruhe mit Moritz als Regisseur proben können. *Die Drei von der Tankstelle**. Das Unbehagen an der Situation verschwindet schnell durch Ilyanes Arbeitsfreude. Dass sie so oft bei den Proben anwesend war, hilft ihr jetzt sehr, sie passt sich schnell und flexibel an und schafft es, weiter zu gehen als das unglückliche Gretchen:

> Nicht höher! Leg sie nieder, ach, – o, leg nieder
> Von selber senk dies Banner und die Federn
> Der schönen Schwingen vor dem Glanze Gottes,
> Eh er dich von dem Thron, dem höchsten Gipfel
> Der Ehre, gleich dem Ziegelsteine schmettert,
> Zermürbt in Staub und Schutt und Mörteltrümmer
> So sehr, daß von dem Geisterstamm kein Zeig,
> Noch Wurzel, noch Gedächtnis bleibt, noch Leben.
> ...
> Hemm diesen Zug! Ich biete Gnade dir
> Mit dem Olivenzweig. Ergreife ihn!
> Nachher ist es zu spät.

* s. S. 360

Er findet es jetzt schon perfekt. Wenn sie mit so viel Über-
redungskraft auftritt, wird Luzifer tatsächlich noch auf seinen Aufstand verzichten. Gegen so viele liebevolle Argumente kann keiner bestehen, auch kein Erzengel.

24

Onkel Adolf

Moritz hält wenig Kontakt mit der Heimatfront. Die paar Male, die er das tut, spürt er, wie er mit seinem vagen Gerede Jannetjes Schmerz am anderen Ende der Leitung noch verstärkt. Die Entfernung wächst, wird zu groß, manchmal findet er kaum Worte, um nach seinem Sohn zu fragen, dann wieder hat er ihn vergessen und Jannetje muss ihn daran erinnern.

»Warum fragst du nicht nach ihm, oder bist du zu beschäftigt, ich verstehe es ja, Liebster, komm bald nach Hause, wir vermissen dich so sehr, vermisst du uns, ja, oder?«

Er erzählt ihr von der Schauspielerin mit der gequetschten Rippe, von der vielen zusätzlichen Arbeit, die das verursacht, sie muss doch verstehen, dass er deshalb mit den Gedanken woanders ist. Schließlich kennt sie die Bühnenpraxis gut genug, um zu wissen, dass in solchen Situationen keine Zeit zum Briefeschreiben bleibt.

Einen Tag später, bei der ersten bühnentechnischen Probe im großen Saal, werden Reinberts silberfarbene Bahnen hingelegt und aufgehängt. Das silberne Himmelszelt ist schon installiert. Moritz kann sein Glück kaum fassen, als er es zum ersten Mal sieht. Das Wunder einer erdachten Realität. Reinbert sollte hier sein. Und Gust. Ja, Gust auch. Es gibt jetzt niemanden, mit dem er in seiner eigenen Sprache Glücksgefühle teilen kann. Vielleicht mit seinem neuen Raphael?

Der sitzt mit ein paar Filmstars bei einem Essen mit Onkel Adolf im Hotel *Kaiserhof*.

Am späteren Nachmittag wird zum ersten Mal mit Bühnenbild geprobt werden. Von Amsterdam weiß er, dass eine erste Konfrontation von Spielern und Raum nie katastrophenfrei verläuft, in Berlin wird es wohl nicht anders sein. Er ist auf alles vorbereitet. Vom Saal aus sieht er, wie die Spieler sich neugierig umschauen und über den silbernen Boden gleiten. Einen Fuß nach dem anderen. Voller Angst, in den Untergrund zu sinken. Ilyane erscheint pünktlich, in einer einfachen Haute-Couture-Variante eines Dirndls. Was Onkel Adolf wohl dazu gesagt hat? Er mag kein Herausputzen, sagen diejenigen, die es wissen können. Wissen ihre Kollegen von ihrem Abstecher? Sie stöckelt auf hohen Absätzen über das silberne Schokoladenpapier. Von weitem ist sie ebenso puppenhaft wie die anderen, sie tut nichts Auffälliges, und dennoch dreht sich die ganze Welt um sie. Er sieht, wie seine Geliebte nun auch seine letzte Domäne, den silbernen Spielplatz, in Beschlag nimmt. Sie winkt in den dunklen Saal hinein in die Richtung, wo sie ihn vermutet, liebevoll, vorsichtig, aber alles, was sie unauffällig machen will, zieht nun einmal die Aufmerksamkeit auf sich. Hat sie ihrem Intendanten schon von ihrem Mittagessen in der Wilhelmstraße berichtet? Er versucht, seine Neugier zu unterdrücken, aber es gelingt nicht.

Noch ein paar Minuten und das Spiel fängt an. Er wappnet sich gegen eine mögliche Enttäuschung. Am liebsten würde er weglaufen, alles sein lassen. Sie kommen auch ohne ihn klar. In einem einzigen Tag können sie alles zurückdrehen und die Vorstellung so spielen, wie sie »gemeint« ist. Und er kann den Zug zurück zum Stadionplein nehmen. Oder ver-

haften sie ihn an der Grenze und führen ihn wegen Vertrags-
bruch in Handschellen zurück zum Gendarmenplatz, wie
der gefangene Bär, der er ist, tanzend auf seiner selbstgewähl-
ten glühenden Platte? Der jüdische Bär.

Über alle Lautsprecher in den Gängen wird »Anfang
Bühnenprobe« gerufen. Die roten Lampen springen an, als
wäre das Himmelsfeuer schon ausgebrochen, im Saal wird es
dunkel, und dann presst sich das Silber durch den quälend
langsam aufgehenden Vorhang, sprüht in den Saal und blendet die ersten Worte:

> Du, Belial, gingst auf luftgetragnen Schwingen,
> Um auszuschauen, wo Apollion bleibt.
> Ihn sandte Luzifer zum Erdenreiche,
> Den Vielerfahrnen, daß er Kenntnis nähme,
> Von Adams Glück und Sein, darein die Allmacht
> Ihn stellte.

Der Intendant, unter seinem Borsalino, setzt sich neben
ihn, alle Augen des Personals, der Bühnenarbeiter und
Schauspieler, sind auf ihn gerichtet, sie warten auf seine
erste Reaktion. Ist er einverstanden mit dem, was er geboten bekommt? Wird er, falls es ihm nicht gefällt, einen hys-
terischen Wutanfall bekommen, wie man Moritz vorherge-
sagt hat?

> Wer möchte lieber Engel sein als Mensch,
> Wenn er Geschöpfe sieht, so hoch erhaben,
> Und alle Tiere königlich beherrschend?!
> ...
> Wie süß wird Lob dem Menschen zugesungen

Und jubiliert vom Luftgezelt voll Zungen!
…
Hätt mich mein Auftrag nicht zurückgezwungen,
Vergaß den Himmel ich um Adams Reich.

Ilyane hat sich im Dunkeln hinter Moritz und ihren Intendanten gesetzt. Er spürt die Nähe ihrer Wange und die Berührung ihrer Hand. Er sieht, dass sie den andern Arm um die Schultern des Intendanten legt. Hat sie Hitler diese Hand gegeben, hat er diese Hand geküsst? Ist Hitler Links- oder Rechtshänder?

»Hervorragend, wunderschön, machen wir weiter«, klingt es laut und für jeden hörbar durch den Saal. Gegen Ende des ersten Akts steht der Intendant auf, streichelt, ohne sich umzudrehen, über Ilyanes Wange, »bis nachher, mein Raphaelchen«, geht zur Bühne und beginnt mit seinem Text noch auf der Treppe. In Amsterdam würde man für so etwas entlassen werden, das kann sich niemand erlauben.

Die Probe verläuft ohne die vorhergeahnten Katastrophen, im Allgemeinen wird sogar recht ordentlich gespielt, von allen. Ilyanes Raphael ist noch auf dem Weg, sie hat noch Probleme wegen des Probenrückstands, aber von ihr geht eine kämpferische Reinheit aus, die den Intendanten-Luzifer zu einer anderen Haltung zwingt als die, die er der vorherigen Friedensstifterin gegenüber angenommen hatte. Das Kämpferische liegt in Ilyane. Reine Intuition, umgeben von einer Aura, in der sich der Intendant im Handumdrehen zu verstricken scheint. Das wird noch eine harte Arbeit, wie schafft er es, sich aus diesem Netz zu befreien? Die Vorstellung wird noch weit abgründiger, als vorherzusehen war.

Beim gemeinsamen Abendessen im Artistenfoyer, an dem heute Abend ausnahmsweise auch der Intendant teilnimmt – sonst lässt er sich meist ein Abendessen vom Hotel *Adlon*, der einzigen Küche, auf die er nicht mit Migräne reagiert, in sein Direktionsappartement bringen –, erzählt Ilyane freimütig von ihrem Essen bei Adolf. Sie macht daraus eine fröhlich-unschuldige Reportage. Alles fing ziemlich enttäuschend an. Adolf machte ihr Komplimente wegen einer Filmrolle, die sie nie gespielt hatte, und als sie ihn darauf hinwies, wandte er sich verärgert ab. Danach wurde ihr ein Platz an einem entfernten Tisch mit uninteressanten Funktionären zugewiesen. Einer gehaltvollen Mahlzeit mit Bauernbrot und Obst folgte ein Stehempfang. Der ganze Zirkus mit all diesen katzbuckelnden Menschen um ihn herum widerte sie an. Sie fand ihn seltsam und ziemlich langweilig, ein Mann, der unaufhörlich blinzelte.

»Ich bin mit einer Freundin zu ihm hingegangen und habe ihn gefragt, ob er auch hier, in diesem Hotel, wohne, und da sagte er: ›Ja, solange die neue Reichskanzlei noch nicht fertig ist, wohne ich hier. Ich möchte mich bei Ihnen entschuldigen für meine Fehlleistung wegen der Filmrolle. Und egal, was Sie jetzt sagen, aber im *Judas aus Tirol* haben Sie mitgespielt, und in *Schwarzer Jäger Johanna* auch, das stimmt doch, darin hatten Sie die Hauptrolle!‹ Wie findet ihr das? Als das Eis erst mal geschmolzen war, habe ich ihn gefragt, ob wir auch die anderen Zimmer in seinem Stockwerk sehen dürften. Diese Frage hat ihn überrumpelt, aber er hat uns spontan eine Führung angeboten. Er hat uns sogar sein Schlafzimmer gezeigt, ein kahles Nebenzimmer, sehr kühl, mit nur einem eisernen Bett und einer altmodischen Waschschüssel. Ich fragte ihn, ob er nicht etwas mehr Luxus brauche. Da antwortete er: ›Ich möchte nicht, dass es mir besser geht als den Ärmsten meiner Untertanen.‹«

Moritz fällt auf, dass diese Bemerkung bei den Schauspielern Bewunderung hervorruft. Die Kommentare verstummen. Aber nur für kurze Zeit. Denn der Intendant unterbricht Ilyanes Bericht, indem er einwirft, dieser letzte Satz Adolfs sei ein Zitat von Philipp II. von Spanien, aus seiner Traumrolle in Schillers *Don Carlos*. Da Moritz den *Carlos* in der Schauspielschule gespielt hat, ist er sich ziemlich sicher, dass der Intendant sich irrt. Doch der ist für den Rest der Mahlzeit schon beim nächsten Thema, das sich wie immer um den großen Meister dreht.

Drei Arbeitstage bleiben noch bis zur Generalprobe, die in Berlin eine größere Rolle spielt, als Moritz es gewöhnt ist. Davor fürchtet man sich mehr als vor der endgültigen Premiere. Das findet er merkwürdig. Weil ein Beamter des Propagandaministeriums anwesend ist? Der die Macht hat, in eine Vorstellung einzugreifen und sie sogar zu verbieten? War das in der Weimarer Zeit auch schon so gewesen? Moritz erinnert sich an ein paar Skandale, die es sogar in die niederländische Presse geschafft haben, aber da handelte es sich meist um Stücke von Bertolt Brecht. Überall gibt es Zensur, auch in Amsterdam, aber das bedeutet nicht viel. Parteipolitische Aussagen gibt es nicht am Amsterdamer Theater, und selbst wenn es mal vorkommt, dann so versteckt, dass es keinem auffällt.

Es sind schwere Tage. Tagsüber wird minutiös auf der großen Bühne geprobt, abends arbeitet Moritz getrennt mit Ilyane. Die meisten Nächte verbringt er mit ihr, manchmal bei ihr zu Hause. Dann lieben sie sich und schlafen zwischen Werners gepackten Koffern und Schachteln. Ilyanes

Verhalten bleibt unvorhersehbar, an einem Morgen tut sie so, als kenne sie ihn nicht, und lässt sich ihm vorstellen, am nächsten Morgen zeigt sie sich schamlos mit ihm in der Öffentlichkeit. Manchmal spielt sie die schüchterne Debütantin, die das Glück hat, eine große Schauspielerin zu ersetzen. Dann wieder die Diva, für die es kein Problem ist, auch diese kleine Rolle zu spielen. Normalerweise wäre ihm das ermüdend vorgekommen, aber jetzt findet er alles wunderbar. Sie bleibt die Meisterin der verdrehten Wahrheit.

Ihr Raphael ist nun in der Vorstellung gelandet, als wäre sie vom ersten Tag an bei den Proben dabei gewesen. Ihr Einsatz ist vorbildlich, man merkt nichts von ihrem extravaganten Verhalten außerhalb der Proben, sie ist eine disziplinierte Profischauspielerin mit einer Ausstrahlung, die bis weit außerhalb der Theatermauern reicht. Das Kämpferische ihres ersten Rollenansatzes ist zu Leidenschaftlichkeit geworden, ihr Raphael bietet ewigen Frieden an, bedingungslosen Frieden als letzte Möglichkeit, den allerersten Weltkrieg zu vermeiden. Frieden als Passion. Ihre Alexandriner dampfen noch von der vergangenen Nacht. Ihr Friedensengel hat einen Körper, der auf Befriedigung aus ist und unverhüllt ihre »zwei Bronnen von Elfenbein« in den Kampf wirft, Raphael als keusche Hure. Moritz ist eifersüchtig auf die Liebe, mit der sie ein paar Meter von ihm entfernt Luzifer umgibt, um ihn auf die »richtige Seite« zu ziehen, eifersüchtig, dass ihre flatternden Hände, die von Adolf geküsst worden sind, nicht ihn, sondern den Intendanten berühren. Ihr schlanker Körper bewegt sich elegant und wollüstig. Am liebsten würde er auf die Bühne springen, um Luzifers Platz einzunehmen, um sie in die silbernen Bahnen zu rollen und im silbernen Dunkeln zu küssen, stundenlang zu küssen. In solchen Momenten entfernt er sich von seinem Regietisch und stellt sich hinten in den Saal, an eine der Säulen unter dem Balkon gelehnt, wie ein an den Mast gebundener Odysseus.

25

Beichte des Buchhändlers

Während des gemeinsamen Abendessens fragt Ilyane ihn ziemlich laut, ob er einverstanden ist, dass Werner heute Abend zuschaut.

»Er reist in den kommenden Tagen ab, so dass es gut möglich ist, dass er die Premiere nicht mehr erleben wird.«

»Er soll nur kommen, kein Problem.«

Moritz hat keine Lust, sich auf ihre Provokation einzulassen, er ist jetzt mit dem Kopf bereits bei der anstehenden Probe.

Während die Schauspieler sich vorbereiten, geht Moritz hinaus in das abendliche Gedränge hinter dem Theater, um frische Luft zu schnappen, er taucht in einen Laden mit gebrauchten Büchern ein und findet dort zu seinem Erstaunen eine andere deutsche Übersetzung von Vondels Luzifer, eine aus dem vorigen Jahrhundert, von 1870! Er gerät in ein Gespräch mit dem Besitzer, der ihm erzählt, das Stück sei damals eine Entdeckung gewesen.

»Es wurde mit Prometheus von Aischylos verglichen und zweimal nachgedruckt, zehn Jahre später wurde es erneut übersetzt. Und jetzt gibt es drei Übersetzungen. Die aktuellste ist nirgendwo mehr aufzutreiben, denn sie proben das Stück gerade am Staatstheater, Sie können von hier aus das Plakat mit der Ankündigung hängen sehen, dort, sehen Sie? In ein paar Tagen ist Premiere. Viele meiner Kunden möchten es zuerst lesen, bevor sie die Strapazen des Herrn Generalintendanten bewundern.«

»Strapazen?«

»Ja, Strapazen, Verzeihung, Sie sind Ausländer, nehme ich an, Sie können es nicht wissen, aber ich rede vom obersten Schauspieler dort, mit Verlaub, aber der Mann ist ein Clown, müssen Sie wissen, ein weißer Clown. Ich habe die Nase voll von ihm, er ist ein eitler Affe. Der Herr möchte mal etwas anderes als den Mephisto spielen, hat er in einem Interview gesagt, und da zieht er eine niederländische Teufelsvariante aus dem Sack. Und jetzt soll er bei diesem unmöglichen Stück auch noch Regie führen. Übrigens, man hört Ihrem Akzent an, dass Sie aus den Niederlanden stammen. Da kennen Sie das Stück bestimmt. Natürlich, deshalb interessieren Sie sich dafür. Mir bleibt immer ein schlechtes Gefühl, wenn ich einen Abend lang den Intendanten gesehen habe. Es ist sein Blick, der mir so zuwider ist, denn die Texte spricht er ausgezeichnet. Aber seine Eitelkeit kann ich nicht mehr ertragen. Ich habe für diese Saison kein Abo genommen, zum ersten Mal nach vielen Jahren. Das ist schade, aber so ist es nun mal.«

Die letzte Probe vor der Generalprobe verläuft recht gut, ist aber weit davon entfernt, inspiriert zu sein, die Erschöpfung fordert ihren Tribut. In Moritz' Kopf hallen die Worte des bedrückten Buchhändlers nach und übertönen die Alexandriner auf der Bühne.

Er steht von seinem Arbeitstisch auf und setzt sich neben Werner, der sich unauffällig hereingeschlichen hat und ihm vertraulich auf die Schulter klopft – er kann mit so viel unverdienter Kameradschaft nicht umgehen –, steht wieder auf und fängt an, durch den dunklen Saal zu tigern – worauf habe ich mich bloß eingelassen –, er kollidiert mit unsichtbaren Mitarbeitern – heute Abend werde ich einen Brief nach Hause schreiben –, stößt mit den Knien an Klappstühle – ich habe genug von dieser Hektik –, und versucht vergebens, sein Gehirn auf Vondel-Kurs zu bringen. Manchmal klatschen die barocken niederländisch-deutschen Worte wie totes Wasser gegen die Innenseite seines Schädels, dann wieder hört er sie weit weg, als würden sie in einem anderen Gebäude gesprochen.

Die Worte werden von den Balkonbrüstungen zurückgeworfen, jedes Ohr empfängt eine andere Wellenlänge. Ab und zu trifft ein inspirierter Schauspieler einen Ton, der so schön und einfach klingt, dass er nicht erwartet, er könne wiederholt werden. Es sind Inseln, und er ist nicht imstande, die geheime Wellenlänge zu nutzen, um Anweisungen zurückzufunken. Er wartet auf Ilyanes Erscheinen, er rechnet damit, dass sie, weil Werner im Saal sitzt, die Vorstellung herumreißen wird. Ihr Raphael soll schließlich mitfahren auf dem Schiff Richtung Zuckerhut.

Viele ihrer Kollegen fallen in martialische Ausbrüche zurück, wie man sie schon seit Generationen bei Schiller oder Shakespeare gewöhnt ist. Die anderthalb Wochen, die sie gearbeitet haben, haben nicht ausgereicht. Was bildet er sich ein, dass er einfach auf die Schnelle eingefahrene Muster verändern könnte?

Wie weit ist es gekommen,
Daß Himmelsbürgerstreit
Das Engelheer entzweit!
Wie ward das Schwert genommen,
So sinnlos und so blind!
Wen von den Himmelsstreitern,

Ob er auch Sieg gewinnt,
Erfreut es, sieht er scheitern
Des Himmels schönsten Sohn,
Den einst er Bruder nannte –

Trauer, meine Damen und Herren, diese Zeilen sollen Trauer atmen, keine Wut, nur Schmerz und tiefe Enttäuschung. Moritz brütet einen klaren Satz aus, der die Spieler korrigieren soll, es bleibt nicht mehr viel Zeit. Da bekommt er von unerwarteter Seite Hilfe, von jenem Schauspieler mit der jüdischen Ehefrau:

Und wende schreckliches Geschehn
Von unzählbaren Losgefährten,
Die jämmerlich verführt vom Neid
Zu solcher Widersetzlichkeit
Mit Helm und Harnisch sich bewehrten.

Aus diesen Worten spricht ein haltloser Schmerz, der seine Mitspieler ansteckt, Schmerz als tiefhängender Nebel über dem Silber, kann Raphael das Blatt noch wenden? Kann seine Sirene das?

Moritz verwandelt sich in einen Zuschauer, den ersten Niederländer, der die Zeilen aus seinem Schulbuch auf Deutsch hört. Im Dunkeln verliert er seine Maske. Was wird Werner dazu sagen? Sein Urteil ist wichtig. Er wird von dem Virus angesteckt, der die Meinung anderer so wichtig macht. Er lehnt sich an seinen Mast hinten im Saal. Augen zu: Prunksprache. Augen auf: silberne Bilder. Wäre Gust bloß da, würde er doch hier eine Zigarre rauchen, dann hätte er jemanden, mit dem er sprechen könnte.

Wie kommst du denn hierher?

Egal, ich bin da.

Aber …

Kein aber.

Stehst du hier schon lange?

Ein Stündchen.

Dann hast du den ganzen dritten und vierten Akt gesehen

Was hältst du davon?

Es fängt an, etwas zu werden

Aber ich weiß noch nicht, was

Hör lieber auf, das brauche ich jetzt nicht

Ich sehe, worauf du hinaus willst, aber es ist unklar, undeutlich,

du hast Glück mit den Schauspielern,

die sind wirklich sehr, sehr gut,

Reinberts Bühnenbild ist auch sehr, sehr gut

Zum Glück, das schon

Großer Gott, welche Talente laufen hier herum

Sprich nicht so laut

Was diese Leute alles können

Wie lange bist du schon hier?

Ausreichend lange. Du gehst nicht weit genug

Kannst du mit deinem Kommentar nicht warten

Gust rast zischend weiter durch seinen Kopf

Du bist nicht konsequent, die Schauspieler machen im Handumdrehen alles, worum du sie bittest, aber du musst ihnen klare Anweisungen geben.

Inzwischen rollen die deutschen Alexandriner weiter von der Bühne, und als würden die Schauspieler gegen Moritz' Widerstand angehen, setzen sie noch eins drauf. Moritz sieht und hört das Niveau steigen, Funken springen über.

Der ganze Himmel glüht in lichtem Brand
Von Aufruhr und Verrat.

Moritz kann sich nicht mehr auf das konzentrieren, was auf
der Bühne stattfindet – halt den Mund, ich weiß es jetzt,
kannst du nicht mal etwas Positives sagen?

Die Zeit erleidet keinen Aufschub mehr,
Ein Augenblick von Zeit ist nicht genug,
Sofern man Zeit mag nennen die Beklemmung
Zwischen dem Heil und endloser Verdammnis.

Du hast diese Schauspielerin doch dafür, damit sie dir über
den Kopf streicht, oder? Ich bin schon den ganzen Abend
hier, meinst du, ich wäre blind? Da muss noch alles Mögliche
geschehen. Ich erkenne wenig von unserem Gespräch, nur
Reinberts silbernen Guckkasten, der ist sehr schön und vor
allem wirkungsvoll, aber das habe ich schon gesagt.

26

Ein Mädchen oder Weibchen

Moritz kann nicht anders, als den letzten Teil der Probe durch Gusts Augen zu sehen. Er schafft es wieder einmal, sich so sehr in die Ideen und Meinungen eines anderen einzufühlen, dass er seine Arbeit der letzten Zeit als unterdurchschnittlich wahrnimmt. Sogar Ilyanes Raphael ist in seinen Augen blasser geworden, es gelingt ihr nicht mehr, gegen das starke Spiel des Intendanten anzukämpfen. Er gerät in Panik.

Um diesem unerwarteten Niedergang entgegenzuwirken und seiner destruktiven Einstellung Einhalt zu gebieten, lädt Moritz sich mit Adrenalin auf, er klettert auf die Bühne und unterbricht vollkommen überflüssigerweise Ilyane und Luzifer, die beide gereizt reagieren, er gibt Bühnenarbeitern unnötige Anweisungen und nimmt auffällig Rücksprache mit dem Assistenten, der nicht versteht, was er meint.

Er sieht sich selbst in der silbernen Welt herumlaufen, keinem soll es verborgen bleiben, dass er, der vielversprechende kleine Schauspieler aus dem Dorf Amsterdam auf Europas berüchtigtster Bühne brilliert, in einem silbernen Bühnenbild, mit den größten Schauspielern des Kontinents, die alle auf ihn hören, die ihm aus der Hand fressen. Auch Ilyane soll ihn herumwirbeln sehen. Er ist sich seines durchtrainierten Körpers mehr als bewusst, er macht bedeutungslose Gesten, streicht sich zu oft das Hemd glatt, zieht den

Gürtel an, gockelt mit seinen schönsten Federn. Paarungs-
tanz à la Vondel. Zu alt, um Wunderkind zu sein, zu jung,
um als Meister durchzugehen. Gust mag kritisieren, soviel er
will, ich lasse mich nicht von meiner Arbeitsweise abbrin-
gen, ich stehe jetzt auf der Seite der Schauspieler, ich möchte
sie beschützen, sie wagen sich schon so weit vor! Negative
Signale aus Amsterdam müssen eliminiert werden, unschäd-
lich gemacht. Es ist mir jetzt egal, ob Faschisten dabei sind
oder Judenhelfer, oder sogar der sich nach allen Seiten ab-
sichernde Intendant. Moritz gibt ein Zeichen, dass die Probe
fortgesetzt wird, steigt die Treppe hinunter in den Saal, setzt
sich an den Regietisch.

Bei den letzten Akten hat die Vorstellung wie durch
Zauberhand ihr altes Niveau wiedergefunden. Moritz bildet
sich ein, dass sein Aufmerksamkeit erregendes Auftreten zu
einem Ergebnis geführt hat. Der Intendant hat sein Me-
phistogehabe abgelegt und spielt nun voller Hingabe einen
sensiblen, tragischen Luzifer. Das sollte Gust mal sehen,
dann würde er seinen Kommentar wohl für sich behalten.
Moritz fühlt sich allein, so allein wie in einem Alptraum. Ist
er überhaupt hier anwesend?

Die Saalbeleuchtung geht an. Er wacht auf. Ende der Probe.
Werner ist verschwunden. Moritz hat keine Lust auf eine
weitere Besprechung mit seinen Assistenten, die versuchen,
sich durch Anmerkungslisten unentbehrlich zu machen. Er
nimmt den Mantel mit dem Pelzkragen und verlässt nicht
gerade unauffällig den Saal. Doch genau wie in den vergangenen Tagen wird er auch jetzt aufgefordert, den Intendanten in seiner Garderobe aufzusuchen. Dort muss er sich
eine Viertelstunde lang das zumeist abstoßende Leid des
Intendanten anhören und wird auf larmoyante Art in Dinge

hineingezogen, mit denen er nichts zu tun haben will. Das Thema ist immer, dass jeder ihn beschuldigt, ein Paladin Görings zu sein. Das bist du doch auch, denkt Moritz, sagt es aber nicht. Er sieht ihn Tabletten schlucken, in hysterisches Gelächter ausbrechen.

»Schönen Mantel haben Sie, ziehen Sie ihn doch mal an, diesen Pelzkragen kenne ich von irgendwoher, ach nein, vergessen Sie es, was rede ich bloß.«

Es gibt keine Möglichkeit, das Gespräch wieder zum Luzifer-im-Aufbau zu lenken. Der große Mann nimmt ihm das Notizbuch mit den Regieanweisungen aus den Händen, während er mit derselben Bewegung den Assistenten anweist, eine bestimmte Passage aus *Die Zauberflöte* auf dem Flügel zu spielen, der in seiner Ecke einladend schimmert. Schon bei den ersten Tönen legt sich die Erregung des Mannes und er vertraut Moritz an, dass ihm große Veränderungen in seinem Leben bevorstehen, er habe angefangen, eine Frau zu lieben – jetzt kommt es, denkt Moritz, jetzt lässt er die Katze aus dem Sack, und zugleich möchte er es nicht hören.

»Ich möchte, ich muss sie heiraten, Göring hat es befohlen. Auf alle Fälle ist es besser, wenn ich heirate. Wenn ich Intendant bleiben will, gehört der Status als Ehemann dazu. Und es soll sehr schnell geregelt werden. Was soll ich machen? Soll ich mich weigern? Wenn ich auf die Straße gesetzt werde, verlieren Dutzende Menschen ihren Arbeitsplatz, dann werden meine Juden an den Bettelstab gebracht. Ein Mädchen oder Weibchen, lauter, bitte, lauter! Darf mein Luzifer nicht ein kleines Tänzchen hinlegen, um alles ein bisschen weniger ernst zu machen? Sie sind so seriös. Nein, sagen Sie nichts, das geht nicht, ich weiß es auch, ich enttäusche Sie mit dieser Frage. Vergessen Sie, was ich über Göring gesagt habe, ich darf Sie damit nicht belästigen, aber ich spüre in den ersten Minuten, wenn ich meine Tabletten genommen habe, eine Euphorie, die mir alle Hemmungen nimmt. Machen Sie sich keine Sorgen, ich nehme sie nie vor der Vorstellung, immer erst danach. Sie sind ein netter Mensch, Sie helfen mir außerordentlich bei dieser Rolle, und auch jetzt, indem Sie mir zuhören, aber bitte beenden Sie Ihr Techtelmechtel mit meinem Ilyanchen. Ach, warum eigentlich, machen Sie ruhig weiter, wenn Sie sie glücklich machen, gehen Sie nur Ihren göttlichen Gang, was sage ich da, vielleicht sollten Sie mich jetzt lieber allein lassen, please, stop the music, ja? Sofort!«

Es ist also wahr, die Gerüchte stimmen, Ilyane wird diesen Stepptänzer heiraten. Es geht ihn nichts an, er kann keinerlei Rechte an ihr geltend machen, er hat ihr nichts zu bieten als eine vorübergehende, aufregende Zeit, und trotzdem ist er verletzt. Im Flur stößt er mit ihr zusammen.

»Ich habe alles gehört, ich habe mich nicht getraut, einzutreten. Später werde ich dir alles erklären.«

Sie nimmt seinen Arm, legt ihre Hand in seine, so gehen sie an der Kantinenfrau vorbei, die sich jetzt über gar nichts mehr wundert. In dieser Situation passt ihm ihre Vertraulichkeit nicht, er macht sich frei. Draußen auf der Straße dreht er sich zu ihr um, um ihr ein für alle Mal klarzumachen, dass er nichts mehr mit ihr zu tun haben will. Sie, die viel zu schöne Frau, steht noch in der Tür des Künstlerausgangs. Sobald er mit seinem Vortrag fertig ist, läuft sie auf ihn zu und schaut ihn mit einem seligen Lächeln an, als hätte sie ihm gerade vor vollem Saal ihr Ja-Wort gegeben.

»Sage jetzt nichts, Pissarro.«

»Ich muss in einer lächerlich kurzen Zeit ein Unternehmen retten«, murrt Moritz weiter, »das noch immer nicht
den sicheren Hafen erreicht hat, und ihr zieht mich schamlos
in eure persönlichen Angelegenheiten hinein. Du selbst hast
ja noch ganz schnell eine der lästigsten Rollen des Stücks
übernehmen müssen. Konzentriere dich lieber darauf, bitte.
Wirst du diesen Mann heiraten? Widerlich. Muss Werner
deshalb fort? Es ist ja wie beim niederländischen Königshaus. Bis morgen.« Er dreht sich um.

»Geh jetzt nicht weg! Bitte.«

»Ich muss los.«

»Darf ich mitkommen? Sei nicht böse, Moritz, ich werde
dir alles erklären. Werner lässt dir ausrichten, dass er von
dem Stück sehr beeindruckt ist.«

»Ach, nicht von der Vorstellung?«

»Ich habe dich noch nie böse gesehen, Moritz, bitte, lass
uns so lange wie möglich zusammen bleiben, ich brauche
dich, du darfst mich in diesem Labyrinth nicht allein lassen,
bitte. Lass mich mit dir mitgehen in ein Café. Küss mich,
bitte.«

Sie kriecht unter seinen Mantel, mitten auf der Straße.

»Du weißt nicht, wie glücklich es mich macht, dass ich in
deinem Stück mitspielen darf, dein Stück, ja, es ist dein Stück,
und ich bin darin ein Puzzleteilchen, nur auf der Bühne bin
ich sicher, wenn ich spiele, auch wenn es noch so hässlich ist,
brauche ich mich dann nicht mit mir selbst zu beschäftigen,
küss mich, ich vermisse dich, hier, auf der Stelle, vermisse
mich, bitte, vermisse mich jetzt!«

Ihre Stimmung steckt ihn nicht an, er hält sie bockig auf
Abstand, obwohl es schwierig ist, zu zweit unter dem
Mantel zu gehen. Er versucht, ihre vom Wind durch-

einandergewehten Haare zu ordnen, streichelt ihre Stirn, die fragilen Augenbrauen, die Spuren des schmelzenden Schnees auffangen und zu ihren Schläfen weiterleiten. Er taut auf, doch dann klopft ihm jemand auf die Schulter, er dreht sich um und schaut direkt in das Gesicht eines SA-Mannes.

»Weitergehen, bitte.«

In der Nähe seines Hotels sagt Ilyane plötzlich scharf: »Ich muss mit dir sprechen.«

Im Spiegel-Fahrstuhl fängt sie an, über das zu reden, was sie in der Woche nach *Luzifer* alles erwartet, zuerst Werners Abreise nach Brasilien und wie viel Schmerz ihr das bereiten wird. Gehetzt redet sie weiter, als sie schon auf seinem Stockwerk angekommen sind, dann bleibt sie plötzlich stehen, schmiegt sich unter seinem Mantel eng an ihn und sagt, dass sie seine Rückkehr nach Amsterdam nicht überleben wird. Vor zehn Minuten wäre ihm das pathetisch vorgekommen, jetzt wird er von ihr eingefangen. Sie zittert am ganzen Körper. Er versucht sie zu beruhigen, drückt sie in seinem Zimmer auf einen Stuhl und hüllt sie liebevoll in eine Decke. Dann erzählt sie schluchzend von der erzwungenen Ehe mit dem Intendanten.

»Aber das musst du dir doch nicht gefallen lassen, du brauchst dich doch nicht von irgendeinem Minister, egal, wer er ist, zur Ehe mit einem Mann zwingen zu lassen, den du nicht heiraten willst, ob es sich nun um eine Scheinehe handelt oder nicht, wir leben doch nicht mehr in der Zeit von Kaiserin Sissi. Lächerlich.«

»Ihn umgeben zu viele Skandale, jede Nacht hängt er in bestimmten Kneipen herum, um dort mit kräftigen Seeleuten anzubändeln. Und Männerliebe ist nun mal per Gesetz verboten. Wenn er nicht sofort heiratet, um all diesen Gerüchten ein Ende zu machen, verliert er seine Stellung am Staatstheater. Und wenn ich mich weigere, wird man mir die Schuld in die Schuhe schieben, dafür, dass meine jüdischen Kollegen keine geschützte Position mehr haben. Ich halte ihn für einen ganz besonderen Mann, er könnte mein bester Freund sein, aber ich kenne ihn kaum, im letzten Monat habe ich ihn noch gesiezt. Was sollen wir zusammen in einem Haus? Wenn ich ihn nicht heirate, bekomme ich keine Arbeit mehr und muss ins Gefängnis, weil ich Werner Unterschlupf gewährt habe. Dort werden sie die Briefe, die du mir schreiben wirst, öffnen und wegwerfen, so dass ich sie nie zu lesen bekomme. Sie haben mich von allen Seiten umzingelt.«

»Dann verlasse das Land.«

»Wohin? Du kannst mich nicht gebrauchen. Du wirst deine Frau und dein Kind nie verlassen. Und das möchte ich auch nicht. Es geht nicht. Und ich halte es nicht aus ohne meine Eltern. Ohne meine Sprache. Ohne meinen Beruf.«

»Deine Eltern? Was werden sie zu einer solchen Scheinehe sagen, oder wirst du ihnen vorspielen, dass du den Mann liebst?«

»Meine Mutter kann ich eine Zeitlang täuschen, aber meinen Vater nicht, der merkt das sofort. Und du, du bleibst ein Pünktchen am Horizont. Pünktchen, komm näher, ja?«

Sie zieht ihn so nahe zu sich heran, dass er sie nicht mehr sehen kann. Er möchte erfahren, was sich in ihrem Gesicht abspielt, wenn sie ihre Haut an seine drückt. Ihre Wange ist nass von Tränen. Er sieht die Form ihrer Augenbraue, eine vollkommene Augenbraue, ein lieblicher Bogen, eine

Kuppel über einem unsichtbaren Auge. Sein Mund gleitet über das geschlossene Auge, den Mondstreifen darüber berührt er nicht. Das Auge bewegt sich, öffnet sich im Dunkeln, Tränen. Ihr Kopf hebt sich, sein Mund senkt sich zu ihrem.

27

Der Dorfschmied

Vor Beginn der Generalprobe geht Moritz nacheinander in jede Garderobe, um den Schauspielern noch ein paar letzte Anweisungen zu geben. Die Garderobe des Intendanten lässt er aus.

Im Saal sitzen Menschen in kleinen Gruppen, Angehörige der Schauspieler, auch die hochgeschätzten Damen und Herren des Kartenverkaufs dürfen zuschauen, damit auch sie wissen, wovon sie reden, wenn sie Karten verkaufen. Es herrscht eine erwartungsvolle Stimmung, als fände heute schon die Premiere statt.

Nur wenige Personen im Publikum wissen Genaueres über Moritz' Funktion bei der ganzen Sache, alle gehen davon aus, dass der Intendant, wie so oft, sowohl die Hauptrolle spielt als auch Regie führt: Schließlich sitzt er an dem vertrauten Platz hinter dem Regietisch, mit seinem Borsalino, und zieht mit hektischen, nervösen Bewegungen alle Aufmerksamkeit auf sich.

Moritz setzt sich hinten in den Saal. Seit Ilyane ihm letzte Nacht das Warum ihrer arrangierten Hochzeit erklärt hat, ertappt er sich bei einer Aversion gegen seinen Hauptdarsteller. Ein irritierender Komödiant ist er, einer, der Aufmerksamkeit sucht, der die Zeilen Vondels malträtiert und der jetzt am Regietisch sitzt und so tut, als hätte er sich das alles ausgedacht, als wäre er der Retter in Not, der dem Staatstheater wieder einmal auf die Schnelle eine neue Spitzenproduktion beschert. Als Moritz langsam begreift, dass er sich mit derart nutzlosen Hirngespinsten selbst im Weg steht, ohne jedoch zu wissen, wie er seine Haltung ändern könnte, kommt ihm eine Delegation hoher Nazis zu Hilfe, die in einer reservierten Seitenloge Platz nehmen.

Der Intendant springt auf, nimmt seinen Borsalino ab, läuft durch die Stuhlreihe zum Rand der Loge, hebt den Arm wie zum Hitlergruß nach oben, um dem Reichsdramaturgen, der sich herablassend nach unten neigt, die Hand zu geben. Zum ersten Mal in seinem langen Teufelsleben grüßt Luzifer mit dem Nazi-Gruß, um einen Abgesandten der allerhöchsten Autorität auf Erden willkommen zu heißen. Unterwürfiger kann kein Luzifer sein. Was bleibt vom Weltall übrig, wenn so einer den Aufstand probt?

Im Saal wird es dunkel. Der Vorhang öffnet sich, und im nächsten Augenblick baden alle Zuschauer, auch der Club der Nazis, in dem überirdischen Silberlicht, das in den Saal strahlt.

Du, Belial, gingst auf luftgetragnen Schwingen,
Um auszuschauen, wo Apollion bleibt.

Im Saal hört man ein erstauntes Kichern wegen dieser zirkushafter Eröffnung, wegen des kindlichen Ansatzes der ausländischen Verse. Beelzebub tappt über die Bühne wie ein verirrter Chaplin, und Belial hat rote Clownsbacken. Diese Vorstellung, denkt Moritz, wird also nicht von vornherein defensiv, zu einer schwarzgalligen Bibelgeschichte eurer calvinistischen Nachbarn im Westen, die ihr zweifellos erwartet. Das wird die Nazi-Zensur auf jeden Fall positiv stimmen.

Werner, der direkt vor ihm sitzt, lässt ein heiteres Kichern hören. Und als Apollion einige Minuten später aus dem Versteck des Souffleurkastens zum Vorschein kommt, mit einem abgerissenen Zweig eines Apfelbaums von der Erde in der Hand, lachen die Zuschauer sogar laut. Sie entspannen sich in ihren Sitzen. Es erwartet sie also doch ein festlicher Nachmittag!

Der Intendant schaut ständig zur Nazi-Loge hinüber. Moritz wird von seinem Assistenten erklärt, wie viel Einfluss der Reichsdramaturg, der Zensor des Staatstheaters, hat, der mit seiner Macht weit über dem Intendanten steht. Moritz solle ihn sich als modernen Nero vorstellen, der mit einer Bewegung des Daumens das Schicksal einer Vorstellung entscheiden kann.

»Aber«, so fügt der Assistent beruhigend hinzu, »es passiert nicht oft, dass Vorstellungen verboten werden, schließlich erspart eine gezielte Regie den offiziellen Instanzen viel Arbeit. Manchmal kommt es noch vor, dass bestimmte Passagen geändert oder sogar ganz gestrichen werden müssen. Diese administrative Arbeit wird von dem Grüppchen in der Loge erledigt, deshalb sitzen sie alle da, mit Papier und Stift im Anschlag.«

»Was für ein Theater.«

Direkt vor ihm, neben Werner, sitzt Ilyane. Ein einziger Mann reicht ihr offenbar nicht, zwei sind ihr Minimum und erst bei drei wird sie ruhig. Worauf habe ich mich da bloß eingelassen, denkt Moritz.

Als Ilyane den Saal betrat, hatte sie ihm im Vorbeigehen leicht in den Arm gekniffen, und Werner hatte ihm zugeflüstert: »Nach dem Ende muss ich sofort weg, wir werden uns wohl nicht mehr sehen, übermorgen reise ich ab. Es möge dir gutgehen und viel Erfolg heute Nachmittag, es wird bestimmt sehr schön. Ich habe etwas für dich, ein Andenken, Ilyane wird es dir morgen geben. Ich wünsche dir alles Gute. Vielleicht besuchst du mich mal mit ihr in Rio.«

Väterlich streichelt er Moritz, der nicht weiß, wie ihm geschieht, über den Kopf.

»Junge, Junge, wo bist du da hineingeraten.«

Der erste Akt ist fast zu Ende. Das Publikum reagiert lebhaft, es erlebt offensichtlich einen unerwartet angenehmen Nachmittag. Während der letzten Chortexte schleicht sich der Intendant-Luzifer aus dem Saal. Er wagt es nicht, vor den Augen des Reichsdramaturgen vom Saal aus auf die Bühne zu steigen, wie er es bis jetzt bei jeder Probe getan hat. Dennoch schafft er es, durch sein auffallendes Davonschleichen die starken Schlusszeilen zu zerstören.

Laut sei überall verkündet,
Was der treue Gottesknecht
Mit Posaunenschall gelehret.
Gott in Adam sei geehret!
Gottes Wille ist das Recht.

»Setz dich an den Regietisch«, flüstert Werner ihm zu, »sonst entsteht ein Machtvakuum, und das ertragen die Deutschen nur schlecht.«

Von diesem Platz aus hat Moritz einen besseren Blick auf die Loge der Kontrolleure, schon bald sieht er, dass die Vorstellung den Herren nicht so gut gefällt wie dem Publikum. Je mehr das Publikum von dem gefesselt zu sein scheint, was sich an Himmlischem und Höllischem auf der Bühne abspielt, desto verärgerter zeigen sich der Reichsdramaturg und seine Adjutanten. Der niederländische Ansatz scheint zu funktionieren; schon jetzt präsentieren sich Befürworter und Gegner. Oder bildet er sich das nur ein?

> Die Sklaverei beginnt. Geht hin und ehrt
> Dies Neugeschlecht als unterwürf'ge Knechte!

Diese Zeilen werden nur allzu gut verstanden.

> Vor allem ist die höchste Macht verpflichtet
> An das Gesetz. Ihr ziemt am wenigsten
> Veränderung …
> Nicht weich ich der Gewalt, nicht Erztyrannen.
> Ich weiche keinen Schritt.
> Hier ist mein Vaterland.

Das kommt glasklar rüber.

> Lockst du den vierten Teil auf unsere Seite,
> Lohnt man die kluge List mit Ehr' und Ämtern.

Auch das verfehlt seine Wirkung nicht,

> Schon murren sie. Man muß hier heimlich schüren,
> Sich mischen unter sie; Verdruß noch nähren.

Während der Pause bleiben die Zensoren in ihrer Loge, der Reichsdramaturg sitzt kerzengerade und bewegungslos da, und obwohl ihm von verschiedenen Seiten alle möglichen Ratschläge ins Ohr geflüstert werden, reagiert er nicht. Der Mann spielt die Rolle eines Denkers, von dessen Urteil die

Ordnung der Welt abhängt. Auf einem Silbertablett bietet man ihm Kaffee aus einer silbernen Kanne an. Er trinkt in kleinen, zornigen Schlucken. Seine Adjutanten diskutieren flüsternd miteinander und werfen immer wieder neidische Blicke auf den Kaffee, von dem sie nichts abbekommen haben.

Auch Moritz bleibt während der Pause im Saal. Das wird von der Loge nicht geschätzt. Der Assistent wird zu den Herren gerufen, um die Anwesenheit dieses Unbekannten auf dem Platz des Intendanten zu erklären.

»Ich habe die Herren ganz allgemein über die Situation ins Bild gesetzt«, informiert ihn der Assistent, »dass du, Moritz, für den überforderten Intendanten ein Geschenk des Himmels bist, das Stück stamme aus deinem Sprachraum und so weiter. Geschäftsführer, so habe ich deine Funktion beschrieben, das stimmt doch, Geschäftsführer? Allerdings sollten wir darauf vorbereitet sein, dass Passagen gestrichen werden.«

»Machen sie das, oder müssen wir selbst das tun?«

»Das machen sie natürlich selbst«, antwortet der Assistent.

Als die Generalprobe nach der Pause fortgesetzt wird, kehrt in der braunen Loge himmlische Ruhe ein.

»Belial sieht Chaplin wirklich allzu ähnlich«, sagt Moritz nachdenklich zum Assistenten, »diese Art von Humor geht euch sowieso auf die Nerven, eigentlich dumm, dass ich nicht daran gedacht habe, ich hätte ihm für heute Nachmittag ein anderes Kostüm geben sollen.«

In Ilyanes Szene, während Luzifers Krise, könnte man eine Stecknadel fallen hören, zwei himmlische Mächte bei dem verzweifelten Versuch, sich einander anzunähern. Ilyane und ihr Zukünftiger sind auf dem richtigen Weg. Funken sprühen.

»Bedeckt das Angesicht! Fallt vor mir nieder!
Die Schwingen faltet ein und hütet euch,
Macht zu erkennen, höher als die meine!«

Da steht der Reichsdramaturg unvermittelt auf, er will weggehen, stößt einen Stuhl um, setzt sich wieder, Tassen klirren, das silberne Tablett fällt krachend zu Boden. Er dreht der Handlung auf der Bühne demonstrativ den Rücken zu und hält Rücksprache mit seinen Adjutanten. Sind sie etwa alle Dramaturgen? Dramaturgen in Militäruniform! In diesem Tempel fungiert die Kunst nicht mehr als Verlängerung der Schöpfung, wie es ihm sein Vater beigebracht hat. Man raschelt mit Papier, starrt in Moritz' Richtung, der Assistent wird wieder herbeigerufen, die Handvoll Zuschauer werden unruhig, sie können sich nicht mehr richtig auf das Spiel konzentrieren. Wie wird es Ilyane jetzt gehen, spürt sie etwas von der Spannung im Saal? Oder wird sie von den Scheinwerfern geblendet, die unbarmherzig von der silbernen Welt reflektiert werden. Auch für Werner muss es sehr schwer sein, bestimmt hat er Angst, erkannt zu werden. Der dunkle Theatersaal hat aufgehört, ein sicherer Ort zu sein. Was für eine Situation. Moritz bekommt sogar Mitleid mit dem Intendanten.

Die Enttarnung kann nun jeden Moment passieren. Moritz ist überzeugt, dass das Ende nahe ist. Das Ende von Hollands Luzifer-Existenz am falschen Ort. Zum ersten Mal stellt er sich vor, dass er als Anstifter eines Großfeuers im Ausland und als maskierter Jude festgenommen wird. Wenn seine Absichten mit diesem Stück während eines monatelangen Schauprozesses ans Licht kommen, wird die von vornherein schon festgelegte Todesstrafe schnell vollzogen werden. Wegen der täglichen Folterungen und der Verhöre ist er spindeldürr geworden, Jannetje, die mit seinem Sohn und Pa auf der Tribüne sitzt, erkennt ihn nicht mehr. Vergeblich versucht er, ihre Aufmerksamkeit auf sich zu ziehen. Keiner kann ihm mehr helfen. Der Botschafter nicht, und van Dalsum auch nicht. Ilyane bestimmt nicht, warum sollte sie sich in einer Umgebung voller Verbrecher als Heldin aufspielen? Sollte sie, die künftige Ehefrau des Generalintendanten, für einen niederländischen Hilfsregisseur eintreten? Sie wird sich hüten, sie wird sagen: »Ich kenne diesen Menschen nicht.« Die durchsichtige Dame? Ja, das wäre möglich. Vielleicht ist sie sein Schutzengel, er braucht sie dringend.

Wie bringt es Gott nur übers Herz, so tief,
So kläglich zu erniedrigen den Geist,
Den er erschuf zur allerhöchsten Herrschaft?

Ihm bricht der Schweiß aus, das Stück bekommt mit jedem weiteren Alexandriner eine gefährlichere Bedeutung. Weil jeder durch das auffallende Verhalten des Reichsdramaturgen wie gelähmt ist, wächst in Moritz das Gefühl der Verantwortung für die Menschen auf der Bühne. Er darf ihr Leben nicht für ein paar aufmüpfige Ideen aus den sicheren Niederlanden aufs Spiel setzen.

Auf der Bühne spielt sich inzwischen etwas ab, das er nicht mehr unter Kontrolle hat: Text, Spiel und Außenwelt wirken wie ein sich selbst verstärkender chemischer Prozess. Vondels Engelschar legt bloß, was passiert, wenn die höchsten Instanzen die allgemein akzeptierten Gesetze nicht mehr respektieren. Sonnenklar. Der Reichsdramaturg in seiner Loge hat das verstanden, er ist also kein dummer Mann, auch

317

wenn er das aggressivste Regime seit dem Mittelalter vertritt.

Moritz muss etwas tun. Es herrscht höchste Anspannung. Es darf nicht passieren, dass ausgerechnet Ilyane, die jetzt mit ihrem großen Versöhnungsdialog anfängt, womöglich zum Opfer wird. Er entschließt sich zu etwas, was bei einer Generalprobe höchst ungewöhnlich ist, vor allem wenn einer der größten Stars des deutschen Theaters eine Hauptrolle spielt: Er wird die Probe unterbrechen. Er wird die Vorstellung stoppen. Mit diesem Eingriff hofft er, die Schauspieler und die wenigen Leute im Publikum vor größerem Unheil zu bewahren. Er ist sicher, er kann in die Niederlande zurückkehren, aber seine Kollegen hier haben keinen Ausweg, daran möchte er möglichst nicht schuld sein. Er steht auf, aber in dem Moment, als er durch die frei gehaltene Reihe zur Bühne läuft, steht, für alle sichtbar, auch der Reichsdramaturg auf. Wie ein Blitz fährt es Moritz durch den Kopf, dass das, was jetzt passieren wird, nur deshalb passiert, weil er aufgestanden ist. Er hätte sitzen bleiben sollen. Doch es ist zu spät, er krümmt sich zusammen.

»Schluss jetzt! Licht, Licht!«, brüllt der Mann in den Saal. Die Schauspieler erstarren, Ilyane stößt einen Schrei aus, die wenigen Menschen im Publikum erschrecken wie bei einer Explosion. Einige halten sich die Ohren zu, andere rutschen näher zusammen. »Licht, Licht!« Wie ein ertappter König Claudius aus Hamlet, der das Dunkel seiner Schuld nicht mehr erträgt. »Licht!«

Die Saalbeleuchtung geht langsam an und bleibt auf einer Dämmerstufe stehen. So kommt Luzifer nie zu Fall. Versucht der Zensor, den Lauf der Geschichte zu wenden?

»Diese Texte sind nicht im Einklang mit unseren nationalsozialistischen Überzeugungen, wie sie von unserem Führer Adolf Hitler formuliert wurden. Diese Texte untergraben die Autorität, sie sind gotteslästerlich und beleidigen unseren verehrten Führer. Dies ist keine dem Völkischen verpflichtende völkische Dramatik – keine neue deutsche Dramatik – wir brauchen das nationale Drama als politische Tat – und keine Entwertung des Theaters, keine Brutalisierung – keine Vernebelung der dramatischen Erfüllung ...«

Werner verlässt den Saal. Mehrere Zuschauer laufen davon, Türen werden geöffnet und geschlossen. Die Damen von der Kasse verlassen still ihre Plätze.

Was habe ich mir da aufgeladen, gleich benutzt er seine Pistole!

»Wie unser Führer und Reichskanzler Adolf Hitler den Weg gewiesen hat – Herr Generalintendant, wer ist dieser Mann, der an Ihrem Tisch, an Ihrem Platz die Gäste begrüßt?«

Luzifer-der-Intendant steigt schwungvoll von der Bühne und geht, den Borsalino in der Hand wie ein jiddischer Bettler, langsam zur Loge des Dramaturgen.

»Dieses Stück, das ich persönlich genehmigt habe, weil es treu und gewissenhaft den Gesetzen des Aristoteles folgt, wurde offensichtlich unter Einfluss von außen auf eine schändliche Weise vergewaltigt. Ich wünsche Ihnen ...«

Nun verfällt der Intendant in eine schlechte Imitation seines obersten Herrn, er schreit hysterisch, versprüht Gift und Galle über die Darbietung.

»Es ist jetzt vier Uhr, in einer Stunde in meinem Büro in der Wilhelmstraße, dann sprechen wir über die Maßnahmen, die zu ergreifen sind. Heil Hitler.«

Eine eisige Stille breitet sich aus.

Der Ex-Luzifer winkt vage mit seinem Borsalino. In der

Loge schlägt der Reichsdramaturg die Hacken zusammen und verlässt seinen Luxuskäfig, wobei er ein paar Stühle umwirft, das Klirren von Gläsern und Tassen begleitet seinen Abgang, auf den mancher Regisseur neidisch gewesen wäre.

Die Schauspieler in ihren grotesken Kostümen wissen sich keinen Rat und suchen gegenseitige Unterstützung, als erwarteten sie, jeden Moment festgenommen zu werden, der Schauspieler mit der jüdischen Ehefrau weint. »Ich habe es gewusst, ich habe es gewusst ...«

Der Bühnenmeister verkündet unerschütterlich das Ende der Probe, im Saal herumstehende Grüppchen ziehen ab, niemand sagt ein Wort. Angst herrscht da, wo noch vor wenigen Minuten Vondel gesprochen hat. Niemand weiß, wie er sich verhalten soll. Ilyane ist die Stufen zum Saal heruntergekommen. Der Intendant hat sich zu seinem Garderobenpalast begeben, um sich auf das Gespräch vorzubereiten, das ihn in der Wilhelmstraße erwartet. Ilyane und Moritz sind die Letzten im Saal. Ein paar Minuten sitzen sie da, ohne ein Wort zu sagen. Das Licht im Saal ist ausgeschaltet, nur eine schwache Notbeleuchtung brennt, nicht einmal Geräusche dringen von draußen zu den beiden Zurückgebliebenen.

Sachwalter, das klingt gut, sagt Moritz zu Moritz, hat es dir wenigstens etwas gebracht, war *Luzifer* nicht ebenfalls ein Sachwalter? Jetzt werden sie dich aus dem Berliner Paradies vertreiben. Das waren also deine ganz privaten fünf Akte Ewigkeit. Was wirst du jetzt zu Hause erzählen? Pa wird sagen, dass man sich hier auf Erden besser nicht mit Engeln abgibt, das bringt nur Ärger.

Anderthalb Stunden später kommt der Intendant von

seinem Besuch beim Reichsdramaturgen zurück. Auf den ersten Blick merkt man ihm nichts an. Er ist fröhlich, scherzt mit allen.

»Ich traue der Sache nicht, ich gehe zu ihm«, sagt Ilyane. Aber sie kommt nicht weit, über den Lautsprecher erklingt die Stimme des Bühnenmeisters mit der Bitte an Herrn Moritz, sich so bald wie möglich im Büro des Intendanten einzufinden.

Obwohl sich im Gebäude Hunderte von Mitarbeitern aufhalten müssen, begegnet er, mit Ilyane im Schlepptau, auf dem Weg nach oben nur ein paar abgetauchten Schatten. Es herrscht tiefe Stille, es ist so still, wie es in einem Theater sonst nur nachts ist. Die Angst hat den Menschen ihre Anwesenheit genommen. Engel. Durchsichtig und geschlechtslos.

»Ist es vernünftig, wenn du bei diesem Gespräch dabei bist?«, fragt Moritz unangemessen unwirsch.

Ilyane hat sich in ein zu Tode verängstigtes Mädchen verwandelt. Jetzt sieht sie aus wie eine der Frauen, die die ganze Nacht wie festgenagelt an der Absperrung beim U-Bahnschacht standen. Ihr Raphael-Kostüm flattert noch um ihren Körper, die Haare hängen ihr in Strähnen ins Gesicht. Sie zittert am ganzen Körper, als hätte sie hohes Fieber.

Die beiden werden in das Büro mit den vielen Türen eingelassen. Das Foto mit Brechts Autogramm hängt noch da. Luzifer hat hinter seinem Schreibtisch Platz genommen und verkündet mit schriller Stimme, dass die Vorstellung auf Befehl von höchster Stelle verboten wurde. »Abgesagt! Von einer Diskussion kann nicht die Rede sein, es handelt sich um reine Mitteilungen von oben.«

»Es wird keine Premiere geben, diese Dreiviertel-Generalprobe war die dernière ... Luzifer kommt vorzeitig zu Fall«, witzelt der Intendant, der tadellos gekleidet vor ihnen sitzt. Er hat die Rollen gewechselt. Jetzt spielt er der Einfachheit halber den Abgesandten der höchsten Macht, den Erzengel Gabriel.

»Luzifer gibt es nicht mehr, futsch, weg, hat nie existiert. Er ist gefallen, und sein Fall hat ihn weggewischt, die Plakate werden schon überklebt. Ich zitiere«, er nimmt eine Mappe, holt ein offizielles Blatt Papier hervor und liest laut: »Das neue Deutschland, das persönliche Einsicht zugunsten einer kollektiven Aufstellung ausschaltet, kann das christliche Gute nicht anerkennen, also auch nicht das Böse. Dieses ausländische Theaterstück entspricht in keiner Weise den revolutionären Ideen unseres Führers, ganz im Gegenteil, es steht diesen mittlerweile in Gesetzen festgelegten visionären Richtlinien diametral entgegen ...«

Moritz' Kopf wird von diesem Redeschwall betäubt, nur mühsam dringt es zu ihm durch, dass sein Berliner Abenteuer zu Ende ist. Die Argumente, die dafür angeführt werden, nimmt er nicht wahr. Der Intendant liest das Strafurteil nicht objektiv vor, aber man kann ihn auch nicht bei einer direkten Kritik ertappen. Es gelingt ihm, noch während des Lesens eine Zigarette in die Spitze zu stecken. Ilyane hat sich in eine Ecke gesetzt. Moritz weiß nicht, wie er sich verhalten soll.

»Außerdem steht fest«, zitiert der Intendant, »dass diese fast amateurhaft gespielte Vorstellung unser stolzes Publikum nur in Verwirrung bringen wird. Sie müssen begreifen, dass das Publikum sich stärker in die Richtung einer glorreichen Zukunft entwickelt hat, als Sie denken. Unser Publikum lässt sich nicht mehr bevormunden und mit leeren

Worten abspeisen, was es sich früher, in der Weimarer Republik, noch gefallen ließ. Sie können davon ausgehen, dass es Ihrem Theater empört den Rücken zukehren wird, wenn die Partei Sie nicht vor diesem Fehltritt bewahrt. Wir möchten Ihnen diese Erniedrigung ersparen und raten Ihnen dringend, diese Vorstellung aus Ihrem Repertoire zu nehmen, und zwar ausdrücklich aus rein inhaltlichen Gründen.«

Der Intendant schweigt kurz, aber es ist klar, dass dies noch nicht alles ist, es liegen noch mehrere Blätter auf seinem Schreibtisch.

»Und Sie, mein lieber Moritz, werden gebeten, sich morgen früh am Schlesischen Bahnhof zu melden, dann werden Sie unter Begleitung Ihre Rückreise in Ihr Vaterland akzeptieren müssen.«

Hier geht es nicht um mich, denkt Moritz, er braucht sich kaum anzustrengen, um während des Zuhörens kühl und sachlich zu wirken, er erfährt es kaum als Strafurteil, was es natürlich tatsächlich ist. Er denkt nur: Das war's also mit dem Kinderwagen. Und meine Maskierung kann ich jetzt auch vergessen, ich sollte gleich gestehen, dass hinter dem rettenden Engel aus den Niederlanden ein Jude versteckt ist. Wird der Herr Intendant sich jetzt auch um mich kümmern, gehöre ich nun auch zu »seinen« Juden? Ich will nicht sein Jude sein.

Moritz macht zu, er hört nichts mehr. Kurze Zeit später stehen sie im Flur. Er folgt seinen Begleitern in den Saal, wo inzwischen alle Teilnehmer der Generalprobe in den vorderen Reihen Platz genommen haben und auf das Urteil von oben warten.

Nun schreitet der Mann mit dem großen Charisma und den glitzernden Brillengläsern wie in einer fröhlichen Revue allein die große Treppe hinauf auf die silberne Bühne, und beginnt auf der Vorbühne mit einer Apologie für sein verängstigtes Volk. Abwechselnd spielt er den in seiner Ehre gekränkten Künstler und den stolzen, willensstarken Mann, dann wieder schiebt er virtuos den genau kalkulierenden Unternehmer nach vorn, um mühelos auf den besorgten Vater umzuschalten, der sich des Ernstes der Situation für seine geliebte Kinderschar schmerzlich bewusst ist. Manchmal hört man aus der Mitte dieses Gelegenheitspublikums einen Schrei oder ein unterdrücktes Schluchzen, aber im Allgemeinen herrscht Gelassenheit. Der Intendant erlaubt sich, einige Zeilen aus dem Stück zu zitieren:

O Luzifer, wo bleibt dein falsches Hoffen?
In welchem Lichte wird man dich nun sehn?
Wo ist die Klarheit, allem Glanze trotzend?

Diese Zeilen treffen die Schauspieler im Saal hart. Luzifer, der nicht aufgeführt wurde, sitzt in jedermanns Seele, bewusst und unbewusst, Aufstand kämpft gegen Niederlage, Treue prüft die Chancen des Verrats, schwarz gebrannt sitzen sie da, die Luziferisten, in einer Hölle ohne Grund oder Boden, willenlos und ohne wirkliche Trauer. Ein dance macabre.

An deiner Stelle würde ich gut aufpassen, flüstert Moritz dem anderen Moritz zu, davon kannst du noch was lernen, ich habe wirklich Mitleid mit diesem Mann, er kämpft um sein Leben. Für sein Leben. Er ist und bleibt ein Filou – aber wenn er sich ihren Wünschen nicht fügt, stecken sie ihn in dieses Lager in Dachau, und nach allem, was ich darüber gehört habe, geht es in diesem bayerischen Dachau alles andere als lustig zu.

In dieser Krise läuft der Intendant zur Hochform auf, sein Erfindungsreichtum ist unerschöpflich, als wäre er auf die Katastrophe vorbereitet. Seine Erfahrung mit den höllischen Streichen kommt ihm nun zustatten, er hält ein Drehbuch bereit, das er beim Kapitel »Verbrüderung in Zeiten des Rückschlags« aufklappt. Er lässt vom Bühnenpersonal lange Tische bringen, die helfen sollen, die silberne Schachtel für eine gemeinsame Mahlzeit aller Luziferisten in eine Dependance von *Haus Vaterland** zu verwandeln, und ordnet für die Angestellten der Verwaltung Überstunden an, um all jenen abzusagen, die man zu dem abgeblasenen Sündenfall eingeladen hat. Ohne Angabe von Gründen, natürlich.

Bei der Vorspeise ist die Gruppe der Enttäuschten noch ziemlich niedergeschlagen, beim Hauptgericht entspannt sich die Stimmung allmählich, vorsichtig werden schon wieder ein paar Witze gemacht, und beim Dessert ist von der künstlerischen Niederlage fast nichts mehr zu spüren, alle scheinen erleichtert und fröhlich zu sein. Es hätte alles viel schlimmer kommen können. Schlimmer? Schlimmer als eine auf Befehl von oben abgeblasene Theatervorstellung? Das jahrhundertealte Theater hatte hier die Chance, seine demokratische Funktion wieder aufzunehmen, doch es hat sich herausgestellt, dass es zu einer allzu wahrhaften Chronik seiner Zeit geworden ist und aus diesem Grund nicht mehr gehört werden darf.

Während der Mahlzeit ist der große Chef die Jovialität selbst. Moritz darf neben ihm sitzen, und auf der anderen Seite thront Ilyane. Zwischen den Gängen rät er ihm wortreich, freiwillig nach Amsterdam zurückzukehren. Wegen

* s. S. 360

der Auszahlung des Honorars brauche er sich keine Gedanken machen: »Wie Sie wissen, darf nach einer neuen Verordnung kein Geld mehr ausgeführt werden, aber wir haben gute Beziehungen zu Ihrem Land, es wird schon klappen. Ich werde meinen Sekretär bitten, ein Reisebillett ausstellen zu lassen. Vielleicht tun Sie gut daran, heute Abend schon abzureisen. Es würde uns beiden viel Ärger ersparen.«

Einen Moment, Ärger hin oder her, einfach von Ilyane weggerissen zu werden, will er sich nicht einmal vorstellen. Und der Kinderwagen? Er kann doch nicht ohne Kinderwagen nach Hause kommen? Ihm dämmert, dass es mit seiner Gage nicht so glattgehen wird, wie man es ihm vorgespiegelt hat. Das sind ziemlich viele Striche durch seine Rechnung, Ilyane, Geld, Film, Olympische Spiele, der Kinderwagen, vom Staubsauger ganz zu schweigen. Moritz möchte sich nicht so einfach beiseiteschieben lassen. In ihm gärt ein begründeter Aufstand. Der Intendant möchte ihn natürlich so schnell wie möglich aus der Nähe seiner zukünftigen Braut entfernen!

»Wenn ich morgen abreise, ist es doch früh genug. Ich möchte mit den Schauspielern sprechen, ich möchte mich bei ihnen für alles bedanken, was sie in den vergangenen Wochen getan haben, ich kann doch nicht einfach verschwinden.«

»Es liegt ein Ausweisungsbefehl vor, innerhalb von achtundvierzig Stunden müssen Sie das Land verlassen haben, unbedingt, und für den Fall, dass Sie nicht freiwillig gehen, wird es unter Begleitung geschehen, und das möchte ich um Ihretwillen vermeiden.«

»Genau wie Sie sagen: in achtundvierzig Stunden.«

So leicht werden sie ihn nicht los. Ihn beschleicht die gleiche Wut und Empörung, die er bei der Verteidigung des alten Mannes empfunden hat. Achtundvierzig Stunden also! Und keine Stunde weniger! Wenn dieser Ex-Luzifer damit nicht einverstanden ist, dann wird er hier am Tisch das Ganze mal richtig aufmischen, dann wird er sich als Jude bekennen. Jetzt sind sowieso alle zusammen. Weil vom Intendanten nichts kommt, ist der große Moment nun angebrochen. Also los. Er will aufstehen, aber der Intendant kommt ihm wieder zuvor, er legt seine Hand beschützend und gebietend auf den Arm, mit dem er sich abstützt, und flüstert ihm ins Ohr:

»Hören Sie, ich habe einen Vorschlag.«

Er klopft an sein Glas, es wird still.

»Liebe Freunde und Freundinnen, die Generalprobe ist heute Nachmittag wie vom Coitus interruptus getroffen worden, unser viel versprechender und hart umkämpfter *Luzifer* wird auf höheren Befehl nie das Licht der Welt erblicken. Man fragt sich, ob dadurch versucht wird, seinen Fall doch noch zu verhindern.« Keine Reaktion. »Kleiner Witz! Wie dem auch sei, wir bleiben als Waisenkinder zurück. Aber ich habe einen Vorschlag. Wir sind hier auf eigenem Terrain. In unserer eigenen künstlerischen Freihandelszone. Auf unserer eigenen Insel. Obwohl unsere Arbeit für morgen Abend abgesagt wurde und in dieser Zeit auch nicht durch eine andere Vorstellung ersetzt werden kann, darf unser Theater nicht leer stehen. Wir Schauspieler sind auf der Welt, um zu spielen. Publikum hin oder her.«

Moritz sieht, dass seine fast Ex-Kollegen diese Worte in sich einsaugen, dass sie durch ihre atemlose Aufmerksamkeit den Intendanten ermuntern, fortzufahren …

»Nach reiflicher Überlegung habe ich beschlossen, hinter geschlossenen Türen für Freunde und Verwandte, für Bekannte und Unbekannte, eine einmalige, eine einzigartige

Vorstellung unseres *Luzifers* zu geben. Wir verletzen damit kein Gesetz, wir sind Herren im eigenen Hause, wir verlangen keinen Eintritt, wir laden *Gleichgesinnte* ein. Als Ehrenbezeugung für unseren niederländischen Gast, als Dank für seine großmütige Hilfe während der vergangenen Wochen werden wir ihm einen herzzerreißenden *Luzifer* bieten, den er sein Leben lang nicht vergessen wird. Danach wird er in sein friedliches Vaterland zurückkehren, wo er am Montag wieder bei den Proben seines eigenen Ensembles in Amsterdam anwesend sein muss. Wir verriegeln die Türen und feiern ein Hochamt unseres Berufes. Das sind meine Worte.«

Brot und Spiele, so macht man das, mit Häppchen und Getränken die bittere Pille versüßen und mit einem großzügigen Angebot den Rausschmiss vergolden. Und das bisschen Gefahr am Rand soll die Spannung erzeugen, die mit Hilfe eines Teelöffels Rhetorik zu einem gemeinsamen Rausch führt. Dagegen kommt niemand an, auch Moritz nicht. Die Enthüllung seiner jüdischen Identität wäre jetzt nur noch eine schlaffe Essiggurke als Beilage. Er will nach Hause. Noch achtundvierzig Stunden werden ihm zugestanden. Er möchte bei Ilyane bleiben. Er muss das Land verlassen.

28

Die einäugige Königin

In der Lobby seines Hotels sieht er, wie Ilyane zur Rezeption geht und um seinen Zimmerschlüssel bittet. Für das Personal ist das bereits normal, obwohl er offiziell nie zugestimmt hat. Er zögert, möchte er sie jetzt überhaupt sehen? Nun spricht sie mit einem Kellner. Was hat sie vor? Sie macht einen angespannten Eindruck, an sich nicht ungewöhnlich, aber Moritz hat jetzt keine Nerven für ihre Probleme. Ihre modischen Kleidungsstücke flattern wieder wie nasse Fetzen um sie herum. Sie verschwindet im Fahrstuhl. Der Mann an der Rezeption schaut ihn fragend an, möchten Sie einen Schlüssel oder nicht, oder werden Sie ihr in dem Fahrstuhl folgen? Handlungen bekommen eine andere Bedeutung. Was macht er hier? Weiß hier vielleicht schon jeder, was los ist? Laufen seine Bewacher hier herum?

Ein paar Minuten später klopft er an seine Zimmertür. Eine verwirrte Ilyane öffnet ihm. Sie weiß sich keinen Rat in dieser Situation. In welcher Situation? denkt er. Meint sie die Vorstellung, die nicht stattfinden wird, oder dass er das Land verlassen muss und sie ihn verliert, endgültig verliert, so wie sie Werner verloren hat? Oder dass sie heiraten muss? Es wird an die Tür geklopft. Ein Kellner bringt die Getränke, die sie bestellt hat. Sie stößt mit dem Mann zusammen, weil sie ihm fahrig das Tablett abnehmen will. Das Tablett fällt zu Boden. Schau doch, wie sie auf dem Boden sitzt, um die

Gläser aufzuheben und mit einem Handtuch den Wein aus dem dicken Teppich zu tupfen. Wie verloren sie aussieht. Nimmt sie von den Pillen ihres Zukünftigen?

»Du wirst schon beobachtet, ich habe an der Rezeption ein paar von den Kerlen getroffen, als sie gehört haben, dass ich deine Zimmernummer nannte. Der einzige Ort, an dem sie sich nicht aufhalten dürfen, ist das Theater. Wollen wir zum Theater gehen? Bis du die Grenze überquert hast, wirst du sie immer in deiner Nähe finden. Wollen wir wetten, dass sie jetzt vor deiner Zimmertür stehen?«

Sie schiebt den Kellner zur Seite und reißt die Tür auf; auf beiden Seiten des Flurs sind tatsächlich zwei SA-Männer postiert. Moritz überlegt, hinauszugehen und sie zurechtzustauchen, wie er es schon einmal getan hat. Nein, die Chance ist zu gering. Es hat auch keinen Sinn, die Botschaft anzurufen, dort wird man ihm raten, sich mit der Situation abzufinden, das macht weniger Aufhebens und ist auf jeden Fall sicherer, als wenn er Protest einlegen würde. Protest gegen wen? Die Arier-Maskierung funktioniert nicht mehr, er kann ebenso gut wieder Jude werden. Alles umsonst.

»Ich habe hier auf dich gewartet, ich kann dich jetzt nicht allein lassen«, fährt sie fort, während sie den Ober hinaus lässt, »aber ich kann dich auch nicht mit nach Hause nehmen, dort packt Werner gerade seine Koffer, er reist schon übermorgen ab, ihn habe ich verloren, dich habe ich verloren, ihr seid beide erst sicher, wenn ich euch verloren habe. Darf ich heute Nacht bei dir bleiben?«

»Mit zwei Bewachern vor der Tür?«

»Ich kann ja auf der Couch schlafen.«

»Und Werner lässt du einfach allein, in seiner vielleicht letzten Nacht hier?«

Wieder wird an die Tür geklopft. Ilyane, die sich gerade auszieht, schiebt Moritz zur Seite und macht in Unterwäsche die Tür auf. Es ist der Kellner mit einer neuen Flasche Wein. Sie schnappt Flasche und Gläser vom Tablett und weist ihn aus der Tür.

Ilyane ist schnell betrunken, er ebenfalls, zwar weniger schnell, aber mit dem gleichen Ergebnis, heftige Streitereien lösen sich in der Liebe auf. Ihren Widerstand gegen die kommende Katastrophe haben sie aufgegeben. Bevor er einschläft, sieht er sie erschöpft ins Bett steigen. Schon ist sie eingeschlafen, sehr still, sehr ruhig, ihr Gesicht scheint kleiner zu werden, je weiter sie sich von allem, was sie tagsüber erlebt hat, entfernt. Sie wird kleiner und kleiner, bis sie sich schließlich in eine Decke einwickeln und in seinen Koffer packen lässt, und so steht sie im Eisenbahngang, bewacht von vier Polizisten. Aber der Zug fährt nicht in die Niederlande, wie das Schild am Wagen angibt, sondern nach Danzig.

Als er ein paar Stunden später aufwacht, ist sie verschwunden. Sie hat einen Zettel mit der Mitteilung hinterlassen, sie wolle Werner beim Packen helfen.

Du hast recht, Liebster, ich muss zu ihm,
ich muss bei ihm sein, du und ich werden uns
eher wiedersehen, als ich Werner. Wollen wir uns
am frühen Abend in der Kantine treffen?

Ihr Dreigroschenhaarband liegt noch in seinem Bett.

Für die Phantomvorstellung muss nicht mehr geprobt werden, Moritz hat den Tag über frei. Was möchte er denn?? Allein sein? Ist es vernünftig, Jannetje anzurufen, um sie auf seine vorzeitige Heimkehr vorzubereiten? Wie soll er es ihr erklären? Das ist viel zu kompliziert fürs Telefon. Vielleicht Pa, als Vermittler? Das seltsame Gefühl in seinem Kopf lässt keine Entscheidung zu. Ilyane ist nicht verfügbar, sie hat sogar für den Tag, an dem die Premiere hätte stattfinden sollen, irgendeine Filmverpflichtung. Soll er den Touristen spielen? Diesen stillen Sonntag dazu nutzen, sich auf seine Rückkehr in die Vaterschaft vorzubereiten? Einen Kinderwagen bestellen geht nicht, die Warenhäuser sind geschlossen. Spazieren gehen, um vorbeimarschierende SA-Kolonnen zu bewundern? Sein Aufenthalt in dieser Stadt hat ihm einige Lektionen in Sachen Gleichgültigkeit beigebracht. Er ist sich selbst zu viel. Er beschließt, ohne besonderes Ziel in der Stadt spazieren zu gehen. Es ist eiskalt, Werners Pelzkragenmantel wird ihm wieder mal nützen. Muss er ihn eigentlich nachher beim Zoll zurücklassen? Seine Bewacher schlendern unauffällig hinter ihm her, schließlich vergisst er, dass sie da sind. An jeder Straßenecke erwartet er, Ilyane zu begegnen, mal geht sie vor ihm her, dann wieder sieht er sie von der Seite, am Arm irgendeines Fremden. Sie steht auf einem kühlen Anlegesteg für eine Rundfahrt auf der Spree und winkt ihm heftig zu, während sie achtlos Autogramme verstreut. Um ihrem Bild zu entfliehen, will er in den Dom gehen, so viele Menschen haben ihm geraten, einen Blick hineinzuwerfen, doch weiter als zur Eingangstür kommt er nicht. Die Chance, dass Ilyane in einer der Kirchenbänke sitzt, ist einfach zu groß. Dann lieber ins Ägyptische Museum, das sich schräg gegenüber befindet. Oder wird sie ebenfalls auf diese Idee gekommen sein?

Nach Sälen voller Sarkophage und Hieroglyphen steht er unerwartet vor der farbigen Skulptur der Nofretete mit ihrem einen Augapfel. Ilyane! Es ist Nofretete, an die Ilyane

ihn schon seit Wochen erinnert. Nofretete! Die ganze Zeit
hat er sie auf dem Gemälde einer griechischen Jagdpartie mit
der Göttin Artemis gesucht, doch nun zeigt sich, dass es
Nofretete ist. Kein Gemälde, dreidimensional! Er hätte es
wissen müssen, er kennt sie, seit er zu seinem fünfzehnten
Geburtstag von seinem Vater ein reich bebildertes Ägypten-
buch, von der Volkshochschule herausgegeben, bekommen
hat. Einen Tag später ist sein Vater gestorben. Nofretete, die
schönste Frau des Altertums, die zusammen mit ihrem Mann,
Pharao Echnaton, den Glauben an einen einzigen Gott ein-
führen wollte, um damit die ägyptische Vielgötterei abzu-
schaffen. Es gelang ihnen nicht. Es wurde als Insubordination
betrachtet. Der darauf einsetzende Bildersturm hat sie vielleicht das Auge gekostet. Oder war man bei der Ausgrabung
so schlampig, dass sie aus Rache ein Auge in ihrem Grab
zurückbehalten hat? Und wie wird Ilyane aus der Naziherr-
schaft zum Vorschein kommen, blind?

Er hat die Bilder aus diesem Buch oft abgezeichnet, speziell das dieser stolzen Frau. Er setzt sich vor sie auf die
Bank.

Guten Tag, meine Dame, mein Name ist Moritz.

Guten Tag, mein Junge, ich kenne dich, ich erinnere mich,
dass du, die Zungenspitze zwischen den Lippen und tief
über das Papier gebeugt, die Linien meines Halses zu verlän-
gern versuchtest, das ging nicht, ich hielt deinen Bleistift fest.
Du musstest ständig an deinen Vater denken, du konntest es
nicht fassen, dass er tot war.

Die Besucher in dem stillen Saal, die zwischen ihm und ihr
vorbeigehen, sind nicht imstande, den Kontakt zwischen
ihnen zu stören, ihr Blick bleibt auf ihn gerichtet. Aber ihr
Ausdruck verändert sich kaum wahrnehmbar, wie auf einem

Filmstreifen. Ihr eines Auge schaut ihn starr an, strenger, als er das von zwei lebendigen Augen gewöhnt ist. Ein Blick aus gefärbtem Gips. Die Wangen angemalt wie bei einer Schaufensterpuppe vom Kaufhaus De Bijenkorf. Hinter ihrer Maske entdeckt er ein anderes Gesicht, ein altes, müdes Gesicht, viel älter als das äußere, ein Gesicht, in dem ihre Zukunft steckt. Die spätere Ilyane? Er sieht das Innere schärfer als die Hülle. Jede Farbe ist weggeputzt, jede Falte ist sichtbar, graue Falten, die verraten, was sie in all den Jahrhunderten durchgemacht hat, und sie zeigen, was sie noch erwartet. Das Schicksal, weiterleben zu müssen. Und weiter betrachtet zu werden. In dieser feindseligen Stadt. Als wieder jemand vor Moritz vorbeigeht und sie einen kurzen Moment seinem Blick entzieht, sieht er, das der Gips von ihr fällt, in Bruchstücken rollt er vom Sockel vor seine Füße.

Ein Museumswärter tippt ihm auf die Schulter und sagt, er habe nun schon sehr lange den einzigen Platz besetzt, es gebe noch andere Besucher, die von dieser Stelle aus ihre einäugige Königin betrachten möchten. Vielleicht seine Bewacher.

Auf Wiedersehen, meine Dame. Bis irgendwann.

Auf Wiedersehen, mein Junge.

Er ist fest entschlossen, am Abend, vor Beginn der verbotenen Vorstellung, auf die Bühne zu steigen und dem Publikum zu erzählen, wie sie zustande kam, und beiläufig zu erwähnen, dass das Verbot nichts damit zu tun habe, dass er Jude sei, das habe schließlich niemand gewusst, nicht einmal in den höchsten Rängen. Er habe also auch niemanden in Gefahr gebracht. Die Schauspieler werden hinter dem geschlossenen Vorhang stehen, sie werden zuhören und plötzlich begreifen, welches Risiko sie mit ihm, diesem netten Mann aus den Niederlanden, eingegangen sind.

Während er durch das Ägyptische Museum spaziert, bereitet er sich auf eine solche Rede vor, fügt die besten ausformulierten Sätze aneinander, um sie auswendig zu lernen, verzichtet dann aber darauf. Was geht es all diese Leute an, es ist nur für die Schauspieler bestimmt, mit denen er in den vergangenen Wochen eine Beziehung aufgebaut hat. Es würde die Schauspieler lähmen und am Schluss die ohnehin schon überflüssige Vorstellung verderben, weil der politische Rahmen, in dem das Ereignis stattfindet, dadurch weiter verschärft würde. Er sollte diese Dinge lieber nach der Vorstellung sagen, in einem kleineren Kreis, möglichst weit entfernt von den Bewachern, sonst schicken sie ihn doch noch zu jenem unfreundlichen Ort namens Dachau.

29

Luzifers Himmelfahrt

Der Saal ist voll mit Schriftstellern, Kritikern, Lehrern und anderen Intellektuellen mit Berufsverbot, die sich berechtigt fühlen, eine Exklusivvorstellung des Preußischen Staatstheaters zu besuchen, ohne Eintritt bezahlen zu müssen. Die Anhäufung einer verlorenen kulturellen Elite, vielleicht zum letzten Mal in ihrem Leben. Jeder Zuschauer mit seiner eigenen Tragödie. Mit Vondels *Luzifer* als Abschiedspredigt. Was für eine merkwürdige Organisation ist dieses Staatstheater doch, das einen Adressenbestand von Ausrangierten beibehält. Als Reserve, für den Fall eines Regimewechsels?

Moritz sitzt verloren hinten im Saal, es ist nicht mehr seine Vorstellung, er möchte allein sein, allein. Seine letzten vierundzwanzig Stunden fangen an.

Arme Schauspieler, wollen sie diese Darbietung passiven Widerstands überhaupt durchstehen, ist es nicht nur eine aufdringliche Geste ihres Chefs? Die Situation ähnelt ein wenig der ersten Aufführung in Amsterdam, vor einigen hundert Jahren, als eben jener *Luzifer* nach nur einer Darbietung von der protestantischen Regierung verboten worden war und auf dringliche Bitten hin noch ein einziges Mal gezeigt werden durfte. Wie hatten sich die Schauspieler damals gefühlt, als sie ihre Henkersmahlzeitvorstellung gaben? Überflüssig? Theaterspielen bedeutet nicht viel, damals nicht und heute auch nicht, leere Worte, heiße Luft, sonst nichts. Nach einer Bücherverbrennung existiert die Literatur weiter, immer wieder taucht irgendwo ein verloren geglaubtes Exemplar auf, aber eine Theatervorstellung ist Luft, ein Hauch, der langsam aus dem Gedächtnis weht, niemand kann beweisen, dass es diese Vorstellung jemals gegeben hat, nicht einmal ein Szenenfoto sagt etwas aus. Nur eine Filmaufnahme mit Tonband kann noch aufrufen, was die leibhaftige Anwesenheit hatte sagen wollen. Und in diesem speziellen Fall kommt dazu, dass der Eingriff einer Abtreibung gleicht: In diesem himmlischen Geschehen war ein Engelmacher in der Person eines Dorfschmieds tätig. Dadurch ist Luzifer zu einem leerköpfigen Ungeheuer geworden. Eine Vorstellung von Schuld und Sühne, pervers und doch aufregend. Er quält sich mit dem Gedanken, dass er nichts anderes ist als ein geldgieriger verliebter Verlierer, der sich um die Schilder »Für Juden verboten« in dieser verfluchten Stadt nicht zu scheren braucht.

Vielleicht sind die Spieler erleichtert, dass sie es hinter sich haben, kein Aufstand, keine Rebellion, keine Naivität. Verboten, in Silberpapier gerollt und ins Warenlager des Vergessens geräumt. Muss *Luzifer* in Berlin auch zweihundert Jahre auf eine Neuaufführung warten?

Gegen Ende der Vorstellung, als der Engel Gabriel verzweifelt vom Fall des ersten Menschenpaars berichtet, entsteht etwas Emotionsähnliches. Felsen aus Pappmaschee rollen geräuschlos am Erzengel vorbei die große Treppe hinunter. Der Thron des Allmächtigen ist zerbrochen. Die Bruchstücke werden zusammen mit dem Botschafter in die Diaspora geschickt, die Säulen des Engelsparadieses stürzen ein, das Silberpapier wird herabgezogen und sinkt knisternd und glitzernd zusammen. Im kahlen Theatergebäude stehen die Engel verloren da, das ganze alttestamentarische Unternehmen war umsonst. Der Allmächtige hat seine Angelegenheiten nicht mehr in der Hand, der Allmächtige kann abgehen.

Nach der Vorstellung bleibt es still, die Spieler kommen nicht auf die Bühne, um ihren Applaus zu empfangen. Moritz hört sie hinter dem Vorhang jubeln, sind sie erleichtert, dass sie nicht von einer einfallenden Meute von SA-Männern auseinandergeschlagen wurden? Obwohl – vielleicht wartet man draußen auf sie. Das Publikum bleibt sitzen, bestürzt. Hat die Vorstellung also doch etwas bewirkt? Luzifer hat für immer einen neuen Namen: Luzifer Phantom. Fast wieder zurück im Himmel. Sein Fall wurde im letzten Moment verhindert, er stellte sich als unnötig heraus, auch ohne Luzifer werden wir aus dem Paradies verschwinden.

Er steigt auf die Bühne, zwängt sich durch die Vorhänge, um mit den Schauspielern noch auf der Bühne zu sprechen, aber sie sind verschwunden. Kein Engel ist mehr zu sehen. Er besucht sie in ihren Garderoben und verabschiedet sich von allen, bedankt sich für ihren Einsatz, für die besondere Zusammenarbeit, Adressen werden ausgetauscht. Und wieder kommt ihm kein Wort zu dem Thema über die Lippen, das er am liebsten anschneiden möchte. Dieses höfliche Benehmen passt nicht zu seinem Charakter.

Der Intendant ist nirgendwo zu finden. Und diesmal wird er auch nicht eingeladen, ihn in seiner Garderobe zu besuchen. Auf sein Klopfen bekommt Moritz keine Antwort. Er streunt durch die Gänge des Gebäudes, die Bühnenarbeiter und andere Mitarbeiter brechen schweigend die Kulissen ab, die silbernen Bahnen, die in der Schlussszene bereits auf dem

Boden gelandet sind, werden sorgfältig zusammengerollt. Schöne Streifen für einen Parteikongress. Im Inneren des Theatergebäudes ist es unheimlich still. Er spielt keine Rolle mehr. Draußen weht ihm ein grimmiger Wind entgegen, keine Ilyanebrise, auf die er gehofft hat. Wird sie vom Intendanten festgehalten? Bügelt sie gerade ihr Hochzeitskleid? Er kann nicht mehr nachdenken, sein Kopf ist voller Schlamm; hofft er noch auf ein gutes Ende? Welches denn? Bleiben? Für immer mit ihr im Bett? Doch noch diese Filmrolle mit dem fetten Scheck? Oder irgendwann einmal mit Jannetje auf der Tribüne, bei den Olympischen Spielen? Für Juden verboten.

Am Hinterausgang des Theaters stehen seine beiden Bewacher und warten auf ihn. Sie schauen ihn freundlich an, wie alte Kameraden, er beschließt, sie nicht zu beachten. Doch weil die beiden Herren professionell sind, machen sie sich nichts aus seinem unfreundlichen Verhalten, sie begleiten ihn, wie es ihr Auftrag ist, höflich bis zu seinem Hotel.

Berlin hat sich verändert, der große Platz vor dem Theater ist ein Pfuhl, es gibt keine Autogrammjäger, die beiden Kathedralen sehen unwirtlich aus, hart und unerbittlich. Keine Spur von Ilyane. Ihr MG steht nicht mehr in der Seitenstraße.

In der Nacht hat er ein langes Telefongespräch mit Ilyane, das auf einmal ganz realistisch wird:

»Wir müssen uns für etwas entscheiden, Moritz, so geht es nicht.«

»Wir machen uns gegenseitig kaputt, wir machen unsere Umgebung kaputt...«

»Sei jetzt vernünftig...«

Um gleich darauf in einer Traumwelt zu verschwinden und sich aus dieser sicheren Enklave heraus zu sagen, dass Vernunft der Feind der Liebe sei und nichts sei unmöglich, weil er sie liebe und sie mit ihm leben wolle, wie und wo auch immer, notfalls vor Adolfs Haustür. Klischees aus Dreigroschenromanen fliegen hin und her.

»Red keinen Unsinn. Du bist ein Träumer, Moritz. Denk nach.«

»In meinem Kopf herrscht Stillstand, ich denke nur statisch, ich möchte bei dir sein, bei dir bleiben.«

30

Stendal ohne h

Moritz steht unter Bewachung auf dem Bahnsteig des Schlesischen Bahnhofs. Er könnte noch weitere zwölf Stunden hier bleiben, aber offensichtlich wollen sie kein Risiko mit ihm eingehen, sie wollen ihn so schnell wie möglich loswerden.

Werner reist ebenfalls mit diesem Zug ab. Ist das alles so geregelt worden? Warum sitzen sie dann in verschiedenen Abteilen, und warum hat er wieder ein Billett für die billige dritte Klasse, wie bei seiner ersten Fahrt? Er ist wohl schon wieder zu teuer für das Staatstheater.

Ilyane steht ein paar Meter von Werner entfernt, die Aussicht, sich von beiden jetzt für immer verabschieden zu müssen, ist ihr zu viel. Die verspätete Abfahrt des Zugs will oder kann sie nicht abwarten. Sie geht auf Werner zu und legt ihre Wange an seine Schulter, so stehen sie eine Weile bewegungslos da, dann löst sie sich von ihm, wankt wie eine Schlafwandlerin zu Moritz und streicht ihm über den Kopf. Sie wendet sich um und lässt sich von der Menschenmenge verschlucken. Dreht sich nicht um. Ein Rücken in der Menschenmenge. Werner bleibt leichenblass zurück, Moritz ist wie betäubt, wie ein k. o.-geschlagener Boxer. Werner geht zu seinem Abteil im Wagen der ersten Klasse. So verabschieden sich auch die beiden Männer von einander.

Der Zug fährt noch nicht ab. Der Bahnsteig wird um-

ständlich gefegt, und die komplizierten Passkontrollen können beginnen. Nach einer halben Stunde Schieben und Ziehen kommt Bewegung in das Dampfgefährt. Moritz fängt
die letzten Berliner Bilder ein, doch bei der durch die Stadt
mäandernden Route ist es schwierig, Wiedererkennungs-
punkte zu finden. Zwischen den beiden Türmen der Kathedralen in der Ferne müsste das Staatstheater liegen, und
direkt unter dem kupferdunklen Dom haust Nofretete in
einer Vitrine. Ob sie sich Sorgen macht? Ihr Auge hat schon
viel gesehen und weiß, dass das meiste noch kommen wird.

Zehn Minuten später, oder waren es fünf, hält der Zug
wieder an, nun am Bahnhof Zoo, da, wo er damals angekommen ist. Erneut fängt das Theater mit den Kontrollen an.
Wieder sind es Hunderte Abschiednehmer, wieder Polizisten,
die sie laut schreiend und schlagend vom Bahnsteig treiben.

Und plötzlich erscheint Ilyane und rennt über den leeren
Bahnsteig. Ist sie in ein Taxi gesprungen oder hat sie hinter
dem Lenkrad ihres MG eine Todesfahrt veranstaltet? Moritz
ist schockiert von ihrer Aktion, und er ist überzeugt, dass
auch Werner, der jeder Form von Dramatik ausweicht, nicht
weiß, wie er damit umgehen soll. Moritz öffnet die Tür seines
Abteils, sie wird von einem Soldaten sofort wieder zuge-
knallt, er schiebt das Fenster nach unten, beugt sich hinaus
und ruft in ihre Richtung: »Hier, hier, was ist, ich bin hier!«
Sie steht vor Werners Abteil. Sie weint, klettert auf das Trittbrett, wird heruntergezogen, ringt sich los und reckt sich
erneut zu Werners Fenster.

Sie macht die beiden Männer für immer von sich abhängig,
beide kleben an diesem Bild wie an einer monströsen weißen
Leinwand. Der leere Bahnsteig ist mit ihrer Anwesenheit
gefüllt. Sie rennt von Werner zu Moritz und versucht, die

Waggontüren aufzureißen, wird jetzt aber von drei Eisenbahnbeamten, denen ihr Status egal ist, grob zurückgezerrt. Ihr Ruhm spielt keine Rolle mehr. Der Zug fährt an. Die Lokomotive stößt ein quietschendes und schnaubendes Pfeifen aus. Durch den Dampf und den Rauch kann Moritz nichts sehen. Der letzte flüchtige Schimmer, den er von ihr aufgefangen hat, liegt schon Sekunden zurück. Vielleicht steht sie noch da. Nofretete. Er ist verstört, zieht sich in eine Ecke am Fenster auf der anderen Seite des Abteils zurück. Seine beiden Bewacher gehen offenbar davon aus, dass er nun sowieso nicht mehr entkommen kann, jedenfalls sieht er sie nicht mehr. Auf ihren Plätzen auf der gegenüberliegenden Bank sitzen jetzt zwei Reisende, die das Abschiedsdrama der Frau beobachtet haben. Er vermutet, dass sie mit ihm darüber sprechen und ihn trösten wollen. Aber dazu bietet er ihnen keine Gelegenheit. Das ist nichts, was man mit Fremden teilen kann. Übrigens, was sollte er auch sagen? Was können sie fragen? Eine der beiden, die Frau, schraubt nach einer Viertelstunde Fahrt den Deckel von einer Thermosflasche und schenkt einen Becher Kaffee ein.

Sie werden ihn hoffentlich nicht mir anbieten, nein, bitte nicht.

Sie hält den Becher dem Passagier neben ihr hin, ihrem Mann. Er bittet um einen zusätzlichen Würfel Zucker. Aber dann passiert es doch, das, wovor er Angst hat: die Frau fragt ihn, ob er auch einen Becher Kaffee möchte. Moritz bedankt sich, ohne sie anzuschauen. Ilyane könnte auf den Zug aufgesprungen sein und jeden Moment vor ihm stehen, und dann möchte er nicht mit einem Kaffeebecher in den Händen dasitzen. Nein, das ist unmöglich, Ilyane kann nicht hierher kommen, das hier ist kein Wagen mit einem Durchgang zu einem anderen Wagen, es wäre also erst an einem Bahnhof möglich. Und der nächste Halt ist Stendal. Es dauert bestimmt noch eine Dreiviertelstunde, bis der Zug dort ankommt. Bis dahin wird er sich etwas besser fühlen, so dass er einer Konfrontation leichter begegnen kann. Aber er möchte sich in der Zwischenzeit nicht mit anderen Menschen unterhalten müssen. Die Frau gegenüber beachtet den Widerstand nicht, den er ausstrahlt, sie drückt ihm den Becher in die Hände, hier, trinken Sie, sagt ihr Blick, Sie können es brauchen, Sie sehen verfroren aus.

Der Kaffee schmeckt erstaunlich gut, er fühlt sich besser, auch unter solchen Umständen kann Kaffee gut schmecken. Ein Loch in der Seele und Kaffee, der dennoch schmeckt. Jetzt muss er es irgendwie schaffen, den Becher ohne Kommentar zurückzugeben. Denn wenn er sagt, der Kaffee war sehr gut, dann wird sie fragen, möchten Sie noch einen Becher, und wenn er dann ja sagt, was er unter anderen Umstanden tun würde, wird sie ihn bestimmt in ein Gespräch verwickeln. Sagt er nein, wird das sehr patzig und schroff klingen, sie hat ja sehen können, dass er den Kaffee genossen hat, sie hat ihren Mann angestoßen, während er trank, schau mal, wie der Herr den Kaffee genießt. Moritz hat sie nicht richtig verstanden, ist aber sicher, dass sie etwas Ähnliches gesagt haben muss, jedenfalls ist es nicht vernünftig, mit Fremden Kontakt aufzunehmen, denn obwohl die Frau so freundlich war, ihm Kaffee anzubieten, bleibt sie eine Fremde, etwas weniger fremd, als jemand, der ihm keinen Kaffee anbietet, aber dennoch eine Fremde.

Der Zug fährt langsamer, sie nähern sich dem Städtchen Stendal. Wurde der französische Schriftsteller hier geboren?

Sein Name wird mit einem h zwischen dem d und dem a geschrieben, also wird es wohl nicht so sein, aber es würde mich ablenken, wenn es so wäre. Denn Nachdenken tut weh, irgendetwas muss die Gedanken ersetzen, ich muss zur Ruhe kommen, schreibt er in Gedanken Buchstabe für Buchstabe. Ich werde mich auf das, was ich von dem Buch dieses Franzosen noch weiß, konzentrieren, *Le rouge et le noir*, ich werde mir selbst eine Zusammenfassung des Inhalts erzählen, sehr diszipliniert, ein Kapitel nach dem anderen. Die Landschaft hier hat nichts Stendhal-artiges. Sie verdient das h nicht. Wie ist die Stadt wohl zu diesem Namen gekommen?

Der Zug fängt an zu bremsen. Warum müssen Bremsen eigentlich immer so quietschen? Julien Sorel erzählte eines Tages Madame de Rênal … nein, das geht nicht, das ist schon viel zu weit, er muss mit dem Anfang beginnen, sonst wird das nichts. Mit einem heftigen Ruck, als würde er auf einen anderen Zug prallen, bleibt der Zug stehen. Moritz' Wochenendtasche fällt aus dem Gepäcknetz auf seinen Schoß. Die beiden Passagiere gegenüber verabschieden sich, als wären sie durch den schweigend getrunkenen Kaffee Freunde geworden. Gab es zu Sorels Zeit schon Eisenbahnen?

»Los, mein Junge, nimm dein Gepäck und komm mit in mein Abteil. Wir haben noch zwei Minuten.« Werner steht auf dem Trittbrett. Moritz erschrickt, er ist in seiner Gedankenwelt eingeschlossen, einer Welt, in der er zwischen Ilyane und Sorel hin- und herpendelt. Er fährt zusammen. Er hat mit Ilyane gerechnet, Werner hat er vergessen.

»Nimm deine Tasche und komm mit.«

Wie ein Automat geht er mit gesenktem Kopf hinter Werner her zu dessen Waggon. Aus einem anderen Abteil springen wie auf Zauberschlag seine Bewacher. Werner hält sie mit einer kurzen Erklärung zu diesem Bahnsteigspaziergang auf Abstand. Er drückt ihnen für jeden sichtbar ein paar Scheine in die Hand, und die beiden Herren bedanken sich mit einem ernsten »Sieg Heil«.

»Wir gehen gleich weiter zum Speisewagen vor, eine Tasse Kaffee, einen Happen essen.«

Als Werner erfährt, dass für Moritz kein Liegeplatz reserviert wurde, bietet er ihm einen in seinem Abteil an, die SA-Männer, mit denen Moritz noch nie ein Wort gewechselt hat, sind froh, dass Werner sie so freundlich behandelt, und geben ihre Zustimmung zum Wagentausch. Sie bleiben an den Schwingtüren stehen. Kinder rennen durch den Gang.

»Sprechen wir lieber nicht über sie, das ist besser. Wir werden ohne sie auskommen müssen.« Moritz schaut Werner ausdruckslos an. »Obwohl die Chance, dass sie das nächste Schiff nach Rio nimmt, ebenso groß ist wie die, dass sie sich plötzlich in Amsterdam vor deine Haustür setzt. Bereite dich darauf vor, junger Freund. Ich habe mit ihr schon ganz schön viel mitgemacht.«

Danach bringt er das Gespräch auf seine eigene Zukunft in Rio, ohne Ilyane. Er hat vor, zuerst Portugiesisch zu lernen, damit er die alten Kunden auf den Tabakplantagen seines Vaters verstehen kann. Diese werden ihm bestimmt zu einer Arbeit verhelfen. Er hat genug Kapital, um die erste Zeit klarzukommen.

»Wie ist das möglich, der Intendant hat mich über seinen Assistenten wissen lassen, dass kein Pfennig ausgeführt werden darf, dass das nur über die Botschaft möglich ist, dass sie mir aber mein Geld nicht aushändigen dürfen.«

»Die Schweiz, mein Freund, die Schweiz, die uns kaum

noch einreisen lässt, regelt mit Vergnügen all unsere finanziellen Angelegenheiten, also mach dir wegen mir keine Sorgen.«

Heißt »uns«, dass ich darauf eingehen soll, überlegt Moritz, sagt er »uns«, um mich herauszufordern, oder muss ich warten, bis wir die Grenze passiert haben. Er wird mich bestimmt nicht diesen beiden Bewachern ausliefern, aber man darf sich nicht vorstellen, was passiert, wenn sie etwas mitbekommen.

Der Zug hält in Hannover, die Lokomotive saugt zischend einen Vorrat frisches Wasser ein, er sieht vor sich, wie er vor einigen Wochen zwischen den Hochzeitsfanfaren herumgeirrt ist, auf der Suche nach Kaffee, der ihm jetzt auf einem Silbertablett serviert wird.

Die Nacht senkt sich über den fahrenden Zug, die beiden Männer kriechen in ihre zu schmalen Betten und setzen ihre Unterhaltung über die Welt fort, über den Marxismus, über das seinem Untergang entgegenrasende Deutschland, über *Le rouge et le noir*. Doch sogar in diesem sicheren Abteil, sicher, weil seine beiden Begleiter, die im Korridor Wache schieben, unmöglich etwas verstehen können, findet Moritz keinen Weg, sein heikles Thema zur Sprache zu bringen.

Sie sitzen schon an ihrem Frühstückstisch, als Moritz' Bewacher sich am Grenzübergang höflich abmelden und für das Ungemach, das sie ihm verursacht haben, um Entschuldigung bitten, nun ja, Befehl von oben, wir haben nie genau gewusst, warum wir Sie bewachen sollten, alles Gute, und damit sind sie verschwunden.

Während der Zug in einem langsameren Tempo in das sichere Nachbarland einfährt, ist es, als würden die Bahnhöfe von Enschede und Apeldoorn, ohne das Schwarz und

Rot der Nazifahnen, Moritz dazu ermutigen, Farbe zu bekennen. Möglichst unauffällig bringt er die Sprache auf das Thema Vorfahren im Allgemeinen, darauf, wie weit der Einfluss eines Ururgroßvaters auf seinen Ururenkel reicht und ob Abstammung das Leben in eine unerwünschte Richtung lenken kann. Unvermittelt nimmt er einen Anlauf, den er immer noch vor der Startlinie abbrechen kann.

»Mein Vater hat dem Glauben abgeschworen ...«

»Ach ja?«

»... aber meine Mutter hofft, dass ich meinen Sohn beschneiden lasse.«

Deutlicher geht nicht, aber der Mann gegenüber zeigt keine Spur von Erstaunen, er sagt:

»Ist es in diesen Zeiten vernünftig, äußere Merkmale unserer Spezies zu unterstreichen? Man weiß nie, von welchem Sadisten man eines Tages mit vorgehaltener Pistole gezwungen wird, die Hosen herunterzulassen. Das kann morgen sein, oder erst in fünfzig Jahren. Das solltest du deiner Mutter doch erklären können.«

Moritz versucht, etwas zu sagen, aber kein Ton kommt aus seiner Kehle.

»Sag nichts, lieber Freund, du brauchst deine Geschichte nicht so vorsichtig anzufangen, ich habe es die ganze Zeit gewusst. Es schien mir allerdings richtig, den Status, den du dir zugelegt hast, nicht anzutasten. Was du dir eingebrockt hast, als du diesen Rassisten nicht widersprochen hast, war schon riskant genug ...«

Moritz möchte einen Schluck Kaffee nehmen, um sich Haltung zu geben, aber seine Hand zittert, er gibt den Versuch auf.

»... es hat dir Schutz in dem Wespennest geboten, in das

du dich begeben hast. Ilyane war misstrauisch, das hat sie oft genug gesagt, aber ich habe mich ihr gegenüber nur vage geäußert. Die Situation war auch so schon schwierig genug. Wäre ich denn der richtige Mann gewesen, einen Juden zu enttarnen?«

»Wie hast du es gewusst?« Moritz' Stimme ist immer noch sehr dünn.

»Du hast dich an dem Abend verraten, als Horváth bei uns zu Besuch war. Du warst drauf und dran, Mazal Tow zu sagen, als Horváth sein Cognacglas zu Boden fallen ließ, aber du hast dich unterbrochen, ein bisschen zu auffällig für einen Schauspieler.«

»Das sagt in Amsterdam jeder, das ist eine übliche Formulierung.«

»Ja, Amsterdam, allein die Tatsache, dass du von dort kommst, sagt genug, für uns ist Amsterdam eine jüdische Stadt. Weise doch mal nach, dass du kein Jude bist und trotzdem in Amsterdam wohnst. Dort leben im Verhältnis mehr Juden als in Berlin. Übrigens ist es Horváth auch aufgefallen. Er hat mich am Tag darauf deswegen angerufen, nicht weil er sich deinetwegen Sorgen machte, es ging ihm um Ilyane. Sie hat an dem bewussten Abend deutlich gezeigt, wie sehr sie sich in dich verliebt hat, er hatte Angst, sie würde sich noch stärker gefährden. Er hatte Angst, er könnte seine letzte Existenzmöglichkeit verlieren. Ja, mein Junge, so ist die Welt.«

Ein nass gewordener Knallfrosch, mehr war sein Geständnis offenbar nicht wert. Und der Mann ihm gegenüber, dem er so viel Schmerz bereitet hat, hat alles gewusst und trotzdem die Hand über ihn gehalten. Vielleicht gerade deswegen. Moritz starrt durch das beschlagene Fenster hinaus, er sieht Werners Gesicht, das sich in der Scheibe spiegelt, die Regentropfen an der Außenseite und das Kondenswasser innen verändern das Gesicht, bis er Pa ähnlich sieht. Und in der niederländischen Regenlandschaft ist kein MG zu entdecken.

»Man sollte auch über Folgendes nachdenken: Wenn plötzlich eine Welle von Pogromen über Europa schwappt oder mein Volk nicht mehr zu bremsen ist – man weiß ja nie, was passieren kann –, dann muss man nicht angeben, welcher Abstammung man ist. Die Juden sollten ihre Papiere zerreißen, die ganzen religiösen Unterlagen sollten verbrannt werden, Kirchenregister, Sterberegister. Alles. Wenn sie das nicht tun, sind sie bis ans Ende ihrer Tage vogelfrei.«

Nun erzählt Moritz, was ihm passiert ist, als er vor anderthalb Wochen in Schiphol beweisen musste, dass er Jude ist, sonst hätte man ihn nicht in sein eigenes Land einreisen lassen. Und dass der Name seines Vaters im Sterberegister sich als Lösung des Problems erwiesen hatte.

»Das ist fast unglaublich. Aber es scheint mir doch eine Ausnahme zu sein, wie deine ganze bizarre Geschichte. Worum es mir geht, ist, dass jedes Volk seine Einwohner als gleichberechtigt betrachten sollte und dass keine Ausnahmen toleriert werden, nicht auf dem Gebiet der Religion und der politischen Überzeugung, nicht auf dem kaum nachvollziehbaren Gebiet der Rassezugehörigkeit, nirgends. Eure Verfassung, die französische und die amerikanische Verfassung sind perfekte Beispiele dafür, wie man die deutschen Missstände vermeiden kann. Freiheit, Gleichheit, Brüderlichkeit.«

Der Zugführer kündigt den nächsten Halt an, Amersfoort. Dort muss Werner in den Zug nach Rotterdam umsteigen, wo sein Schiff liegt. Der Ungewissheit entgegen.

Die beiden Männer nehmen Abschied voneinander, jeder sucht hinter den Blicken des anderen nach einem letzten Wort und findet nur ein liebevolles Brummen. Sie mögen sich. Moritz hilft Werner mit seinen vielen Koffern. Ein Gepäckträger transportiert sie zur anderen Seite des Bahnsteigs, wo der Zug nach Rotterdam bereitsteht.

Als Moritz in sein Abteil zurückgeht, entdeckt er auf seiner Wochenendtasche ein in graues Papier gewickeltes Päckchen, an der Schnur baumelt ein Zettel: Das hier hätte Ilyane dir noch geben müssen. Während er das Päckchen aufmacht, sieht er, dass beide Züge sich gleichzeitig in Bewegung setzen und einige Kilometer lang nebeneinander herfahren, bevor sie verschiedene Richtungen einschlagen. Er fängt keinen Schatten von Werner auf, der Zug hat ihn verschluckt. Der Zug ist zu Werner geworden.

Im Paket befindet sich ein Gedichtband von Alfred de Musset, mit rotem Ledereinband und Goldschnitt, faustdick. Auf der ersten Seite steht mit Bleistift ein Datum, darunter ein Auftrag:

Lies das letzte Gedicht, lieber Freund, es möge dir gutgehen, W. M.

Jusqu'à présent, lecteur, suivant l'antique usage,
Je te disais bonjour à la première page.
Mon livre, cette fois, se ferme moins gaiement;
En vérité, ce siècle est un mauvais moment.

Vier lange Viertelstunden, bevor er in Amsterdam ankommt, hat er Zeit, sich in dem übervollen Abteil an Menschen zu gewöhnen, die seine Landsleute sind. Die keine Angst um ihr Leben haben, die nicht bewacht oder abgehört werden.

Kann er sich an ihre Sprache und an ihre Alltagssorgen gewöhnen? Nirgendwo Angstschweiß, nur Schweiß von der Arbeit. Wissen die Männer, die ihm gegenübersitzen, was sich auf der anderen Seite der Grenze abspielt, oder sind sie genauso unwissend, wie er es war, bevor er seine deutsche Reise antrat? Oder verbergen sie es voreinander, weil sie es nicht wissen wollen? Muss er sie über das heranrollende Unwetter informieren, das nicht an der Grenze haltmachen wird? In seinem Kopf hört er immer noch das deutsche Geschrei, die Befehle, Einsteigen, Deutschland erwache. Ihm ist kalt, obwohl das Abteil voll ist mit dampfenden, rauchenden Mitreisenden.

Der Zug hält in Hilversum und wieder drängen sich viele Wintermäntel herein. Schiebend und drückend. Sitzen ist unmöglich. Erst landet jemand auf seinem Schoß. Dann muss er sich auf die Bank stellen. Nässe. Gestank. Musset in der Tasche. Er stößt mit dem Kopf an die hölzerne Decke, mit den Händen klammert er sich an das Gepäcknetz. Das Licht geht aus. Draußen ist es dunkel. Einsteigen! Schnell! Wohin wollen all diese Menschen? Steine rollen die Treppen herunter und verschwinden in der Tiefe, hinter dem Zug her. Unter den Linden.

Epilog

Am Centraal Station in Amsterdam stand kein Empfangs-komitee. Moritz kaufte am Bahnsteig ein paar Schoko-ladenriegel und nahm die Trambahn zum Stadionplein, dort angekommen, konnte er den Schlüssel nicht finden, klingelte und stand Auge in Auge mit einer erschrockenen Jannetje.

Anschließend schlief er ununterbrochen anderthalb Tage lang, danach verspürte er ein Bedürfnis nach frischer Luft, ging unter lauten Buhrufen mit dem alten Kinderwagen spazieren und erzählte mir die ganze Geschichte.

Ende

Zur Illustration

Ein Fragment aus *Luzifer*. Trauerspiel von Joost van den Vondel, Insel-Bücherei Nr. 285, Leipzig 1919; aus dem Holländischen von Marie von Seydewitz, aus deren Übersetzung für dieses Buch zitiert wurde.

(Vers 163–176)
BEELZEBUB Wie mir scheint,
Flammst du in Minne für die Erdgeborne
APOLLION Ich sengte in dem angenehmen Brand
Mein Schwunggefieder. Schwer ists mir gefallen,
Von unten rudernd wieder aufzusteigen,
Um unsrer Geistburg Zinnen zu erreichen.
Ich schied voll Pein und sah mich dreimal um.
Nun glänzt kein Seraph mehr im Heiligtum
Des Himmels so wie sie, ins lange Haar,
Ein goldnes Netz von Strahlen, eingehüllt,
Das, schön gewellt, von Haupte niederrollt
Und um den Rücken fließt: Wie aus dem Licht
Tritt sie hervor. Den Tag erfreut ihr Anblick.
Perl' und Perlmutter mag in Glanz sich kleiden,
Sie übertrifft an Weiße noch die beiden.
BEELZEBUB Was hilfts dem Menschen! Seine Schönheit schmilzt
Und welkt dahin, wie Blumen auf dem Felde.
(...)

355

(189–194)

BEELZEBUB So kann der Mensch uns mächtig überwachsen?

APOLLION Sein Wachstum wird uns jählings bald erschrecken,
Beugt jetzt auch seine Herrschaft sich dem Mond.

Obgleich die Macht begrenzt ist, steigt er höher,
Um in den Himmel seinen Stuhl zu setzen.

Wenn Gott dies nicht verwehrt, wie könnten wirs?